10/18

12, AVENUE D'ITALIE. PARIS XIIIe

Sur l'auteur

Née en 1966, Lucía Etxebarria est journaliste et romancière. Après une biographie de Courtney Love en 1996, elle publie *Amour, Prozac et autres curiosités* qui devient très vite un formidable best-seller. Elle a publié depuis *Beatriz et les corps célestes* (prix Nadal,1998), *De l'amour et autres mensonges* (prix Primavera, 2001), *Un miracle en équilibre,* qui a reçu le prix Planeta en 2004, *Cosmofobia, Sex & Love Addicts, Le Contenu du silence,* deux recueils de nouvelles – *Aime-moi, por favor !* et *Ce que les hommes ne savent pas. Le Sexe vu par les femmes*, et un essai, *Je ne souffrirai plus par amour*.

LUCÍA ETXEBARRIA

LE CONTENU DU SILENCE

Traduit de l'espagnol
par Nicolas Véron

10
18

ÉDITIONS HÉLOÏSE D'ORMESSON

Du même auteur
aux Éditions 10/18

AMOUR, PROZAC ET AUTRES CURIOSITÉS, n° 3253
BEATRIZ ET LES CORPS CÉLESTES, n° 3401
DE L'AMOUR ET AUTRES MENSONGES, n° 3658
AIME-MOI, POR FAVOR !, n° 3897
UN MIRACLE EN ÉQUILIBRE, n° 4010
COSMOFOBIA, n°4106
JE NE SOUFFRIRAI PLUS PAR AMOUR, n° 4209
CE QUE LES HOMMES NE SAVENT PAS, n° 4361

Titre original :
El contenido del silencio

ISBN : 978-2-264-05830-0

À Josep Rocafort

Elle s'est si doucement glissée dans ma tête
que je ne sais quand je n'ai plus été moi-même.
Elle a répandu son nectar dans mes yeux
pour que ma cécité ne voie que son image.

Elle a dévié mes pas, rebelle échevelée,
vers le seul chemin que marquait sa trace.

Sa trace
qui, à mesure que je marchais,
effaçait tout,
le commencement et la fin.

Odette Alonso, *La Vision*

1

CORDELIA DISPARUE

La salle de bains de Gabriel et Patricia était presque aussi grande que le salon de l'appartement où Gabriel avait vécu seul plusieurs années. Elle disposait d'une douche, de deux lavabos, d'une immense baignoire à jets hydromassants et de deux grandes armoires à pharmacie, une pour chacun, où pots et flacons étaient alignés au millimètre près. Cet ordre maniaque, obsessionnel que Patricia faisait régner jusque dans les moindres recoins de l'appartement, cet acharnement à vouloir domestiquer l'inévitable désordre de l'existence, avait aux yeux de Gabriel quelque chose d'oppressant et d'absurde à la fois. En vérité, se disait-il ce matin-là comme tant d'autres matins, ils feraient mieux d'avoir deux salles de bains distinctes, c'était idiot, en y réfléchissant, de n'en avoir qu'une. Il se sentait nerveux dans ces moments où il se rasait tandis qu'elle se maquillait, c'est-à-dire chaque matin où ils se préparaient tous deux à partir travailler, elle dans le contrôle financier, lui dans les études de marchés. Un jeune couple de cadres supérieurs, à qui le monde extérieur, au-delà des murs de cette salle de bains, de cet appartement, prêtait compétence, efficacité, jugements tranchés, détermination à réussir ce qu'ils entreprenaient.

Gabriel était toujours médusé de constater à quel point le maquillage métamorphosait la femme dont il partageait la vie depuis deux ans. La première fois qu'il l'avait vue sans n'était pas, comme on pourrait le penser, le premier matin où il s'était réveillé à ses côtés – elle s'était couchée sans se démaquiller, et seul le rimmel avait coulé –, mais un après-midi où il était tombé sur elle, à sa grande surprise, à la piscine du club de gym qu'ils fréquentaient tous les deux, bien avant de devenir amants. Il ne l'avait pas reconnue, c'est elle qui l'avait salué, avec cette plus que parfaite urbanité que, plus tard, il trouverait si caractéristique de sa personnalité. C'était l'époque où, encore très amoureux d'Ada, il ne regardait guère les autres femmes, mais il avait été frappé par la différence entre cette Patricia dépouillée d'artifice et celle de ses souvenirs, en dépit d'une même douceur dans le regard et d'un même sourire à la fois engageant et conventionnel.

Il y a, s'était-il dit, des femmes que le maquillage embellit, d'autres qui, comme Ada, sont plus belles sans apprêts, d'autres encore qui, comme Patricia, changent du tout au tout. À l'état brut, Patricia était une fille au regard inexpressif et à la peau tachetée de rose. Le fond de teint et le fard à joues lui donnaient une complexion radicalement différente : ses yeux bleus, moyennant un usage étudié du rimmel et de l'eye-liner, attiraient les regards ; ses cheveux, qui n'étaient le matin qu'un rideau rigide et terne, devenaient par la grâce du fer à friser une sorte de halo doré ; sa blondeur n'était pas plus naturelle que sa poitrine. En un mot, il vivait avec une personne qui s'était réinventée elle-même de fond en comble.

Sans que ces détails aient une réelle importance à ses yeux, il trouvait lui-même étrange de vivre avec une femme comme Patricia après avoir été si longtemps amoureux d'une autre qui ne s'épilait même pas. Il est vrai que la Patricia primitive n'était pas sans ressemblance avec Ada : blonde, mince, élancée, discrète, élégante. Gabriel était un *serial lover*, qui poursuivait en permanence un seul et même idéal, incarné par des femmes différentes.

Chaque matin, donc, cette Patricia primitive revêtait son masque diurne, prête à sortir jouer le rôle que lui assignait le grand théâtre de l'univers, celui de la fiancée parfaite, de la fille irréprochable, de la professionnelle accomplie, une femme aux multiples facettes mais qui retrouvait, au lit, sa vérité unique, celle de la Patricia brute, sans l'éclat, le brillant, la couleur du maquillage et de l'ornement.

Ada, de ce point de vue, était son antithèse. Elle avait les cheveux raides, coupés court (mais dans un salon chic), ne s'épilait pas, ne faisait pas de sport (mais marchait une heure chaque matin pour se rendre à son cabinet, qu'il pleuve ou qu'il neige), ne lisait pas de magazines féminins, ne s'intéressait ni à la mode ni à la décoration, et aurait préféré, il en était certain, deux salles de bains séparées.

La différence était qu'Ada ne l'avait jamais aimé, et que Patricia était folle de lui. Du moins le disait-elle.

Ada habitait son quartier. Elle était pédiatre. Ils se croisaient souvent dans la rue, et il est probable qu'il avait remarqué cette blonde élégante avant même que la réciproque soit vraie. La voir promener son chien, un petit bâtard blanc, lui rappelait cette nouvelle de Tchekhov, *La Dame au petit chien* : « Son expression, sa façon de marcher, de s'habiller, de se coiffer, tout en elle disait qu'elle appartenait à la bonne société, qu'elle était mariée, qu'elle était seule et pour la première fois à Yalta, et qu'elle s'ennuyait... » Il lui avait fallu plusieurs mois pour s'armer du courage nécessaire avant de lui adresser la parole et, comme le héros de Tchekhov, il s'était évidemment servi du chien comme prétexte. Il l'avait ensuite saluée chaque fois qu'il la croisait à nouveau, mais avait laissé passer plusieurs semaines sans oser lui demander son numéro de téléphone, au point que c'est elle qui avait fini par lui proposer de déjeuner ensemble.

S'il n'y avait eu cette liaison dont il était sorti brisé, sans doute Patricia n'aurait-elle pas entrepris de recoller ses morceaux, et ne se serait-il pas laissé séduire par son entrain ni émouvoir par l'adoration qu'elle semblait lui porter. S'il n'y avait pas eu Ada dans sa vie, peut-être n'aurait-il pas éprouvé un tel besoin de consolation, et n'aurait-il pas même regardé Patricia. Et s'il n'était pas resté, trois ans durant, amoureux d'une femme mariée, probablement n'aurait-il pas à ce point magnifié les liens du mariage.

Ada avait fait naître en lui un amour infantile et mortifère, qu'elle n'avait satisfait qu'à moitié, et lorsqu'elle lui annonça, au bout de ces trois années de tourments, que son mari avait obtenu un poste de médecin à l'hôpital de Sheffield et qu'elle projetait d'y déménager son cabinet, il s'en était presque réjoui, tant il doutait de pouvoir endurer longtemps encore la souffrance de la désirer sans qu'elle soit vraiment à lui. Jamais il n'était parvenu à saisir son caractère, comme si ses impulsions successives étaient dépourvues de continuité logique. Un jour elle semblait prête à quitter son mari, le lendemain elle changeait d'avis ou avait tout simplement oublié ses paroles de la veille. Dans les moments critiques elle choisissait la fuite, évitant soigneusement de penser à la souffrance qu'elle lui causait. Et lorsque son départ cessa d'être un projet pour devenir réalité, il crut mourir. Il se rendit même, un week-end, à Sheffield pour tenter de la convaincre de divorcer. Elle lui répondit qu'elle attendait un deuxième enfant et que cet enfant n'était pas de lui mais, ainsi qu'il convenait, de son mari.

La nouvelle provoqua chez lui tous les symptômes classiques de l'abattement : tachycardie, douleurs à la poitrine, insomnies, sentiment d'abandon, d'injustice, d'ingratitude, nostalgie pathologique des moments merveilleux à jamais disparus, couplée à une exagération tout aussi maladive des mauvais souvenirs de façon à idéaliser la rupture. Nuits blanches, maux d'estomac, abus de bière et de somnifères – sur prescription d'un médecin au visage avenant qui écouta le récit de ses insomnies sans lever un sourcil, comme s'il était blasé par tous ces jeunes gens de Hampstead qui lui racontaient la même chose.

Gabriel se trouvait confronté à ce qu'il ne connaissait que par les livres, par ces romans dont les héroïnes étaient prises de violentes nausées après un simple coup de téléphone, péripéties qu'il avait toujours mises sur le compte de l'exagération, d'une facilité d'auteur, sans jamais penser que la même chose pourrait arriver à un homme comme lui, rationnel et peu sujet aux névroses, et qu'un jour il se trouverait penché de façon répétée au-dessus de la cuvette des toilettes.

C'est alors que lui étaient revenus ces mots : « Peut-être est-il nécessaire, tout simplement, que tu touches du doigt la douleur, que tu te vautres en elle sans chercher à la dissimuler ni à l'éviter comme tu le fais depuis tant d'années. Un jour tu comprendras qu'il est risible de toujours vouloir jouer à l'homme raisonnable, serein et pondéré. Un jour il faudra que tu cesses de laisser croire au reste du monde que les événements glissent sur toi comme l'eau sur les ailes d'un canard. » C'étaient les mots de Cordelia. Ils étaient restés gravés dans sa mémoire. C'était la dernière lettre que sa sœur lui avait écrite d'Aberdeen quand il se trouvait à Oxford.

Il était encore très jeune, mais il buvait déjà trop.

Rien au monde ne lui était d'un plus grand secours que de conserver sous cloche, dans son univers intérieur, paisible comme une chambre rêvée, certains souvenirs lumineux, les yeux de Cordelia, les cheveux de Cordelia, cet archétype originel auquel ressemblaient toutes les autres femmes blondes qu'il avait aimées, et puis la lettre de Cordelia, ces mots qu'il avait appris par cœur afin de se les réciter à loisir dans les moments plus sombres.

C'est précisément au cours d'une de ses dernières nuits avec Ada qu'il comprit la ressemblance qu'elle présentait avec lui-même et, partant, avec Cordelia, comme dans un jeu de miroirs où s'entremêlaient réalité et mémoire, désir et évocation, présent et passé. Ils s'étaient retrouvés chez lui. Elle avait donné à son mari une excuse quelconque pour ne rentrer que le lendemain, à moins que le mari n'ait été tout simplement en voyage. Il est vrai que, les rares fois où l'occasion lui était donnée de passer toute la nuit avec Ada, il ne songeait guère à lui demander comment elle avait réussi à obtenir le privilège de découcher sans éveiller soupçons ni jalousie. Il lui avait fait l'amour plusieurs fois dans la nuit, pris d'une sorte de fièvre qui l'enfouissait lentement et sans retour dans cette Ada qui l'étreignait, l'absorbait, l'aspirait vers un fond de vase et d'algues, tandis que lui-même la pourléchait en retour comme un bonbon doux-amer auquel il ne voulait pas renoncer, ou comme ses propres blessures. Il avait laissé ouverte la porte de l'armoire, de façon que le miroir qui lui servait d'habitude à vérifier si tel costume lui allait ou si, au contraire, il accentuait ses rides, reflète ce qui se passait dans la chambre. Ainsi pouvait-il jouer à se regarder lui-même, tour à tour au-dessus et au-dessous d'elle, et la vision de leurs corps enchevêtrés tel un étrange animal octopode ranimait à chaque fois son excitation. L'image, quelque peu floue en raison de la faible lumière des bougies qui éclairaient la pièce, évoquait un tableau ancien qu'aurait recouvert la patine du temps. Et, soudain, il s'était vu enlacé à lui-même, tant étaient semblables leurs quatre jambes longues et nerveuses, leurs deux têtes aux mêmes cheveux blonds et courts collés par la sueur. Une vision dont la violence, la force symbolique l'avaient profondément troublé… Ada lui ressemblait comme lui aurait ressemblé une sœur – ou comme celle-ci, où qu'elle se trouve, lui ressemblait peut-être encore… Ada aurait pu être sa sœur, son double, et il n'aurait su dire s'il recherchait en elle un signe d'identité, une satisfaction narcissique, ou simplement cette sœur perdue pour lui. Son cerveau fonctionnait souvent ainsi, telle une araignée suicidaire tissant laborieusement son propre piège. Plus il s'analysait, plus la souffrance s'exacerbait, quand elle aurait dû s'atténuer.

Un de ses associés, qui ignorait le mal dont il était atteint mais qui avait observé son évidente dégradation physique, lui conseilla, en guise de thérapie, l'exercice physique. Il était certes inscrit à un club de sport, mais n'y allait pas plus de deux fois par semaine. Après le départ d'Ada, il décida de s'imposer une discipline spartiate et d'aller nager chaque soir, en sortant du bureau. C'est là, dans le hall de son club, qu'il tomba sur Patricia, connue à Oxford à l'époque où elle sortait avec Shaun, un étudiant en philosophie qui avait été son colocataire pendant trois mois – jusqu'à ce qu'il parte vivre, justement, avec cette jolie blonde que lui-même devait retrouver si longtemps après, cette rose anglaise au teint de porcelaine et aux yeux d'un bleu brillant, toute rayonnante de la joie de revoir, tant d'années après, ce Gabriel Sinnott avec qui, à Oxford, elle n'avait pourtant pas échangé plus de dix phrases.

— Tu crois que nous devrions inviter Grahame ?
— C'est à toi de voir. C'est ton cousin, pas le mien.
— C'est que j'ai invité Karen, et comme il vit maintenant avec une autre femme, elle va l'accompagner et je ne sais pas comment Karen va réagir.
— En vérité, je n'ai pas d'avis, je ne connais aucun des trois.
— Mais si, tu les connais.
— J'ai dû les voir trois fois dans ma vie. Et puis il était convenu depuis le début que ce serait un mariage dans l'intimité, et nous en sommes déjà à cent invités…
— À peu près. Mais tout le monde n'a pas encore confirmé.
— C'est de la folie. En plus, il n'y a pratiquement que des amis de ta mère.
— Gabriel, ne t'énerve pas comme ça. C'est un mariage, c'est quelque chose qui n'arrive qu'une fois dans une vie. Et puis nous nous occupons de tout, maman et moi, tu n'as donc presque rien à faire.
— Ta mère et toi, oui… Je trouve que ta mère intervient trop dans des affaires qui ne sont pas les siennes.
— Elle m'est d'une aide tellement précieuse. Je t'en prie, ne recommençons pas cette éternelle discussion.

Gabriel inspira profondément et compta mentalement jusqu'à trois. Il voulait se marier, c'était une chose entendue. Il voulait un foyer, des enfants, une vie normale. Il ne voulait revivre ni l'angoisse de la solitude qu'il avait connue enfant, ni celle, si douloureuse, de sa liaison avec Ada, cet avilissement dont le mariage, se disait-il, l'aiderait à guérir. Et, sur ce chemin vers les cimes de l'existence, il se sentait étrangement proche de Patricia, il était heureux à l'idée qu'un simple papier, un contrat soumettant leur amour à des règles et à des obligations mutuelles, le libérerait enfin de cette souffrance interminable, de ce sentiment oppressant d'abandon et d'insécurité. Il aimait Patricia, non de la passion torride et dévastatrice qu'il avait éprouvée pour Ada, mais d'un amour profond et serein. Il aimait son calme, son savoir-vivre, son regard bleu qui la nimbait d'un halo de paix et d'harmonie, et dans lequel il aimait voir le reflet de l'homme plein de force et d'assurance qu'il aurait voulu être et que Patricia l'aiderait à devenir en lieu et place du Gabriel craintif et soucieux qu'il avait été. Ils avaient formé ensemble tant de projets pour leur avenir encore virtuel : les deux enfants qu'ils mettraient au monde, les soirées qu'ils donneraient pour leurs amis, le couple modèle qu'ils constitueraient... Et pourtant, il était en proie à une inquiétude persistante, sournoise, indicible, qu'il était à peine capable de formuler pour lui-même, qu'il avait plus ou moins réussi à ignorer jusqu'à présent, mais qui, plus la date du mariage approchait, lui nouait l'estomac, lui donnait des vertiges, des nausées, des tremblements, toutes manifestations physiques d'une peur plus profonde, et il se disait, lors de ces éclipses de sa volonté et de sa confiance en soi, que le mariage n'était peut-être pas ce à quoi il aspirait au fond. Il s'efforçait alors d'écarter ces idées qui le rongeaient, de se persuader qu'il s'agissait de simples appréhensions, aiguës mais passagères, liées à la légendaire hantise masculine de l'engagement. D'autres fois, il songeait au contraire que son conformisme apparent dissimulait en vérité un pessimisme foncier, et s'imaginait vivre le restant de ses jours figé dans un océan de glace, acceptant son sort avec stoïcisme et résignation.

Il aurait dû parler de ses peurs à Patricia bien plus tôt, avant leur rencontre avec le curé, homme placide à la voix de velours, avant le repas avec ses beaux-parents, avant le dépôt de la liste de mariage chez Debenhams, avant la réservation du restaurant et du photographe, avant toutes ces formalités irréversibles. Mais qu'aurait-il pu lui dire, quels mots aurait-il su employer, lui qui était incapable de se formuler la question à lui-même ?

La sonnerie du téléphone l'arracha à ses réflexions. Il enfila son peignoir et se dirigea vers la chambre pour décrocher.

Lorsque Patricia revint, elle le trouva assis sur le lit, étrangement immobile, le regard absent, la main encore posée sur le téléphone raccroché.

— Je crois qu'il va falloir que j'aille aux Canaries. Il y a un problème grave avec Cordelia.

— Quel genre de problème ?

— Elle a disparu.

— Ça fait des années qu'elle a disparu.

— Cette fois c'est autre chose, c'est la police qui la considère comme disparue… Ce serait long à t'expliquer. Toujours est-il qu'il faut que je parte là-bas, dès demain, peut-être même aujourd'hui. Je suis le seul membre de sa famille encore vivant.

— Aux Canaries ? Mais qu'est-ce que tu vas faire aux Canaries ? Ça fait des années que tu n'as pas parlé avec ta sœur, tu ne l'as même pas invitée au mariage, tu ne sais rien de sa vie… Et tu vas aller là-bas ? Pour quoi faire ?

— Si, je l'ai invitée, je veux dire que je lui ai envoyé l'invitation, mais elle n'a pas répondu.

— Elle ne l'a peut-être pas reçue.

— Elle l'a reçue, j'ai pris soin de passer par son gestionnaire de fortune et de me faire confirmer qu'il la lui avait remise.

— Mais tu ne peux pas me laisser seule en ce moment, avec tous les préparatifs du mariage.

— De toute façon, tu organises tout sans moi, à ton goût et à ta façon. Tu ne t'apercevras même pas que je ne suis pas là.

— Et ton travail ?

— J'en fais mon affaire, tu sais bien que je peux m'arranger. Je pense avoir une raison suffisamment sérieuse pour m'absenter.

— Mais tu ne peux pas partir… Partir comme ça, subitement…

— Ce qui m'étonne, dit Gabriel en ignorant la question de sa fiancée, c'est que cette fille ait eu mon numéro de téléphone.

— Quelle fille ?

— Celle qui m'a appelé, la colocataire de ma sœur. Je ne savais pas que Cordelia avait mon numéro.

La femme qui lui avait téléphoné l'avait mis en garde : « Des journalistes vont bientôt vous appeler. Ici, tous les médias en parlent, je crois que ce sera bientôt la même chose en Angleterre. » Gabriel avait donc déconnecté son téléphone, pour découvrir quelques heures plus tard que, comme l'avait prévu son interlocutrice, son répondeur était saturé de messages. Il vit, à la télévision, les corps flottant à la surface de l'eau, les ambulances, les brancards, les cordons de police. Il n'en ressentit ni tristesse ni désespoir, plutôt une sorte d'incompréhension, une stupeur comme celle qu'on éprouve lorsque, tout juste réveillé d'un cauchemar dans un lit qui n'est pas son lit habituel, on se demande si les images qu'on vient de voir étaient réelles ou rêvées, sans même reconnaître le lieu où l'on se trouve.

Dans l'avion, le souvenir de sa sœur lui revenait en tête après tant d'années durant lesquelles il s'était évertué à l'oublier. C'était typique de Cordelia, cette façon de disparaître d'un coup, dans les circonstances les plus mystérieuses qui soient. Elle était aussi imprévisible qu'il était rationnel, comme si ces rôles leur étaient assignés depuis la plus tendre enfance. Son existence à lui avait toujours été placée sous le signe de la discipline : ne jamais s'avouer vaincu, rassembler ses forces et maîtriser ses impulsions en vue du but que l'on s'est fixé, s'interdire de franchir la stricte limite des conventions et de la bienséance, toujours mesurer et peser ses actes, même les plus banals, de façon à en anticiper les conséquences. Jamais il ne pleurait ni ne montrait ses émotions. Avant de connaître Ada, il avait toujours été certain de pouvoir se tirer de n'importe quelle situation et de rester maître de lui-même dans les circonstances les plus difficiles. Il s'était certes replié étrangement sur lui-même après leur rupture, mais la constance précautionneuse et réfléchie de Patricia, succédant au caractère instable de son ancienne maîtresse, l'avait aidé à surmonter enfin la perte de ses parents, la séparation d'avec sa sœur et même d'avec Ada. Cordelia, contrairement à lui, semblait avoir choisi de nager toujours à contre-courant, de ruer dans les brancards, de fuir les conventions comme le chat l'eau froide. Même à l'adolescence, âge où l'on est tenté d'imiter ses camarades, elle mettait son point d'honneur à lire ce qu'ils ne lisaient pas, à écouter des musiques qu'ils méprisaient, à s'habiller de noir des pieds à la tête, indifférente, en apparence au moins, à l'opinion d'autrui. Dédaigneuse et introvertie, elle tenait prudemment à distance le reste du monde, vivant comme dans une cage où elle n'aurait laissé entrer que son frère, mais chaque fois qu'il tentait de se repérer dans les méandres de ses discours philosophiques, elle se perdait dans une terminologie nébuleuse qu'il ne savait interpréter. Inconstante et excessive, elle passait comme par une porte à tambour de la jubilation la plus intense au désespoir le plus sombre. (Des années plus tard, il serait attiré, chez Ada, par cette même versatilité qu'il avait appris à aimer chez sa sœur.) Cordelia était une femme d'impulsions : la dernière en date avait été de partir vivre aux Canaries.

« J'aurai à la main un carton avec votre nom », lui avait dit sa correspondante au téléphone. Mais, à son arrivée, la femme brune qui s'approcha de lui n'avait pas de carton. Elle marchait avec un déhanchement souple et gracieux, et la masse sombre et vaporeuse de sa chevelure auréolait son visage triangulaire aux yeux immenses, très noirs, d'une gravité intense.

— Comment m'avez-vous reconnu ?

— Tu ressembles tellement à Cordelia.

Une belle femme, indéniablement, mais dont l'expression languide et mélancolique donnait le sentiment que le sang circulait laborieusement dans ses veines, juste assez pour la maintenir en vie. Elle avait une peau dorée, des pommettes anguleuses, le cou mince, la taille fine, la silhouette élancée, des mains douces et expressives, aux ongles nets, sans vernis, une façon légèrement masculine de s'habiller : pantalon de lin noir, chemise blanche en lin également. Cette sobriété lui conférait la même dignité austère de reine en exil qui l'avait tant fasciné chez Ada. Ada, bien sûr, était blonde, mais elles avaient en commun l'absence de maquillage comme d'affectation. La jeune femme pouvait avoir vingt-cinq ans seulement, comme elle pouvait en avoir plus de trente. La couleur de ses yeux passait du brun au noir selon la lumière. En l'accueillant, elle avait eu un geste inattendu : elle s'était dressée sur la pointe des pieds et l'avait embrassé sur la joue, y imprimant la marque de ses lèvres, douces comme un gant de soie.

Elle irradiait la sérénité et l'assurance malgré l'expression grave et triste de son visage, comme si, en dépit de sa relative jeunesse, elle avait franchi un degré plus élevé que lui dans la connaissance, et semblait planer au-dessus des événements, drapée dans une sorte d'ataraxie. Il se sentit immédiatement attiré, captivé par l'éclatante simplicité de son allure, et une image lui traversa spontanément l'esprit comme une étincelle, ou comme un petit animal sortant de son terrier en quête de la lumière du jour pour battre précipitamment en retraite : l'image de son corps nu, tour à tour au-dessous et au-dessus de lui. Les hommes ont ce genre de pensée vingt fois par jour, et même un peu plus dans le cas de Gabriel, mais cette excitation soudaine ne signifiait aucunement, se disait-il, qu'il ait l'intention de faire quoi que ce soit pour qu'elle se concrétise. Elle voulait seulement dire qu'aucun homme ne pouvait rester insensible au charme d'une telle femme. Un léger sentiment de culpabilité lui rappela néanmoins qu'il avait promis de téléphoner à Patricia dès son arrivée, et il se demanda si sa négligence n'était pas dictée par un certain ressentiment dû à la froideur, au manque d'empathie manifesté par sa fiancée lorsqu'il lui avait annoncé la disparition de Cordelia. Il avait pourtant choisi de ne pas s'en offusquer, d'expliquer sa réaction par le stress lié à la préparation du mariage. Une fois de plus, comme d'habitude, il avait mis sous le boisseau son irritation pour la laisser se consumer dans l'obscurité.

Une fois la valise de Gabriel dans le coffre de la voiture, la jeune femme se présenta comme étant Helena, la meilleure amie de Cordelia. Elles habitaient ensemble dans un village du nord-est de l'île, à une demi-heure de voiture.

— Tu as lu quelque chose dans les journaux ? – Elle parlait sans le regarder, en surveillant la route. – J'ai entendu dire que chez toi la presse et la télévision en avaient parlé…

— Pas en détail. Grâce à Dieu, le nom de Cordelia n'a pas été cité. Ils ont seulement dit qu'il y avait une ressortissante britannique parmi les disparus.

— Donc, je te résume les faits. Comme tu sais sans doute, pour le moment seuls les corps de sept Allemands ont réapparu sur le rivage. Tous faisaient partie du même groupe de méditation, Thule Solaris, et il semble qu'ils étaient logés dans la villa de Heidi Meyer, la fondatrice du groupe. Beaucoup parlent de secte, mais le groupe ne s'est jamais défini lui-même comme une Église ni rien de ce genre. Tout ce qu'on sait, c'est qu'il y avait un certain nombre de personnes qui vivaient en communauté dans une grande maison, sans registre des entrées, sans bail, ni contrat, ni aucun document de ce genre. Il semble qu'ils aient été une trentaine.

La voix d'Helena était basse, presque sourde, âpre comme un gant de cuir doublé de velours.

— Alors, pourquoi les médias parlent-ils de secte ?

— Tu sais, il y a beaucoup de sectes ici, à Tenerife. Aussi bien du côté de Candelaria que vers Grandilla, Abona, et aussi plus au nord, dans la vallée de l'Orotava, à Icod, à Garachico, et même vers Puerto de la Cruz – tous ces noms ne disaient rien à Gabriel, qui supposa qu'il s'agissait de villages de l'île – et il y a déjà eu des suicides collectifs. Depuis les années soixante, il y a comme une tradition d'accueil de sectes millénaristes en tout genre. Elles sont généralement installées dans des maisons isolées, à l'intérieur des terres, sans voisins ni personne pour voir ce qui s'y passe.

— C'est logique, en effet, de chercher un endroit le plus à l'écart possible.

— Dans les semaines qui ont précédé la découverte des corps, plusieurs des occupants de la villa ont écrit à leurs proches pour leur annoncer qu'ils allaient bientôt quitter ce bas monde. Quelques-uns ont vendu leurs biens, certains en les bradant carrément. On dit aussi qu'il y a eu un grand banquet dans la maison de Heidi, certains parlent d'un grand feu dans lequel aurait été brûlé tout ce qui n'avait pas été vendu. Les témoignages sont confus, car ils émanent de gens extérieurs au groupe : des voisins, des proches, le facteur… Aucun des occupants n'a réapparu. On sait aussi que, plusieurs jours avant qu'on retrouve les premiers corps, Heidi a vidé tous ses comptes, qui étaient nombreux et bien garnis, pour transférer l'argent sur d'autres comptes au Liechtenstein et en Suisse.

— Je crois avoir lu quelque chose là-dessus, ou peut-être vu à la télévision… Elle n'avait pas une associée, une complice ou quelque chose comme ça ?

— Ulrike. Elles vivaient ensemble depuis des années. C'était sans doute à la fois son amie de cœur, sa secrétaire personnelle et la trésorière de la communauté. Parmi les corps qu'on a retrouvés, il n'y a ni le sien ni celui de Heidi. Et, naturellement, elle aussi a transféré tout son argent sur des comptes en Suisse.

— Décidément, tout cela est plus que suspect. Combien as-tu dit qu'ils étaient, en tout ?

— Entre trente et quarante. On n'a retrouvé que sept corps, mais il est possible que les autres aient été emportés par le courant et ne reparaissent que plus tard, ou jamais.

— Et il s'agirait d'un suicide rituel ?

— C'est une quasi-certitude.

— Et qu'est-ce qui te fait supposer que Cordelia a vécu dans cette villa ?

— Ce n'est pas une supposition, c'est elle-même qui me l'a dit. Nous habitions ensemble avant qu'elle aille vivre là-bas. Évidemment, son nom n'apparaît nulle part, puisqu'il n'y avait pas de registre des hôtes. Ce qui apparaît, par contre, ce sont les nombreux virements depuis son compte, et depuis ceux d'autres membres du groupe, vers les comptes d'Ulrike et de Heidi, qui se seraient d'ailleurs substantiellement étoffés ces deux dernières années.

— Je vois…

— Pardonne-moi si je suis indiscrète, mais il y a combien de temps que vous ne vous êtes pas parlé, Cordelia et toi ?

— Une dizaine d'années. Depuis qu'elle est partie vivre aux Canaries. J'avais régulièrement des nouvelles par son gestionnaire de fortune, mais avec moi elle avait coupé tout contact. Elle a dû t'en parler…

— Plus ou moins… Elle ne parlait pas tellement de toi.

— Je m'en doute.

— Je ne te demanderai pas ce qui s'est passé entre vous…

— Et je ne te le dirai pas.

— Il faut quand même que je te mette au courant de ce qu'a été sa vie pendant ces dix ans, et aussi de la façon dont elle s'est retrouvée dans le groupe de Heidi. Mais ce sera pour quand nous serons arrivés à Buenavista. Je t'emmène dîner dans le meilleur *guachinche* du village.

— *Guachinche* ?

— C'est comme ça qu'on appelle les petits restaurants locaux.

— Je n'ai pas tellement faim. Je me sens même incapable d'avaler une bouchée. À vrai dire, j'ai la nausée depuis que tu m'as appelé.

— On se contentera de boire du vin, alors.

2

HELENA

— Je suppose que le mieux est que je commence par le commencement… Bon… C'est le hasard qui a déterminé notre rencontre, comme toujours dans la vie. Je travaillais depuis deux ans à l'hôtel Botanico et j'avais décidé de partir pour des raisons un peu irrationnelles. J'étais tombée amoureuse du responsable du restaurant, on avait habité ensemble et ça avait très mal fini. Et comme il était au courant de mes horaires, qu'il savait à quelle heure je commençais et finissais, je tombais sans arrêt sur lui. J'en ai eu assez, et j'ai fini par démissionner, à regret parce que c'est un endroit que j'adorais vraiment. Comme je n'avais nulle part où aller, je me suis installée chez une amie, mais c'était provisoire, je dormais sur le canapé, tu vois. Voilà donc quelle était ma situation quand le hasard, comme je te disais, m'est venu en aide. Un soir, ou plutôt un matin, j'ai rencontré dans un bar un Anglais qui m'a proposé un emploi, juste au moment où j'en avais le plus besoin. C'était pour travailler dans un hôtel du sud de l'île. En fait, ce n'était pas exactement un hôtel, plutôt une sorte de maison d'hôtes de luxe, rien à voir avec ces établissements pour touristes qu'on voit par ici. Quelque chose qui n'est pas dans les circuits des *tour operators*. Il n'y avait que quelques chambres, le patron et sa femme s'occupaient donc eux-mêmes de tout, mais elle était malade et il avait besoin de quelqu'un de confiance, avec de l'expérience, qui parle des langues étrangères et qui puisse s'occuper de la réception pendant que sa femme était à l'hôpital. Je ne sais pas ce qui lui faisait penser que j'étais quelqu'un de confiance, toujours est-il qu'il m'a proposé le poste. J'étais très convenablement payée, et en plus je pouvais dormir sur place. Ça les arrangeait même que je dorme là, au cas où il y aurait un problème pendant la nuit. Dans la clientèle, il y avait souvent des acteurs de cinéma, des musiciens, des écrivains, des artistes, des célébrités en tout genre, qui ne voulaient surtout pas de paparazzi, qui cherchaient au contraire la tranquillité, la discrétion, le repos. Et moi, de mon côté, je voyais ça comme des vacances plutôt que comme un travail à proprement parler. Je ne savais absolument pas ce que je ferais ensuite, une fois la patronne rétablie.

J'étais donc là depuis trois semaines quand s'est installé à l'hôtel un couple d'Anglais très étrange. J'ai d'abord pensé que c'était le père et la fille, mais ils ne portaient pas le même nom. Lui avait la cinquantaine, bel homme, très élégant, très séduisant malgré son regard triste et soucieux. Elle, très jeune, j'aurais même cru qu'elle était mineure, mais son passeport attestait que non. Une beauté spectaculaire, le genre de fille sur qui on se retourne dans la rue. Tous les deux toujours très bien habillés. Pendant dix jours, ils n'ont presque pas quitté leur chambre, ils ne descendaient pas pour les repas, ils se les faisaient monter dans leur chambre... Très rarement, on les voyait se promener dans le jardin, le soir ou même la nuit, sans jamais lier conversation avec personne. Il ne la quittait pas des yeux, il avait l'air subjugué. Ils étaient étonnamment affectueux l'un avec l'autre, je dis étonnamment parce que les Britanniques, comme tu sais sans doute, n'ont pas la réputation d'être très portés sur les effusions en public, et aussi à cause de la différence d'âge. Quand ils se promenaient, ils avaient toujours l'air préoccupés, ou déprimés pour je ne sais quelle mystérieuse raison. Elle parlait beaucoup, lui écoutait, pensif, la tête basse, sans cesser de lui tenir la main. Plusieurs fois, il est descendu seul au salon et a passé plusieurs heures assis dans un canapé, à fumer en silence. Il ne lisait pas, ni livres ni journaux, il contemplait juste les volutes de fumée qui montaient vers le plafond. Souvent, le matin, elle se levait avant lui et descendait faire des longueurs dans la piscine. Il m'est arrivé plus d'une fois de surprendre une des femmes de chambre qui la regardait, éblouie, sortir de l'eau et s'essuyer les cheveux avec sa serviette. C'était, comme je t'ai dit, une beauté extraordinaire, mais en même temps très naturelle, pas une de ces déesses de cinéma à la perfection intimidante. Elle avait un corps mince, élégant, harmonieux, bien dessiné, et puis une peau merveilleuse, dorée, sans cette blancheur laiteuse des Anglaises qui vire rapidement au rouge sans jamais réussir à bronzer.

Mon travail à la réception était de tout repos étant donné le petit nombre de chambres, j'avais donc beaucoup de temps morts, et quand je n'avais rien à faire, je lisais. Dans n'importe quel hôtel classique, on ne me l'aurait jamais permis, pour une question d'image, mais le patron, ça lui était égal, je crois même qu'au contraire ça lui plaisait d'avoir une réceptionniste qui lise des livres. Un après-midi, donc, j'étais absorbée dans ma lecture quand j'ai senti en face de moi une présence, et en levant la tête j'ai vu l'Anglaise.

Elle n'était d'ailleurs pas anglaise, s'est-elle empressée de me dire, mais écossaise, et je dois reconnaître que je n'avais pas détecté son accent.

— Plutôt qu'un accent proprement dit, je dirais qu'elle a une façon très particulière de parler, un ton de voix un peu relâché, mais je ne pense pas que ça lui ait fait plaisir d'être prise pour une Anglaise…

— J'étais en train de lire *Siddhartha* de Hermann Hesse, et elle m'a dit qu'elle aimait beaucoup ce livre…

— Cordelia adorait Hermann Hesse, surtout *Siddhartha*, c'était un de ses livres fétiches.

— C'est ce qu'elle m'a dit, et donc nous avons fait connaissance. Elle m'a dit qu'elle s'appelait Cordelia, et je lui ai demandé : « À cause du *Roi Lear* ? » Elle a eu l'air très étonnée que je connaisse l'origine de son nom, qui pour la plupart des gens, m'assurait-elle, n'évoquait rien. Je lui ai alors dit que je m'appelais Helena à cause du *Songe d'une nuit d'été*. Ce n'était pas vrai, mais j'avais envie que ça le soit. J'avais envie d'inventer quelque chose qui nous unisse, un signe montrant que nous étions prédestinées l'une à l'autre.

Elle m'a dit que son compagnon dormait encore, et elle m'a raconté comment et pourquoi elle voyageait avec lui. Elle m'a parlé d'une passion très intense qu'elle avait vécue en Écosse et dont elle était sortie brisée, si bien qu'elle s'était ensuite raccrochée à cet homme comme un naufragé à sa planche. À cet homme qui l'accompagnait et qui avait toutes ces années de plus qu'elle…

— Je crois savoir de qui il s'agit, j'en suis même presque sûr. C'est forcément Richard, ce ne peut être personne d'autre. C'était un ami de mes parents, il venait souvent nous rendre visite. Au début, je pensais qu'il venait pour honorer une promesse faite à mon père, c'est seulement plus tard que j'ai compris qu'il était en extase devant Cordelia.

— Elle m'a expliqué qu'elle n'était pas amoureuse de lui, qu'elle ne l'avait jamais été, elle savait depuis le début que leur histoire ne pouvait pas durer, il serait trop vieux quand elle-même aurait trente ou quarante ans, mais ils en avaient parlé ensemble et il l'avait assurée que ce n'était pas grave, qu'il voulait bien l'épouser quand même, qu'il la laisserait avoir des amants de son âge et qu'à sa mort il lui laisserait toute sa fortune… Mais ce n'était pas une perspective qui l'excitait vraiment, car même si elle était loin d'être aussi riche que lui, elle devait toucher, à ses vingt et un ans, la moitié de l'héritage de ses parents. De quoi vivre un bon moment sans travailler, peut-être même toute sa vie si elle savait le faire fructifier. Elle m'a aussi dit : « Je ne veux pas retourner en Écosse, je n'ai plus personne là-bas, la personne que j'aimais plus que tout ne veut plus rien savoir de moi. »

— Je connais l'histoire. Quand elle était très jeune, encore presque enfant, elle s'est jetée à corps perdu dans une passion impossible, elle était trop têtue pour accepter l'idée que cet homme n'était pas pour elle.

— Têtue, oui, c'est le mot… Donc, elle s'était mis dans la tête qu'elle ne voulait pas retourner en Écosse. Elle m'a dit : « J'ai réfléchi, je voudrais rester ici un certain temps. » Je lui ai demandé : « Ici, à l'hôtel ? » Elle m'a répondu : « Non, dans l'île. » Je lui ai posé la question : « Tu as de l'argent ? » « Pas beaucoup, mais assez pour survivre un mois, je pense. » « Tu connais l'espagnol ? » « Oui, je suis douée pour les langues, je parle très bien espagnol et français, et je me débrouille en allemand. »

— Et elle ne t'a pas dit que sa mère était espagnole, et même canarienne ? Je suppose que c'est pour ça qu'elle avait choisi Tenerife pour son escapade romantique, ou pour sa fugue, comme on veut.

— Non, rien du tout. Elle me l'a dit plus tard, mais pas à ce moment-là. Elle n'aimait pas parler de sa famille, de son passé en général. Ce n'est qu'après que j'ai su pourquoi elle parlait si bien l'espagnol. J'avais toujours pensé qu'elle l'avait appris à l'école.

— C'est avec notre mère qu'elle l'a appris, évidemment, mais elle était très jeune quand sa mère est morte, et plus tard elle a pris des cours particuliers. Elle a toujours été très douée pour les langues. Elle était la meilleure de sa classe en français. L'allemand, je ne sais pas comment elle l'a appris, probablement toute seule. Il y a des gens comme ça.

— Oui, c'est exactement ce que tu dis, il y a des gens comme ça… Bref, comme mon contrat s'achevait quinze jours plus tard, je lui ai dit que, si elle restait, elle pouvait venir avec moi à Puerto. Je pensais louer un appartement, je savais déjà dans quel restaurant j'allais travailler, et j'étais sûre qu'une fille comme elle n'aurait aucun mal à trouver un emploi de serveuse. À Puerto, il y a beaucoup de bars, de pubs, de restaurants qui ont une clientèle exclusivement allemande et anglaise, elle trouverait sans difficulté. Mais ce qui est incroyable, quand j'y repense, c'est que j'aie fait cette proposition à une fille avec qui je venais à peine de faire connaissance, mais, comme je t'ai dit, c'était le coup de foudre. Je ne sais pas si ça t'est déjà arrivé, à moi très rarement, que sur un simple regard, une voix, tu aies le cœur tout chaviré, comme si c'était quelqu'un que tu connaissais depuis toujours et que tu retrouvais après une longue absence. Je me le répétais sans arrêt, avec la certitude de celui qui a trouvé la réponse à la question qui lui trottait dans la tête depuis des années : j'avais trouvé plus qu'une amie, une sœur. J'avais parfois lu ça dans des romans, ou vu dans des films, mais j'y avais toujours vu un cliché romanesque. Et il s'agissait généralement de relations amoureuses, alors que dans mon cas ça n'avait rien à voir avec le désir. Je suis bien incapable, comme la plupart des gens, de dire ce qu'est l'amour, je peux seulement dire que je crois à l'amour, au pouvoir de l'amour, et qu'il ne se manifeste pas toujours de la même façon ; c'est une chose indépendante du sexe, du couple, de l'engagement exclusif, de la procréation, c'est tout simplement la seule chose qui donne du sens, qui donne un sentiment d'appartenance, qui fait que la vie change complètement et devient enfin la vie.

Bref, un mois plus tard nous étions installées toutes les deux à Puerto, et c'est ainsi qu'a commencé l'une des périodes les plus heureuses de ma vie, des journées merveilleuses qu'on ne peut vivre que dans sa jeunesse, quand on est à cheval sur la fin de l'adolescence et le début de la vie adulte. Nous étions jeunes, nous étions belles, nous dévorions le monde, et je mesurais la chance qui était la mienne d'avoir eu le courage de partir de chez moi pour suivre ma voie sans me sentir redevable à mes parents ou à ma famille. Chez beaucoup de jeunes, l'influence des dogmes et de la tradition est tellement forte, la peur est tellement grande de se sentir rejeté, ou ridicule, ou indigne, ou ingrat, le poids des responsabilités tellement écrasant sitôt qu'ils essaient de prendre leur autonomie, leur ignorance tellement profonde à force d'avoir entendu toute leur vie tous ces mensonges sur le passé ou le présent, qu'ils ont rarement le courage suffisant pour s'affirmer, pour manifester leur volonté à eux, leurs idées, leurs désirs, leurs fantasmes. Ils finissent par se marier selon le rite d'une religion à laquelle ils ne croient pas, qu'ils ne respectent même pas, pour éviter de décevoir leurs parents, ou bien ils font des études qui ne les intéressent pas pour réaliser un rêve qui n'est même pas le leur. Ils aiment mieux mentir et se mentir à eux-mêmes que regarder la vérité en face. Et moi, c'est à vingt ans, c'est avec Cordelia que j'ai pris conscience d'avoir nourri toute ma vie une inquiétude, une peur, une angoisse inexprimable qui m'empêchait de voir le monde tel qu'il était et de l'affronter dans la mesure du possible. Lorsque j'ai enfin surmonté cette peur, j'ai eu la sensation de nager dans les eaux turbulentes d'un monde nouveau, tellement différent de celui où j'avais vécu jusque-là, un monde bien plus riche, plus foisonnant, auquel je devais me confronter en abandonnant mes anciens idéaux pour de nouveaux.

Au début, nous travaillions toutes les deux au même restaurant, dans l'équipe du soir. Grâce à son espagnol, Cordelia se débrouillait parfaitement avec les clients locaux. À la fermeture nous sortions faire la fête, toutes les nuits sans exception, et ça se terminait le matin par un bain sur la plage, même s'il faisait froid, même s'il pleuvait, c'était comme un rituel. Il est vrai qu'elle était habituée au froid écossais. La ville est petite, elle a l'air calme à première vue, mais en fait elle est beaucoup plus vivante qu'on ne l'imagine, elle bouillonne intérieurement comme un volcan. Il y a beaucoup d'étrangers, des millionnaires, mais aussi de simples touristes de passage, c'est un flux permanent, pour s'ennuyer il faut vraiment le vouloir. Tout le monde nous connaissait, il y avait toujours quelqu'un pour nous payer à boire, que ce soit le patron, les serveurs, ou les clients. Cordelia était tellement sociable, elle avait le mot qu'il fallait pour chacun, elle était comme un aimant, comme un phare. Un mélange explosif de beauté, d'esprit, de sympathie, elle était toujours au centre des regards, et c'était quelquefois difficile pour moi de supporter qu'elle soit entourée de gens quand moi je restais isolée dans mon coin, mais je n'y attachais pas plus d'importance que ça, je ne me laissais pas prendre bêtement au piège de l'envie ou de la jalousie. Elle me disait : « Tu sais, ce qui est curieux, c'est qu'en Écosse je n'avais pas du tout ce type de succès, au contraire, j'étais le mouton noir du collège comme du quartier, personne ne me comprenait, personne ne voulait me parler, c'est à peine si j'avais des amies. Mon frère, lui, était populaire, mais pas moi. »

— C'est vrai, mais seulement jusqu'à un certain point. En fait, elle était trop mature pour s'entendre avec les camarades de son âge, et elle n'avait pas tellement l'occasion de rencontrer d'autres personnes. Je suppose qu'ici elle pouvait parler avec des gens de tous les âges, de tous les milieux, qui pouvaient partager ses goûts littéraires, sa passion pour l'astronomie, pour les sciences occultes, pour Blake, toutes ces choses qui étaient hors de portée des garçons de notre collège ou de notre quartier.

— Oui, elle se lançait souvent dans de grandes tirades sur la philosophie, la littérature, l'astronomie, la poésie, le sens de la vie, pour peu qu'elle rencontre une personne disposée à lui donner la réplique, et ici ce n'est pas ce qui manquait. Comme je t'ai dit, l'île est un lieu de passage permanent, on n'arrête pas de voir de nouveaux visages, et si on cherche quelqu'un pour parler d'ésotérisme ou d'occultisme, on trouve sans aucun mal. Elle me disait : « Il faut féconder l'âme du monde. Je ne peux pas appartenir à un monde sans âme ni conscience, je ne peux pas appartenir à un monde mort et agonisant, je ne peux pas appartenir à un monde dont l'âme a été fécondée par d'autres. Ici, aux Canaries, il est facile de trouver l'âme du monde. »

— Je ne sais pas si tu cites textuellement, mais c'est bien sa rhétorique.

— Elle ne se trompait pas tant que ça. Ici, on ne trouve peut-être pas l'âme du monde, mais on trouve beaucoup de ceux qui la cherchent. Il y a, comme tu sais peut-être, une très ancienne tradition de sorcellerie, ce à quoi s'est ajoutée, dans les années soixante-dix, une très forte présence de hippies, si bien que tu trouves toujours quelqu'un pour te parler de runes, de tarot, du *Yi King* ou de l'horoscope égyptien ou maya. Les thèmes de prédilection de Cordelia.

— Je sais.

— Il faut savoir que les femmes canariennes sont très superstitieuses. Entendons-nous, l'archipel n'est pas le royaume du vaudou, on ne vous fourre pas des grigris dans les vêtements, mais je ne sais pas comment dire, la magie est très présente, aussi présente que la mer, c'est quelque chose qui fait tout naturellement partie de la vie. Dans n'importe quel village, on trouve forcément une femme qui pratique la magie blanche, qui fait des prédictions, qui jette des sorts, qui délivre du mauvais œil, etc. Il y a aussi une foule de guérisseuses, de voyantes, de cartomanciennes… Cordelia adorait aller les voir pour se faire dire la bonne aventure, même s'il fallait pour ça rouler cent kilomètres jusqu'à un village perdu au milieu des terres, à la recherche d'une vieille femme dont quelqu'un lui avait parlé. Et puis elle lisait beaucoup de livres de sciences occultes. Elle avait une très forte capacité à croire l'incroyable, elle était ouverte à tout, elle se laissait prendre à n'importe quelle supercherie. Un peu d'incrédulité ne lui aurait pas fait de mal, ça lui aurait servi de première ligne de défense…

— Je crois que cette obsession était liée à son désir d'entrer en contact avec ses parents. Être orphelin n'est jamais drôle, surtout si jeune, et surtout pour une enfant aussi sensible qu'elle.

— Comme je t'ai dit, c'étaient des choses dont elle pouvait parler pendant des heures si elle trouvait quelqu'un pour l'écouter. Et la nuit, il y avait beaucoup de gens pour l'écouter, attirés ne serait-ce que par sa beauté, même s'ils n'avaient rien à faire de ce qu'elle racontait, simplement dans l'espoir d'être payés de leur patience. Mais rares étaient ceux qui obtenaient quoi que ce soit. C'est vrai qu'elle pouvait être très aguicheuse, et à partir d'une certaine heure, surtout si elle avait bu, la moindre inflexion de sa voix, le moindre de ses gestes avait des allures de défi, d'invite, de promesse, sans qu'elle-même paraisse s'intéresser le moins du monde au résultat de ce qu'elle semait. Elle pratiquait la séduction comme un jeu, des sous-entendus discrets pour commencer, plus pressants ensuite, et puis, presque toujours, à un moment, elle brisait là. Elle était hors d'atteinte, parce qu'elle ne laissait personne prendre l'initiative d'approcher ni de s'éloigner. Il fallait attendre qu'elle vienne à toi, qu'elle ait envie. Je crois qu'elle aimait cette sensation de domination, je crois surtout qu'elle aimait être au centre des regards, créer autour d'elle cette atmosphère chaleureuse, affective, dans laquelle on est censé vivre quand on est enfant mais à laquelle elle n'avait jamais eu droit, pas plus que moi, et qui lui avait manqué terriblement. Elle était infantile au sens premier du terme. Elle n'était spécialement intéressée ni par le sexe ni par la recherche du grand amour, elle disait qu'elle ne pouvait pas s'empêcher de penser à cette passion qu'elle avait laissée derrière elle en Écosse et qu'il lui était si difficile, et même impossible, d'oublier. Elle paraissait littéralement obsédée par ça.

— Je te l'ai dit, je crois savoir de qui tu parles. C'est une histoire dont elle est sortie vraiment bouleversée, et même pire que cela.

— Mais, d'un autre côté, elle rayonnait de bonheur, elle était enthousiasmée par Tenerife, elle disait qu'elle avait découvert ici une autre vie, et même une autre Cordelia qui lui était inconnue. Elle me disait : « En

Écosse, je me sentais trop différente des gens autour de moi, je me disais qu'il devait forcément y avoir, ailleurs dans le monde, un endroit où les gens ont une vie qui ressemble à celle que je voulais vivre, et qui partagent mes idées. Pendant des années, Aberdeen a été ma prison, ma routine, faute de pouvoir lutter je me résignais au silence, et c'est en silence que je me réservais le droit de haïr mon tyran et de vivre de songes. »

— Elle n'a jamais aimé Aberdeen. Nous y avons emménagé à la mort de nos parents, quand j'avais dix ans et elle six, je suppose qu'elle a dû te raconter, dans la maison d'une sœur de mon père. Elle était célibataire, mais ce n'était pas la vieille fille classique, c'était une femme très avancée pour son époque, qui enseignait à l'université. Elle lisait beaucoup, elle allait au cinéma, elle sortait, elle avait beaucoup d'amies femmes et très peu d'amis hommes. Quand j'ai été plus grand, j'ai compris qu'elle était lesbienne, mais ce n'était pas le genre de sujet dont on parlait à l'époque. Elle n'était pas particulièrement affectueuse avec nous, pas revêche non plus, mais j'ai toujours vécu dans l'idée que notre présence la dérangeait, que nous perturbions ses habitudes, sa vie si parfaitement réglée. Par exemple, chaque fois qu'elle sortait le soir, au cinéma, ou au pub, ou pour aller voir ses amies, elle nous laissait seuls tous les deux, nous n'étions plus tout petits, mais suffisamment quand même pour qu'aujourd'hui, avec mes yeux d'adulte, je trouve aberrant qu'elle l'ait fait. L'hiver, à Aberdeen, le vent est parfois très fort, et il y avait dans le jardin un arbre dont les branches, la nuit, venaient fouetter les fenêtres de l'étage. Cordelia était réellement terrifiée à l'idée de rester seule dans cette maison et, les soirs où ma tante sortait, elle venait dormir avec moi. Plus tard, à l'adolescence, je me suis adapté sans trop de mal. J'étais dans l'équipe de rugby, j'étais le plus grand de la classe, j'étais très populaire auprès de mes camarades. Cordelia aussi était grande pour son âge, mais pour une fille ça n'a rien d'un avantage. Elle n'avait presque pas d'amis, elle détestait toutes les filles avec qui je sortais, elle restait des heures enfermée dans sa chambre, à lire, à dévorer plutôt. Elle était tout sauf sociable, et j'étais surpris, au début, de t'entendre dire qu'ici elle l'était, mais je crois que tu as raison, elle avait besoin de changer d'air, besoin de quelqu'un qui l'écoute, et je suppose que dans une île comme ici, où la population se renouvelle beaucoup, où personne ne vous colle d'étiquette, où les gens n'ont pas décidé à l'avance qu'ils n'avaient rien à vous dire, tout est plus facile.

— Au bout de trois ans, elle a fait la connaissance d'un homme, encore un Anglais, qui animait une émission sur une des nombreuses radios en anglais de l'île. Il faisait ça pour le plaisir car il n'avait pas besoin d'argent, je crois d'ailleurs qu'il n'était pas payé très cher. Il ressemblait beaucoup à cet homme avec qui elle était arrivée ici.

— Tu veux dire Richard ?

— Oui, il ressemblait à Richard. Comme lui, il avait une petite cinquantaine, il était séduisant, riche, cultivé, calme. Blond, le regard bleu légèrement délavé de quelqu'un qui a beaucoup vécu et qui a appris à observer à distance, sans ironie ni orgueil. Je crois que c'est cette attitude de courtoisie bienveillante qui a attiré Cordelia. À l'époque, elle ne travaillait plus, elle avait touché son héritage, je ne connais pas les détails, mais elle recevait un virement mensuel d'Écosse.

— Oui, elle a un gestionnaire qui s'occupe de ses placements, le fameux Richard. Elle lui faisait une confiance aveugle, elle savait qu'il était amoureux d'elle et qu'il ne la volerait pas.

— L'autre homme dont je te parle s'appelait Martin, on disait qu'il avait fait fortune en investissant dans l'immobilier à Manchester dans sa jeunesse. Il avait un petit appartement à Puerto, mais il vivait dans une villa du côté de Tacoronte, au-dessus de la plage de Los Patos, tout en haut de la falaise qui sépare les deux plages. Une villa superbe, avec une immense piscine et une vue spectaculaire. Comme elle voulait à tout prix rester avec moi, il nous a proposé de venir y habiter avec lui toutes les deux. Je sais que c'est bizarre à expliquer, mais elle était maladivement dépendante de moi, elle n'avait pas d'autre amie dans l'île, ni même au monde sans doute, j'étais la sœur qu'elle n'avait jamais eue et nous avions juré de ne jamais nous séparer. Martin était tellement amoureux qu'il a accepté, et moi, je présume que j'aimais trop Cordelia pour voir quoi que ce soit d'anormal dans le fait de m'installer avec eux deux à Tacoronte. Dis-toi bien que jamais, jusqu'alors, je n'avais ressenti pour personne cette étrange affinité qui m'unissait à Cordelia. Elle me révélait, à sa façon, le sens caché de l'existence, ses mots donnaient à tout ce qui nous arrivait une signification particulière, j'avais besoin d'elle pour me comprendre moi-même, pour me voir moi-même. En plus, notre appartement était tout petit, et la maison de Martin était si confortable, avec ses grandes chambres toutes blanches, ses parquets immaculés chauffés par le soleil, l'air iodé qui entrait par les fenêtres depuis le jardin bien entretenu… La maison, je t'ai dit, était sur une falaise, et la mer paraissait bien plus grande à travers la baie vitrée que depuis la plage, plus paisible, plus solennelle, plus profonde, plus lisse aussi, comme si elle ondulait au rythme d'une musique des sphères aux vibrations cachées. Quand je contemplais le coucher du soleil, je croyais à peine à la chance que j'avais de pouvoir jouir de ce moment magique, dépourvu de tout pathos grandiloquent ou sentimental. J'avais l'impression de communier avec cette mer d'un vert sombre effervescent, qui gardait ses secrets enfouis au plus profond d'elle-même, découvrait les rochers à marée basse, charriait des dépouilles silencieuses et tissait sous le soleil un tapis flottant d'algues, de filets et de coquillages. Je guettais sa rumeur intime, j'écoutais le mouvement de ses poissons et de ses plantes.

L'endroit était si merveilleux que, les premiers temps, nous avons été heureux tous les trois, dans une atmosphère de camaraderie chaleureuse. J'avais le sentiment de vivre un bonheur noble et désintéressé, j'étais heureuse du simple fait que Cordelia l'était. Puis, avec le temps, les choses ont commencé à se gâter.

Avant de rencontrer Martin, ni elle ni moi n'étions ce qu'on peut appeler de vraies consommatrices de drogue. Je ne dis pas que nous n'acceptions pas, à l'occasion, un joint ou une ligne de coke, mais jamais à la maison, et jamais nous n'en achetions. Avec Martin, tout a changé. Il fumait des joints comme d'autres des cigarettes. Il commençait dès le réveil, et fumait de plus en plus à mesure que la journée avançait. Et le soir, quand il sortait, il buvait sec et prenait beaucoup de coke. Et de l'ecstasy de temps en temps. Ça n'avait pas l'air de lui faire beaucoup d'effet, mais comme nous ne l'avions pas connu avant, nous ne pouvions pas savoir comment il aurait été sans. Toujours est-il que, comme il était prévisible, nous lui avons emboîté le pas. Moi pas tellement, car la drogue ne m'a jamais vraiment attirée, mais ta sœur a adopté les habitudes de Martin avec une ardeur de néophyte. Or, comme tu sais, elle avait de fortes tendances dépressives, ce qui est sans doute normal quand on a perdu ses parents très jeunes, et pour un dépressif la drogue est la dernière des choses à conseiller. La cocaïne provoque des redescentes terribles, je pense que tu sais ça aussi. En tout cas, c'est mon explication, car je n'en vois pas d'autre – à l'époque, évidemment, je n'en voyais aucune. Quand elle sortait faire la fête, tout était joie, exaltation, ivresse, mais le lendemain je la retrouvais à la piscine dans un océan de larmes, prostrée, sanglotant à t'arracher la poitrine. Est vite apparue une Cordelia que je ne connaissais pas, une Cordelia sombre, sépulcrale, enlisée dans une sorte de marée noire qui menaçait de l'engloutir pour de bon. Une Cordelia capable de s'enfermer tout d'un coup dans sa chambre pendant des heures, volets fermés, sans raison apparente, en prétextant qu'elle avait très mal au crâne.

— C'est la Cordelia que j'ai connue, elle pouvait être très dépressive, très extrême.

— Extrême, oui, c'est le mot. Martin n'arrivait pas à comprendre ce qui se passait, et moi non plus, mais je la connaissais un peu plus que lui et j'essayais d'imaginer les raisons. Lui, il était véritablement fou d'elle, et ça le désespérait de la voir dans cet état. Mais la seule chose dont il était capable, au lieu de rester auprès d'elle pour tenter de l'aider, c'était de fumer encore plus et de s'étourdir de drogues. Je crois qu'il était trop anglais, trop réservé, trop timide, toujours à marcher sur des œufs, à parler tout bas, à temporiser, à lui céder au lieu de batailler, si bien que le fossé qui les séparait n'a fait que se creuser. Ils s'éloignaient l'un de l'autre, chacun enfermé dans sa solitude, et moi je me sentais impuissante, passive, spectatrice, écrasée par l'intuition que tout cela ne pouvait que mal finir et par le fardeau de mon ignorance. J'essayais de lui parler, mais elle ressassait toujours les mêmes choses, son enfance et son adolescence solitaires, cet amour non partagé, ce vide qu'elle sentait en elle et ne savait comment remplir, cette vie sans stimuli, sombre et vaine, et vouée à le rester.

Ne crois pas non plus que ça a été comme ça tout le temps. C'était plutôt comme des montagnes russes émotionnelles. Parfois nous sortions à trois jusqu'au petit matin, Martin nous emmenait dans les meilleurs restaurants de Puerto et Cordelia redevenait la fille expansive que j'avais connue, comme si elle avait tourné définitivement le dos à la tristesse, à la dépression. Et le lendemain, évidemment, elle redescendait en enfer. Je m'efforçais de la persuader qu'il fallait que nous changions de style de vie, elle avait l'air de m'écouter, elle semblait même boire mes paroles, mais elle finissait toujours par suivre Martin comme un mouton, par faire tout ce qu'il proposait. J'avais l'impression que nous étions assises sur un volcan à demi éteint, ou sur une bombe qu'un mécanisme d'horlogerie pouvait faire exploser à tout moment, et pourtant je ne faisais rien pour résister. Nous ne travaillions plus ni l'une ni l'autre, entre son argent à elle et celui de Martin nous avions largement de quoi vivre. Comme je n'aimais pas l'idée de dépendre d'eux, je parlais parfois de chercher un travail, mais elle me disait que c'était idiot, que le travail n'est pas synonyme de dignité mais d'abrutissement, qu'il fallait que je laisse au moins passer l'été, et puis l'hiver, et puis l'été suivant... C'est ainsi que nous avons laissé filer deux années entières, à vivre d'éternelles vacances, à boire des daiquiris au bord de la piscine, à faire de longues siestes, à regarder des films le soir, à aller au restaurant, à fumer, à sniffer... Je suppose que tu dois te demander s'il y avait entre nous trois quelque chose de plus, c'est la question que tout le monde se posait. Nous étions résignées à ce qu'on dise ça de nous, nous le supportions avec stoïcisme, et même un certain orgueil, car nous savions bien que personne ne se serait donné la peine de faire courir ce genre de bruits si nous n'avions pas été deux belles filles, et si Martin n'avait pas été riche. Quelque chose, oui, il y avait quelque chose, une amitié secrète, incompréhensible aux yeux du monde, sauf que je n'avais aucun sentiment pour Martin ni Martin pour moi, c'est Cordelia qui était au centre de tout, chacun de nous trois le savait dans son for intérieur mais nous n'en parlions jamais.

Tout ce bel édifice s'est effondré une nuit, une nuit qui n'avait rien de particulier. Nous avions dîné dans un grand restaurant, et ensuite nous sommes allés dans un bar où nous sommes restés très tard, à boire des bières et à jouer au billard avec d'autres Anglais. Martin s'éclipsait avec eux aux toilettes à tout bout de champ pour revenir tout décoiffé, en respirant très fort par le nez, et vidait sa bière en deux gorgées. Je me doutais bien de ce qu'ils faisaient, il n'y a pas trente-six raisons pour lesquelles un hétéro va aux toilettes avec un autre hétéro. Ils ont aussi donné de la coke à Cordelia, elle m'en a proposé mais je n'avais pas envie. Quand le bar a fermé, nous avons décidé de rentrer. C'est Martin qui conduisait. Il avait énormément bu, mais ça ne nous dérangeait pas qu'il conduise en état d'ivresse, c'était un problème auquel on ne pensait jamais, même si je crois qu'aujourd'hui ça me choquerait. Surtout quand je repense à ces lacets très raides qu'il faut monter pour arriver à la maison. Je m'étonne encore que nous ne nous soyons pas tués.

Sitôt arrivées, nous sommes allées nous baigner dans la piscine, Cordelia et moi, jusqu'au lever du jour. C'était une variante de notre ancien rituel sur la plage. Aussi bien Cordelia que Martin avaient une résistance au froid presque surhumaine, du moins à mes yeux – je suppose que c'est l'atavisme britannique. Puis nous sommes allées dormir, chacune dans notre chambre. Martin et Cordelia dormaient généralement ensemble, mais pas toujours, car elle avait insisté pour avoir son espace à elle. J'étais tellement ivre que je me suis effondrée sur mon lit, tout habillée, comme souvent. Quand je me suis réveillée, la journée était déjà très avancée. J'avais la bouche très sèche et en même temps pâteuse, comme si j'avais mangé de la sciure. Il faisait un soleil de plomb, par la fenêtre j'ai vu Martin au bord de la piscine, assis dans une chaise longue, la tête dans les mains, comme cette statue, tu sais, *Le Penseur* de Rodin. Je suis allée chercher de l'eau fraîche à la cuisine, je crois que j'ai descendu toute une bouteille de Perrier. En regardant par la baie vitrée, j'ai constaté qu'il était toujours dans la même position, et ça m'a paru bizarre. J'ai ouvert la porte-fenêtre, je suis sortie dans le jardin, je me suis approchée avec ma bouteille à la main, je l'appelais mais il ne semblait pas m'entendre. Quand je l'ai touché, je l'ai trouvé étrangement rigide, et surtout froid, un froid bizarre, presque minéral. Je l'ai secoué, il est retombé sur le côté. Je n'ai pas compris tout de suite, car je n'avais encore jamais vu de cadavre. Je me suis précipitée dans la maison pour appeler les secours, mais quand l'ambulance est arrivée, Martin était déjà mort depuis plusieurs heures. Et Cordelia n'était toujours pas réveillée. Toute l'agitation qu'il y a eu dans la maison l'a tirée du profond sommeil où elle était plongée, sous l'effet, je suppose, du haschisch. C'était une séquence très bruyante, très brutale, très agressive : l'ambulance, les inconnus qui allaient et venaient dans la maison, les questions, les relevés d'identité, de numéro de passeport, Cordelia qui pleurait en tenant des propos incohérents… Et moi, comme paralysée ou ensorcelée, qui la regardais pleurer sans verser moi-même une seule larme, qui attendais simplement avec elle en lui tenant très fort la main.

Nous ne savions pas qui prévenir, nous ne connaissions personne de la famille de Martin, et nous n'avions aucun lien de parenté qui nous habilite à nous charger des formalités. Il y a eu une crémation à laquelle Cordelia a assisté complètement droguée, on lui avait administré une dose de Valium suffisante pour endormir un régiment. Elle marchait agrippée à mon bras et ne se rendait compte de rien. J'étais étonnamment calme, comme s'il s'agissait d'une mort annoncée de longue date, comme si c'était la chose la plus naturelle et la plus inévitable au monde, comme s'il nous avait invitées toutes les deux chez lui pour que la tragédie ait lieu et que nous en soyons les témoins, des actrices de second plan dans le film de sa vie. En un sens, sa mort me terrifiait et me soulageait en même temps, car je savais que tout cela ne pouvait qu'aboutir à une catastrophe, même si je n'avais pas prévu qu'elle se produirait si tôt.

Évidemment, nous ne pouvions pas rester dans cette maison. Non seulement elle n'était pas à nous, mais il se trouvait que Martin avait été marié et qu'il avait deux enfants à Manchester, à qui elle revenait de plein droit. Faute de titre qui puisse justifier notre maintien dans les lieux, ils nous ont fait expulser par la voie judiciaire, mais comme c'est le genre d'affaire qui prend du temps, il s'est passé plus d'un an avant que le jugement devienne exécutoire.

Entre-temps, les gens ont beaucoup glosé sur le fait que Martin vivait avec deux filles jeunes et qu'il était mort d'une crise cardiaque. En plus, Cordelia était très blonde et moi très brune… Nous sommes devenues la cible de certains ragots, si tant est que ce n'était pas déjà le cas avant le drame. C'est une ville plus fermée sur elle-même qu'on ne pourrait le croire, un peu comme si elle était faite de plusieurs couches, comme un oignon, à l'extérieur il y a le monde des touristes, des gens de passage, à l'esprit ouvert, on peut vivre sa vie comme on veut sans craindre le qu'en-dira-t-on, et puis à l'intérieur il y a le petit monde des habitants à l'année, des serveurs, des patrons d'hôtel ou de restaurant, des commerçants, des médecins, des avocats, des agents immobiliers… Bref, toute cette atmosphère et le fait que Cordelia soit très affectée par les événements nous ont décidées à changer d'air.

Nous aimions aller nous baigner à Punta Teno en semaine, quand il n'y avait presque personne, l'un des plus beaux endroits de l'île, avec une crique aux eaux d'un bleu turquoise et une prairie couverte de fleurs jaunes. C'est une zone protégée, on ne peut pas construire, la seule résidence secondaire qu'il y a, et où nous avons habité, est une ancienne maison de métayer. Cordelia a fait des pieds et des mains pour ça. Quelqu'un lui avait dit que les propriétaires ne venaient qu'en été, ainsi qu'à Pâques et certains week-ends, et qu'ils la louaient parfois pour des tournages. Tu sais comment elle est quand elle a quelque chose en tête. Elle a réussi à se procurer leur numéro de téléphone, elle est même allée les voir à Madrid et elle s'est entendue avec eux : ils acceptaient de nous louer la maison, mais s'ils venaient ou qu'une équipe de tournage en avait besoin, nous nous engagions à la libérer pour nous installer dans une pension de Buenavista. Ils étaient largement gagnants dans l'affaire, car une maison située dans un endroit aussi isolé avait besoin d'être surveillée en permanence, et en plus ils économisaient le salaire d'un jardinier, puisque nous nous occupions du jardin. Le loyer, naturellement, était très bas. Je suppose que le charme et la beauté de Cordelia ont joué. Elle voulait s'installer pour au moins une saison, oublier tout ce qui pouvait lui rappeler Martin, et aussi se tenir à l'écart de la drogue et de l'alcool, car elle savait qu'à Puerto elle n'y arriverait pas. Avec l'argent qu'elle recevait chaque mois, nous avions largement de quoi vivre là toutes les deux. Elle n'a pas eu un gros effort à faire pour me convaincre. Il faut dire que je n'avais pas une idée très claire de ce que je désirais, je savais seulement que je ne voulais pas rester à Puerto, tant j'étais écœurée par toutes ces rumeurs malveillantes qui couraient, selon lesquelles nous aurions tué Martin à force de baiser nuit et jour avec lui. Nous nous sommes donc acheté un break d'occasion, nous avons pris nos affaires et nous sommes parties pour Punta Teno. C'était, c'est toujours, une maison très isolée, mais pas tant que ça en fin de compte, car on est très vite à Buenavista. Buenavista est le village le plus proche, pas trop touristique même si, évidemment, c'est plein d'Anglais et d'Allemands, mais je ne crois pas qu'il existe un seul endroit dans l'île où il n'y ait que des Canariens. Le village est charmant, les guides de voyage le qualifient de pittoresque, mais la vie y est bien plus tranquille et bien moins chère qu'à Puerto.

Comme je t'ai dit, nous aurions parfaitement pu vivre de son argent à elle, mais j'en avais assez de mon existence de parasite, je me suis donc cherché un travail et je l'ai trouvé en deux semaines, dans une boutique bio de Buenavista qui faisait à la fois herboristerie et vente d'artisanat local et de produits *new age*. Parmi les clients, il y avait beaucoup d'Anglais et d'Allemands qui passaient leur retraite là, si bien que les patrons étaient ravis d'avoir une employée jeune qui parle les deux langues.

Cordelia s'est très bien adaptée. Elle s'est acheté un VTT avec lequel elle allait tous les jours à Buenavista. Elle lisait beaucoup, elle peignait, elle cuisinait, elle s'occupait du jardin. On dit que les femmes qui ne travaillent pas deviennent vite névrosées, mais elle, pas du tout. Au contraire, durant toute cette première année à Punta Teno, elle semblait même s'épanouir, elle n'avait plus ses accès dépressifs, elle avait repris un peu de poids. Mais, d'un autre côté, notre vie commençait à être un peu ennuyeuse, et je songeais à retourner un jour ou l'autre à Puerto.

C'est à l'herboristerie que j'ai entendu parler pour la première fois de Thule Solaris. Un jour, un garçon blond habillé en noir des pieds à la tête nous a laissé des dépliants à mettre sur le présentoir, pour la clientèle. Je me souviens que j'étais impressionnée par la longueur de sa chevelure, qui lui tombait jusqu'à la taille, on aurait dit un chevalier du Moyen Âge. C'étaient des dépliants en allemand, très bien présentés, avec de belles photos, qui faisaient l'article pour des stages de méditation dans une maison en pleine nature, dans un environnement paradisiaque à en juger par les photos. On voyait une maison avec un très grand jardin, des hommes et des femmes habillés en blanc, assis tous en cercle en position du lotus, au milieu d'un champ de lavande. Maintenant, bien sûr, je sais que ce n'était pas la maison de Heidi qu'on voyait, ni le style de séances qui s'y déroulaient. Je suppose que les photos avaient été prises dans une banque d'images, ou sur Internet. J'ai rapporté le dépliant à Cordelia, avec l'idée que nous pourrions nous inscrire ensemble à un stage d'une semaine, mais finalement je n'ai pas pu y aller avec elle, pas seulement parce que les horaires n'étaient pas compatibles avec mon travail à l'herboristerie, mais aussi parce que c'était un peu cher pour moi. Cordelia m'a proposé de payer pour nous deux, mais j'en avais assez de vivre aux crochets d'autrui. Chez Martin j'avais l'impression d'être une sangsue, et maintenant que j'avais enfin récupéré un semblant d'indépendance économique grâce à mon modeste salaire, je ne voulais pas risquer de la perdre à nouveau. Et puis je trouvais très bien qu'elle fasse des choses sans moi. Même si elle était loin de passer toutes ses journées à la maison, je n'aimais pas l'idée qu'elle reste longtemps seule et je me disais que n'importe quelle activité où elle rencontrerait des gens lui ferait du bien.

Ta sœur est revenue de cette expérience complètement transfigurée, au sens propre. Elle avait même changé de visage, je t'assure, elle avait une expression différente, même la couleur de ses yeux avait changé, le ton de sa voix, les tournures qu'elle employait n'étaient plus les mêmes. Alors que l'ancienne Cordelia donnait une impression diffuse de fragilité, la nouvelle avait une apparence plus affirmée, comme si ses contours étaient mieux dessinés. Elle n'arrêtait pas de changer de physionomie, de position, de timbre, de regard, même ses sourcils ne tenaient pas en place, on aurait dit qu'elle était sous amphétamines. Son nez, ses oreilles, ses cheveux, l'ensemble de ses traits étaient bien les siens, mais j'avais l'impression d'avoir affaire non pas à Cordelia, mais à une sœur jumelle de Cordelia. Il y avait d'infimes nuances, perceptibles seulement à la périphérie brumeuse de ma conscience, à travers cette faculté qu'on appelle l'intuition, qui la rendaient différente à mes yeux. Son langage, par exemple, n'était plus celui auquel elle m'avait habituée. Il arrivait qu'elle parle d'une façon compliquée, pédante même, mais je n'avais encore jamais entendu dans sa bouche des expressions comme « la Force mystique » ou « le Tout cosmique universel »… J'étais prête à accepter un changement, même brusque, même profond, dans sa façon de penser, dans sa façon d'être, mais ce qui me décontenançait, c'est que rien, chez la personne que j'avais en face de moi, ne me rappelait celle qui avait quitté la maison huit jours plus tôt. À mesure que je l'observais, il me semblait que ses yeux étaient de plus en plus bleus, ses cheveux de plus en plus blonds, son visage et son corps de plus en plus anguleux. J'étais d'autant plus déroutée que ma raison refusait l'idée que le changement ait pu être si brutal, et non lent et progressif comme il aurait été normal. À ce moment-là, la vérité a commencé à se faire jour en moi, comme quand on plonge et qu'on voit au fond de l'eau un éclat qui brille et prend peu à peu la forme d'un objet. Mais c'est seulement plus tard que j'ai osé m'aventurer à la recherche de ce qui n'était alors qu'un soupçon diffus.

Depuis qu'elle était revenue de son stage de méditation, elle prenait le break une ou deux fois par semaine pour retourner là-bas, car elle s'était liée d'amitié avec l'animatrice du groupe. Du jour au lendemain, elle ne vit plus le monde qu'à travers les yeux de Heidi. Toutes les conversations incluaient Heidi d'une façon ou d'une autre. Heidi a dit que, Heidi pense que, l'autre jour Heidi m'a expliqué que… Elle était toute fière de me raconter combien Heidi lui accordait de considération : « Heidi m'a dit qu'elle avait rarement eu une élève aussi perceptive que moi… » Je me suis habituée à ce que le sujet Heidi revienne chaque jour, avec presque toujours les mêmes anecdotes, les mêmes commentaires, les mêmes citations. Je pouvais presque deviner à l'avance ce qu'elle allait dire et à quel moment. Elle me parlait d'un monde de paix et de félicité, de sa vie qui prenait un sens nouveau, du groupe qui la soutenait et qui partageait ses valeurs. Elle me disait : « Heidi me traite comme son égale, elle cite des auteurs ou des termes techniques en considérant comme allant de soi que je les connaisse ou que je les comprenne, qu'avec moi elle n'a pas besoin de passer du temps à tout expliquer comme elle le fait avec les autres. » Elle était toute bouffie d'orgueil de ce que « l'être spirituel le plus élevé au monde » la considère comme « une personne cultivée ». Elle répétait comme un mantra ce que lui avait appris Heidi, par exemple que « l'ascétisme est un chemin escarpé mais accessible », que « notre moi essentiel est en nous-mêmes, il suffit de savoir faire appel à lui », ou que « la vertu commence par un effort léger mais contraire à nos habitudes, et qui dès le deuxième jour nous coûte moins pour une efficacité plus grande ». C'est ainsi qu'elle a cessé de fumer, de boire, de manger de la viande, des conserves, de porter des vêtements en synthétique, au nom de ce que Heidi appelait « la recherche d'un équilibre stable de l'âme ». Elle était convaincue que la vertu était une affaire de méthode et de persévérance, qu'on y parvenait par le jeûne, par l'ascétisme, par la méditation, par des lectures appropriées. Au début, j'étais contente qu'elle ait changé, car ça signifiait qu'elle avait arrêté la drogue, mais ensuite j'ai pris peur en la voyant renoncer peu à peu à tout ce qui avait fait le sens de sa vie jusque-là, pour graviter autour du groupe de Heidi pendant que je restais sur une orbite éloignée, comme si une force centrifuge me chassait de l'univers émotionnel de ma meilleure amie, de ma sœur.

Cordelia était une proie facile, je m'en aperçois aujourd'hui. Sans famille, extrêmement sensible, avec ce besoin éperdu d'être aimée, d'être regardée, d'être admirée, d'être comprise. Elle n'a jamais aimé que des hommes plus âgés qu'elle parce qu'elle était perpétuellement en quête du père qu'elle n'avait pas eu. Et Heidi, évidemment, était la mère qu'elle n'avait pas eue non plus. Une proie facile, donc, et aussi une proie précieuse, car elle avait de l'argent, Heidi le savait sûrement depuis le début, et elle a tissé peu à peu sa toile autour d'elle, implacable.

Ta sœur ne manquait pas, bien sûr, de faire du prosélytisme. Elle a insisté cent fois pour que je vienne avec elle à une séance du groupe, mais une force intérieure très puissante me disait de ne pas y aller. Je prétextais la fatigue, mes horaires à la boutique, et finalement elle a arrêté d'insister. D'une certaine façon je la comprenais, je comprenais son besoin de se raccrocher à quelque chose, je le partageais même. Plus j'avançais dans la vie, plus j'avais aussi cette soif de croire à quelque chose, mais moins j'avais, en même temps, la capacité de croire aveuglément. J'avais le désir de voir l'invisible, mais je ne m'en sentais pas la force.

Je crains qu'à un moment Heidi n'ait monté Cordelia contre moi. C'est ce que font généralement les sectes vis-à-vis des familles, ou des amis proches qui pourraient faire barrage à leurs idées. Toujours est-il qu'à partir d'un certain moment elle a cessé de me proposer de venir avec elle, elle s'est faite plus réservée, plus distante, plus secrète. Quand je lui demandais des détails sur l'endroit où se trouvait la maison de Heidi, elle me répondait de façon évasive. Elle ne parlait pas beaucoup non plus de ses activités, de ce qu'on faisait pendant ces fameuses retraites.

La transformation a continué inexorablement au fil des mois. Elle maigrissait à vue d'œil, elle avait des cernes sous les yeux. Elle avait troqué ses tee-shirts et ses minijupes pour des chemises amples, de couleur toujours foncée, dans lesquelles elle paraissait flotter. Elle tenait souvent à la main une espèce de chapelet qu'elle tripotait sans arrêt, comme un tic obsessionnel. Et elle s'est prise de passion pour les runes, ces pierres marquées de signes qui servent pour la divination. Elle en avait toujours un jeu sur elle, dans un petit sac accroché à sa ceinture, et elle les consultait de façon névrotique, à toute heure du jour ou de la nuit. Régulièrement, elle disparaissait une semaine entière pour une retraite, et elle revenait encore plus maigre, plus pâle, plus… comment dire, plus planante, plus éthérée. Elle s'éloignait peu à peu de tout, pas seulement de moi, mais de son entourage, d'elle-même, de sa propre humanité, de son sentiment d'appartenir au monde. Ses yeux brillaient d'une lumière opaque, comme si elle regardait ailleurs, vers un monde dont l'existence n'avait pas de manifestations concrètes.

Puis elle s'est mise à discourir sur la fin du monde, elle annonçait que le changement climatique allait d'ici peu détruire la planète. Ça n'avait rien d'absurde en soi, étant donné que c'est ce que disent aussi beaucoup de mouvements écologistes, dont certains très respectables, mais elle en est vite arrivée à tenir des propos franchement insensés, comme quoi, lorsque viendrait la fin du monde, seuls les êtres spirituellement préparés pourraient voyager dans l'autre dimension et qu'un vaisseau viendrait les chercher pour les emmener vers la Terre ultime de Thulé. J'ai fini par comprendre qu'elle parlait d'un vaisseau spatial, et c'est à ce moment-là que j'ai réalisé qu'elle avait vraiment perdu la raison. Le problème, c'est qu'à Tenerife, comme tu sais peut-être, il est facile de croire aux ovnis, puisque l'île est l'un des endroits les plus souvent cités par la littérature spécialisée : il y a d'innombrables histoires sur des contacts avec des extraterrestres qui auraient eu lieu à Tenerife, on organise même des expéditions ufologiques dans le parc national du Teide. Il n'y avait donc pas moyen de lui enlever de la tête que les extraterrestres existaient et qu'ils étaient en contact, d'une façon ou d'une autre, avec Heidi. Elle était chaque jour plus délirante, et quand elle se confiait à moi, quand elle me montrait les différentes pièces du puzzle qu'était devenu son monde intérieur, peut-être dans l'idée que je serais capable de les remettre en ordre, j'étais désemparée, j'étais incapable d'autre chose que de scruter ce visage sublime avec l'espoir qu'un changement, un miracle se produirait, mais pas le miracle qu'elle attendait, non, je voulais simplement qu'elle retrouve la raison.

Elle s'est éloignée de moi dans un mouvement très lent, régulier, imperceptible, comme le chat du Cheshire dans *Alice au pays des merveilles*. D'abord ce sont ses yeux bleus qui se sont estompés, perdant toute couleur, toute vivacité, puis son corps lui-même s'est désagrégé, ses membres se sont amaigris, ses traits se sont brouillés, son odeur même s'est altérée quand elle a troqué son parfum d'ambre que je lui avais toujours connu pour un mélange improbable d'encens et de fenouil. Et, pour finir, c'est son esprit qui a pris congé, car même lorsqu'elle était là, son esprit était ailleurs, il était avec Heidi. Elle allait de pièce en pièce, imprégnée de Heidi, marquée par Heidi, pensant à Heidi, elle parcourait la maison comme une ombre, un souvenir, la tête ailleurs, un sourire inexpressif et figé sur les lèvres.

À la fin, j'avais beau savoir qu'elle se rendait presque tous les jours chez Heidi pendant que je travaillais à la boutique, je me sentais impuissante. Un matin, j'étais si désespérée que j'ai accroché à la porte de la boutique un petit écriteau qui disait « de retour dans une heure » et je suis rentrée à la maison, sachant qu'elle ne serait pas là, pour fouiller sa chambre, chose que je n'avais jamais faite pendant toutes nos années ensemble. Dans un tiroir, j'ai trouvé un cahier plein de notes griffonnées, de phrases dénuées de sens, qui semblaient composer une sorte de légende ou de récit magique, dont il ressortait que le cosmos était né de l'affrontement entre le froid et la chaleur, que les planètes étaient apparues quand les blocs de glace cosmique s'étaient entrechoqués avec le Soleil, que la Terre avait eu quatre Lunes et que, pendant cette période quadrilunaire, avait surgi une race de demi-dieux blancs aux pouvoirs physiques et psychiques surnaturels, qui avaient fondé la civilisation des Hyperboréens au centre de laquelle se trouvait l'île de Thulé. Mais les Lunes ont ensuite disparu les unes après les autres, et c'est à la suite de ce cataclysme que sont apparues les races inférieures. Après la destruction d'Hyperborée, les Thuliens ont migré vers le sud, vers l'Europe, et c'est d'eux que descendent les Indo-Européens modernes, mais certains Thuliens se sont cachés dans les profondeurs de la terre, attendant la redécouverte de l'Énergie de la Force mystique du Vryl pour sortir de leur refuge souterrain et reconquérir le monde.

— Comme c'est étrange… Ce fait de se cacher sous la terre. Ça me rappelle ce que disait Charles Manson. Qu'il y aurait un cataclysme à la suite duquel les Noirs prendraient le pouvoir, mais que les Blancs se cacheraient sous la terre et, le moment venu, ressurgiraient à la surface pour reprendre le pouvoir. J'ai l'impression que tous les scénarios d'apocalypse que racontent les gourous de ces sectes messianiques s'abreuvent aux mêmes sources… Une sorte d'inconscient collectif, peut-être.

— Oui, peut-être. Je ne sais pas grand-chose sur les sectes, à vrai dire. Ni sur Charles Manson. Mais il y avait une phrase, dans tout ce galimatias, qui a attiré mon attention et dont le sens m'apparaît mieux maintenant, à la lumière de tout ce qui s'est passé. Je peux te la citer presque de mémoire, tellement elle m'a impressionnée : « La valeur du sacrifice ne dépend pas de la foi de la victime, volontaire ou non, en la rédemption. Toutes les cultures, toutes les religions proclament la nécessité du sacrifice. »

— C'est une phrase lourde de sens. Et de menaces.

— J'ai aussi trouvé les relevés bancaires de Cordelia. Il y a énormément de virements vers un compte ouvert au nom d'une société qui s'appelait Société de Thulé. Visiblement, cette femme était en train de capter tout son héritage.

Et puis, un soir, comme il était prévisible, Cordelia m'a annoncé qu'elle partait. Elle m'a expliqué que Heidi lui avait proposé dès le début de faire partie de la communauté, mais qu'elle avait voulu respecter notre pacte et continuer à vivre avec moi. Cependant l'Heure de la Séparation était venue, avec un grand H et un grand S, elle parlait avec une solennité telle qu'on entendait littéralement les majuscules, mais sur un ton mécanique, dépassionné, sans la moindre trace de sentiment ou de regret dans ses yeux bleus qui me fixaient avec une indifférence dédaigneuse, et où je n'arrivais pas à entrevoir la moindre nuance d'affection. Un ton résolu, sans réplique, j'étais tellement interloquée que j'étais incapable d'argumenter, d'essayer de la convaincre de rester. Elle parlait comme quelqu'un pour qui le débat est clos et qui n'envisage pas de discuter, même par politesse. Je me suis efforcée de garder mon calme, de faire comme si nous parlions d'un sujet qui ne nous concernait pas personnellement, car je savais qu'elle était perdue pour moi depuis longtemps, que j'étais face à l'inéluctable.

Elle n'a rien emporté avec elle, uniquement ses cahiers. Elle a laissé ses vêtements, ses CD, ses DVD, ses livres, même ses albums de photos. Elle a laissé toute sa vie derrière elle, et il était impossible de lui faire comprendre qu'elle commettait une folie.

Il ne s'était pas passé dix jours depuis son départ qu'elle me manquait aussi désespérément que si l'on m'avait amputée d'un membre, et je me reprochais d'avoir été si passive, de n'avoir rien tenté pour la retenir. Le cahier que j'avais lu prouvait assez clairement qu'elle n'était pas partie pour un simple stage de méditation, qu'il se passait là-bas des choses très troubles. Même si une sorte de nébuleuse mentale m'empêchait d'y voir plus clair, je savais bien qu'il ne s'agissait pas d'un simple soupçon, que mon intuition ne me trompait pas : Cordelia était en danger et je ne pouvais pas rester comme ça, les bras croisés. J'ai appelé le numéro qui figurait sur le dépliant apporté par le garçon blond à l'herboristerie, l'appât à partir duquel s'était enclenché tout ce processus d'envoûtement. Je suis tombée sur un message enregistré m'informant que le titulaire de la ligne avait restreint les appels entrants. Pas moyen, donc, de localiser Cordelia puisque, comme je t'ai dit, elle avait toujours éludé mes questions sur l'emplacement de la maison de Heidi. Mais l'île est petite et je disposais tout de même de quelques indices. Je me suis assise à la table de la cuisine et, stylo en main, j'ai dressé la liste de toutes les informations qu'elle m'avait données par inadvertance, au fil de nos conversations, et qui pouvaient m'aider à la retrouver.

Comme je t'ai dit, nous avions acheté un break d'occasion pour déménager nos affaires de Tacoronte à Buenavista et pour nous déplacer dans l'île, et c'est avec ce break qu'elle allait chez Heidi. Pour ma part, je ne m'en servais presque jamais, j'allais à l'herboristerie à vélo, parfois même à pied quand il faisait très beau. J'avais aussi ma voiture, mais je l'utilisais à peine plus. Il était clair que la maison de Heidi devait être assez loin de Buenavista, sans quoi Cordelia y serait allée à vélo. En plus, elle ne prenait pas la voiture, mais le break, ce qui voulait dire qu'elle n'allait pas dans un endroit urbanisé. Autre élément, elle s'était acheté des chaussures de montagne rigides car, m'avait-elle expliqué, il y avait un assez long chemin non goudronné pour rejoindre à pied la maison. Elle avait même fait allusion plusieurs fois au fait que Heidi roulait en Land Rover sur la piste qui reliait la route aux hectares de terrain autour de la maison, et les roues du break comme les chaussures de Cordelia portaient souvent des traces de crottes de mouton. Enfin, quand elle revenait, elle rapportait du fenouil pour la cuisine, du fenouil sauvage qui poussait là-bas.

Un autre indice m'a été fourni par les couvertures. Quand elle allait à ce qu'elle appelait ses retraites de méditation, elle emportait toujours des couvertures, même en été, car elle disait qu'il pouvait faire très froid la nuit. En résumé, donc, il fallait chercher une villa dans une partie de l'île éloignée de Buenavista, où il y avait des moutons et du fenouil sauvage, une maison entourée d'un terrain de plusieurs hectares et à laquelle on accédait par un chemin de terre, dans un endroit où il pouvait faire très froid la nuit, même en été.

Comme l'île n'est pas si grande et ne compte sans doute pas tellement de villas entourées de plusieurs hectares de terrain, je me suis dit qu'un agent immobilier saurait sans doute m'en faire la liste complète. Ou peut-être un cartographe. C'est alors que j'ai eu une illumination soudaine, comme dans les films. Nous avions connu, à Tenerife, un garçon qui s'occupait de repérer des lieux de tournage. Je ne sais pas si tu sais, mais on tourne beaucoup de films dans l'île. La vie n'y est pas chère, il y a une grande variété de paysages, allant du désertique au tropical, beaucoup de plages, et aussi beaucoup de zones non urbanisées. Manuel, c'est le nom du garçon, connaissait l'île comme sa poche, depuis le temps qu'il travaillait pour la Tenerife Film Commission. Je l'ai appelé et nous nous sommes donné rendez-vous le soir même dans un bar de Puerto.

Il a deviné avec une rapidité incroyable l'endroit où pouvait se trouver la maison de Heidi. Il m'a dit que la vallée de La Esperanza était la seule partie de l'île où il faisait froid la nuit même en été, qu'on y élevait bien des moutons et qu'il y poussait bien du fenouil sauvage. Il m'a aussi dit qu'il n'y avait pas énormément de villas, il en avait deux ou trois en tête qui correspondaient à la description, dont une, en particulier, qui semblait être celle que je cherchais.

L'Addis Abeba, m'a-t-il expliqué, avait été la plus grande discothèque de l'île dans les années quatre-vingt. Elle était ouverte jusqu'au petit matin, on s'y rendait en voiture depuis les quatre coins de l'île. Le lieu était si isolé de tout qu'on pouvait mettre la musique à fond, à l'intérieur comme dans les jardins ou autour de la piscine, sans déranger personne qui soit susceptible d'appeler la police. Mais la boîte, après une période de splendeur, avait fini par fermer à cause d'obscures histoires de bagarres et de trafic de drogue. La villa où elle était installée était enfouie si profondément dans le creux de la vallée qu'elle était presque impossible à repérer si on ne savait pas au moins à peu près où la chercher. Pour quelqu'un qui voulait mener des activités en toute discrétion, c'était donc l'endroit idéal. Manuel aurait été ravi de m'y emmener s'il n'avait pas dû accompagner une équipe de tournage anglaise dans le nord de l'île le lendemain matin, mais il m'a laissé des indications très précises sur l'itinéraire, ainsi qu'un plan soigneusement dessiné. On voyait qu'il avait l'habitude des repérages. En cas de besoin, avait-il ajouté, le mieux était de se renseigner une fois sur place, à la station-service. Elle était très proche de la villa, presque à l'entrée du chemin de terre qui y menait.

Je n'ai eu aucun mal à trouver la station-service, et l'entrée de l'ancienne discothèque était effectivement tout près. Il y avait une guérite avec un vigile, qui m'a demandé dans un espagnol fortement teinté d'accent allemand ce que je cherchais. Je lui ai dit que je cherchais Heidi Meyer. Il a appelé par radio quelqu'un à qui il a expliqué en allemand qu'une jeune femme seule était là et demandait Heidi. Je n'ai pas entendu ce qu'on lui répondait, mais il m'a laissée passer, en me disant de laisser la voiture au parking que je trouverais deux cents mètres plus loin, et en me prévenant que le chemin n'était pas goudronné. J'ai donc laissé la voiture sur le petit carré d'asphalte que j'ai supposé être le parking et où étaient déjà garés deux ou trois autres véhicules, et j'ai emprunté à pied un sentier qui serpentait vers l'horizon. Aucune villa n'était en vue, mais je me suis dit qu'elle devait être dissimulée par la végétation, comme me l'avait laissé entendre Manuel. J'ai reconnu, parmi les arbustes, le fenouil que Cordelia rapportait à la maison, puis, au bout d'un quart d'heure, j'ai aperçu la villa, une bâtisse immense, située au plus profond de la vallée, à l'abri du vent comme du froid et des regards indésirables.

Devant le porche m'attendait une femme mûre, la peau très blanche, la cinquantaine bien sonnée, l'air distant, les cheveux blonds, les yeux bleus acérés, les traits anguleux et rectilignes, le nez pointu et tremblotant comme un groin. Sa silhouette était mince, harmonieuse, c'était une femme encore belle mais d'une beauté blafarde et vénéneuse, cette sorte de charme nordique, hautain et glacé, qui pouvait, malgré son âge, exciter encore le désir mais difficilement susciter la sympathie. Elle s'est présentée à moi comme « l'administratrice de la communauté ». Je savais qu'il s'agissait d'Ulrike, car Cordelia m'avait parlé d'elle et m'avait expliqué qu'elle était arrivée il y a vingt ans avec Heidi, qu'elles avaient retapé la maison ensemble et que, depuis, elle gérait les finances de son amie. J'ai demandé à voir Cordelia, et elle m'a répondu d'un ton glacial que Cordelia était en retraite spirituelle et ne souhaitait parler à personne. D'une voix aussi ferme qu'inexpressive, elle m'a alors proposé de me faire visiter les lieux.

On voyait dans le jardin beaucoup d'hommes et de femmes, certains assis dans la position du lotus, d'autres qui ratissaient par terre, les yeux baissés, les lèvres serrées. Je n'ai vu chez eux aucune vie, aucune pensée, aucune espérance, aucun désir, seulement le poids écrasant de la soumission. Ce qui m'a frappée, c'est que presque tous étaient blonds, très blancs de peau et avaient l'air étrangers. Comme si Heidi n'avait pas voulu de disciples bruns. Des chiens et des chats se promenaient à leur aise ou somnolaient au soleil, comme pour rappeler la cohabitation paradisiaque d'autrefois entre humains et animaux.

J'ai demandé à Ulrike qui habitait là.

— Le groupe.

Elle l'avait dit sans emphase, tout aussi naturellement qu'elle aurait pu dire : « Le soleil se lève à l'est », comme si elle énonçait une évidence connue de tous et s'étonnait même que je pose la question.

— Mais… quel groupe ? Une église, une secte ?

— Absolument pas, m'a-t-elle répondu très calmement, comme si la question ne l'offensait pas le moins du monde. Une secte est un groupe de personnes soumises à un chef, qui ont une dette envers lui et ne peuvent penser différemment de lui. Nous sommes simplement des amis de Heidi.

— Les gens du village disent pourtant que vous êtes une secte.

— Il y a aujourd'hui dans le monde beaucoup de tensions, beaucoup de peurs, beaucoup d'esprits malades, car sans la relation vitale avec le Tout la vie n'est qu'une suite d'événements néfastes, et sans doute est-ce là, d'ailleurs, la cause de nos peurs. Heidi ne peut pas te recevoir aujourd'hui, mais tu verrais tout de suite, si tu la rencontrais, qu'elle n'a rien d'un chef de secte. Elle est très pondérée, elle comprend les problèmes de chacun et les aide à les résoudre. Elle nous montre comment faire progresser notre esprit, ce qui est la clé pour faire progresser le monde.

— De quoi vivez-vous ?

Ulrike a alors relevé la tête, et ses narines effilées se sont dilatées comme celles d'une bête fauve sentant le danger.

— Nous produisons une grande partie de ce que nous mangeons, et certains d'entre nous vivent de l'argent de Heidi. Le financement des stages de méditation se fait à titre individuel, chacun paie sa part. Mais, pour ceux qui n'ont pas les moyens suffisants, il y a différents systèmes d'aide, normalement grâce à la générosité de certains membres fortunés, ou à des prêts amicaux, sans intérêts car l'usure est contraire à l'esprit de vertu.

— Mais elle, Heidi, ne reçoit rien ?

— Certains amis qui viennent en vacances paient cinquante euros par jour pour les repas, mais ceux qui vivent ici à l'année ne paient rien puisque, comme tu vois, la nourriture est fournie par le potager, c'est-à-dire par leur travail.

La voix glaciale et contrôlée d'Ulrike laissait entrevoir une émotivité souterraine, un ressentiment, une agressivité qui cherchaient à poindre…

— Et que faites-vous toute la journée, à part travailler au potager ?

— Nous méditons, nous écrivons, nous prions… Nous notons des pensées qui émanent du Tout, de l'énergie que nous créons. Elle dit qu'il est plus facile de se sentir libéré de ses tensions quand on écrit.

— Elle ? Qui, elle ?

— Elle, Heidi. – Elle avait prononcé ce pronom d'un ton solennel, comme une prêtresse parlant d'une divinité. – Heidi nous incite à écrire. Je suis en train d'écrire, par exemple, sur mes autres vies. En faisant retour sur moi-même, je les ai vues.

J'étais impressionnée par son regard fixe, ses yeux vitreux comme ceux d'une poupée ancienne, son ton mécanique, ses façons cérémonieuses et le sourire froid gravé sur son visage émacié de vestale. À mesure qu'elle parlait, j'étais de plus en plus consciente de la gravité de la situation. Elle m'a montré le potager, les lavoirs, le poulailler, la piscine, qui était plutôt un réservoir d'eau malpropre où seuls nageaient quelques têtards, puis l'espace de méditation, une ancienne étable réaménagée, avec un sol en pin jonché de coussins, qui dégageait une intense odeur d'air vicié que même l'encens ne parvenait pas à dissiper. Mais elle n'a pas voulu me montrer l'intérieur de la maison car, m'a-t-elle expliqué, c'était là que se trouvaient les chambres, les espaces privés des résidents. J'imaginais Cordelia dans ces lieux, incapable de profiter même du luxe modeste de la solitude, et mon cœur se serrait.

Nulle part il n'y avait la moindre trace d'elle.

À la fin, Ulrike m'a annoncé d'un ton aigre que la visite était terminée car c'était bientôt l'heure du repas. Nous nous sommes regardées fixement, un long moment qui échappait à toute mesure du temps, et pendant lequel elle a soutenu mon regard sans ciller. Au milieu de son visage qui paraissait un masque, luisaient ses yeux bleu cobalt, coupants, glacés, hostiles.

Lorsque je suis revenue la semaine suivante, le vigile a refusé de me laisser passer.

J'avais perdu Cordelia, et cette perte était pour moi aussi douloureuse que celle d'une jeune branche pour la plante qui la nourrit. J'ai senti qu'il y avait en moi quelque chose de mort, quelque chose qui avait disparu avec elle. Je me suis dit : « Maintenant, tout va être différent, moi-même je vais être différente », et cette certitude soudaine s'est abattue sur moi comme si, marchant tranquillement dans la rue, une hache m'était tombée sur le crâne. Le sol s'ouvrait sous mes pieds comme si la terre avait tremblé et qu'une crevasse fendait en deux ma maison, m'empêchant de retrouver la chambre où j'avais laissé ce que j'avais de plus cher.

3

PUNTA TENO

— J'ai préparé un lit dans la chambre d'amis, dit Helena d'une voix douce. C'est une petite chambre, en fait on s'en servait surtout comme d'un débarras, étant donné que personne ne venait jamais nous voir. Celle de ta sœur est beaucoup plus grande, mais ça me gênait de t'y installer. Elle est restée telle qu'elle l'a laissée, avec toutes ses affaires. Je ne sais pas laquelle des deux tu préférerais. Il y a aussi d'autres chambres, mais il était entendu avec les propriétaires qu'on ne s'en servirait pas.

— Tu y retournes, dans cette chambre ? Je veux dire celle de Cordelia. Tu y es retournée depuis qu'elle est partie ?

— Ça fait presque deux mois qu'elle est partie, tu sais. Non, je n'y vais pas souvent. J'ai balayé, fait la poussière, mais sans toucher à rien. À vrai dire, quand elle est partie, j'espérais que ça ne durerait pas, qu'elle se rendrait compte qu'elle faisait une bêtise. Et je continue d'espérer qu'elle va revenir, qu'elle est vivante quelque part, qu'elle a simplement trop peur pour donner signe de vie…

— De quoi aurait-elle peur ?

— Je ne sais pas. S'il s'agit vraiment, comme c'est probable, d'un suicide rituel, elle a peut-être peur d'être arrêtée. En fait, je ne sais plus que penser. Tout ce que je sais, c'est que son corps n'a pas réapparu. Elle est donc peut-être encore vivante. J'y crois. Je le sens… Je ne sais pas comment t'expliquer, mais je le sens. C'est une intuition très forte, très profonde. Je ne crois pas que ce soit du simple *wishful thinking*. Quand les corps ont réapparu, je suis allée au commissariat, où on m'a fait attendre pendant des heures. C'était la cohue, une foule de gens qui étaient dans le même cas que moi avaient accouru pour demander des nouvelles de proches, des hommes, des femmes, des garçons, des filles qui étaient partis vivre chez Heidi. Ce qui compliquait les choses, c'était qu'elles n'avaient jamais signalé leur disparition : quand il s'agit de personnes majeures, il n'y a pas grand-chose à faire. Il a donc fallu faire chacun une déclaration, expliquer que nous étions sans nouvelles. J'étais la seule à venir pour quelqu'un avec qui je n'avais pas de lien de parenté. Voilà… Donc, je crois qu'il faudrait que demain tu ailles te présenter au commissariat de Buenavista, dire que tu es le frère de Cordelia, leur expliquer que tu n'avais plus de contact avec elle. On peut y aller après le petit déjeuner, si ça te va.

— Ça me va. Mais il y a autre chose… Pour la chambre, en fait, je crois que je n'ai pas envie de dormir là où était Cordelia.

— Je comprends.

Elle avait répondu d'une voix calme, tout en ouvrant une armoire pour en sortir deux serviettes de toilette blanches qu'elle tendit presque cérémonieusement à Gabriel. Il devinait, sous la chemise et le pantalon de lin, son corps souple et délicat, et ne pouvait s'empêcher de l'imaginer nue. Les circonstances n'étaient certes guère propices aux pensées érotiques, mais la beauté d'Helena était de celles qui s'imposent quel que soit le lieu ou le moment. Elle était belle au sens le plus classique du terme, une féminité sensuelle, mûrie comme un hibiscus par le soleil de l'île et le vent chaud et sec de la mer. Sa chevelure brune soyeuse était retenue en arrière, avec une mèche rebelle qui s'échappait pour retomber sur ses yeux noirs. Gabriel se dit qu'elle devait être consciente de l'effet qu'elle produisait. À moins que non : il existe des femmes, Ada en faisait partie, qui restent imperméables aux passions qu'elles peuvent susciter, simplement parce que leur attention se concentre sur d'autres sujets. Il n'avait plus de nouvelles d'Ada, il savait seulement qu'elle était vivante et que son souvenir restait vivant en lui. Comme pour Cordelia, sauf qu'il ignorait si sa sœur était encore en vie ou non.

— Bonne nuit, lui dit Helena en lui adressant un regard mélancolique où il ne pouvait lire aucune invitation. J'espère que tu vas bien dormir.

— Je crois que je vais avoir du mal.

— Moi aussi.

Mais la fatigue eut peu à peu raison de Gabriel, et il finit par s'endormir, plongé dans une dimension nébuleuse où se bousculaient les images de Cordelia surgissant des eaux, blonde, jeune, douce, dorée, et lui tendant les bras. Il faisait un pas vers elle, puis un autre, s'avançait dans la mer dont les vagues lui léchaient pieds et chevilles, sentait des bras agiles et minces qui s'enroulaient autour de son cou, une étrange sensation de froid et d'humidité sur ses lèvres, puis l'eau qui encerclait son corps, les cercles argentés qui s'élargissaient pour venir expirer sur le rivage.

Le matin, il téléphona à Patricia pour lui dire qu'il était bien arrivé. « Quand reviens-tu ? » lui demanda-t-elle. « Je ne sais pas, je vais sûrement avoir à faire des formalités, des démarches, je ne sais rien pour l'instant. – Tu veux que je te rejoigne en fin de semaine ? – Non, ce n'est pas la peine, je serai peut-être rentré avant. Je te tiens au courant, je te rappelle. Bisous. Je t'aime. – Moi aussi. »

Le soleil. Sous le soleil jaune aveuglant qui se réverbérait sur les murs blanchis à la chaux, les maisons de Buenavista resplendissaient d'une lumière éclatante et pure. Il fut étonné qu'Helena ne mette pas de lunettes de soleil. Le décor lui faisait penser à un film qui se passerait sous les tropiques, à un tableau de Frida Kahlo, à un roman de Malcolm Lowry, au Cuba de Batista. Il avait toujours associé l'architecture coloniale à l'Amérique latine, pas à l'Europe. La route traversait des plantations de très hauts arbres aux feuilles immenses, qu'il n'identifia comme des bananiers que lorsque ses yeux se fixèrent sur un régime qui pendait à l'un d'eux. C'était la première fois de sa vie qu'il en voyait. Le village, constitué de centaines de maisons blanches agglutinées, était réellement beau, et il regrettait qu'il ait fallu des circonstances si dramatiques pour faire cette découverte.

Au commissariat, ils furent reçus sans attendre par un homme en uniforme, qui devait approcher la quarantaine. Petit, trapu, les épaules tombantes, l'allure pataude de quelqu'un à qui son corps ne procure que honte et embarras. Des mains larges comme des pelles, le visage rond, le teint mat, un crâne dégarni qui brillait au soleil comme une colline dénudée, une barbiche en pointe qui l'aurait fait ressembler à un satyre si ses yeux bruns, paisibles sous d'épais sourcils noirs, n'étaient venus démentir cette impression. Il semblait bien connaître Helena, qu'il salua chaleureusement, l'embrassant même sur les deux joues.

— Rayco, je te présente Gabriel Sinnott. Gabriel, le commissaire Rayco López.

— Enchanté.

— Gabriel est le frère de Cordelia. Nous nous sommes dit qu'il devrait peut-être faire une déclaration à la police, en tant que plus proche parent…

— Oui, naturellement. Venez avec moi.

L'intérieur du commissariat ne donnait guère l'image de l'efficacité policière. Trois tables en formica, des affiches sur les murs, des dossiers partout, un sol au carrelage sale. Gabriel s'assit sur une chaise déglinguée, et une jeune femme en uniforme recueillit sa déclaration. Il savait assez d'espagnol pour se faire comprendre, mais Helena dut, à un moment, faire fonction d'interprète, car il n'avait pas parlé depuis des années et avait perdu à la fois en aisance et en vocabulaire, sans compter qu'il lui était plus facile, dans ces circonstances dramatiques, de parler anglais. Il trouva incroyable que la police fasse une confiance aussi aveugle à la traduction d'Helena, sans même penser qu'elle risquait de déformer ses propos ou, tout simplement, de se tromper. Lorsque la jeune policière eut tapé, avec une lenteur exaspérante, ses nom, prénom, date de naissance, numéro de passeport et autres données bureaucratiques, il expliqua qu'en apprenant que des corps avaient été retrouvés échoués sur le rivage, et sachant que sa sœur avait justement rejoint la communauté de Heidi Meyer, il avait aussitôt appelé l'avoué d'Édimbourg qui gérait les biens de Cordelia et était en contact régulier avec elle. Ce dernier lui avait dit ne pas avoir réussi à lui parler au téléphone depuis quinze jours, mais avoir reçu, un mois environ avant la réapparition des corps, un fax signé d'elle qui le priait de virer des sommes très importantes sur divers comptes ouverts en Suisse et au Luxembourg en faveur de différentes sociétés aux noms étrangement voisins :

Thule Solaris, Thule, Lan Dessen Thule… Trouvant la chose suspecte, l'homme de loi s'était abstenu d'effectuer les virements, attendant que Cordelia lui confirme de vive voix ses instructions, mais il n'avait pu la joindre sur son portable, où un message enregistré l'informait que le numéro n'était plus en service. Et, naturellement, il n'avait plus de nouvelles d'elle depuis lors, pas plus que Gabriel.

— Depuis combien de temps n'avez-vous pas parlé à votre sœur ?

— Un an.

Il ne voulait pas avouer que cela en faisait pratiquement dix. Sans doute Helena avait-elle remarqué son mensonge, mais son visage ne trahit pas la moindre surprise. Puis il eut à signer divers papiers, et ce fut tout. Le commissaire les raccompagna dehors, où il dit à Helena, sur le ton de la confidence et après s'être bien assuré qu'on ne pouvait pas l'entendre à l'intérieur du commissariat :

— Tu ne peux pas imaginer ce que c'est. Il est venu des types de Madrid qui ont épluché tous les papiers. Interpol aussi est sur le coup, avec dix gars qui ont fouillé la villa Meyer de fond en comble. Nous, les Espagnols, nous sommes carrément mis sur la touche… Écoute, je finis à huit heures, pourquoi n'irions-nous pas prendre une bière après, pour parler de tout ça plus au calme ?

— Où veux-tu qu'on se retrouve ?

— Si vous voulez, je passe vous prendre à neuf heures, ensuite je vous emmène quelque part.

Gabriel, mélancolique, contemplait le coucher de soleil à travers la vitre, un crépuscule doux et doré, sans vent, une fin de journée superbe, où chaque rayon de lumière venait mourir contre le clapotis des vagues plus doucement encore que le précédent.

Une symphonie de couleurs, du pourpre au jaune en passant par tous les tons possibles de rouge, de rose et d'orangé, comme pour lui signifier que la nature, elle, se moquait bien du sort de Cordelia. Punta Teno était sans doute le plus bel endroit qu'il ait jamais vu, et les derniers feux du couchant donnaient à la maison un ton ocre brun qui lui rappelait la peau d'Helena.

La sonnerie de son iPhone interrompit sa somnolence, tel le bruit discordant d'une trompette faisant tomber les fragiles murailles qu'il s'était efforcé d'ériger entre la réalité et lui. Il lut sur l'écran le nom de Patricia et choisit l'option « refuser », avec le geste craintif et irrité du dormeur qu'on réveille au milieu d'un rêve.

Sans uniforme, le chef de la police locale paraissait encore plus petit et encore plus gros, comme un scarabée rare d'une espèce autochtone. Il les fit monter dans une voiture sans signes distinctifs et les emmena, comme l'expliqua Helena à Gabriel, dans un village voisin. Les sourires qu'elle lui adressait de temps à autre, le ton sur lequel elle lui parlait montraient assez qu'il existait entre eux deux une familiarité certaine, même s'il comprenait à peine, du fait de son accent à lui et de leur rapidité d'élocution à tous deux, de quoi ils parlaient. Ils semblaient décidément très amis, au point que Gabriel se demanda s'ils n'étaient pas même plus que cela. Comme il était assis à la place du mort tandis qu'elle s'était installée sur le siège arrière, il ne put faire autrement que d'observer les regards de biais, inquisiteurs, que le policier lui décochait à chaque instant : peut-être cet homme était-il jaloux, et voyait-il d'un mauvais œil qu'elle le fasse dormir sous son toit ? Lui-même, après tout, s'il était l'amant d'une fille telle qu'Helena, ne serait pas rassuré de savoir qu'elle logeait un autre homme. Mais, de toute façon, elle n'était probablement pas dans la disposition d'esprit la plus favorable à une aventure.

Sur ce qui semblait être la place du village, des tables et des chaises étaient disposées, devant un bar. Ils s'assirent à une table, sous la lumière jaune pâle d'un réverbère. Du fond de l'établissement leur parvenait en sourdine une mélodie chantée en espagnol, qui avait, aux oreilles de Gabriel, une résonance vaguement tropicale.

— Tu veux une bière ? demanda Helena. Il faut que tu essaies la Dorada, c'est la bière locale, elle est très bonne, amère et en même temps avec du corps…

— Oui, parfait…

— Tu veux dîner ? Il y a tout ce que tu veux, ici. Des calamars, du poisson, de la viande marinée, du steak, de la seiche, des crevettes, des pommes de terre à l'ail et au piment, de la salade russe, des sandwiches à la viande, du *lomo*, du poulet, des pieds de porc…

Elle tentait de formuler comme elle pouvait ce que recouvraient les noms des spécialités locales.

— Choisis comme pour toi. Je prendrai ce que tu auras commandé.

Helena dit quelques mots à Rayco, qui disparut à l'intérieur du bar pour revenir au bout de cinq minutes avec trois bières qu'il posa sur la table. De toute évidence, les verres n'étaient pas considérés, ici, comme indispensables.

— À votre santé à tous les deux !

Ils levèrent leurs bouteilles, sans entrain excessif. Helena parce qu'elle avait l'air triste, Gabriel parce que ce n'était pas son style, Rayco pour suivre, probablement, l'humeur générale.

— Désolé, dit Rayco en se tournant vers Gabriel, mais mon anglais est très mauvais. *My English is very bad, very bad, sorry.*

— *It's okay, don't worry.*

— *Cordelia, your sister, she was a very nice girl, good girl.*

— *Yeah, I know.* Mais je parle espagnol. Ma mère était canarienne.

— Vraiment ? Je ne savais pas du tout. Cordelia ne me l'avait jamais dit.

— En fait, nous ne l'avons pas beaucoup connue. Elle est morte dans un accident de voiture, avec mon père, quand nous étions encore petits. Et elle n'avait plus de contact avec personne aux Canaries. Quand nous étions adolescents, ce n'était pas quelque chose à quoi nous pensions beaucoup. Une fois adulte, j'ai parfois eu l'idée de rechercher ma famille maternelle, mais je dois avouer que je n'ai jamais eu le temps. Ou l'envie. Je pense que si Cordelia est venue ici, c'était aussi pour ça.

Helena regardait Gabriel fixement, avec une étrange lueur dans les yeux, qu'il ne savait comment interpréter.

Rayco se composa une mine contrite, comme pour souligner sa compassion pour la disparition de Cordelia. Puis il s'adressa de nouveau à Helena, avec un débit si rapide et un accent canarien si prononcé que Gabriel ne parvint à saisir, dans son monologue, que les noms de Heidi et d'Ulrike, qui revenaient parfois. Il parlait avec une voix de fausset qui faisait un contraste bizarre avec son corps de gros mangeur et plus encore avec celle, plus grave et éraillée, d'Helena. Leur proximité était de plus en plus patente : tout en parlant, Rayco penchait la tête vers la sienne, au point qu'elles finirent par se toucher presque, et ponctuait ses propos de petites tapes sur son avant-bras. Quand il eut fini, elle se tourna vers Gabriel pour lui résumer les informations qu'il venait de lui donner.

— Il dit qu'il est venu des enquêteurs de partout. La Guardia Civil, la police espagnole, Scotland Yard, la Bundespolizei, Interpol. Mais les Espagnols, qui ont été les premiers à donner l'alerte, sont pratiquement mis à l'écart, comme il nous l'avait déjà dit en sortant du commissariat, et ils sont assez irrités, on peut le comprendre, par toutes ces ingérences. Quant au déroulement de l'enquête, pratiquement tous les proches des occupants de la villa ont été interrogés.

Rayco reprit la parole en espagnol pendant cinq minutes environ. Lorsqu'il regardait Helena, ses yeux s'éclairaient d'une flamme tendre et ironique. Il continuait de frôler de temps à autre son avant-bras, tout en regardant Gabriel avec insistance, comme pour bien lui faire comprendre que cette femme lui appartenait. Puis il ajouta :

— Il semble que Heidi ait obligé tous les membres du groupe à tenir un journal.

— Oui, Cordelia m'en avait parlé, confirma Helena. Elle aussi tenait le sien, mais il ne s'agissait pas d'un journal personnel, juste d'un tissu d'inepties, comme je t'ai dit. Elle devait montrer chaque jour à Heidi ce qu'elle avait écrit.

— Je crois que c'est assez caractéristique des sectes, observa Gabriel.

— Mais il paraît, poursuivit Rayco, qu'un des adeptes tenait un double journal, l'un qu'il montrait à Heidi, l'autre qu'il écrivait sur des feuilles de papier qu'il chapardait chaque fois qu'il pouvait, car même le papier était rationné. Il écrivait le plus petit possible pour économiser l'espace, et notait chaque jour tout ce qui se passait. Il cachait ce deuxième journal dans la salle de méditation, sous un carreau descellé. Quand il a su que la fin était proche, il l'a transféré dans une cachette plus accessible, à l'intérieur de son oreiller, pour laisser un témoignage. C'est évidemment un texte très confus, dans lequel il ne semble pas reconnaître vraiment l'autorité de Heidi ni croire beaucoup à tout ce qu'elle raconte, et pourtant il ne cherche pas à s'échapper, il choisit de s'immoler quand même. C'est quelque chose d'aberrant…

— Pas vraiment, objecta Gabriel. On appelle ça le syndrome d'impuissance apprise. C'est la même chose que ressentent les femmes battues, une sorte de résignation à leur sort. On le retrouve chez les membres de sectes ou chez les victimes de tortures. C'est comme ça qu'on explique que les déportés des camps de concentration se soient laissé emmener à la chambre à gaz comme des moutons à l'abattoir, sans opposer une ultime résistance, alors même qu'ils savaient bien qu'on ne les emmenait pas à la douche. Pourquoi n'ont-ils pas au moins crié au dernier moment, puisqu'ils allaient mourir de toute façon ? Pourquoi ne sont-ils pas sortis du rang pour être abattus d'une balle, ce qui aurait été une mort plus digne ? Par lassitude, à la fois physique et mentale. D'où le goût des sectes pour ce qu'elles appellent le jeûne purificateur, et aussi pour la privation de sommeil, qui n'a d'autre but que d'affaiblir l'adepte afin de le rendre plus facilement manipulable.

— Tu m'as l'air d'avoir beaucoup lu sur le sujet, l'interrompit Helena.

— Je lis beaucoup, d'une façon générale.

— Comme Cordelia.

— Je n'ai pas l'impression que ça lui ait beaucoup servi.

— Peut-être parce qu'elle ne lisait pas les livres qu'il aurait fallu…

Rayco interrompit ce début de discussion et se remit à parler durant de longues minutes qui parurent une éternité à Gabriel. Son corps exécutait avec celui d'Helena une curieuse danse synchronisée : lorsqu'il croisait les jambes, elle faisait de même ; lorsqu'elle rejetait la tête en arrière, il l'imitait presque instantanément ; quand il se rapprochait d'elle, elle se rapprochait aussi. Il jeta un regard à Gabriel, puis chuchota quelque chose à l'oreille d'Helena, qui partit d'un éclat de rire, le premier depuis son arrivée, et qui lui illumina le visage. Gabriel perdit ses derniers doutes sur la nature de leurs relations, et cette confirmation l'irritait profondément, faisait monter en lui une rage sourde et aveugle. C'est le moment que choisit Rayco pour tourner de nouveau la tête et s'adresser à lui :

— D'après ce que raconte ce garçon dans son journal, Ulrike et Heidi étaient amantes. Ce n'était pas officiel, car Heidi prônait par ailleurs l'ascétisme et le célibat, mais c'était quelque chose qui, pour les membres du groupe, allait de soi. Et puis, soudain, est apparue ta sœur, qui est vite devenue la disciple préférée de Heidi, la favorite, reléguant Ulrike au second plan. Heidi passait des heures avec Cordelia, lui accordait des attentions particulières auxquelles aucun autre membre du groupe n'avait droit. Elle la faisait asseoir à côté d'elle au réfectoire et même à sa droite lors des séances de méditation, un privilège qui jusqu'alors avait toujours été réservé à Ulrike, et il semble que celle-ci en ait été fortement jalouse. Mais Heidi ne pouvait pas se passer d'Ulrike, car elle avait la haute main sur tous les montages juridiques et financiers de la secte. Ça, ce n'est pas dans le journal du garçon, c'est la police qui l'a établi. Ce qu'on peut conclure de tout cela, c'est que les derniers jours de la communauté Thule Solaris ont dû être placés sous le signe de la discorde.

— Et cela aurait accéléré la décision de Heidi de procéder au suicide rituel ?

— Pas seulement cela. Il y avait parmi les adeptes un milliardaire suisse, principal actionnaire d'une très importante société pharmaceutique, qui avait versé à Heidi des sommes astronomiques. Cet homme avait des enfants majeurs qui, en découvrant la chose, avaient embauché les meilleurs avocats, détectives privés et experts psychologues, afin de poursuivre Heidi devant les tribunaux et de faire placer leur père sous tutelle. Avocats et détectives ont donc passé au peigne fin le passé de Heidi Meyer et ont appris qu'elle avait appartenu dans sa jeunesse à un groupuscule néonazi, et qu'un mandat d'arrêt avait été lancé à son encontre en Allemagne pour propagation de l'idéologie nationale-socialiste. Quand elle a vu la menace se préciser, Heidi a annoncé à ses disciples que des ovnis allaient bientôt venir les chercher, et qu'ils devaient se suicider tous en se jetant à la mer, après quoi les ovnis prélèveraient leurs esprits et les emmèneraient vers une autre dimension. Il s'agissait probablement d'une sorte de fuite en avant : voyant son entreprise condamnée, elle a choisi de prendre les devants, de la façon la plus expéditive possible.

— Mais c'est absurde ! Ça n'a aucun sens...

— Gabriel ! – Rayco semblait presque en colère. – Tu n'attends tout de même pas de quelqu'un qui croit aux ovnis qu'il se comporte logiquement ? Si ce qui est écrit dans le journal du garçon est vrai, les adeptes étaient persuadés que notre corps n'est qu'une enveloppe.

— *This mortal coil*...

— *Hamlet* ? demanda Helena.

— Oui, dit Gabriel, étonné qu'elle ait identifié d'emblée la citation.

— Shakespeare disait la même chose, que notre corps n'est qu'une « enveloppe mortelle », expliqua Helena à Rayco.

— Et que ce qui compte, c'est l'âme. C'est ce que professent la plupart des religions, j'ai d'ailleurs moi-même été élevé dans cette idée. J'ai même été élevé dans une religion dont le fondateur s'est suicidé pour renaître au bout de trois jours, car lorsque Jésus se livre aux Romains, que fait-il d'autre que se suicider ? Tu as l'air de t'étonner que Heidi ait eu si peu de mal à persuader ses disciples de mourir, mais je ne pense pas que ça ait été si compliqué. Ils croyaient que des êtres supérieurs allaient venir les chercher pour les emmener dans une autre dimension. Ils étaient préparés au voyage final.

— Et comment ont-ils fait ? Je veux dire, pour se suicider.

— Ce n'est pas tout à fait clair, même dans le journal du garçon ça n'est pas spécifié. Il est presque certain qu'ils ont pris, lors de ce qui devait être leur dernier repas, leur Cène en quelque sorte, une drogue hallucinogène. Puis ils se sont rendus sur une plage. Dans l'île, c'est à proximité des caps que les vagues sont les plus fortes, parce qu'ils sont plus exposés au vent et que les plages n'ont pas de brise-lames. Ils sont peut-être allés à Garachico, où la mer est violente et où le courant vous entraîne vers le large, ou plus à l'ouest, du côté de Buenavista. À moins qu'ils ne l'aient fait ici même, dans les environs de Punta Teno. S'ils se sont jetés du haut d'une falaise, ça expliquerait que la plupart des corps n'aient pas réapparu, et il est bien possible qu'ils ne réapparaissent jamais. Le courant les aura emportés vers le large et ils auront été mangés par les poissons.

— Et ça te fait rire ? C'est pour ça que tu as éclaté de rire quand il te parlait ? dit Gabriel à Helena, furieux, non qu'elle ait pu rire à l'idée que le corps de Cordelia soit livré aux poissons, mais de se sentir tenu à l'écart de la complicité qui semblait l'unir à Rayco.

— Non, ce n'est pas pour ça, dit Helena, soudain grave de nouveau. Rayco venait de me raconter une blague. Je te comprends, pardonne-moi, je sais que ce n'est pas le moment de rire.

— Non, c'est moi qui n'aurais pas dû te parler comme ça. Je suis tellement nerveux. Et fatigué.

— Oui, il faudrait penser à rentrer. Il se fait tard.

Sur le chemin du retour, Helena continua de lui parler de divers détails de l'enquête. La police avait la certitude que Heidi était vivante quelque part et qu'elle était partie en compagnie d'une autre femme, car un témoin digne de foi assurait les avoir vues le lendemain de la tragédie à une station-service de Tenerife.

D'autres témoins assuraient les avoir vues, le même jour, dans un café sur le chemin de l'aéroport. L'autre femme était grande, blonde, aux cheveux courts, mais ce signalement pouvait correspondre à Ulrike comme à Cordelia. La voiture de Heidi, une Porsche Cayenne très voyante – il y avait peu de voitures de ce modèle immatriculées dans l'île, et une seule de couleur améthyste –, avait été vue au parking de l'aéroport, mais aucune passagère portant un passeport au nom de Heidi, d'Ulrike ni de Cordelia n'avait embarqué. Restait évidemment la possibilité qu'elles aient voyagé avec de faux passeports.

Gabriel, à qui Rayco continuait de jeter des regards en biais chargés de sous-entendus, avait honte de sa propre jalousie. Quel sens cela avait-il, à un mois de son mariage avec Patricia, et alors que Cordelia avait peut-être disparu à jamais ? Son esprit était comme en suspens entre le présent et le passé, un passé où sa sœur était encore vivante et dans lequel lui-même n'avait pas de place, comme si la nouvelle de sa disparition n'avait pénétré que la couche la plus superficielle de sa conscience.

Lorsqu'ils furent enfin arrivés devant chez Helena, celle-ci donna une affectueuse accolade à Rayco, en le remerciant chaleureusement – *gracias* fut l'un des rares mots que Gabriel parvint à comprendre. Puis

Rayco serra la main de Gabriel avec une moue aigre qui s'efforçait d'être un sourire.

Une fois à l'intérieur, il ne put se retenir de poser à Helena la question qui lui avait brûlé les lèvres toute la soirée.

— Rayco et toi… vous êtes très amis, non ?

— Oui, très. On se connaissait bien avant Punta Teno.

— Et ce nom de Rayco, c'est un surnom ?

— Non, c'est son prénom. Un prénom guanche. Les Guanches étaient les premiers habitants de l'île. Leur langue a complètement disparu, mais certains noms de lieux ou de personnes sont restés. Maintenant que tu le dis, d'ailleurs, je n'y aurais jamais pensé avant, mais c'est vrai que Rayco, ça fait surnom de flic. Parmi les nombreux endroits où j'ai été serveuse à Puerto, il y a un bar gay, qui n'existe plus maintenant, et où j'ai travaillé un été. Le patron, qui évidemment avait une véritable vénération pour Cordelia, sortait plus ou moins avec Rayco, qui était en quelque sorte son petit ami officiel. À l'époque, on se parlait pas mal, mais il ne m'a jamais dit ce qu'il faisait comme travail. Quand nous sommes venues nous installer ici, je l'ai croisé dans la rue et je l'ai reconnu. Il vit chez sa mère, et personne au village ne sait qu'il est gay, ça m'a beaucoup fait rire.

— Il est gay ?

— Mais bien sûr, tu n'avais rien remarqué ?

— Et qu'est-ce que j'aurais dû remarquer ?

— Sa façon de te regarder, par exemple. Dans la voiture, il ne te quittait pas des yeux, et quand nous avons ri ensemble, c'est parce qu'il me disait qu'il te trouvait tout à fait à son goût. Désolée, je comprends que ça t'ait paru déplacé, mais l'humour canarien est comme ça, très direct, très ouvert…

Gabriel respira comme si une main invisible soulevait soudain le poids qui lui comprimait la poitrine depuis le début de la soirée.

— Je crois que je ne suis pas très perspicace pour ce genre de choses…

— Oui, pour ça, tu es bien comme ta sœur. Elle non plus ne se rendait pas compte des passions qu'elle éveillait. – Le beau visage d'Helena se contracta, avec une expression douloureuse. Ses yeux brillaient d'une façon telle que Gabriel crut qu'elle allait pleurer, mais elle se ressaisit. – Il est très tard, je vais dormir. Demain matin, il faut que j'aille à l'herboristerie. Ils ont été très gentils, ils m'ont dit de me reposer autant que j'en aurais besoin, mais je crois qu'il faut tout de même que j'y retourne. Et puis, travailler me fera du bien. Si tu veux, tu peux aller à la plage le matin, nous reparlerons de tout ça l'après-midi. Je ne sais pas si ça a un sens que tu restes encore longtemps, je ne sais pas si le corps de Cordelia finira par réapparaître, je ne sais pas quelles sont les formalités qu'il faut faire si jamais ça se produit…

— Tu as raison, nous reparlerons de tout ça demain.

— Bonne nuit.

Helena s'approcha de lui et déposa un baiser sur sa joue, léger comme une caresse. Il sentit s'ouvrir entre eux un monde de nuances troubles, indicibles, comme un voile cristallin, une cloison fine et invisible qu'un mot, un geste pouvait suffire à abattre.

— Bonne nuit.

Il aurait voulu dire plus, mais les mots se figèrent sur ses lèvres et il la regarda, impuissant et muet, qui s'éloignait dans le corridor.

Dans l'air, dans le silence, planait l'angoisse. Une inquiétude sourde, animale, contre laquelle Gabriel ne pouvait lutter et qui lui contractait l'estomac.

Le silence bruissait de sons étranges, le murmure monotone de la mer, l'aboiement de chiens dans le lointain, la stridulation des grillons, quelque chose qui pouvait être l'insistant coassement d'un crapaud, le battement d'ailes d'un hibou, le frottement des pattes d'un rongeur contre le bois, le gémissement de volets lointains s'ouvrant et se refermant dans l'obscurité, une succession de notes grinçantes et plaintives égrenées par la nuit elle-même… De la chambre d'Helena lui parvenait le bruit sourd, sifflant, d'une respiration laborieuse, de volte-face fiévreuses dans le lit. Les effluves salins de la mer, l'odeur de terre du jardin se mêlaient à des arômes de fleurs nocturnes, des arômes secrets et chauds qui semblaient vivants, qui semblaient lui parler, qui peut-être se mêlaient à leur tour à l'odeur d'Helena, au parfum musqué de sa peau, de son sexe, de sa sueur. Elle ne dormait pas, il en était certain. Il songea à sortir dans le couloir, à frapper à sa porte. Elle ne l'inviterait pas à partager son lit, mais, espérait-il, elle le laisserait au moins entrer, lui parler, évoquer avec elle Cordelia.

Des pensées en tumulte l'assaillaient, une sensation presque physique, comme lorsqu'on a bu trop d'alcool. Il pensa à Cordelia avec un mélange de honte et de remords, puis à Helena. Il la connaissait trop peu pour se sentir aussi proche d'elle que le réclamaient les élancements véhéments de son âme, mais elle était le seul lien qui l'unissait encore à sa sœur. Elle avait touché en lui une corde secrète que seule, autrefois, Cordelia avait su faire vibrer, et qu'il sentait de nouveau frémir. Dans l'obscurité de sa chambre, il recréait le passé, exhumait des moments qu'il avait crus perdus à jamais dans les souterrains de la mémoire, se rappelait certaines images de Cordelia : assise à une table, dessinant des princesses et des dragons ; à douze ans, timide, avec des tresses ; à quatorze, soudain devenue belle ; il revoyait ses cheveux blonds et sa jupe courte à carreaux rouge et bleu, entendait sa voix de mezzo aux légères intonations écossaises, son rire au timbre cristallin, les gestes amples, lunaires, de ses mains aux doigts longs et noueux, son capiteux parfum d'ambre dont il ignorait le nom mais qu'il aurait reconnu entre mille si une autre femme l'avait porté près de lui ; tous ces instants n'avaient pas disparu, puisqu'il avait le pouvoir de les faire revivre dans ce qu'ils avaient d'impérissable. Le passé n'est pas quelque chose que l'on peut effacer.

Ce fut une nuit de rêves étranges, d'allégories informes, de visions plus terribles encore que la vision de Cordelia disparue au milieu des autres noyés. Des doigts blancs grimpaient le long des rideaux et les faisaient trembler, des ombres muettes aux formes fantasmagoriques étaient tapies dans les recoins de la chambre. Puis le voile opaque et incorporel de la nuit se souleva et, peu à peu, la lumière pénétra la pièce ; le lit, l'armoire, la table, la chaise reprirent leur forme et leur couleur habituelles, le monde retrouvait ses contours anciens. Des ombres irréelles de la nuit émergeait la vie réelle, Punta Teno, la maison d'Helena, et il fut envahi par un violent désir que ses paupières s'ouvrent sur un univers créé *ex nihilo*, où Cordelia serait en train de se réveiller dans la chambre d'à côté, où le passé ne tiendrait que peu ou pas de place, où le frère et la sœur ne se seraient jamais séparés, où Ada et Patricia n'auraient pas existé, où il s'endormirait chaque soir aux côtés d'Helena. Il se rendormit bercé par cette vision, et la chambre était baignée d'une lumière jaune lorsqu'il rouvrit les yeux. Il regarda l'heure sur l'écran de son iPhone. Il était dix heures et demie. Dans la cuisine, Helena avait laissé un mot : *I'll be back at 14.30. We can go for lunch then. If you wanna call me, my number is...*

Lunch ? À deux heures et demie ? Jamais il ne s'habituerait à ces horaires espagnols. Il envoya un message à Patricia. Il n'avait pas envie de lui parler, car il savait qu'elle allait lui demander quand il rentrerait, et il se sentait hors d'état de répondre. En réalité, une voix qui venait du plus profond de son subconscient lui disait qu'il n'avait pas envie de rentrer en Angleterre.

Helena avait laissé un plateau avec du jus d'orange, des toasts, des fruits, du café, ainsi qu'un jeu de clés. Il déjeuna en silence, en pensant au projet qu'il avait formé, une expédition pour laquelle il avait besoin de s'armer de courage bien que le but se trouve à quelques mètres seulement. Il voulait inspecter la chambre de Cordelia.

Lorsqu'il ouvrit la porte, la chambre lui parut lugubre et silencieuse, telle une tombe derrière des volets clos. Sur la pointe des pieds, il la traversa et, ouvrant les volets, l'inonda d'une lumière translucide comme la mer. Lorsque se dessinèrent les contours des meubles et des objets, il fut avant tout frappé par l'ordre méticuleux, obsessionnel, qui régnait dans les moindres recoins de la pièce. Sur la coiffeuse étaient alignés des pots et des flacons par taille décroissante, les livres sur les rayonnages paraissaient classés par ordre alphabétique, le lit était fait. Il ouvrit l'armoire et vit les tee-shirts soigneusement pliés et rangés par couleurs, les pantalons et les chemisiers suspendus sur des cintres, les chaussures bien cirées et calées dans des embauchoirs. Cette minutie névrotique, qui lui rappelait celle que Patricia s'employait à imposer dans leur appartement commun, lui inspirait à la fois inquiétude et accablement. Si Cordelia avait voulu disparaître, basculer dans le néant, pourquoi avait-elle laissé tout bien en ordre, jusqu'aux objets les plus insignifiants ? Cet acharnement maniaque lui paraissait l'expression dérisoire d'un désir aussi vain qu'inatteignable : celui de mettre de la rationalité dans le désordre auquel son esprit avait toujours été en proie.

Et pourtant, cette chambre était bien Cordelia, elle était l'âme de Cordelia. La lampe, la petite table en marqueterie, l'étagère en bois ancien, le couvre-lit, le cendrier, la pyramide de quartz sur la table de nuit, le tapis qui ornait l'un des murs… Ces objets avaient tous quelque chose de particulier, une finition artisanale qui donnait à penser que, de toute évidence, ils avaient été achetés non par les propriétaires mais par Cordelia elle-même, qu'elle les avait dénichés un par un sur les marchés ou dans des brocantes, en fonction de critères très personnels. Même s'ils pouvaient sembler désassortis à qui aurait cherché une cohérence esthétique, il y avait sous cette apparente discordance une harmonie évidente.

Il vit dans le bas de l'armoire, à côté des chaussures, à l'intérieur d'une vieille boîte à biscuits en fer-blanc, une chemise bleu marine fermée par un élastique, qui contenait des photos. Il l'ouvrit, et tomba en arrêt devant ses propres yeux, son propre sourire, ces deux incisives en trop qu'on lui avait enlevées à quatorze ans, mais aussi un pantalon bleu qui ne lui rappelait rien. La chemise était pleine d'autres photos de son enfance et de celle de Cordelia. La pensée qu'elle l'avait laissé derrière elle, qu'elle l'avait exclu de sa nouvelle vie, lui fut amère, et il préféra se dire qu'elle avait l'intention de revenir.

Il regarda les titres des livres, effectivement classés par ordre alphabétique d'auteurs : Blake, Borges, Michel de Certeau, Juan Eduardo Cirlot, Eliade, T. S. Eliot, Khalil Gibran, Hermann Hesse… Blake était le poète préféré de Cordelia depuis ses quatorze ans, et il était étonné qu'elle n'ait pas pris le volume avec elle. C'était une édition ancienne, précieuse, de ses œuvres complètes, tranche dorée, reliure pleine toile, qu'il reconnut immédiatement. Elle l'avait achetée à quinze ans, avec ses économies accumulées pendant des mois, chez un marchand de livres anciens qu'elle avait réussi à convaincre d'accepter qu'elle paie en plusieurs fois. Il l'ouvrit. Certains vers étaient soulignés au crayon : *To see a world in a grain of sand, And a heaven in a wild flower, Hold infinity in the palm of your hand, And eternity in an hour*. Entre les pages, il trouva une rose séchée qui devait être là depuis des années. Et des billets de ferry. Tenerife-Las Palmas, Las Palmas-Fuerteventura.

Il examina un par un les autres livres, les secouant comme des tapis, à la recherche d'un mot qu'elle aurait pu laisser entre les pages. Rien.

Il alluma l'ordinateur. Aucun code d'accès ne lui fut demandé. Il cliqua sur « Mes documents ». Rien. Elle avait de toute évidence détruit tous ses fichiers avant de partir. Il fouilla les tiroirs du meuble sur lequel était posé l'ordinateur : des trombones, des gommes, des crayons, un étui à CD. Joy Division, Bauhaus, Japan, Dylan, Tom Waits, The Gyuto Monks, David Byrne, Galaxy 500, Bill Evans, Coltrane, Rufus Thomas, Infinity… Environ vingt-cinq CD, sur lesquels étaient calligraphiés les noms des groupes ou interprètes, d'une belle écriture cursive qu'il identifia aussitôt à celle des lettres et des cartes qu'elle lui avait envoyées de Paris, lors de son voyage de fin d'études. Et à celle de son ultime lettre, de sa lettre d'adieu.

Dans le tiroir de la table de nuit, des lunettes de soleil au design démodé, un stylo Montblanc sans encre – dont il s'étonna qu'elle l'ait laissé là –, une brosse à laquelle étaient restés accrochés des cheveux – ce qui fit s'embuer ses yeux –, un tube d'aspirine, un dictionnaire de poche anglais-espagnol, des écouteurs, un pot de crème hydratante Guerlain. C'était tout.

Il avait cependant la certitude que, dissimulé sous cette minutie apparente, l'attendait un message important, un détail passé inaperçu, comme dans ces jeux de lettres des journaux où l'on découvre des mots en observant plus attentivement ce qui semble être à première vue un écheveau dénué de sens. L'intuition d'un écart, d'une fracture, d'une distance radicale entre le visible et la réalité. Il y avait quelque chose qu'il n'avait pas remarqué, mais quoi ? Quel était cet indice qui lui échappait encore ?

Il composa le numéro qu'Helena lui avait laissé, et lui demanda où était la boutique. Elle lui donna l'adresse, ainsi que le numéro d'appel des taxis, car c'était un peu loin du centre. « Ne t'en fais pas, ici tous les chauffeurs de taxi comprennent l'anglais. – Mais je parle espagnol ! – Oui, bon, fais comme tu veux. »

Il la trouva derrière le comptoir, occupée à étiqueter des produits avec une machine qui ressemblait à une agrafeuse géante. Elle avait dénoué ses cheveux et le soleil faisait étinceler son épaisse chevelure brune, comme une auréole auburn autour de son visage. Elle sourit en le voyant, et ce sourire lui mit du baume au cœur.

— Tu as faim ? lui demanda-t-elle.

— Oui, très. Je suppose que je ne devrais pas, mais je me sens capable de manger un cheval entier.

— C'est normal, l'air marin donne faim. Si tu attends un peu, dans une demi-heure c'est la fermeture et je t'emmène dans un *guachinche* merveilleux.

Le *guachinche* était à quelques kilomètres de Buenavista, face à la mer. On leur apporta un plat après l'autre, dont elle lui expliquait le nom à chaque fois : ragoût aux pois chiches, lapin mariné, côtelettes de porc aux pommes de terre, épis de maïs. Le vin local était blanc et fruité. Après deux verres, il se sentit de nouveau heureux, et la voix intérieure qui lui disait de rester se faisait de plus en plus insistante. Sa vie avec Patricia lui paraissait de plus en plus irréelle, comme s'il avait été sous l'effet d'un sortilège et que, celui-ci s'achevant, le cocher redevenait rat et le carrosse citrouille ; sa vraie vie, la seule digne d'être vécue, était ici, sur cette terre de sable noir.

— Tu sais, lui dit Helena, j'ai quelque chose à te raconter.

— Quelque chose d'autre encore ?

— Oui. Ça va être un peu long.

4

LA VIE SECRÈTE DES MÈRES

— Il y a quelque chose dont je n'ai pas osé te parler l'autre jour. En fait, ce n'est pas que je n'ai pas osé, c'est parce que… parce que c'est une histoire parmi tant d'autres histoires qui nous sont arrivées pendant toutes ces années, et si je te l'avais racontée en même temps que les autres, je me serais, comment dire, écartée de mon récit, en tout cas de ce qui était le plus important, de ce qu'il fallait absolument que tu saches. Et puis je crois que j'ai pensé aussi que c'était un peu prématuré, je ne voulais pas… Je ne sais pas comment t'expliquer, je ne voulais pas t'embrouiller en te truffant la tête d'histoires… disons difficiles.

— Tu veux dire qu'il y a autre chose sur Cordelia que tu ne m'as pas dit ? Qu'elle avait un sérieux problème de drogue, ou quelque chose comme ça ?

— Mais non, pas du tout, rien de tout ça. C'est autre chose.

— Je suis tout ouïe.

— Je cherche par où commencer. Tu sais, bien sûr, que ta mère était canarienne ?

— Oui, bien sûr.

— Et qu'est-ce que tu sais d'autre sur elle ?

— Qu'elle a travaillé dans un hôtel à Londres et que c'est là qu'elle a rencontré mon père qui était en déplacement professionnel. Il avait trente-cinq ans et elle moins de vingt et un, ils sont tombés amoureux, ils se sont mariés, et je suis né…

— Et tu ne t'es jamais demandé pourquoi tu n'as jamais connu ni tes oncles, ni tes cousins, ni tes grands-parents ? Ni pourquoi vous n'êtes jamais allés aux Canaries, dont elle était pourtant originaire ? Pourquoi personne de sa famille n'est venu à son enterrement ni n'a même pris contact avec vous après sa mort ?

— D'après ce que j'ai compris, elle était orpheline et n'avait pas non plus de frères et sœurs. Et si nous ne sommes jamais allés aux Canaries, c'est sans doute que l'occasion ne s'est pas présentée. N'oublie pas qu'elle est morte quand j'avais dix ans.

— Et elle ne t'a jamais raconté comment étaient morts ses parents à elle ?

— Non. Je suppose que ce ne sont pas des choses dont on parle à un enfant…

— Et quand tu as été plus grand, tu n'as jamais eu envie de savoir ? De connaître l'histoire de ta mère, d'où elle venait, comment elle s'était retrouvée en Angleterre… Sur ton père, tu savais beaucoup de choses, tu connaissais sa famille, tu savais où il était né, où il avait vécu… Tu n'as pas regretté de ne presque rien savoir sur ta mère ?

— Tu sais, à vrai dire, non. J'ai grandi sans avoir de parents, et je me suis toujours efforcé de ne pas trop penser à eux, de ne pas ressasser le fait que j'étais orphelin. Les avoir perdus était déjà suffisamment douloureux, repenser à eux trop souvent m'aurait déprimé. Je crois que c'est la seule explication de ce désintérêt que tu as l'air de trouver bizarre.

— Ni bizarre ni normal. Mais ta sœur, elle, se posait des questions, et c'est effectivement pour ça, comme tu l'as dit hier soir, qu'elle est venue ici, à la recherche de ses origines, de son passé.

— C'est de ça que tu voulais me parler ? Elle a découvert quelque chose qu'il faudrait que je sache ?

— Oui. Tu sais, l'homme avec qui elle est venue…

— Richard.

— Richard, oui. C'était un ami de tes parents. Donc, il connaissait le nom complet de ta mère.

— Son nom de jeune fille était Aneyma Hernández. Aneyma Sinnott après son mariage. Tout ça, je le sais. Mais en Angleterre tout le monde l'appelait Anna. Son prénom canarien était trop difficile à prononcer pour des Anglais.

— Aneyma n'est pas un prénom canarien. Ça sonne *guanche*, mais ça ne l'est pas. C'est un prénom rarissime. En plus, comme tu sais, tout le monde en Espagne porte un nom double, celui du père et celui de la mère, et les femmes gardent leur nom quand elles se marient, de sorte que ta mère, sur son acte de naissance et sur son passeport espagnol, s'appelait Maria Aneyma Hernández Betancur. Et ce deuxième nom n'est pas si courant non plus. Entre le prénom et le nom de famille, donc, la probabilité qu'il y ait beaucoup de femmes aux Canaries qui s'appellent comme elle était très faible, pour ne pas dire nulle. Il suffisait donc de chercher la ville d'origine de ta mère et de consulter les registres d'état civil. Richard a aidé ta sœur. Je ne sais pas trop pourquoi, sans doute parce que c'était lui qui gérait ses biens et qu'à ce titre il était en possession de tout un tas de documents, dont l'acte de naissance de ta mère.

— Et parce qu'il était amoureux de Cordelia.

— Oui, bien sûr. Donc, elle a su que ta mère, sa mère, était née à Candelaria, sur l'île de Tenerife. Et c'est avec l'intention d'en savoir plus qu'elle est venue ici.

— Et elle est allée tout de suite à Candelaria, je suppose…

— Non, pas tout de suite. Elle a attendu presque deux ans, je ne saurais pas te dire pourquoi. Peut-être pour les mêmes raisons qui font que tu n'as pas voulu faire de recherches. Peut-être parce qu'elle avait du mal à accepter l'idée que sa mère, ayant perdu ses parents très jeunes, ait à son tour laissé orphelins ses deux enfants… La coïncidence était trop forte. Tu ne t'es jamais dit ça ?

— À vrai dire, non. Je n'y pensais jamais, tout simplement. Une stratégie de défense de ma part, peut-être.

— Tu as entendu parler des constellations familiales ?

— Il me semble que ça me dit quelque chose. Une sorte de thérapie alternative, une de ces choses ésotériques que ma sœur affectionnait.

— Ésotérique, je ne sais pas, mais alternative, oui. Je ne suis pas sûre de savoir te l'expliquer, mais, en gros, il s'agit de dire que nous sommes condamnés, d'une certaine façon, à répéter les mêmes erreurs que nos ancêtres, même si nous ne les avons jamais connus. Par exemple, si dans une famille il y a eu un assassin, il est très probable que, parmi ses enfants, ses neveux ou ses petits-enfants, il y aura de nouveau un assassin.

— Mais ça peut s'expliquer par une prédisposition génétique, ou par l'influence du milieu. Si tu grandis dans le Bronx avec un père qui est en prison, tu risques de finir en prison à ton tour, il n'y a pas besoin de théories ésotériques pour expliquer ce genre de phénomène.

— Bon, je prends un autre exemple. Cordelia avait un livre, qu'elle m'a fait lire, sur ces constellations familiales. Par exemple, s'il y a eu dans une famille un enfant naturel, il y aura d'autres enfants naturels dans les générations suivantes, même si, et c'est là le plus étonnant, l'existence de ce premier enfant naturel a été passée sous silence. Les cas sont très nombreux. Ce sont des schémas qui se transmettent de génération en génération.

— Si c'est un milieu où les relations adultérines sont admises, ça n'a rien d'étonnant. J'en reviens à mon exemple du Bronx : si, vivant dans le Bronx, ton père a eu trois enfants de trois femmes différentes, il y a des chances que ça t'arrive à toi aussi.

— Peut-être, mais dans ce livre il n'est pas question du Bronx mais de familles juives dispersées à la suite de l'Holocauste, et dont les descendants n'avaient connu ni leurs oncles ni leurs grands-parents. On cite le cas, par exemple, d'un intellectuel juif new-yorkais que son frère avait tenté d'assassiner au cours d'une crise de jalousie, et qui découvrait qu'autrefois, en Galicie polonaise, son grand-oncle avait tué son grand-père dans une bagarre…

— Mais comment ce type de comportement peut-il se transmettre ? Il n'y a tout de même pas de gène qui conduise à se bagarrer avec son frère… Cela me paraît plutôt le fruit du hasard.

— Ça fait beaucoup de hasards. Beaucoup d'histoires de familles qui se reproduisent comme si, au fil des générations, elles suivaient un même schéma. Une explication possible est que nous partageons notre âme et notre destin avec de nombreuses personnes qui sont, d'une certaine façon, en relation directe avec nous. Il y a une âme collective, qui est née d'une histoire, qui se transmet de génération en génération et qui imprime sa marque d'une façon particulière sur chacun d'entre nous. Nous sommes déterminés par le champ morphogénétique de notre espèce et, en particulier, de celui de notre famille.

— Le champ morphogénétique ? Qu'est-ce que c'est ?

— Un champ qui contient de l'énergie. Les abeilles d'une ruche, par exemple, sont reliées à un même champ morphogénétique, une sorte de réseau d'énergie qui les fait fonctionner comme un tout.

— C'est une théorie scientifique ?

— Disons qu'elle a été formulée par un biologiste, mais bon... Ne sois donc pas aussi sceptique, écoute-moi seulement. Si tu m'interromps tout le temps, je n'arriverai jamais au bout. Donc, c'est dans ce champ morphogénétique, à supposer qu'il existe, que se trouve rassemblée toute l'information sur notre histoire familiale, que nous en ayons connaissance ou non. Nous héritons des qualités et des défauts de nos ancêtres, mais aussi de tous leurs conflits non résolus. Voilà. C'est la théorie des constellations familiales.

— Mais ça n'a aucun sens de croire que, parce que notre mère était orpheline, nous étions condamnés à l'être aussi...

— Pour toi ça n'a pas de sens, mais pour Cordelia ça en avait. Elle était obsédée par l'idée que, d'une certaine façon, vous aviez payé pour les fautes non expiées de votre mère, et que si elle ne cherchait pas à savoir ce qui s'était passé, elle serait condamnée à le revivre, comme en boucle.

— Ça me paraît complètement insensé.

— En tout cas elle y croyait.

— Absurde. Mais tellement typique de Cordelia...

— Penses-en ce que tu veux, toujours est-il que nous sommes allées à Candelaria, à la mairie. Nous nous disions qu'il allait falloir éplucher des registres ou quelque chose comme ça. À vrai dire, nous ne savions pas par où commencer, mais tout s'est passé beaucoup plus facilement que prévu. Dès que Cordelia est entrée, l'employé derrière le guichet a eu les yeux qui brillaient. Il faut dire qu'elle était très belle ce jour-là, elle portait une robe de soie couleur aigue-marine, assortie à ses yeux, elle s'était même maquillée. Quand elle a commencé, liante et affable comme elle l'était toujours, à raconter son histoire, il a compris tout de suite ce qu'elle voulait et, tiens-toi bien, il avait connu votre mère. Songe que Candelaria compte aujourd'hui quelque chose comme vingt mille habitants, mais seulement six mille dans les années soixante. Dans un petit village comme ça, tout le monde se connaissait, surtout à l'époque, quand il n'y avait pas cette mobilité, ces moyens de communication d'aujourd'hui. Et puis... il y a encore autre chose que tu ne sais pas : ta mère avait des frères. Deux.

— Ma mère ? Des frères ?

— Oui. Figure-toi que l'employé savait même où habitaient les oncles de Cordelia, vos oncles. L'un des deux vivait toujours dans la même maison où votre mère était née et avait grandi, et qui était autrefois la plus grande et la plus belle maison de Candelaria. Nous n'avons pas eu à attendre longtemps pour que le type prenne son téléphone et passe une série de coups de fil jusqu'à ce qu'il réussisse à lui parler. Tu imagines la réaction. Tes oncles n'avaient plus eu de nouvelles de leur sœur depuis qu'elle était partie, ils ne savaient même pas qu'ils avaient des neveux... Bref, ils étaient plus que disposés à nous parler et à nous montrer la maison.

— Ça alors... Je n'arrive pas à le croire.

— Cordelia n'était pas peu surprise non plus.

— Ce n'est même pas de la surprise. C'est... c'est plus fort que ça. C'est un choc.

— Nous ne pouvions pas aller le voir tout de suite, parce qu'il était à son travail. Je crois qu'il travaillait à la gare routière… Enfin, peu importe. Donc, en attendant, nous sommes allées déjeuner dans un des meilleurs restaurants de Candelaria, calle de la Arena, pour passer le temps, mais Cordelia était tellement troublée qu'elle pouvait à peine avaler une bouchée, elle avait les mains toutes tremblantes, tu imagines.

— J'imagine parfaitement.

— Ça doit être très troublant pour toi aussi…

— Pas au point de ne pas vouloir savoir la suite.

— Donc, quand il a été six heures, nous sommes allées, comme il était convenu, à la maison qui avait été celle de ta mère, tout près de la basilique de Santa Candelaria. Une très grande maison à deux étages, blanchie à la chaux, avec des balcons et des persiennes en bois. Une maison cossue. Nous avons appelé, et la dame qui nous a ouvert est tombée en arrêt devant Cordelia, comme si elle avait vu un fantôme. Une fois remise de sa stupeur, la seule chose qu'elle ait su dire c'est : « Tu es exactement ta mère, exactement. » Mais elle ne l'a pas embrassée, elle n'a montré aucune espèce de joie, aucune émotion positive. Elle paraissait même plutôt effrayée… Elle nous a emmenées dans un immense salon, très bien arrangé, avec des meubles anciens, précieux, et elle nous a présenté son mari, c'est-à-dire l'oncle de Cordelia, et ton oncle à toi aussi, bien sûr. Il faisait une soixantaine d'années, je me suis donc dit que ça devait être le frère aîné de votre mère. Mais la première chose qui m'a frappée, c'est qu'il n'y avait chez lui rien, mais absolument rien, de séduisant. C'est bizarre, mais quand tu le voyais et que tu voyais Cordelia si belle, d'une beauté si parfaite, tu avais du mal à croire qu'ils aient quelque chose en commun. Je me suis même demandé s'il n'y avait pas une méprise, si ta mère avait vraiment eu des frères, tant il y avait peu de ressemblance, à première vue, entre Cordelia et cet homme. En plus, il n'avait pas du tout l'air ravi, on le sentait très tendu. Alors que, je ne sais pas, je pensais que, lorsqu'on vient d'apprendre qu'on a une nièce, et en plus une nièce aussi belle que Cordelia, on devrait être tout excité, ou au moins content. Mais lui, non. On aurait dit qu'il avait avalé un parapluie. Il a demandé à Cordelia si elle pouvait lui montrer une preuve officielle qu'elle était bien la fille d'Aneyma. Elle a sorti de son sac l'acte de naissance et le passeport de sa mère, puis son propre passeport et une vieille photo d'elle, enfant, dans les bras de ta mère, et a tendu le tout à cet homme, à votre oncle. Il a examiné et retourné chacun des documents comme un bijoutier qui scrute un bijou ancien pour vérifier s'il vaut vraiment autant qu'on lui dit ou si on essaie de l'escroquer, puis il les lui a rendus en affichant une mine maussade. Il lui a demandé quelle avait été la vie de sa mère au Royaume-Uni, et elle lui a fait un résumé plutôt succinct. Il n'a pas posé beaucoup de questions, et je trouvais étrange ce désintérêt apparent. Je lisais la déception dans les yeux de Cordelia, je voyais bien que ce n'était pas la famille qu'elle aurait espérée. Pour finir, elle lui a demandé, ce qui était normal, pour quelles raisons les deux branches étaient restées éloignées, s'il savait pourquoi sa mère lui avait toujours caché l'existence de ses frères, et il a répondu quelque chose comme : « Tu me demandes ça à moi, qu'est-ce que j'en sais ? », sur un ton assez désagréable, très bourru. Il a ajouté qu'Aneyma avait toujours été comme ça, bizarre, fantasque, qu'elle se sentait à l'étroit aux Canaries, qu'elle avait envie d'autre chose, et qu'il ne comprenait pas pourquoi elle avait rompu tout contact avec sa famille, encore moins pourquoi elle avait caché leur existence à ses enfants. Ils s'étaient toujours bien conduits avec elle, c'est elle qui n'avait pas su le reconnaître… Je sentais bien qu'il y avait quelque chose de louche, mais sans arriver à deviner quoi. Quand Cordelia l'a interrogé sur l'autre frère, il lui a dit qu'il habitait Barcelone, qu'il pouvait lui donner son adresse et son numéro de téléphone si elle voulait. Elle a alors demandé s'ils avaient des photos de sa mère, des photos de famille. Il lui a montré une photo ancienne, encadrée, qui prenait la poussière en haut d'une étagère et que nous n'avions pas remarquée. Une vieille photo, prise dans les années soixante, je suppose, dans un studio de photographe comme on faisait alors, avec tout le monde dans une pose très prétentieuse, face à l'objectif. Le père debout au milieu. Assise à sa droite, sur une chaise, sa femme, avec un jeune enfant dans les bras. À sa gauche, une petite fille blonde, jolie, qui lui tenait la main. Et à côté de la mère, un autre enfant, brun, noiraud, les sourcils épais. Cordelia a montré chacun des personnages en disant : « Elle, c'est ma mère, lui ça doit être toi… » Il a acquiescé de la tête. « Celui-là, ça doit être le plus jeune frère, celui qui habite Barcelone, et puis mon grand-père et ma grand-mère. » Et lui, votre oncle, a répondu : « Oui, c'est bien ton grand-père, mais ce n'est pas ta grand-mère. La mère d'Aneyma est morte à sa naissance. Mon père s'est remarié, Aneyma était ma demi-sœur, nous étions de mères différentes. » J'ai alors compris pourquoi ils ne se ressemblaient pas. Cordelia a voulu savoir s'il y avait d'autres photos. Il a interrogé du regard sa femme, qui était restée à côté de lui tout le temps sans dire un mot, elle a répondu oui et s'est levée pour aller les chercher. L'ambiance était très pénible, nous ne savions plus trop que demander d'autre. Je faisais mentalement mes comptes. S'il était plus jeune qu'Aneyma, il ne pouvait pas avoir plus de cinquante-deux ans, mais il faisait bien plus âgé, comme s'il avait eu une vie difficile. C'est pour ça que j'avais d'abord cru que c'était un frère aîné, je n'avais même pas imaginé qu'il pouvait être plus jeune, tellement son visage était strié de rides. Cordelia ne disait rien non plus, elle regardait la photographie, médusée.

La dame est revenue avec plusieurs albums et elle a dit à Cordelia : « Tu sais, j'ai vécu toute ma vie à Candelaria, j'ai connu ta mère enfant, et vous êtes vraiment comme deux gouttes d'eau, tu vas voir sur les photos. » Elle a ajouté qu'il y avait aussi des photos de ses enfants, l'aîné était étudiant à Madrid, et l'autre... ma foi, elle ne savait pas trop où il était : « Il sera encore avec ses amis, comme toujours. » Elle a dit à Cordelia que, si ça l'intéressait de rencontrer son cousin, elle pouvait l'appeler sur son mobile. Cordelia n'a rien répondu, elle était trop occupée à regarder les vieilles photos. Je me suis assise à côté d'elle et je les ai regardées aussi. Il y avait un des albums où Aneyma était présente de temps en temps, toujours à des fêtes de famille, à Noël, ou bien en vacances. Il n'y avait pas une seule photo d'elle toute seule. Et c'était vrai que Cordelia était son portrait craché. Sur une photo, on aurait dit la même personne, comme si on l'avait habillée avec des vêtements d'époque, pour un film. Aneyma avait l'air d'une enfant bien sage, elle était très simplement vêtue, en jupe et cardigan, les cheveux retenus par un serre-tête ou des couettes. Elle avait un air tellement virginal, de fille bien élevée, douce, souriante, qu'on n'arrivait pas à imaginer qu'elle puisse avoir décidé, du jour au lendemain, de quitter sa famille et de partir toute seule vivre en Angleterre, surtout qu'à l'époque il n'y avait pas beaucoup de gens qui s'en allaient, encore moins d'un petit village des Canaries, et les femmes étaient plus soumises qu'aujourd'hui, tu sais, avec le franquisme et tout ça... Bref, j'étais très intriguée par cette histoire, je ne comprenais pas ce qui avait pu se passer pour que cette jeune fille largue les amarres aussi brusquement, sans jamais revenir ensuite voir sa famille ni même garder contact avec elle. En voyant l'attitude de cet homme, avec cette épouse soumise à ses côtés, j'ai imaginé toutes sortes de scénarios, par exemple qu'Aneyma était maltraitée dans son enfance, tellement ton oncle, je te dis, avait l'air bizarre, bourru, désagréable… On la voyait sourire sur toutes les photos, c'est vrai, mais d'un sourire de circonstance, un sourire triste, toujours… je ne sais pas, un sourire distant, comme si elle était déjà ailleurs.

— Et Cordelia, comment était-elle, pendant cette visite ?

— Silencieuse. Elle ne faisait que regarder et regarder l'album, toute pâle.

— Oui, je la vois presque, dit Gabriel en soupirant, la tête dans les mains, comme abattu.

— Donc, l'ambiance était très tendue, Cordelia était comme absente, visiblement sur le point de pleurer, les yeux humides. Je me suis dit qu'il fallait l'emmener ailleurs, lui faire quitter cette ambiance oppressante, alors j'ai pris les choses en main et j'ai dit à l'oncle que nous devions rentrer à Puerto et que nous reprendrions éventuellement contact plus tard pour une autre visite. J'ai aidé Cordelia à se lever, elle me donnait l'impression d'en être incapable toute seule, et nous sommes parties.

— Et vous n'avez pas repris contact après ? Je veux dire, avec mes oncles, avec le reste de la famille.

— Non, mais tu vas voir, l'histoire n'est pas finie. Quand nous sommes sorties, Cordelia marchait en s'appuyant sur moi comme une vieille dame. J'ai pensé qu'elle était sous le choc, qu'elle ne comprenait pas pourquoi sa mère ne lui avait jamais parlé de ses frères, et surtout je me rendais compte qu'elle n'aimait pas, mais pas du tout sa nouvelle famille. Nous avions laissé la voiture dans un parking près de la plage, il fallait donc marcher un moment, et j'ai eu la sensation que quelqu'un nous suivait. Pas une certitude mais une intuition, je sentais un regard braqué sur moi, comme une brûlure à la nuque. Une sensation physique inexplicable, je ne sais pas si ça t'est déjà arrivé…

— Oui, ça m'est arrivé, répondit Gabriel, l'air soudain songeur et grave en se rappelant comment, peu avant le début de sa liaison avec Ada, il avait été saisi, en rentrant chez lui, par cette impression d'être suivi, et qu'en se retournant il avait justement vu Ada, digne et hiératique comme à l'accoutumée, son petit chien à ses côtés, et ses yeux immenses qui le fixaient.

— À un moment, je n'ai plus pu me retenir et je me suis retournée. Et il y avait une dame qui nous regardait toutes les deux. Une dame d'un certain âge, mais très belle, très élégante, très… très majestueuse, une femme qui irradiait la sérénité et la maîtrise de soi. Je me suis arrêtée, Cordelia s'est retournée à son tour, et quand la femme l'a vue, elle est devenue subitement toute pâle, elle est restée bouche bée. Littéralement bouche bée, avec les lèvres qui formaient un O bien rond.

— Pas besoin de m'en dire plus. Elle croyait voir la mère de Cordelia.

— Presque. Elle savait déjà que Cordelia était la fille, mais je pense qu'elle ne s'attendait pas à une ressemblance aussi extraordinaire. Des larmes grosses comme des perles se sont mises à couler le long de son visage et elle a tendu les bras vers Cordelia pétrifiée, comme si elle voulait toucher le voile de la Vierge ou un truc dans ce genre. Je lui ai demandé ce qui se passait, elle a fini par se reprendre et nous expliquer qu'on lui avait téléphoné pour lui annoncer que la fille d'Aneyma était là, en visite chez son oncle, mais que, comme elle avait de mauvaises relations avec Yeray…

— Yeray ?

— Oui, l'oncle. Il s'appelait, ou plutôt il s'appelle Yeray. Donc, comme elle ne s'entendait pas avec lui, elle avait guetté depuis sa fenêtre, car elle habitait la maison d'en face, jusqu'à ce qu'elle nous voie sortir, et elle nous avait suivies. Quand elle m'a dit ne pas s'entendre avec votre oncle, ça a immédiatement éveillé ma sympathie, et je crois que chez Cordelia aussi. Elle nous a demandé si nous étions pressées et nous a invitées à prendre un café.

— Chez elle ? Vous êtes retournées en face de chez ce vilain oncle… comment, déjà ? Jeremy ?

— Yeray. Non, nous sommes allées dans un café sur le port, où nous avons eu une très longue conversation.

— Je suppose qu'elle vous a expliqué la raison de l'étrange disparition de ma mère…

— Plus ou moins. Donc, cette dame, qui s'appelait Yaiza, avait été l'amie intime de ta mère, pour ne pas dire sa seule amie. Elle nous a raconté ce que ton oncle Yeray ne nous avait pas raconté, même si elle a laissé dans l'ombre certains points. Des points qui ont obsédé ta sœur pendant longtemps… Écoute, je ne suis pas sûre que ce soit ça, mais je crois que son adoration pour Heidi était liée au fait qu'elle cherchait, comment dire… une mère de substitution. Mais tu trouves peut-être que c'est stupide de ma part ?

— Non, pas du tout. Au contraire, cela me paraît une conclusion logique, presque évidente. Mais pourquoi ne me racontes-tu pas ce que vous a dit cette dame ? Je suppose que cela doit expliquer pourquoi ma mère est partie d'ici et pourquoi elle a prétendu ne pas avoir de famille.

— Plus ou moins. Elle n'a pas tout éclairci, mais elle nous a raconté une partie de l'histoire de ta mère que tu ne connais probablement pas. Une histoire assez longue.

— Nous avons tout notre temps.

— Très bien... Donc, si tu veux, je te raconte. Commençons par ta grand-mère, ta grand-mère maternelle. Elle possédait des hectares et des hectares de bananeraies sur l'île. La famille était de Tenerife, mais ils avaient aussi une maison et des terres à Candelaria. Ton grand-père, à ce qu'elle m'a dit, était très bel homme, mais surtout très beau parleur, très séducteur. Toujours est-il qu'il est tombé amoureux d'elle et qu'il l'a épousée. Et que, si ces grands propriétaires ont accepté de donner leur fille à un simple fils de pêcheurs, c'est probablement parce que ta grand-mère était de santé fragile. C'est d'ailleurs pour ça qu'ils l'avaient envoyée à Candelaria, qui était alors un petit village tranquille, bucolique. Les médecins disaient qu'elle avait besoin de beaucoup de repos. Et c'est là, à Candelaria, qu'elle a rencontré son mari, ton grand-père. Elle était ce qu'on appelle un enfant bleu, elle souffrait d'un certain type de malformation cardiaque qui lui faisait des lèvres d'une couleur étrange, entre violet et bleu. Comme, en plus, elle était très blonde et très blanche parce qu'elle passait beaucoup de temps au lit et sortait très peu, beaucoup de gens croyaient qu'elle était ensorcelée ou possédée du démon. Sa peau était si fine qu'on voyait par transparence le mauve de ses paupières et le bleu de ses veines. Donc, quand ta grand-mère, qui avait apparemment un caractère très affirmé, a dit à sa famille qu'elle voulait épouser cet homme, ils ont donné leur bénédiction à cette union au lieu de s'y opposer comme ils l'auraient fait si elle avait été en bonne santé. Cela dit, ton grand-père n'était pas sans le sou non plus. Sa famille avait une grande maison avec un verger, et avec l'aide de son beau-père il est vite devenu maire de Candelaria, si bien que tout le village a pensé qu'il épousait la fille par intérêt. Sa propre mère était même la première à redouter cette union, elle qui pensait comme tant d'autres femmes du village que cette fille sentait le soufre, et elle ne s'est jamais entendue avec sa bru. Donc, ils se sont mariés, son père à elle leur a offert un terrain et leur a fait construire cette grande maison où ton oncle Yeray habite aujourd'hui encore, et tout allait plus ou moins bien jusqu'à ce qu'elle se retrouve enceinte. Compte tenu de son cas, il était impossible que la grossesse aille à son terme, et elle le savait. Dis-toi bien qu'ici, comme partout ailleurs, il a toujours existé des méthodes contraceptives ou abortives, bien avant même que la pilule n'existe. Pour avorter, les femmes buvaient une infusion de sauge, de rue ou d'absinthe, et pour éviter la conception elles s'introduisaient des éponges imbibées de vinaigre. Mais ta grand-mère, elle, s'est retrouvée enceinte parce qu'elle l'a voulu, parce qu'elle était amoureuse de ton grand-père, qui était un grand séducteur et passait beaucoup de temps au-dehors. Elle se disait que si elle ne lui donnait pas d'enfant, il lui préférerait une autre femme, en meilleure santé. Et, comme tout le monde s'y attendait, elle est morte en couches. C'est uniquement parce que ton arrière-grand-père était riche que son bébé, ta mère, a survécu, car on a appelé les meilleurs médecins de Tenerife au lieu de la sage-femme du village, du moins c'est ce que disait ta famille. On a réservé une chèvre à la nourrice qui l'allaitait, et elle est devenue une petite fille si mignonne et en si bonne santé que, d'après Yaiza, beaucoup de mamans du village se sont mises aussi à nourrir leurs bébés au lait de chèvre.

— Et cette enfant, c'était ma mère. C'était Aneyma.

— Maria Aneyma. Ils l'ont baptisée Maria Aneyma à cause d'une erreur. Il semble que ta grand-mère était l'une des rares lectrices de Candelaria. À l'époque, beaucoup de femmes ne savaient pas lire, et celles qui savaient ne lisaient presque jamais. Les gens n'avaient pas de livres chez eux. Ta grand-mère, elle, lisait beaucoup, en tout cas beaucoup pour l'époque. Elle avait appris le latin avec l'évêque de Tenerife en personne, c'est du moins ce qu'affirmait Yaiza, mais elle exagérait peut-être, elle disait même qu'elle avait traduit avec lui des passages de l'*Énéide*, ce qui était exceptionnel pour une jeune fille de l'époque. Ce devait être en tout cas quelqu'un de très intelligent, avec beaucoup de personnalité. Bref, il paraît qu'elle avait tellement aimé l'histoire de Didon et Énée qu'elle l'avait racontée à ton grand-père, qui, lui, ne lisait jamais rien, et cela lui aurait donné l'idée d'appeler leur fille Dido, le nom latin de Didon. Mais en espagnol, comme tu sais, les noms qui finissent par o sont masculins, et donc ça sonnait comme un nom de garçon ou, pire encore, de chien. Il a alors choisi de l'appeler Énéide, en souvenir de sa mère et de son amour pour elle. La loi, à l'époque, n'autorisait que les prénoms bien catholiques, répertoriés dans le calendrier des saints, mais aux Canaries elle a toujours été appliquée de façon très souple, comme d'ailleurs beaucoup d'autres lois. Selon le degré de tolérance du curé qui baptisait, on pouvait donner à un bébé un prénom autochtone, un prénom guanche, surtout si on le faisait précéder de Maria. Mais le curé du village a compris de travers et, au lieu d'Énéide, la petite s'est appelée Maria Aneyma, qui sonnait guanche.

— Ma mère a donc dû être l'unique Aneyma de Tenerife ?

— Oui. C'est pour ça qu'il a été si facile de la retrouver sur les registres. Mais je continue mon histoire, si tu veux bien. En fait, il semble que ton grand-père ait été vraiment amoureux de ta grand-mère et que, malgré tout ce qu'on racontait au village, ça n'ait pas été un mariage d'intérêt, même accessoirement. Quand elle est morte, il s'est senti très coupable et a sombré dans une dépression profonde. Il passait la journée enfermé chez lui, la tête entre les mains. Et sa mère, ton arrière-grand-mère, qui était, à ce que dit Yaiza, une maîtresse femme, a profité de son état psychique pour le remarier, en convainquant le pauvre garçon que la petite avait besoin de quelqu'un pour s'occuper d'elle. Et elle a choisi une fille du village, une fille bien sage, très jeune, très docile, qu'elle pourrait manipuler à sa guise pour qu'elle serve de domestique et de bonne d'enfants à son fils, et qui la reconnaisse, elle, comme la maîtresse de maison, sans s'interposer dans la relation entre le fils et la mère. On peut supposer que la nouvelle bru était assez laide et que c'est à elle, et non à leur père, que ressemblent les deux enfants qu'elle a eus de lui. Il y avait donc dans la maisonnée une princesse blonde aux yeux bleus et deux garçons gros et laids, si bien que, comme cela arrive souvent en pareil cas, la marâtre est devenue terriblement jalouse de sa belle-fille. D'après Yaiza, elle ne brimait pas Aneyma à proprement parler, elle l'ignorait purement et simplement. La grand-mère non plus ne l'aimait pas, et le père ne s'occupait pas d'elle, ni d'ailleurs de rien ni de personne, plongé dans sa dépression. Elle a donc grandi privée d'amour et d'affection, et ce serait peut-être allé plus loin encore si la maison, légalement, ne lui avait pas appartenu. Car la famille de sa mère avait été prévoyante, et avait fait mettre dans le contrat de mariage une clause selon laquelle ton grand-père, au cas où sa femme viendrait à mourir, renonçait d'avance à hériter d'elle, ses biens revenant à leurs descendants s'ils en avaient, et à ses ascendants à elle dans le cas contraire. C'était une façon de se prémunir des risques d'un mariage d'intérêt.

— Ça ressemble à *La Maison de Bernarda Alba*...

— Tu l'as lu ?

— Non, mais je l'ai vu plusieurs fois au théâtre.

— En espagnol ?

— Non, en anglais. À Londres.

— Lorca est traduit en anglais ?

— Bien sûr.

— C'est vrai, je n'y avais pas pensé, mais maintenant que tu me le dis, c'est une situation assez proche. Sauf qu'elle s'appelait Aneyma au lieu d'Angustias. Aneyma, donc, était l'héritière des biens de sa mère, dont le père n'avait que l'usufruit. En pratique, c'est toute la famille qui vivait de sa fortune, que le père gérait au nom de la fille, et dont elle-même n'hériterait de plein droit qu'à vingt et un ans, l'âge de la majorité de l'époque. Une situation très inconfortable, avec tous ces gens qui vivaient aux crochets de quelqu'un qu'ils détestaient. En plus, comme je t'ai dit, ta grand-mère paternelle était tyrannique, tout le monde devait se plier à sa volonté. Aneyma jouait le rôle de Cendrillon : elle cuisinait, repassait, faisait la lessive pour ses frères qui, eux, se tournaient les pouces tout en la gardant sous haute surveillance. Outrageusement belle comme elle l'était, on ne la laissait pas sortir toute seule, même pour acheter du pain. Elle était toujours accompagnée de sa marâtre, qui tirait une tête de six pieds de long à quiconque osait faire un compliment à sa belle-fille ou la regarder plus longuement que ce qui était jugé convenable.

— Et c'est cette dame qui vous l'a raconté ? Comment savait-elle tout cela sur ma mère ?

— Yaiza était sa voisine, son amie, même sa seule amie vu qu'Aneyma avait peu de possibilités de rencontrer des gens. Mais elle était très bonne élève et, tout comme sa mère, très intelligente. Yaiza et elle avaient le même âge. Chaque matin et chaque après-midi, elles allaient à l'école ensemble, la seule école de Candelaria, et rentraient ensemble. Et à partir de huit ans, Yaiza passait presque tous ses après-midi avec

Aneyma, elle faisait ses devoirs avec elle, car Aneyma avait les meilleures notes de la classe alors que Yaiza était mauvaise élève. Il s'est créé entre elles un lien très étroit, une amitié très forte, en fait Yaiza était la sœur qu'Aneyma n'a jamais eue…

— Yaiza était brune ?

— Oui, très brune, les yeux très noirs, la peau couleur cannelle. Quand nous l'avons rencontrée, je suppose qu'elle se teignait. Elle était trop vieille pour ne pas avoir de cheveux blancs.

— Brune aux yeux noirs, comme toi.

— Oui… Pourquoi cette question ?

— Je repense à ce que tu m'as dit tout à l'heure sur notre façon de reproduire les comportements de nos parents, même quand on ne les a pas connus. Le fait qu'Aneyma se soit cherché une sœur de substitution, est-ce que ça ne ressemble pas à la relation que Cordelia avait avec toi ? La blonde et la brune…

— À vrai dire, je n'y avais pas pensé, mais je suppose que ça aurait amusé Cordelia. Et maintenant que tu me le dis… Oui, c'est vrai, on pourrait dire qu'il y a une ressemblance entre Yaiza et moi. Comme c'est étrange…

— Qu'est-ce qu'elle vous a raconté d'autre ?

— Qu'Aneyma savait, depuis toute petite, que l'argent de sa famille était son argent à elle. Tu sais que, dans l'Espagne franquiste, une femme ne pouvait pas ouvrir de compte courant, elle ne pouvait pas toucher son propre argent sans la permission de son mari ou de son tuteur, et ça n'a changé, je crois, qu'après la mort de Franco. La grand-mère d'Aneyma savait donc très bien que, si la famille voulait continuer à disposer de l'argent d'Aneyma librement et sans contrôle, il fallait lui trouver un mari docile qui accepte de rester vivre chez eux. Il aurait été bien étonnant que la petite ne le sente pas, les enfants comprennent beaucoup plus de choses que ne le croient les adultes. Ils entendent des conversations qu'ils ne devraient pas entendre, parce que les adultes croient qu'ils sont trop petits pour comprendre, et sous-estiment leur capacité d'assimilation et de conceptualisation. À la maison, Aneyma ne disait rien, mais elle savait très bien qu'elle ne voulait pas rester là et que la seule issue, pour elle, était de se trouver un mari qui ne conviendrait pas à sa famille, mais qui lui conviendrait à elle. Ce qu'elle ne pouvait pas prévoir, c'est qu'à la mort de Franco les choses changeraient et que, contrairement à sa mère et à sa grand-mère, elle jouirait de son droit légitime à disposer de son propre argent. Elle est donc restée silencieuse, sans se faire remarquer, sans discuter, sans se confier à personne d'autre qu'à son amie, la seule à savoir qu'elle était en vérité bien plus éveillée et plus sûre d'elle que sa famille ne l'imaginait.

Après le lycée, elle a voulu aller à l'université. À l'époque, certaines filles de bonne famille canarienne partaient faire leurs études à La Laguna, à Madrid, à Barcelone. Des villes où il y avait beaucoup de foyers tenus par des religieuses, avec une discipline et des horaires stricts. Malgré cela, la famille n'a pas voulu, alors qu'Aneyma avait les meilleures notes non seulement de sa classe, mais de tout le lycée, et que sa conduite avait toujours été irréprochable. À l'époque, la majorité était encore à vingt et un ans et était même assortie de restrictions jusqu'à vingt-cinq ans, vertu féminine oblige, pour les jeunes filles non mariées. Il lui a donc été impossible de passer outre la décision de sa grand-mère. C'est à ce moment-là qu'elle a résolu d'épouser le premier qui serait disposé à la sortir de là, de préférence un homme doux et calme qui ressemblerait à son père tel qu'elle l'avait connu petite – c'est du moins ce qu'elle disait à Yaiza.

— Ma mère a donc eu un premier mari canarien, avant mon père ?

— Mais non, attends, ce n'est pas fini…

Yaiza, dont la famille était plus libérale et qui avait le droit de sortir dans le village comme les autres filles de son âge, et qui connaissait tous les garçons à marier – d'ailleurs pas si nombreux puisque, comme je t'ai dit, Candelaria était un petit village à l'époque –, lui a fait une liste de ceux qui étaient susceptibles de lui convenir. Ceux, donc, qui avaient un caractère doux et calme. Le physique ne comptait pas, puisque Aneyma ne cherchait pas le grand amour et souhaitait seulement partir de chez elle. Elle ne voulait surtout pas passer d'une tyrannie à une autre. Donc, elle avait sur sa liste cinq candidats, que Yaiza s'est arrangée pour lui faire rencontrer. Tu sais peut-être qu'il y a une tradition au village, la fête de la Vierge de Candelaria, patronne des Canaries, qui fait l'objet dans tout l'archipel d'une immense dévotion : on organise en son honneur des fêtes légendaires, qui trouvent leur origine, à ce qu'on dit, dans d'anciens rites guanches de célébration de l'été. La nuit du 14 au 15 août, il y a un défilé, la Caminata a Candelaria, auquel participent des gens venus de toutes les Canaries et même de plus loin. Ça dure toute la nuit et, au matin, on promène la Vierge dans tout le village. Tu n'as pas idée de l'importance de cette fête, l'évêque vient, il y a toutes les hautes personnalités canariennes… Bref, cette nuit-là, tout le village est dans la rue, même les enfants. Et même une fille aussi bien gardée qu'Aneyma. Elle savait que, comme chaque année, son père passerait la soirée au café et sa grand-mère à moitié endormie sur sa chaise en paille, sur la place, à regarder les cortèges défiler, et que, s'il y avait une occasion à saisir pour faire la connaissance d'un garçon à son goût, c'était celle-là.

— Mais comment les deux filles pouvaient-elles être si sûres qu'Aneyma réussirait, en une seule soirée, à rendre un garçon amoureux d'elle au point de vouloir l'épouser ?

— L'idée, quoi que tu en penses, n'avait rien d'extravagant. N'oublie pas qu'Aneyma était la fille la plus riche du village, et la plus belle par-dessus le marché. Et que tout cela se passait il y a près de quarante ans, dans un petit village des Canaries, où les filles étaient censées arriver vierges au mariage. Donc, si une fille, disons plutôt jolie, te plaisait vraiment, tu n'avais pas d'autre perspective que de l'épouser. Les relations préconjugales, comme on dit, ça ne se faisait pas du tout. Donc, cette nuit-là, Aneyma a mis sa plus belle robe et, ce qu'elle ne faisait jamais, a dénoué ses cheveux pour les laisser retomber sur ses épaules. Et tandis que la grand-mère était assoupie, elle a fait en sorte de parler avec tous les garçons que lui présentait Yaiza, tous les garçons de la liste. Vers trois heures du matin, Yaiza est allée danser de son côté avec le garçon qui lui plaisait à l'époque, et elle n'a revu Aneyma que le lendemain, à la messe, avec sa mantille et son air de jeune fille de bonne famille catholique. Elle n'a pas pensé qu'il s'était passé quoi que ce soit, et Aneyma ne lui a rien raconté non plus. Mais, à compter de ce jour-là, quand Aneyma sortait, accompagnée de sa marâtre, pour faire des courses ou simplement se promener, il y avait toujours un jeune homme pour la suivre, la croiser et en profiter pour lui adresser la parole, sans que la marâtre puisse rien faire contre cela. Yaiza savait aussi que parfois, la nuit, quand tout le monde dormait, Aneyma sortait par la porte de derrière, celle de la cuisine, pour parler dehors à quelqu'un. Mais elle n'a jamais rien su quant à un homme ou un garçon en particulier.

— Ce que tu me racontes là paraît tellement étrange…

— Pourquoi étrange ?

— Je ne sais pas… Je n'ai pas beaucoup de souvenirs de ma mère, mais je n'ai jamais pensé qu'elle avait pu avoir une vie si… si romanesque. Tout à l'heure, je t'ai parlé de Lorca, maintenant j'ai l'impression d'être dans un roman de García Márquez.

— Mais, tiens-toi bien, le plus romanesque est encore à venir.

— La raison qui a précipité la fuite de ma mère.

— Exactement.

— Raconte.

— Un mois après la fête de la Vierge, Aneyma a fait une confidence à Yaiza : elle était enceinte.

— De qui ?

— On n'a jamais su, Aneyma ne l'a pas dit. Elle a seulement dit qu'elle ne voulait pas garder l'enfant.

— Et elle ne l'a pas gardé, je suppose.

— Non.

— Une de ces herbes abortives dont tu parlais tout à l'heure ?

— Non, pas du tout. Ni herbes abortives ni visite à une guérisseuse du village. Dans l'Espagne de l'époque, l'avortement était interdit dans tous les cas, même si la vie de la mère était en danger, mais il se pratiquait. Et aux Canaries aussi, bien sûr. C'était de notoriété publique. C'était très dangereux, beaucoup de femmes y laissaient leur vie. Je ne sais pas ce qui était le pire : garder l'enfant et risquer la marginalisation et l'opprobre qui entouraient alors les filles mères, ou bien se retrouver en prison ou même mourir en perdant tout son sang sur un brancard de fortune, dans la salle d'attente d'une faiseuse d'anges qui pratiquait dans des conditions inhumaines, avec une aiguille à tricoter pour tout instrument ?

— Quelle horreur…

— La seule solution était donc d'aller à Londres.

— À Londres !

— Je vois que tu commences à comprendre. À l'époque, les cliniques anglaises avaient déjà près de dix ans de pratique, la loi avait été votée au milieu des années soixante.

— En 67.

— Tu connais la date ?

— J'ai eu une liaison avec une femme médecin… – C'était la première fois que Gabriel, depuis qu'il était fiancé à Patricia, faisait allusion à Ada devant quelqu'un. Il ne s'était pourtant pas passé un seul jour sans qu'il pense à elle, même si son souvenir s'était estompé depuis qu'il était aux Canaries et que son esprit était préoccupé par le sort de Cordelia. – Médecin et féministe.

— Depuis que l'avortement était devenu légal au Royaume-Uni, les Espagnoles qui en avaient les moyens allaient avorter à Londres. Mais ça coûtait très cher. Quelque chose comme douze mille pesetas, quand le salaire moyen aux Canaries était aux alentours de dix mille pesetas et qu'il fallait aussi compter les frais de séjour et le billet d'avion, ou les billets si quelqu'un vous accompagnait. En 1973, pour aller à Londres depuis la Grande Canarie, il fallait passer par Madrid, un voyage qui coûtait au total, y compris l'intervention, dans les soixante mille pesetas, une véritable fortune à l'époque. Mais Aneyma possédait des bijoux hérités de sa mère, qu'elle ne portait jamais… Elle a chargé Yaiza d'aller à Tenerife pour les vendre. La deuxième difficulté a été d'organiser le voyage. Tu imagines, compte tenu de la surveillance dont elle faisait l'objet, qu'il lui était difficile d'expliquer, elle qui n'était jamais sortie de son île, qu'elle voulait aller à Londres, et qu'elle voulait y aller seule… Elles se sont donc adressées à une tante d'Aneyma, une sœur de sa mère, qui habitait Puerto. Puerto était déjà un endroit touristique à l'époque, où les gens avaient une mentalité beaucoup plus ouverte. Yaiza est allée la voir pour lui exposer la chose. Il fallait en plus que la personne qui accompagnerait Aneyma parle anglais pour se faire comprendre du personnel de la clinique. La tante Mila parlait un anglais plus ou moins convenable, bien que scolaire, alors que Yaiza, qui était plutôt mauvaise élève, s'estimait incapable de le parler comme de le comprendre. La tante a donc inventé le stratagème suivant : elle offrait à sa nièce, pour ses dix-neuf ans, de venir avec elle à Londres, où elle projetait de passer quelques jours, de faire un peu de shopping et d'aller voir une comédie musicale. Et, pendant qu'elle y était, elle invitait aussi la meilleure amie de sa nièce. Je ne sais pas comment elle a fait, mais elle a réussi à convaincre la grand-mère d'Aneyma, sans doute en lui assurant qu'elle lui servirait de chaperon. La grand-mère faisait un complexe d'infériorité par rapport à cette dame plutôt cosmopolite, qui avait un peu voyagé, et n'a pas su dire non. Yaiza se la rappelait en train de s'exclamer, d'un ton courroucé : « Mais qu'est-ce que vous avez toutes à vouloir aller acheter vos habits à Londres ? » Ce qui semble indiquer qu'il n'était pas rare, même aux Canaries, au début des années soixante-dix, qu'une jeune fille enceinte parte avorter à l'étranger. La grand-mère avait recommandé aux deux filles de bien se couvrir pour ne pas prendre froid, mais elles sont descendues de l'avion à Londres sous un soleil de plomb. C'était pourtant au mois de mai. Je suppose que le voyage a dû être très pénible pour Aneyma, entre le fait d'avoir eu à ruser, l'angoisse de l'intervention, le premier vol en avion, les difficultés propres à la grossesse… Dès sa descente d'avion, où l'attendait une infirmière de la clinique, elle s'est évanouie. Et en sortant de la salle de consultation, elle est tombée sur une autre fille de Tenerife avec sa mère, qui était en plus une amie de la tante Mila, une dame d'une des meilleures familles de Puerto. Tu imagines la situation… Personne à l'époque ne parlait d'avortement, encore moins dans les bonnes familles catholiques, où on poussait les hauts cris dès que quelqu'un parlait de légalisation, mais où on envoyait les filles avorter à Londres en secret. Au bout de quelques heures, Aneyma était de retour à son hôtel. C'était un vendredi, et il était prévu qu'elles rentrent par le vol du dimanche. Mais, le dimanche matin, au petit déjeuner, elle a dit à Yaiza qu'elle ne rentrait pas.

— Elle est restée à Londres ?

— Oui. Elle avait parlé à sa tante, elle lui avait dit tous les problèmes qu'elle rencontrait chez elle, et la tante avait proposé de lui envoyer de l'argent pour qu'elle puisse rester là, à Londres, jusqu'à l'âge de sa majorité, où elle hériterait. Yaiza n'a jamais su exactement ce qu'Aneyma avait raconté à sa tante, mais elle avait l'air vraiment scandalisée.

— Mais si elle était mineure, la famille pouvait lancer un avis de recherches et la faire ramener de force ?

— Non, comment auraient-ils pu ? Ils n'avaient pas son adresse ni aucun moyen de la retrouver. N'oublie pas que c'était une bande de rustres qui n'avaient jamais, de toute leur vie, quitté les Canaries. Tu crois qu'ils auraient eu l'idée de prévenir Interpol ? À l'époque, il n'y avait pas d'accords d'extradition ni rien de ce genre, si je me souviens bien. Non, ils n'avaient vraiment aucun moyen de retrouver Aneyma. Mais il fallait tout de même que Yaiza et la tante se mettent d'accord sur la version qu'elles donneraient à leur retour : alors qu'elles étaient à un *musical*, Aneyma s'était levée pour aller aux toilettes à l'entracte et n'était pas revenue, après quoi ils avaient trouvé à l'hôtel une lettre où elle disait qu'elle était vraiment désolée de leur avoir causé de l'inquiétude, mais qu'elle avait profité de ce voyage pour fuir sa famille, car elle ne voulait plus vivre dans une maison où elle n'était ni aimée ni respectée. Le contenu de la lettre avait son importance, car la police britannique ne se mettrait pas à la recherche d'une jeune fille de vingt ans partie de son plein gré, alors qu'elle l'aurait fait si elle avait disparu sans laisser de trace. Dans la lettre, Aneyma disait aussi qu'elle avait vendu ses bijoux, qu'elle avait de l'argent et qu'elle estimait pouvoir subvenir seule à ses besoins. La tante Mila, ta grand-tante, a dit à Yaiza, dans l'avion du retour, qu'elle n'avait jamais soupçonné les conditions dans lesquelles vivait sa nièce, et que si elle avait su plus tôt… Elle n'arrêtait pas de pleurer. Yaiza, de son côté, savait qu'Aneyma n'était pas heureuse à la maison, mais sans imaginer non plus à quel point. Elle s'est donc demandé si Aneyma n'avait pas confié à sa tante quelque chose qu'elle ne lui aurait pas dit à elle. Qu'elle était battue, par exemple ? Toujours est-il que, lorsqu'elles ont atterri à Tenerife, la tante est allée tout droit à Candelaria pour s'entretenir avec la famille, la lettre d'Aneyma à la main, à la suite de quoi les deux branches de la famille se sont brouillées. La branche paternelle, celle de Candelaria, accusait la tante Mila d'avoir mal surveillé Aneyma ; la branche maternelle, de Santa Cruz et de Puerto, accusait l'autre de l'avoir maltraitée. Mais ils sont tous convenus de dire, pour éviter le scandale, qu'Aneyma était restée à Londres chez sa famille maternelle.

— Et pendant ce temps-là, où était-elle ?

— Chez des cousins à Londres. C'était la vérité. Comme je t'ai dit, le grand-père maternel d'Aneyma, ton arrière-grand-père, était propriétaire foncier, producteur et exportateur de bananes. Ses bananeraies travaillaient avec des compagnies britanniques et une de ses cousines avait épousé un Anglais, chose relativement courante à l'époque, car il y a toujours eu une forte présence britannique à Tenerife. Donc, au bout d'une semaine, ta mère a envoyé une lettre assurant qu'elle allait bien et qu'elle perfectionnait son anglais. Aucune des deux familles n'a parlé d'aller la chercher. Et au bout de quelque temps, elle avait tellement perfectionné son anglais qu'elle a trouvé du travail comme réceptionniste dans un hôtel…

— Le même travail que ferait Cordelia des années plus tard.

— En effet. Ta mère quitte les Canaries pour le Royaume-Uni où elle travaille dans un hôtel, et ta sœur, des années après, fait le chemin inverse…

— Cordelia n'était pas enceinte, elle.

— Non, mais elle fuyait un amour impossible.

— Pourquoi dis-tu cela ? Qu'est-ce qui te fait penser que ma mère fuyait un amour impossible ?

— Yaiza en était persuadée, car elle n'avait jamais voulu lui révéler le nom de l'homme dont elle était enceinte. Son idée était qu'il s'agissait d'un homme marié. S'il avait été célibataire, elle l'aurait épousé, étant donné que c'était son objectif. Dans un village comme Candelaria, n'importe quel garçon aurait été ravi de se marier avec la fille la plus belle et la plus riche du village. Et s'il n'avait pas voulu, la famille l'y aurait obligé, c'était une question d'honneur. Ces mariages entre deux jeunes gens qui n'étaient pas amoureux et qui se connaissaient à peine, qui avaient simplement fait l'amour une fois ou deux ensemble, étaient passablement courants, car les mères célibataires étaient très mal vues, très stigmatisées, surtout dans un petit village, et les familles cherchaient à les marier à tout prix, même s'il fallait faire venir le père à l'église sous la menace d'un fusil. En revanche, si le père était déjà marié, on ne pouvait rien faire. Le divorce n'existait pas en Espagne. C'est ce qui faisait dire à Yaiza que le père du bébé d'Aneyma était un homme marié.

— Est-ce qu'elle imaginait qui cela pouvait être ?

— Non, elle n'en avait pas la moindre idée. Mais Cordelia, si.

— Cordelia ? Cordelia croyait savoir qui avait été l'amant de notre mère ?

— Oui. C'est justement après cette conversation avec Yaiza, à la maison, qu'elle m'a parlé des constellations familiales. Elle m'a dit que l'histoire se répétait, que sa mère et elle avaient vécu des expériences similaires et suivi des parcours symétriques…

— Des expériences similaires ? Peut-être voulait-elle parler de Richard, mais Richard n'était pas marié. Il était divorcé.

— Ou peut-être pensait-elle à quelqu'un d'autre, à cette histoire d'amour dont elle était sortie brisée, à Édimbourg.

— Mais cet homme, l'homme dont Cordelia était si amoureuse, son premier amour, n'était pas marié, justement.

— Tu penses peut-être à un amour d'adolescence, mais elle a pu connaître quelqu'un plus tard…

— Oui, ce n'est pas impossible.

— En tout cas, elle semblait certaine de son fait. J'en ai déduit que ta mère avait pu en parler à Richard et Richard lui en parler à elle. Mais elle a toujours refusé d'en dire plus, elle ne m'a jamais raconté quoi que ce soit. En tout cas, elle n'a plus jamais voulu retourner à Candelaria, ni reprendre contact avec la famille de ta mère, alors que Yaiza, de son côté, nous a appelées plusieurs fois. Elle est même venue nous voir à Puerto.

— Et pendant toutes ces années où ma mère a vécu au Royaume-Uni, est-ce que Yaiza avait gardé le contact avec elle ?

— Oui. Ta mère lui écrivait, elle lui a raconté qu'à l'hôtel elle avait rencontré un homme et qu'elle allait se marier. Et puis elle écrivait aussi à sa tante Mila, bien sûr. Elle est restée en contact très suivi avec elle pendant des années, mais elle ne lui a jamais donné son adresse ni son numéro de téléphone, car elle avait peur que sa famille ne la retrouve. Elle pensait que si même sa meilleure amie ne savait pas où elle se trouvait, sa famille ne pourrait jamais le découvrir. Quand elle est partie habiter Édimbourg, Yaiza ne l'a même pas su. Les lettres continuaient d'être postées de Londres. Je suppose qu'elle les confiait à quelqu'un qui les réexpédiait.

— Rien de plus facile, en effet, étant donné que mon père allait souvent à Londres pour son travail. C'est d'ailleurs à cette occasion qu'il a rencontré ma mère. Mais j'ai du mal à comprendre pourquoi, une fois qu'elle a été majeure, qu'elle a été mariée, qu'elle a hérité, elle a continué de refuser tout contact avec sa famille. Pourquoi n'a-t-elle même pas annoncé à son père qu'il était grand-père, qu'il avait deux petits-enfants ?

— Parce qu'elle les haïssait. Tous. Elle ne voulait plus rien avoir à faire avec eux. Elle voulait effacer sa vie d'avant, et peut-être aussi l'histoire de sa grossesse et de son avortement. Aujourd'hui, c'est une histoire qui paraît relativement banale, à la limite du cliché, une histoire commune à beaucoup de femmes de notre connaissance. Mais pour une femme comme ta mère, élevée dans ce catholicisme un peu rance, avorter après s'être retrouvée enceinte sans être mariée a dû représenter un trauma très fort, qu'elle a voulu ensevelir à tout prix dans l'oubli.

— Oui, bien sûr, vu comme ça… Il est logique, d'une certaine façon, qu'elle n'ait plus voulu entendre parler de Candelaria. Elle avait construit une autre vie. Un mari, deux enfants…

— J'imagine que cette histoire t'a impressionné.

— C'est le moins qu'on puisse dire.

— C'est pour ça que j'ai attendu avant de te la raconter. Mais je me suis dit que tu avais le droit de la connaître.

— Et tu as bien fait. Je suis content que tu me l'aies racontée.

— Je te l'ai racontée aussi parce que je pense que, d'une certaine façon, cette révélation a quelque chose à voir avec le besoin que Cordelia a éprouvé d'adhérer à… disons une sorte de famille de substitution. Je crois que la secte de Heidi lui donnait ce sentiment d'appartenir à une structure où elle était l'objet d'un amour inconditionnel, comme celui qu'est censée vous donner une famille.

— Mais qu'elle ne vous donne pas toujours. Sinon, il n'y aurait pas autant de femmes et d'enfants battus.

— Je suppose que, quand on n'a pas eu de famille, on se dit qu'on a manqué quelque chose, on idéalise. Et puis cette conviction qu'elle avait d'avoir reproduit l'histoire de sa mère, d'avoir confirmé la théorie des constellations familiales, a stimulé sa quête d'une raison magique, spirituelle, qui serve de guide à sa vie. C'est en tout cas ce que je crois.

5

L'INFINI DANS UN GRAIN DE SABLE

Helena devait retourner à l'herboristerie, mais celle-ci ne rouvrait qu'à cinq heures. Elle proposa à Gabriel de le ramener à Punta Teno, mais il refusa. C'était à une demi-heure à pied, sur une route droite et plate, dans un paysage magnifique. Et puis il avait besoin de marcher, de réfléchir, d'assimiler tout ce qu'il venait d'entendre. Il raccompagna donc Helena jusqu'à sa boutique et prit le chemin du retour.

Son cerveau était en ébullition. Il avait entendu trop de choses en trop peu de temps. Ce n'est pas tous les jours qu'on apprend qu'on a des oncles et des demi-frères dont on n'avait jamais entendu parler, et une mère à la personnalité complètement différente de ce que l'on croyait. Même si, se disait-il aussi, cela arrive sans doute à tout le monde un jour ou l'autre. Il se sentait trahi, d'une certaine façon, par Aneyma, par sa mère, qui lui avait caché des informations essentielles sur ses origines, sur son identité. Peut-être avait-elle l'intention de les lui révéler plus tard, quand il serait en âge de comprendre, sans savoir qu'elle mourrait avant d'avoir pu le faire ? Peut-être, au contraire, avait-elle usé de son droit imprescriptible à tirer un trait sur sa vie antérieure, en effaçant les traces et en brouillant les pistes ? Il tournait et retournait dans sa tête cette vérité d'évidence : nous ne pensons jamais, ou nous ne voulons pas penser, que nos parents ont pu avoir une vie avant notre naissance, une vie avec ses erreurs, ses fautes, ses ambiguïtés. Nous vivons nos premières années entre les mains des deux êtres qui compteront le plus pour nous tout au long de notre existence : nos parents. Vis-à-vis d'eux, nous nous montrons candides, vulnérables, entièrement dépendants de leur amour et de leur attention. Nous les voulons, nous les espérons tels que nous pensons qu'ils doivent être : forts, héroïques même, généreux, infatigables. Et lorsqu'ils ne répondent pas à nos attentes, nous ressassons nos griefs, nous leur reprochons ce que nous n'avons pas reçu d'eux, ce qu'ils ne nous ont pas donné, ce à quoi nous pensions avoir droit et qui nous a été refusé.

Pour chasser ces pensées, Gabriel voulut se concentrer sur un autre point qui l'avait troublé. Il y avait certainement, il devait y avoir, dans la chambre de Cordelia un message qu'il n'avait pas su déchiffrer. C'était comme lorsqu'on se lève le matin avec un air dans la tête, sans pouvoir se rappeler son titre ni le nom du chanteur, et que cet air vous poursuit pendant des jours jusqu'à l'obsession, ou comme cette pièce qu'il était allé voir, à Londres, un soir, et où il avait reconnu une phrase entière d'un roman qu'il ne parvenait pas à identifier, jusqu'au jour où, brusquement, à son grand soulagement, la mémoire lui était revenue. Il s'agissait d'une phrase de Proust : « Dire que j'ai gâché des années de ma vie, que j'ai voulu mourir, que j'ai eu mon plus grand amour pour une femme qui ne me plaisait pas, qui n'était pas mon genre ! »

C'était quelque chose de semblable qui lui arrivait en ce moment. Une autre phrase, de Blake celle-là, qu'il avait lue dans la chambre de Cordelia sans savoir quel sens lui donner : *To see a world in a grain of sand, And a heaven in a wild flower, Hold infinity in the palm of your hand, And eternity in an hour*. Le sable, les grains de sable, les plages… Pourquoi avait-elle, en partant, abandonné son livre préféré, son bien le plus précieux ? Avait-elle voulu laisser un message ?

Sitôt arrivé, il alla directement dans la chambre, toujours silencieuse comme une tombe, digne comme une pyramide qui conserve son secret. Il ouvrit le livre de poèmes. Les billets de ferry pour Fuerteventura dataient d'un an. *Infinity in a grain of sand*. Le sable. Il ne savait rien de Fuerteventura, sinon que, dans les brochures des agences de voyages en Angleterre, les photos de l'île ne montraient que des plages. Des plages de sable blanc. Il ouvrit tous les livres, un par un, et les secoua comme il l'avait fait la veille, à tout hasard. Il n'en tomba pas le moindre bout de papier. Il regarda à l'intérieur des chaussures, des sacs, dans les poches des vestes, au cas où Cordelia aurait laissé un mot. Il trouva des pièces de monnaie, des mouchoirs en papier, des bonbons… Rien. Une nouvelle fois, il inspecta chaque CD, lut les titres. C'est alors qu'il comprit. Comment n'avait-il pas vu du premier coup ce qui aurait dû pourtant lui sauter aux yeux ? *Infinity*. Quelque chose, une intuition profonde, fulgurante, lui dit qu'il ne s'agissait pas d'un groupe pop. Il introduisit le CD dans l'ordinateur. Le disque contenait un répertoire intitulé *Paradise*. Toujours Blake. Il y avait divers fichiers, classés par date. Il ouvrit le premier. Des photos d'Helena sur la plage, seins nus. Des seins comme il les avait imaginés, petits, bien ronds. Helena faisant la cuisine. Helena et Cordelia enlacées, souriant à la caméra. Cordelia buvant avec une paille. Helena avec des lunettes de soleil. Cordelia avec un chapeau de paille. Cordelia avec les cheveux mouillés. Helena, Cordelia, Helena, Cordelia, Helena, Cordelia. Cordelia qui l'appelait, depuis un abîme obscur et profond, depuis une distance qui n'était pas que géographique.

Les autres fichiers contenaient des photos du même genre, faisant défiler sous ses yeux la vie de Cordelia ces dernières années. Une Cordelia souriante, radieuse, telle qu'il ne se rappelait pas l'avoir jamais vue. Parfois, un homme plus âgé, séduisant, qui devait être Martin. Une piscine au bord d'une falaise, les deux filles qui regardaient la caméra, en robe blanche toutes les deux. Beaucoup de couchers de soleil. Des plages au sable très blanc et aux eaux turquoise, comme sur les dépliants touristiques. Mais aussi des plages de sable noir et des falaises qui rappelaient celles d'Écosse. Des hibiscus. Des hortensias. Des photos prises la nuit, de Cordelia dans les bras d'inconnus souriants. Cordelia avec des cheveux longs qui lui tombaient sous les épaules. Cordelia avec les cheveux courts. Helena vêtue d'une robe noire ajustée, décolletée, une coupe de champagne à la main. Cordelia en short et tee-shirt à côté d'un vélo. Cordelia en marinière rayée, assise à la terrasse d'un café, fumant une cigarette. Une Cordelia confiante, sûre d'elle. Une Cordelia heureuse, vivant un bonheur qu'il n'avait pu partager avec elle.

Le dernier fichier s'appelait Fuerteventura. Helena n'y apparaissait pas. Elle était remplacée par une femme blonde, plus âgée, aux pommettes hautes et aux yeux en amande, une beauté nordique et froide que Cordelia avait photographiée sous toutes les coutures, avec la concentration obsessionnelle que mérite, pour qui est derrière l'objectif, un visage aimé ou admiré. Des plages blanches, la mer encore et toujours. Et puis une villa, prise sous différents angles, qui ressemblait à un château fort avec sa tourelle. L'ordinateur n'était malheureusement pas relié à Internet, comme on pouvait s'y attendre dans un endroit aussi isolé. Il sortit son iPhone de sa poche et tapa « Heidi Meyer » sur Google Images. Les sites des quotidiens, qu'ils soient espagnols, britanniques ou allemands, montraient tous la même image. Floue, en noir et blanc, sans doute une photo de jeunesse. Comme la plupart des gens qui ont quelque chose à cacher, Heidi Meyer n'aimait pas être photographiée. Il compara le portrait à ceux de l'ordinateur. Il ne pouvait en être certain, mais il aurait juré que c'était bien la même femme.

Il attendait, assis sous le porche, le retour d'Helena. La sonnerie de son iPhone retentit à deux reprises. Sur l'écran clignotait le nom de Patricia. Il ne répondit pas. Il ne savait pas au juste pourquoi. Pourquoi il n'avait pas envie de lui parler, pourquoi il voulait qu'Helena soit la première à être au courant de sa découverte. Parce que Patricia n'avait pas connu Cordelia, bien sûr. Mais aussi… pour une autre raison ? Il chassa cette idée comme une mouche importune qui aurait virevolté sous son nez. C'est à cet instant que la voiture d'Helena s'arrêta devant la grille. Helena en descendit et sourit à Gabriel. Il alla à sa rencontre, lui ouvrit et lui prit des mains, malgré son insistance, les sacs qu'elle portait. « Alors, porte-les à la cuisine », lui dit-elle. Il les posa sur la table et elle en vida le contenu : des bananes, des pommes de terre, des tomates, une salade, du pain. Il mit les fruits et les légumes au frigidaire sans qu'elle le lui demande. Cette scène lui rappelait Patricia. Mais Patricia, elle, rapportait toujours de l'eau d'Évian.

— Helena… est-ce que Cordelia t'a déjà parlé de Fuerteventura ?

— Non, jamais. Pourquoi ?

— Mais elle y est allée plusieurs fois, non ? Pour une semaine, dix jours…

— Oui, bien sûr, pour ses retraites spirituelles, comme elle les appelait. Pour une semaine, dix jours, comme tu dis… Comment le sais-tu ?

— J'ai fouillé sa chambre. J'avais un peu honte de te l'avouer. Tu comprends, s'introduire comme ça dans l'intimité d'autrui, dans son espace privé… il n'y a pas de quoi être fier.

— Tu cherchais une piste, un indice sur l'endroit où elle pourrait être ?

— Non, pas sur l'endroit où elle pourrait être en ce moment. Plutôt sur les endroits où elle a été ces dix dernières années, sur ce qu'elle a fait en mon absence, sur la personne qu'elle est devenue. J'ai dû chercher plus méthodiquement que toi, justement parce que je ne cherchais rien en particulier, et aussi parce que je l'ai fait en prenant mon temps, calmement. Et j'ai trouvé des photos… Des photos de Heidi, je crois. J'en suis presque sûr.

— Où ça ?

— Sur un CD. Il était rangé avec les CD de musique. Je ne crois même pas qu'elle l'ait caché. Ce sont des photos où on voit Cordelia et Heidi. Surtout Heidi. Et puis une maison. Si j'en crois les images qui ont été montrées à la télévision et dans les journaux, ce n'est pas la villa Meyer, ce n'est pas la villa où vivait le groupe. C'est une grosse maison avec une tourelle, une construction plus ancienne. Je pense que c'est à Fuerteventura.

— Pourquoi ?

— Le fichier s'appelait comme ça : Fuerteventura. Et puis j'ai trouvé des billets de ferry. Les dates d'aller et de retour correspondent à celles des photos. Tu sais, les dates apparaissent dans les données du fichier.

— Cordelia ne m'a jamais parlé de Fuerteventura, jamais. Ce qu'elle m'a dit, en revanche, à l'occasion, c'est que Heidi l'avait emmenée dans une autre maison qui lui servait de refuge, un endroit réservé à son usage exclusif. Cordelia était très fière d'avoir eu droit à un tel privilège, mais elle ne m'a jamais dit où se trouvait la maison.

— Sans doute parce que Heidi elle-même ne le voulait pas. Imagine que tu sois impliquée dans des affaires louches et que tu saches qu'à tout moment tu peux avoir besoin de disparaître. Tu préférerais sûrement que personne n'apprenne que tu as une maison où te réfugier, encore moins où elle se trouve. En plus, tout le monde a l'air persuadé que Heidi a quitté les Canaries, donc personne ne va chercher là.

— Et pour embarquer sur un ferry, il n'y a pas les mêmes contrôles qu'à l'aéroport. On te demande une pièce d'identité, bien sûr, mais on ne vérifie pas dans un ordinateur si tu es recherché ou s'il y a un mandat d'arrêt contre toi, ni même si ton passeport est faux...

— C'est exactement ce que je me suis dit. – Gabriel était ravi de la sagacité d'Helena, et plus encore du fait qu'ils soient parvenus à la même conclusion, comme si leurs cerveaux étaient reliés par un fil invisible. – Mais il y a un autre détail qui a attiré mon attention.

— Lequel ?

— Hier, Rayco nous a dit que la voiture qu'on a trouvée à l'aéroport de Tenerife était une Porsche Cayenne, et tu m'avais dit que Heidi avait un Land Rover.

— C'est pareil, non ? C'est un tout-terrain. Cordelia a pu confondre les deux.

— Non. La Porsche Cayenne n'est pas aussi résistante que le Land Rover, on ne peut pas s'en servir quotidiennement sur des routes non asphaltées. Je pense que Cordelia t'a dit la vérité, que Heidi avait un Land Rover pour se déplacer à l'intérieur du domaine. La Porsche Cayenne, qui est une voiture de luxe, elle devait l'utiliser en ville. L'une était peut-être à son nom et l'autre à celui d'Ulrike. Ou d'une troisième personne, ce qui serait plus logique, car je suppose que la police doit savoir s'il y avait un autre véhicule immatriculé au nom d'Ulrike. Une hypothèse est que les deux femmes vont à l'aéroport dans des véhicules séparés, qu'elles laissent la Porsche Cayenne sur le parking et qu'elles repartent avec le Land Rover. Comme ça, la police croit qu'elles ont pris l'avion, mais elles prennent le ferry, en profitant du fait qu'il n'y a pas encore de mandat d'arrêt ou de recherches et que personne ne va faire attention à elles…

— Je crois que, pour aller à Fuerteventura, il faut prendre deux ferries, avec correspondance à Las Palmas, et que ça prend pas mal de temps. Mais ça se tient.

— Dis-moi, Fuerteventura, c'est grand ? Aussi peuplé que Tenerife ? Aussi touristique ?

— Moins touristique. En gros, il y a deux types de touristes. Il y a les Anglais et les Allemands qui vont dans des hôtels-clubs donnant sur la plage et qui, pour la plupart, y restent toute la semaine sans en sortir, et il y a les Italiens qui sont plutôt… des gens qui viennent surtout pour le surf, l'escalade, un tourisme plus écologique, plus alternatif…

— Je te montrerai les photos, mais il m'a semblé que la maison était très ancienne, et très grande. Si elle est aussi ancienne que je le pense, ce doit être un édifice relativement connu, donc relativement facile à localiser. Nous trouverons sûrement quelqu'un qui le reconnaîtra… Un guide, un géomètre, un architecte, un historien local, je ne sais pas… Nous devrions peut-être en parler à Rayco.

— Non.

— Pourquoi ?

— Parce que, si jamais Cordelia se trouvait là-bas avec Heidi, nous la mettrions en danger.

— Qu'est-ce qui te fait penser qu'elle y serait ?

— Ces photos. Si Heidi l'a emmenée dans son Shangri-La, si elle lui a montré la cachette où elle envisageait de se réfugier, ça signifie qu'elle voulait s'enfuir avec elle. Nous ne sommes pas du tout sûrs que la femme qui l'accompagnait était Ulrike, ça pourrait aussi bien être Cordelia. Et si c'est Cordelia, je ne veux pas mettre la police sur sa trace.

— Cela voudrait dire que Cordelia serait complice de Heidi, tu te rends compte de ce que tu dis ?

— Elle peut lui avoir fait un lavage de cerveau, ou l'avoir emmenée de force, ou sous la menace…

— Ce ne sont que des suppositions.

— Et puis, on ne peut pas s'appuyer sur des photos et des billets de ferry pour affirmer que Heidi se trouve là-bas.

— Mais c'est la seule piste que nous ayons. Sinon, à quoi cela sert-il que je sois là ? Je ne peux pas rester toute la journée les bras croisés, à regarder le temps passer.

— Tu pourrais rentrer à Londres. Il faudra bien que tu rentres, de toute façon. Tu as un travail, non ?

— Ne t'inquiète pas pour ça. Je peux m'arranger. Ils me doivent des vacances, et puis j'ai un statut d'associé. Et toi, tu peux le quitter, ton travail ?

— Je ne sais pas… Quelques jours, oui, je pense.

— Et si tu trouvais quelqu'un pour te remplacer ?

— Je peux essayer. Ça ne devrait pas être trop difficile, on est en basse saison.

6

À L'AMOUR COMME À LA GUERRE

Vue d'avion, Fuerteventura n'avait rien à voir avec l'île qu'ils venaient de quitter. Alors que celle-ci était verte et peuplée, parsemée de plantations et de petites maisons, celle dont ils approchaient était ocre et désertique, tel un paysage lunaire ou onirique. Un paysage desséché, coupé en morceaux, traversé de ravins exsangues et de montagnes érodées, et qui, vu du ciel, avait l'air agité de vagues. On ne voyait pas de maisons, uniquement cette plaine rougeâtre et stérile.

La mer qu'ils survolaient n'avait rien à voir non plus avec celle de son enfance, minérale, d'un gris entre vert et noir. Elle était d'un bleu limpide, turquoise à l'approche du rivage, et rappelait à Gabriel les yeux de Cordelia. Mais c'était une mer sans vent, sans vagues, sans écume ni colère, étale et paisible, alors que les yeux de Cordelia, tels qu'il se les rappelait du moins, étaient vifs et inquisiteurs. Une sensation intense et lancinante comme une brûlure lui disait qu'elle était vivante, que son corps n'était pas livré aux poissons. Les rayons presque verticaux du soleil arrachaient à l'eau des éclats verts, jaunes, turquoise, comme un kaléidoscope.

De tout le trajet jusqu'à Fuerteventura, Helena lui avait à peine adressé la parole, mais il ne se sentait pas offensé par son silence. Celui-ci, au contraire, lui semblait une preuve de confiance, et il était soulagé qu'elle ne se sente pas obligée de remplir le vide par des banalités de circonstance.

Ils avaient très peu de bagages. Un sac chacun, le minimum indispensable, des tee-shirts, des maillots de bain, du linge de rechange. Il avait été émerveillé qu'Helena ait réussi à faire son sac si vite, et à ce qu'il prenne si peu de place. Lorsqu'il voyageait avec Patricia, elle emportait toujours deux gros sacs, une valise et un nécessaire pour transporter ses crèmes, son maquillage et son fer à friser, tous ces instruments de l'alchimie par laquelle elle redevenait chaque matin la femme qu'elle aurait voulu être. La même armée qui régnait chez lui, mais déployée sur un autre champ de bataille. Helena, elle, ne se maquillait jamais, il l'avait remarqué, et sans doute n'utilisait-elle pas non plus de crèmes. Comme Ada. Quant à Cordelia, elle se dessinait parfois, croyait-il se souvenir, une ligne noire autour des yeux pour mieux en faire ressortir le bleu, mais c'était presque tout. Il ne pouvait éviter de retourner dans sa tête la phrase de Proust, de penser qu'il s'apprêtait à épouser une femme qui n'était pas son genre. Une femme à qui, le matin même, il avait envoyé un très long mail, laborieusement rédigé sur son iPhone, pour lui résumer sa conversation avec la police et lui dire sa tristesse à l'idée de ne peut-être jamais revoir cette sœur dont il s'était éloigné, mais avec qui il avait toujours pensé se réconcilier un jour, un jour où il aurait de nouveau avec elle, vieillie et lasse de courir le monde, une conversation chaleureuse entre frère et sœur. Il avait brossé à Patricia un tableau quelque peu exagéré des conditions de vie dans l'île, insistant sur le fait que le signal était très faible à Punta Teno, mais omettant de préciser qu'il n'allumait son iPhone que deux fois par jour, pour vérifier s'il y avait un message urgent du bureau et non pour écouter ceux dont sa fiancée saturait son répondeur. Il était tout aussi conscient d'être en train de la fuir que du fait que le pouvoir de séduction d'Helena avait fait remonter à la surface des doutes longtemps enfouis dans la vase, dans le tréfonds de son âme. L'Angleterre provoquait chez lui un sentiment de culpabilité, une morsure douloureuse dans sa conscience, que sa nouvelle vie, si différente, l'aidait à enfouir. Il ne serait pourtant pas allé jusqu'à dire qu'il regrettait les deux années vécues avec Patricia. Une vie bien réglée, régie par des codes, des avertissements sans gravité, toutes sortes de procédures pour faciliter la coexistence quotidienne, pour concilier les goûts et dégoûts de chacun, ses préférences et ses tabous. Ne regarde pas par-dessus mon épaule quand je lis, ne te sers pas de mon shampooing, j'ai besoin de fredonner quand je fais la cuisine, je préfère prendre mon bain tout seul. Une vie paisible, une sexualité satisfaisante, un sentiment de sécurité comparable à celui qu'on éprouve en trouvant son frigidaire bien garni et bien rangé. Mais ce vent chaud qui, à Punta Teno, faisait voler la chevelure d'Helena semblait avoir emporté très loin le souvenir de Patricia, de son affection étouffante et dégoulinante.

Il se sentait scindé en deux. Il y avait un Gabriel qui savait que la chose raisonnable à faire était de rentrer se marier à Londres, et un autre qui recherchait désespérément une histoire pleine de passion, sans engagement ni chantage, sans obligation ni contrat. Il était partagé entre ce que Patricia *était* et ce qu'Helena *représentait*. Il aimait Patricia, il la connaissait bien, ils se comprenaient à demi-mot, partageaient des références communes, des goûts littéraires et musicaux, un humour noir parfois cynique. Elle était une option réelle, limitée mais réelle, quand Helena était plutôt un écran sur lequel il projetait ses propres fantasmes. Il ne la connaissait pas : trois jours ne suffisent pas pour connaître quelqu'un, il l'idéalisait forcément. Il ressentait pour Patricia quelque chose de très profond et de très réel : de l'amitié, de la complicité, une relation sexuelle fondée sur une connaissance de leurs limites respectives, voire sur une acceptation mutuelle de leurs défauts.

L'attirance irrépressible qu'il ressentait pour Helena n'avait pas de motif concret ni rationnel. Il n'aurait pas su dire ce qui, en elle, le rendait fou à ce point, alors qu'il aurait pu énumérer instantanément les cent raisons qui lui avaient fait penser qu'il devait épouser Patricia. Peut-être, justement, parce qu'elle était irrationnelle, qu'elle le renvoyait à son propre côté obscur et souterrain, à ses carences infantiles et à ses peurs inavouables. Tandis que l'amour de Patricia... Cet amour chaud comme un édredon de plume, sucré comme un gâteau de mariage, constant comme l'eau qui coule d'une source, collant comme un velcro... C'était justement cette relation de dépendance qui l'attirait vers elle et le repoussait en même temps. Un romantique aurait pu dire qu'elle se donnait à l'être aimé, un sceptique aurait objecté qu'elle était dépendante à l'excès, qu'elle ne savait pas rester seule, et même – comme Gabriel, dans ses plus forts moments de doute, s'était enhardi à le penser – qu'elle vampirisait ceux qu'elle aimait en prenant chez eux l'énergie et les raisons de vivre qu'elle ne trouvait pas en elle-même.

Patricia, c'est vrai, se donnait beaucoup, était tendre, attentionnée à l'extrême, mais tout aussi extrêmement possessive. Il lui arrivait d'appeler Gabriel jusqu'à six fois par jour à son bureau, sous les prétextes les plus futiles, par exemple pour lui faire part d'un commentaire amusant qu'un ami commun avait lu sur un blog ou un réseau social. Il savait par ailleurs qu'elle lisait ses mails et ses textos sur son iPhone. Il s'en était douté dès le début, en observant qu'elle était au courant d'obscures péripéties de sa vie professionnelle qu'il était certain de ne jamais lui avoir racontées, et il en avait eu la confirmation en lui tendant un piège dans lequel elle était tombée innocemment. Il avait évoqué, sans entrer dans les détails, sa liaison avec Ada, à la faveur d'une de ces conversations postcoïtales où les amants parlent si volontiers de leur passé. Puis il avait ouvert un compte mail sous un faux nom, celui d'Ada, et s'était envoyé à lui-même, de cette adresse, un message qui disait : « Je suis très heureuse à Sheffield, mon cabinet marche très bien, mais tu me manques. » Ce à quoi il avait répondu, depuis sa propre messagerie : « Je suis content de savoir que tu vas bien, moi aussi je pense à toi. » Dès le lendemain soir, au lit, Patricia lui avait demandé, le plus innocemment du monde, s'il était resté en contact avec Ada. Il avait répondu que oui (ce qui était faux, car il n'avait plus de nouvelles d'elle depuis qu'elle vivait à Sheffield, bien qu'il lui ait envoyé une kyrielle de messages et de mails auxquels elle n'avait jamais répondu) et avait su à l'instant même que, chaque fois qu'il laissait son iPhone derrière lui, Patricia en profitait pour lire son courrier. Il se prit au jeu et s'envoya, deux jours plus tard, un nouveau mail par lequel la fausse Ada lui annonçait qu'elle viendrait bientôt à Londres pour régler diverses affaires, et lui proposait de le retrouver. Il lui répondit qu'il en serait ravi et lui donna rendez-vous le jour dit, à six heures, à la sortie de son travail, pour prendre une bière dans un endroit restant à préciser. Ce soir-là, Patricia se montra particulièrement irritable. Elle pestait contre le désordre de l'appartement, le volume de la musique, et même contre sa coupe de cheveux : « Tu as maintenant trente-cinq ans, tu travailles dans une firme prestigieuse, tu ne peux pas continuer à porter une frange à la Jarvis Cocker. » Gabriel, qui éprouvait un plaisir pervers à ce jeu du chat et de la souris, ne laissa pas la mauvaise humeur de Patricia déteindre sur lui. La veille du jour où il était censé retrouver Ada, sa fiancée émit l'idée de passer le prendre à la sortie du bureau pour aller au cinéma. Il lui répondit : « Mais nous n'y allons jamais en semaine. Et puis je dois aller prendre un verre avec quelqu'un. » « Avec qui ? » lui demanda-t-elle, visiblement troublée, au bord des larmes. Il lui répondit : « Avec un collègue de bureau », sur quoi elle perdit toute sa retenue habituelle pour exploser littéralement : « Tu mens ! Tu as rendez-vous avec Ada ! » réussit-elle à articuler entre deux sanglots qui semblaient lui arracher la poitrine. Il avoua alors avoir rendez-vous avec son ancienne maîtresse, et Patricia crut enfin à sa sincérité, alors qu'il mentait plus effrontément que jamais. « Si ça t'affecte vraiment, je peux annuler, dit-il d'un ton magnanime et compréhensif, mais il faut d'abord que tu me dises comment tu as su que j'avais rendez-vous avec elle. » Et il put savourer sa victoire lorsque Patricia s'humilia en reconnaissant qu'elle avait lu ses messages en cachette. Il eut honte, un bref moment, du plaisir sadique qu'il éprouvait, mais il se justifia à ses propres yeux en se disant que sa ruse avait été nécessaire, car il avait *besoin* de savoir si elle l'espionnait ou non. Il avait retiré de cet épisode la certitude qu'elle ne lui faisait pas confiance et que lui non plus ne pouvait, par conséquent, accorder sa confiance à quelqu'un qui n'avait pas hésité à violer de cette façon son intimité.

Dans ces conditions, pourquoi n'avait-il pas rompu avec elle ? Parce que, se disait-il parfois, il l'aimait et se sentait aimé. Parce qu'il avait trente-cinq ans et que le moment était venu de se ranger. Parce qu'il voulait des enfants, une famille. Parce que cela lui simplifiait la vie. Parce qu'il aimait son confort. Parce qu'il manquait de courage. Bref, il se trouvait toutes sortes de raisons. Ou aucune. Patricia était très dépendante, c'était certain. Mais pas uniquement de lui : de sa mère aussi, qu'elle appelait plusieurs fois par jour pour lui demander des conseils, des recettes de cuisine ou même des adresses de magasins de décoration. Elle était fille unique de parents divorcés, et son père s'était remarié avec une femme à peine plus âgée qu'elle. Au cours de leur longue procédure de divorce, rendue plus pénible encore par les prétentions astronomiques de l'épouse, les griefs avaient été violents de part et d'autre, et Patricia n'avait pu, de son propre aveu, éviter de prendre parti, et de choisir celui de sa mère. Pour cette raison, elle avait depuis lors avec son père, qu'elle ne voyait que quatre ou cinq fois l'an au maximum – à Noël, pour son anniversaire à elle, pour le sien, et une fois de temps à autre –, une relation respectueuse mais distante. Sa relation avec sa mère, en revanche, était étroite jusqu'à friser le pathologique. Souvent, en rentrant du travail, Gabriel trouvait sa future belle-mère en grande conversation avec Patricia, conversation dont lui-même était exclu car elle portait sur des sujets qui avaient peu de chance de l'intéresser : les soucis de ses riches amies, également divorcées pour la plupart, ou ses derniers achats, ou encore le nouveau traiteur qui venait de s'installer dans le quartier. Elle affichait en outre une hostilité manifeste à son égard, du moins était-ce son impression car Patricia se récriait toujours : « Mais si, elle t'adore, elle est ravie à l'idée que nous allons nous marier ! »

Toutefois l'attitude de la mère semblait bel et bien démentir les affirmations de la fille. Les nombreuses fois où ils sortaient tous les trois, au cinéma ou au restaurant – faveur que lui extorquait Patricia au motif que sa mère se sentait seule –, elle n'adressait quasiment pas la parole à son futur gendre, ou seulement pour émettre des remarques d'une ironie à la limite du désobligeant. Et lorsqu'il s'en plaignait en privé à Patricia, elle lui répondait qu'il n'avait aucun sens de l'humour, que sa mère l'adorait et était enchantée que sa fille l'ait pour fiancé. Un jour, après une très longue conversation sur le sujet, elle finit par lui demander d'un air ingénu :

— Gabriel, tu n'as jamais pensé que… Ne te vexe pas de ce que je vais dire, mais… est-ce qu'il ne serait pas possible que tu ne t'entendes pas avec ma mère parce que… disons, parce que tu te sens tenu à l'écart de l'affection que nous nous portons l'une à l'autre ?

— Tu insinues que je serais jaloux de ta mère ?

— Enfin, non, je ne voulais pas tout à fait dire cela.

— Patricia, c'est plutôt le contraire. C'est ta mère qui est jalouse de moi.

— Qu'est-ce que tu dis là ? Elle t'adore, elle n'arrête pas de me dire combien j'ai de la chance de t'avoir rencontré.

— Moi, je n'ai pas l'impression qu'elle m'adore tant que ça.

— Peut-être que, mon Dieu, je ne sais pas comment le dire, mais… Il est possible que, ayant grandi sans mère, tu ne comprennes pas le type d'ironie affectueuse qui peut exister au sein d'une famille.

Cette conversation aurait dû porter le coup de grâce à leur relation agonisante, être l'ultime pelletée de terre sur la tombe de leurs fiançailles, et Gabriel se disait, dans son exil canarien, que c'était peut-être à cet instant précis qu'il avait commencé à douter du bien-fondé de ce projet de mariage. Mais il n'avait pas su se l'avouer à lui-même, il n'avait pas eu le courage de rompre. Ce double message contradictoire (« Ma mère t'adore », lui disait verbalement Patricia ; « Je te déteste », lui laissait entendre, de façon non verbale, sa future belle-mère), cette discordance entre ce qu'il percevait et ce que lui disait Patricia l'entretenait dans une incertitude anxiogène. Il voulait croire sa fiancée, il avait besoin de la croire, mais il n'y parvenait pas. D'un côté il avait perdu confiance en elle, de l'autre il doutait de sa propre perception des choses. Et chaque fois qu'il essayait d'aborder le sujet avec elle, elle le renvoyait habilement à sa propre jalousie, ou à son inadaptation sociale (car c'est bien à cela que revenait l'affirmation selon laquelle il était incapable de percevoir, chez la mère qu'il n'avait pas eue, la tendresse sous l'ironie), de sorte qu'il intériorisait l'idée qu'il avait tort, et cessait d'exprimer devant elle le malaise que provoquaient chez lui leurs sorties à trois. C'est ainsi que progressivement, comme la goutte d'eau qui finit par former une stalactite, il s'était senti de plus en plus isolé, et avait fini par accumuler envers elle une rancœur profonde et indicible.

Il acceptait pourtant, au moins superficiellement, sa logique. Elle était trop proche de lui, trop au centre de sa vie, elle partageait son intimité, or il est plus difficile, contrairement aux idées reçues, de tromper un inconnu qu'un proche, car on détecte d'instinct, et avec d'autant plus de précision que le degré d'intimité est élevé, à quel mensonge ce dernier sera le plus vulnérable. On sait ce qu'il veut entendre, et on le lui sert sur un plateau. Et même s'il a des soupçons, il préférera se montrer crédule que d'avoir à affronter le mensonge et ses conséquences.

Comme si l'intrusion de sa belle-mère n'était pas assez pesante, il fallait y ajouter celle de son prédécesseur dans le cœur de sa fiancée, dont il avait lui-même été, pour un temps, le colocataire. Lorsqu'il avait connu Patricia, elle venait de quitter l'appartement de Shaun pour s'installer chez sa mère, mais n'était partie qu'avec une valise, laissant chez lui presque toutes ses affaires, ses disques, ses livres, même ses albums de photos. Probablement pensait-elle qu'il lui demanderait de revenir, et n'avait-elle conçu la fuite chez sa mère que comme une fugue passagère, comme il arrive souvent dans un couple, une façon de dire : « Je suis victime d'un autoenlèvement, dépose une déclaration d'amour avec tes excuses à la consigne de la gare de l'amour, et je reviendrai. Ne préviens pas la police. » Mais la décision de son ancien amant était irrévocable.

Au cours du premier week-end que Patricia avait passé chez Gabriel, elle ne s'était pas rendue moins de quatre fois chez Shaun. La première fois parce qu'il l'avait appelée pour lui dire qu'il était malade et que, comme il n'était pas en état de descendre à la pharmacie, il fallait qu'elle lui apporte ses potions habituelles : jus d'orange, paracétamol, sirop pour la toux, aspirine, kleenex, pastilles pour la gorge. « Il n'y a personne d'autre pour y aller ? » avait demandé Gabriel. « Non, sa famille n'habite pas Londres. – Et des amis, il n'a pas d'amis ? Il n'a pas d'amis ? – Pas le genre d'amis qui traversent la moitié de la ville pour lui faire plaisir, en plus pour moi ce n'est pas loin, deux stations de métro seulement. » L'ironie du sort voulait que, dans cette mégalopole de douze millions d'habitants, les deux hommes habitent à proximité l'un de l'autre. Patricia avait néanmoins mis deux heures à faire l'aller-retour, ce qui donna à penser à Gabriel qu'ils s'étaient lancés dans une longue conversation, peut-être même avaient-ils fait l'amour. Mais, quand elle était enfin revenue, il ne s'était montré ni jaloux ni curieux, il ne la connaissait pas assez pour s'estimer en droit de jouer les amants possessifs, et il pensait encore trop à Ada pour être affecté par son comportement à elle. Il le fut davantage, cependant, lorsqu'elle retourna trois fois voir Shaun dans les jours suivants, mais il mit un point d'honneur à n'en laisser rien paraître. Lorsqu'elle revint pour la quatrième fois, il lui demanda le plus poliment du monde si Shaun avait vraiment besoin qu'on s'occupe tant de lui. Elle avait répondu : « Oh oui, tu n'imagines pas comme il est faible, il ne peut pratiquement pas se lever, seulement pour aller à la salle de bains, il n'est même pas question qu'il se fasse lui-même ses jus d'orange. Je suis vraiment désolée que ça arrive justement pendant notre premier week-end ensemble, mais tu comprendras que je ne puisse pas le laisser dans cet état. Nous avons tenu à rester amis malgré la rupture, et quelle meilleure occasion de lui montrer que je suis toujours son amie ? » Ce « tu comprendras » semblait impliquer que Gabriel ne pouvait refuser de comprendre sans passer pour jaloux, possessif ou sans cœur. Il aurait voulu lui dire que, puisqu'ils étaient restés amis, Shaun ne devrait pas voir d'objection à ce qu'ils viennent à deux, mais il préféra s'en abstenir, car il n'avait pas particulièrement envie de revoir, au bout de quinze ans, son ancien colocataire. En revanche, il évita pendant près d'un mois les appels de Patricia, prétextant qu'il avait trop de travail. Il cessa même d'aller à la piscine pour ne pas risquer de la rencontrer. Lorsqu'il la revit à la soirée d'anniversaire d'un ami commun, toutefois, il ne résista pas à la tentation de la ramener chez lui. Et, cette fois, elle ne le quitta pas de tout le week-end. Elle ne lui demanda pas non plus d'explications sur son soudain désintérêt pour elle, et il ne lui en donna pas.

Leur relation se poursuivit donc et, au bout de quelque temps, elle s'installa chez lui. Mais ses livres, ses disques et la majeure partie de sa garde-robe étaient toujours chez Shaun, et y restèrent près de deux ans, jusqu'à ce que ce dernier lui annonce qu'il déménageait et ne voulait plus s'encombrer de ses affaires. Au début, Gabriel se sentait obligé de partager l'affection de Patricia avec sa mère, Liz, et avec Shaun. L'un et l'autre lui téléphonaient souvent, et elle leur consacrait toujours beaucoup de temps, y compris aux moments les plus inopportuns, par exemple au cours d'un dîner en tête à tête dans un restaurant très chic où il avait dû réserver trois semaines à l'avance. Il n'était pas rare non plus qu'elle sorte de la salle au milieu d'un film pour répondre à un appel de sa mère, ou qu'elle saute du lit à deux heures du matin pour vérifier que c'était bien le nom de Shaun qui scintillait sur l'écran de son mobile. « Il est très déprimé en ce moment, et quand il appelle dans cet état, j'ai peur qu'il fasse une bêtise », expliquait-elle à Gabriel le lendemain. « Quel genre de bêtise ? – Je ne sais pas, boire trop, ou faire une overdose. » Gabriel savait qu'elle ne plaisantait pas. Une fois, lors d'une des multiples séparations qui avaient précédé la rupture définitive, Shaun s'était retrouvé aux urgences après avoir pris trop d'anxiolytiques, et l'on n'avait jamais su s'il l'avait fait exprès ou non. Ce que Gabriel n'arrivait pas à comprendre, c'était pourquoi Shaun, si c'était bien lui qui avait pris la décision de rompre comme l'affirmait Patricia, continuait à l'appeler tous les jours, à faire d'elle sa confidente, la dépositaire de ses secrets, pour ne pas dire sa mère de substitution. Mais chaque fois qu'il faisait part de sa contrariété, elle répondait d'une voix calme et douce, avec cette maîtrise de soi qu'elle ne perdait jamais, qu'il serait égoïste et inhumain de sa part de l'abandonner alors qu'il allait si mal. Il était en thérapie, il suivait un traitement, elle ne pouvait pas ne pas tenir compte du fait qu'il était malade. Gabriel disait alors : « Mais il n'a personne d'autre à qui téléphoner ? », et elle lui expliquait que leur histoire avait été si fusionnelle, si intense qu'ils s'étaient peu à peu laissé enfermer dans l'univers autoréférent du couple, cessant quasiment de voir leurs amis, mais qu'elle, Patricia, pouvait compter sur le soutien de sa mère, et que son travail l'avait en outre aidée à conserver un réseau de relations sociales, tandis que le malheureux Shaun, qui était chercheur et avait toujours été moins sociable qu'elle, n'avait personne sur qui s'appuyer. L'une des raisons de leur rupture avait été, justement, le refus de Patricia de renoncer à aller boire de temps en temps une bière au pub avec ses collègues de bureau.

Gabriel était naturellement incapable de poser un ultimatum à Patricia. L'image qu'il voulait donner de lui-même lui interdisait d'exiger d'elle qu'elle s'abstienne de parler à Shaun en sa présence, sous peine de passer pour un être jaloux, doublé d'un égoïste incapable de compassion. L'homme qu'il voulait être refusait d'assumer celui qu'il était. Il craignait en outre, s'il obligeait Patricia à choisir entre Shaun et lui, qu'elle ne choisisse son ancien fiancé, quand bien même elle insistait sur le fait qu'ils étaient simplement restés amis et que leur attirance sexuelle réciproque avait disparu depuis longtemps, bien avant qu'ils ne se séparent. Gabriel se demandait parfois si, par une sorte de perversion, son attirance pour Patricia n'était pas due au fait que le fantôme de Shaun semblait planer sur leur relation, s'il n'était pas excité, justement, par cette rivalité, si c'était vraiment le hasard qui l'avait fait tomber d'abord amoureux d'une femme mariée, puis d'une autre qui n'avait à l'évidence pas su rompre le lien qui l'attachait à son premier amour, au seul amant qu'elle avait eu avant Gabriel. Au bout de six mois, cependant, Shaun cessa d'appeler, sur les instances, semble-t-il, de son thérapeute qui voulait qu'il surmonte sa dépendance maladive vis-à-vis de Patricia. C'est du moins ce qu'elle avait dit à Gabriel lorsqu'elle lui avait relaté ce qui devait être, que ce soit par la volonté de Shaun lui-même ou de son thérapeute, leur dernière conversation téléphonique.

Mais un an après, alors que l'ombre portée de Shaun paraissait en voie de s'estomper définitivement tandis que celle de Liz continuait, elle, d'obscurcir la conscience de Gabriel, il sentit un soir, alors qu'il s'apprêtait à ouvrir la porte de son immeuble, que quelqu'un l'observait, et vit en se retournant un homme blond, de haute taille, qui le regardait fixement. Plus de quinze ans avaient passé, mais il ne pouvait y avoir le moindre doute : c'était bien Shaun.

Ne sachant quelle contenance prendre, il introduisit précipitamment la clé dans la serrure, ouvrit la porte et se hâta d'entrer dans l'immeuble, comme un rat qui aurait vu rôder un chat.

La semaine suivante, la même scène se répéta : Gabriel avec ses clés à la main, et Shaun était planté là, sur le trottoir d'en face, comme s'il le guettait depuis un certain temps. Cette fois, il était décidé à écouter ce que Shaun avait à lui dire, mais celui-ci tourna les talons alors qu'il allait à sa rencontre, et s'éloigna à grandes enjambées. Il fit mine de le suivre, pour se raviser presque aussitôt. Cela n'aurait pas eu de sens, il le connaissait somme toute très peu. Il se demandait s'il s'agissait d'une tentative d'approche ou d'intimidation, mais, compte tenu de ce que lui avait dit Patricia de la timidité maladive de Shaun, de sa phobie sociale, de ses dépressions, de sa thérapie, de son traitement, il doutait qu'ils aient eu en commun beaucoup de sujets de conversation. Ils n'avaient d'ailleurs pas particulièrement eu, au cours de leur brève cohabitation à Oxford, d'atomes crochus, à telle enseigne qu'il avait du mal à comprendre comment

Patricia avait pu tomber amoureuse de deux hommes si différents. Mais peut-être ne l'étaient-ils pas, en fait, tant que cela : ils avaient la même taille, étaient blonds tous les deux, avaient des styles vestimentaires assez semblables et avaient reçu la même éducation. Du peu qu'il se souvenait de Shaun, il avait gardé l'impression d'un garçon séduisant, voire très séduisant, bien élevé malgré son caractère réservé, et dont on pouvait comprendre que Patricia ait été amoureuse. Mais le Shaun qui était planté là, devant lui, n'était plus le séducteur d'autrefois. Il était très amaigri, avait les pommettes saillantes, et des rides qui, à distance, faisaient de son visage un masque mortuaire. C'est cette expression d'intense souffrance, de démence peut-être, qui le dissuada de le suivre. Il n'en avait jamais parlé à Patricia, et ne pouvait s'expliquer à lui-même pourquoi. Peut-être avait-il eu peur, peut-être en avait-il tout simplement assez de penser à lui.

Deux ans plus tard, alors qu'il était officiellement fiancé à Patricia, il avait cependant songé très sérieusement à reprendre contact avec Shaun, pour lui demander dans quel dessein il était revenu les deux soirs en question. Pour lui donner un avertissement ? Pour récupérer Patricia ? Il aurait voulu lui parler de Liz, peut-être dans l'espoir qu'il lui dise quelque chose comme : « Moi non plus, elle ne pouvait pas me supporter, elle était très froide avec moi, mais Patricia me disait toujours que je me faisais des idées », ou : « Je suppose qu'elle t'a dit que j'étais furieux qu'elle aille boire un verre avec ses collègues après le travail ? En réalité, c'est quand j'ai découvert qu'elle s'était introduite dans ma messagerie », ou bien : « J'étouffais, j'en avais assez qu'elle me harcèle, qu'elle m'appelle six fois par jour, et en même temps j'étais très dépendant de son affection, c'était comme une drogue », ou encore : « Elle arrivait toujours, d'une façon ou d'une autre, à renverser la charge de la preuve : si je trouvais que Liz était jalouse de moi, ça voulait dire que c'était moi qui étais jaloux ; si je la trouvais possessive, ça voulait dire que c'était moi qui étais égoïste. » Si c'était vraiment, comme lui avait dit Patricia, Shaun qui avait pris l'initiative de rompre, il devait bien y avoir une raison à cela, et cette raison était peut-être la même qui faisait parfois songer à Gabriel qu'il ferait mieux de rompre, lui aussi. Et si Shaun le lui confirmait, il se sentirait moins coupable de ressentir ce qu'il ressentait. Il cesserait de penser que c'était lui qui était distant, fuyant, égoïste, et se dirait que c'était elle qui était excessivement dépendante, possessive, étouffante… Les mots s'entrechoquaient dans sa tête, ses pensées étaient trop nombreuses pour ne pas se contredire et se bousculer. En fin de compte, jamais il n'avait appelé Shaun. Une idée folle, s'était-il dit, qui lui était venue dans un moment de désespoir, et cette sensation d'étouffer n'était finalement que la hantise de l'engagement, propre à ceux qui ont été écorchés très tôt dans leur vie. Le syndrome du hérisson. Lorsque deux hérissons s'approchent l'un de l'autre, ils s'écorchent mutuellement avec leurs piquants. Peut-être Gabriel se repliait-il sur lui-même pour ne pas être écorché, et ses doutes venaient-ils de là.

Vue des Canaries, en revanche, la situation paraissait bien différente, plus simple, plus claire, plus tranchée : il n'était pas heureux avec Patricia, il se sentait attiré par une autre femme, et il n'y avait donc pas de sens à s'engager dans une union irrémédiablement vouée à l'échec. Il n'avait pas besoin d'explications ni d'analyses supplémentaires.

Ils n'avaient pas réservé d'hôtel. Helena suggéra à Gabriel d'en chercher un avec son iPhone. À Puerto del Rosario, le chef-lieu de l'île, il devait bien y avoir un office de tourisme ou quelque chose d'approchant. Il y en avait en effet plusieurs. Trois à Puerto del Rosario, un à Corralejo, un autre à Caseta de Fuste. Sans compter le bureau d'informations touristiques de l'aéroport.

— Dans mon souvenir, dit Helena, Fuerteventura est plus petite que Tenerife, et beaucoup moins peuplée. Je crois que Tenerife a deux cent vingt-cinq mille habitants, et Fuerteventura moins de quatre-vingt mille. J'y suis allée il y a des années, avec mon petit ami de l'époque, avant de connaître Cordelia. Je me rappelle que nous sommes allés pour le week-end sur les plages du nord de l'île et que nous avons loué une voiture parce qu'on ne pouvait pas compter sur les bus, même s'il y a des *guaguas*, ou plutôt il y en avait. On ne voyait presque pas de maisons au bord des routes, et celles qu'on voyait se ressemblaient toutes, blanchies à la chaux, presque toujours de plain-pied. Rien qui ressemble à la villa des photos. Si Manuel a pu localiser la maison de Heidi aussi précisément, on peut être certain que n'importe qui connaissant bien l'île saura nous dire où se trouve cette tour qu'on voit sur les photos. Une bâtisse aussi singulière, seule au milieu d'une nature sauvage, n'est pas commune. Il est bien possible que ce soit un édifice protégé ou assimilé.

Gabriel sortit de son sac les photos qu'il avait imprimées.

— Si tu regardes bien celle-là, tu vois, Heidi est dans une chaise longue, et au fond, il y a la tour. Cela veut dire, à mon avis, que sa maison à elle est près de la grande maison. Je voudrais que tu voies cette photo, regarde. – L'image montrait une fenêtre d'où l'on voyait la mer. – C'est sans doute la chambre. Mais la photo ne montre que la fenêtre, il ne semble pas y avoir de meubles. Elle l'a peut-être prise depuis le lit. En résumé, nous savons que la maison a une fenêtre qui donne sur la mer et qui se trouve assez près de la maison à la tour. Une fois que nous aurons localisé l'une, il ne devrait pas être très difficile de localiser l'autre.

— Mais à quoi attribues-tu cette obsession de photographier la maison à la tour ? On dirait que c'était très important pour elles.

— Si tu regardes bien, elle a aussi photographié la plage, et souvent.

— La plage est déserte, regarde, pas une buvette, pas un parasol, rien. C'est bizarre, pour une plage de sable si blanc, avec une mer aussi calme que celle qu'on voit ici, qu'elle ne soit pas du tout aménagée.

L'office de tourisme de l'aéroport se limitait à un présentoir et à une jeune fille qui avait la charge de renseigner les visiteurs. Gabriel et Helena attendirent sagement qu'un groupe de jeunes gens spectaculairement bronzés, arrivé par le même avion qu'eux, ait fini de se renseigner sur les hôtels et pensions d'El Cotillo. Il eut l'impression qu'ils parlaient une langue très étrange, avant de s'apercevoir que c'était un mélange d'italien et d'espagnol. L'employée, une femme de petite taille avec ce type de beauté exotique que Gabriel commençait à associer à la femme canarienne – chevelure noire et frisée, yeux très sombres, pommettes hautes et lèvres charnues –, les écoutait patiemment. Lorsqu'ils furent partis, ce fut leur tour. Helena parla en espagnol et Gabriel ne comprit pas bien ce qu'elle disait, car il ne s'était pas encore réhabitué à la sonorité de ce qui avait été la langue de sa mère. Depuis qu'il était aux Canaries, il regrettait souvent, comme en ce moment, de ne pas comprendre assez bien l'idiome de son enfance, dans lequel elle lui parlait si souvent. Mais sa tante ne connaissait pas l'espagnol, et lui-même n'avait guère eu l'occasion de le pratiquer à Aberdeen. Cordelia, en revanche, avait toujours fait l'effort de lire des livres en castillan, et avait même obtenu, une année, de faire venir un professeur particulier, non sans avoir supplié sa tante avec insistance. Elle avait toujours manifesté un intérêt actif pour le passé, les racines, l'identité, tandis qu'il préférait, pour sa part, ensevelir sous le voile de l'oubli les souvenirs trop douloureux. Cela ne servait à rien de trop penser aux disparus. Il était plongé dans ces réflexions lorsqu'il vit la jeune employée du prétendu office de tourisme examiner les photos en souriant, puis dire à Helena quelque chose que celle-ci lui traduisit :

— Je l'avais bien dit : c'est une maison connue. Et elle sait parfaitement où elle se trouve, bien sûr.

Gabriel s'adressa à la jeune fille dans son meilleur espagnol :

— Pouvez-vous nous donner un plan ou quelque chose pour trouver notre chemin ?

— Ce n'est pas si facile, expliqua-t-elle en soignant le choix de ses mots et de ses intonations, ainsi que le remarqua Gabriel lui-même, qui eut beaucoup moins de mal à la comprendre que lorsqu'elle avait parlé à Helena. On ne peut y aller qu'avec un tout-terrain. C'est au-dessus de la plage de Cofete, dans la péninsule de Jandía, ce n'est pas très facile d'accès. La piste qui y conduit n'est asphaltée que depuis peu, seulement sur un tronçon, et elle est encore très dangereuse. Je ne recommanderais pas à quelqu'un qui ne connaît pas très bien les lieux de l'emprunter en voiture. Il est indispensable d'avoir un tout-terrain, car la piste est pleine de lacets et longe des falaises très abruptes. Quelqu'un qui ne connaîtrait pas bien l'endroit risquerait d'avoir un accident, vraiment. Je sais qu'il y a des *tour operators* allemands qui organisent des visites guidées, mais je serais incapable de vous mettre en contact avec eux. C'est une maison qui n'a pas de valeur historique ni architecturale, et elle est quasiment en ruine, mais sa légende fait qu'il y a toujours des gens qui veulent la visiter, par curiosité malsaine…

— La maison a une légende ?

— Vous ne la connaissez pas ?

— Non, nous avons seulement ces photos. La dame que l'on voit dessus est ma mère. Elle venait souvent à Fuerteventura et ces photos étaient dans son tiroir. La plage et le paysage nous ont plu, et nous avons voulu venir voir. Ma femme et moi sommes en voyage de noces, nous passons d'une île à une autre…

Gabriel était tout surpris lui-même de sa faculté d'imagination.

— Je vois, vous n'êtes pas au courant. Donc, la maison, à ce qu'on dit, a servi de refuge et de base opérationnelle à des militaires nazis pendant la guerre, et peut-être aussi après. C'est du moins la légende qui court. On parle de passages souterrains qui déboucheraient sous la mer, et qui auraient permis d'approvisionner depuis l'île des sous-marins allemands, mais moi, pour tout vous avouer, je ne pourrais pas vous dire la part de légende et la part de réalité dans toute cette histoire. Si ça vous intéresse de visiter la maison, je peux essayer de vous trouver le numéro d'un *tour operator* qui organiserait des visites, mais je crois qu'ils ne travaillent qu'avec des Allemands, même si je n'en suis pas sûre…

— Et vous ne connaîtriez pas quelqu'un qui pourrait nous servir de guide ?

— Oh si, bien sûr… Il y a beaucoup de gens dans l'île qui pourraient vous aider, on est en basse saison, et en plus il y a la crise… Mais, comme je vous disais, il faut que ce soit quelqu'un qui connaisse bien l'endroit. Tenez, je connais une dame, Chayo, qui a travaillé aux archives historiques de l'île. Son neveu travaille parfois comme guide, il habite Morro Jable, pas loin de la plage de Cofete, justement. À ce que je sais, il a fait des études d'histoire ou quelque chose comme ça, je crois me rappeler qu'il a même écrit quelque chose sur le dépeuplement de Cofete, à moins que ce ne soit sa tante. Enfin, je ne sais plus, mais je ne crois pas que le neveu soit débordé de travail en ce moment, en plein automne. Il pourrait peut-être vous y emmener. Vous pouvez aussi louer un Land Rover, mais je ne vous le conseille pas. Il vaut mieux que vous ne conduisiez pas là-bas si vous n'y êtes jamais allés. – La jeune fille consulta sa montre. – À cette heure-ci, Chayo doit être à son bureau. Si vous voulez, je l'appelle.

Gabriel et Helena échangèrent un rapide regard et se comprirent sans avoir besoin d'échanger une parole.

— Oh oui, volontiers, merci beaucoup, dit Gabriel.

L'employée décrocha son téléphone et eut une brève conversation au cours de laquelle elle griffonna des chiffres sur un papier, qu'elle tendit à Gabriel lorsqu'elle eut raccroché.

— Voilà le numéro de Virgilio, le neveu de Chayo. Si vous avez besoin d'un hôtel, je peux aussi vous fournir des brochures. Le mieux, si vous voulez voir la plage de Cofete, est de loger à Morro Jable. C'est là que vous trouverez les meilleurs hôtels de l'île.

— C'est dans quelle direction ?

— Vers le sud. Je peux vous appeler un taxi.

Ce fut naturellement Helena qui téléphona au dénommé Virgilio.

— Il n'est pas libre aujourd'hui, mais il propose de nous emmener demain à Cofete. Il a son propre véhicule. Il faut maintenant que nous réfléchissions à l'histoire que nous allons lui raconter pour justifier notre recherche.

— Celle que j'ai dite tout à l'heure, non ? J'ai trouvé les photos dans un tiroir de ma mère après sa mort.

— Trop mélodramatique et peu vraisemblable. Et puis je ne me rappelle pas que tu aies dit que ta mère était morte.

— Je l'ai laissé entendre.

— Peut-être, mais ce n'est pas comme ça que je l'ai compris… Mieux vaut dire… laisse-moi réfléchir… qu'à la suite d'une querelle familiale tu n'as plus de contact avec ta mère depuis un certain temps, que tu sais qu'elle est à Fuerteventura et qu'elle t'a fait parvenir ces photos. Et que tu es venu à sa recherche parce que tu n'as pas son numéro de portable ni elle le tien.

— Ou plutôt qu'elle m'a envoyé un message il y a plusieurs semaines pour me dire qu'elle avait l'intention de rester ici quelques mois. Et que j'ai eu l'idée de venir la retrouver.

— Ça sonne un peu faux, mais c'est presque plausible.

— Je n'ai rien trouvé de mieux.

— Mais s'il voit les photos, est-ce qu'il ne va pas reconnaître Heidi ? Son portrait s'est retrouvé dans tous les journaux et sur toutes les chaînes de télévision.

— La photo qu'on a vue dans les journaux était en noir et blanc, et elle date d'un certain temps. Il n'est pas si facile de faire le rapprochement avec les photos de l'ordinateur si l'on n'est pas prévenu. Je ne crois pas qu'il le fera, et puis nous ne risquons rien à tenter le coup.

Gabriel avait choisi l'un des hôtels les plus chers parmi ceux figurant sur les brochures qui leur avaient été données à l'office de tourisme. Il pouvait évidemment se le permettre, financièrement parlant, mais ce qui avait emporté sa décision était une photo montrant la terrasse d'une chambre, plus grande que le salon de son appartement de Londres, et où l'on voyait un couple prenant son petit déjeuner sur fond d'océan.

Il ne put éviter de s'imaginer avec Helena dans la même situation. Il savait que c'était impossible pour diverses raisons : il était fiancé et son mariage était imminent ; les circonstances particulièrement inquiétantes de la disparition de Cordelia étaient peu propices à une aventure sentimentale ; enfin, et surtout, Helena n'avait manifesté à aucun moment le moindre signe d'intérêt à son égard. Il n'en avait pas moins insisté pour réserver deux chambres dans cet hôtel, malgré les objurgations d'Helena qui aurait préféré quelque chose de moins cher. Un taxi les y déposa.

— Me laisseras-tu t'inviter à dîner ? Je trouverais dommage d'être dans un endroit aussi enchanteur, en compagnie d'une femme aussi belle qui plus est, et de ne pas dîner dans un restaurant avec vue sur la mer.

— Tu paies déjà l'hôtel… À vrai dire je suis très fatiguée, en plus je n'ai rien à me mettre pour dîner dans un endroit chic.

— Pas besoin d'un endroit chic… La vérité, c'est que toute cette histoire à propos de ma sœur me rend très nerveux, et je crois que, si je reste dans ma chambre à y repenser sans arrêt, je ne pourrai pas trouver le sommeil. Essayons d'aller passer un moment agréable à table, il n'y a pas grand-chose d'autre que nous puissions faire ce soir…

Ils étaient seuls, debout l'un à côté de l'autre, à une distance si ténue qu'il aurait suffi d'un geste infime pour l'abolir. Mais aucun des deux ne fit ce geste.

Conscient d'avoir établi avec elle une relation exempte de la défiance et de la dissimulation qui caractérisaient, depuis son enfance, ses rapports avec les autres, il se laissait gagner par une sensation d'intimité sereine, qui apaisait son âme à la manière d'un bain chaud dans une eau profonde et dont la pureté lui paraissait surnaturelle au point qu'aucune souffrance terrestre ne lui aurait paru, à cet instant, un prix trop élevé pour l'atteindre. Tel le voyageur qui a manqué tomber dans un ravin, il pouvait, en se penchant au bord, mesurer la hauteur du précipice auquel il avait échappé. Les éléments étaient venus à sa rescousse comme une armée mobilisée pour une juste cause. Il était amoureux, rien n'était encore perdu. L'impression de s'être trouvé l'espace d'un instant au bord du gouffre le fit revenir, à demi étourdi, à la froide réalité : il fallait qu'il téléphone à Patricia. Qu'il prenne une décision, fût-elle celle de rompre ses fiançailles, plutôt que de continuer ce qui était devenu une farce.

— J'appelle un taxi.

Le restaurant lui avait été conseillé par le réceptionniste de l'hôtel ; c'était un bel établissement, à l'architecture coloniale, plutôt petit et moins cher qu'il ne s'y serait attendu. Pour parachever ce cadre romantique, on leur avait attribué une table avec vue sur la mer et chandelles. Il ne manquait plus qu'un violoniste passant de table en table pour que la scène paraisse tirée d'un film des années quarante, à ceci près que l'héroïne n'avait pas une coiffure à la Veronica Lake ni une robe de Schiaparelli, et que le jeune premier n'était pas en smoking – tous deux portaient jeans et tee-shirt blanc. Il lui laissa le soin de choisir parmi les spécialités locales, dont le nom ne lui disait strictement rien. Un serveur fort aimable prit leur commande et déboucha la bouteille de vin blanc qu'elle avait choisie.

— Un *malvasia*, c'est le vin d'ici. Tu vas aimer.

— Très bon, confirma Gabriel après avoir goûté. Tu as l'air de t'y connaître en vin.

— N'oublie pas que j'ai travaillé plusieurs années comme serveuse. Ce n'est pas une simple question de palais. Mais c'est agréable d'inverser les rôles, pour une fois. De se faire servir.

— C'est drôle, tu n'as pas l'air d'une serveuse.

— Parce qu'une serveuse doit avoir un air particulier ? Être blonde et voluptueuse, par exemple ? répondit Helena avec un sourire qui fit se demander à Gabriel si elle essayait de le séduire.

— Non, ce n'est pas cela, je veux dire que tu… tu me parais trop intellectuelle pour rester serveuse ou vendeuse toute ta vie.

— Je suppose que ça se veut flatteur, mais ça sonne terriblement élitiste.

— Tu vois bien… En fait, ce que je ne comprends pas, c'est qu'une fille comme toi n'ait pas essayé de faire des études. Et je ne dis pas ça par élitisme, je ne sais pas si tu me comprends.

— En fait, si j'ai été serveuse, c'est à cause d'une série de hasards qui se sont enchaînés. Tu vois, j'étais venue à Tenerife passer un été, et ça fait dix ans que j'y suis. J'ai déjà pensé aussi à reprendre des études, ou à ouvrir un magasin, mais la vie a ses raisons…

— Tu n'es pas canarienne ?

— Pas du tout. Tu ne l'avais même pas remarqué ? Je suis sûre que, si tu parlais mieux espagnol, tu l'aurais noté tout de suite. J'ai un accent, une façon de parler qui ne sont pas d'ici. Je suis née à Madrid et j'ai grandi à Alicante.

— Et comment t'es-tu retrouvée aux Canaries ?

— Oh, c'est une longue histoire.

— De celles qu'on peut raconter ?

— Mais oui, bien sûr… Comme je t'ai dit, je suis née à Madrid. Je n'ai pas beaucoup de souvenirs de mon père biologique. Je me souviens surtout d'une dispute très violente quand ma mère lui a dit qu'elle le quittait. Ensuite elle est allée travailler à Denia, dans la région d'Alicante, pour la saison touristique, comme serveuse. Tu vois, ça doit être de famille. Et là, elle a connu un autre homme. Elle l'a épousé et ils ont ouvert un restaurant, où je passais plus de temps qu'à la maison. Quand j'étais toute petite, on m'asseyait à une table pour que je dessine ou que je regarde la télévision. Dès l'âge de quatorze ans, tous les week-ends je faisais le service en salle. C'est comme ça que j'ai appris très tôt à me débrouiller en allemand et en anglais, puisque la moitié de notre clientèle ne parlait pas espagnol. L'anglais, je l'ai appris aussi au collège. Et l'allemand, j'ai eu l'occasion de le pratiquer à quinze ans, quand j'ai commencé à sortir avec un garçon allemand. Sinon, bien sûr, j'aurais rêvé d'aller à l'université, d'avoir une vie différente de celle qu'avait eue ma mère, mais je me suis laissé porter par la vague… Et à dix-huit ans je suis partie vivre avec mon petit Allemand, et j'ai travaillé comme réceptionniste dans un hôtel. Ensuite, je me suis disputée avec lui, mais je ne voulais pas retourner chez ma mère, et c'est à ce moment-là qu'un de ses compatriotes qui travaillait comme animateur dans le plus grand hôtel de Denia m'a dit qu'on cherchait quelqu'un à l'hôtel Botánico, à Puerto de la Cruz. Tu sais qu'il y a beaucoup d'Allemands aux Canaries, et comme j'avais de l'expérience dans l'hôtellerie, le poste m'allait comme un gant. Bien sûr, dans mon esprit, c'était juste pour la saison, pour l'été. Le personnel logeait à l'hôtel, ce qui fait qu'en deux mois on pouvait mettre assez d'argent de côté pour subsister le reste de l'année. En principe, je devais travailler au restaurant de l'hôtel, mais assez rapidement on m'a demandé d'escorter les groupes d'enfants qui allaient à Loro Parque, le parc d'attractions de Puerto, parce que la fille qu'ils avaient engagée pour ça leur avait fait faux bond. Comme j'aime bien les enfants, j'étais ravie.

— Tu aimes les enfants ?

— Pourquoi ? J'ai aussi une tête à ne pas les aimer ?

— Mais non, ce n'est pas ce que je voulais dire.

— Bien sûr, j'aime beaucoup être avec eux... Dans le bus, je leur faisais faire des jeux, chanter des chansons, tout un tas de choses pour qu'ils ne s'ennuient pas, j'avais aussi eu l'idée d'acheter une longue corde pour qu'ils la tiennent tous, comme dans un jeu, plutôt que de se tenir en rang, de cette façon je contrôlais mieux le groupe. Il était prévu que je sois là deux mois seulement, mais quand le contrat s'est achevé, ma chef m'a proposé de rester, et comme je n'avais pas de raison spéciale de retourner à Denia, j'ai décidé de prolonger de six mois. Je ne vais pas te raconter dans le détail comment les événements se sont enchaînés, mais, de fil en aiguille, on m'a proposé des postes plus intéressants dans l'hôtel, et le résultat, c'est que je vis ici depuis dix ans.

— Et tu n'as pas de regrets ? Tu n'as jamais eu envie de rentrer ? Quitte à travailler comme serveuse, ou dans un hôtel, tu aurais pu rester dans ta ville, dans le restaurant de tes parents ?

— Je n'avais pas de très bons rapports avec ma mère, et puis... en fait, il y avait un autre problème.

— Avec ton beau-père ?

— Comment as-tu deviné ?

— Je ne sais pas, une intuition.

— Oui, avec mon beau-père. Sa façon de me regarder... Il n'arrivait pas à se cacher d'avoir envie de moi. Il venait derrière le bar quand j'y étais et me frôlait sans arrêt, en donnant comme excuse que l'espace était très réduit. Il me lançait toujours des regards appuyés, des phrases équivoques. J'en avais vraiment assez, mais ma mère faisait comme si elle n'avait rien vu, ou peut-être ne voulait-elle rien voir, je ne sais pas... Je me souviens que j'en avais parlé à mon premier copain, l'Allemand, qui était quelqu'un de très rationnel, très allemand, quoi... Et tu sais ce qu'il m'a dit ? Que ça ne l'étonnait pas, parce que j'étais la copie conforme de ma mère, mais en plus jeune. Comme un portrait retouché par Photoshop. – Gabriel avait souri, et cela fit rire Helena. – En réalité, ce n'était pas du tout drôle, c'était une situation très pénible, et c'est pour ça que je me suis enfuie.

— Je suis désolé, je ne voulais pas…

— Non, tu n'y es pour rien, c'est moi qui plaisantais toute seule. Ou plutôt c'était Jan, à l'époque. À vrai dire, mon beau-père ne m'a jamais rien fait, il ne m'a jamais touchée, c'était simplement sa façon de me regarder qui me mettait mal à l'aise. Et la bêtise de ma mère, qui n'a rien fait contre ça.

— Je suppose que, dans ce genre de cas, la mère est la dernière à s'en apercevoir.

— Ou alors il n'y a de pire aveugle que celui qui ne veut pas voir, comme on dit chez nous. Ce qui est bizarre, c'est que je ne l'ai jamais raconté à Cordelia. En même temps, elle ne m'a jamais posé de questions. Elle non plus ne racontait rien, ou presque rien, sur sa vie d'avant. C'était comme si nous étions toutes les deux nées ici, au moment où nous nous sommes rencontrées. J'aimais bien cette sensation de page blanche, de table rase. La plupart des gens, quand tu fais leur connaissance, veulent tout savoir de toi, d'où tu viens, les études que tu as faites, les histoires d'amour que tu as vécues… Cordelia, non. Elle se concentrait… elle se concentre sur l'essentiel. Tu vois, je suis déjà en train de parler d'elle au passé…

Helena s'interrompit. Ses yeux étaient devenus deux sphères sombres et brillantes, où l'on ne distinguait pas la pupille de l'iris. Gabriel crut d'abord que c'était l'effet de la lueur des bougies, jusqu'à ce qu'il se rende compte qu'elle pleurait. Il lui prit la main, et elle ne la retira pas.

— Détends-toi, nous sommes tout près, je le sens…

— Près de quoi ?

— De la retrouver. Peut-être. Ou de savoir ce qui lui est arrivé.

— Et si ce n'est pas le cas ? Si Heidi n'est plus sur l'île ? Ou si elle y est, mais seulement avec Ulrike ? Et si on découvre que Cordelia s'est noyée avec les autres ?

— Sincèrement, je préférerais encore avoir la certitude qu'elle est morte que de vivre le reste de mon existence dans le doute.

— Comment peux-tu dire une chose pareille ? Comment peux-tu ?

Elle retira brutalement sa main et la porta à son visage pour écarter la larme qui commençait à couler sur sa joue, se composant le masque de la femme de soldat, habituée à affronter avec sérénité et courage la mort et l'infortune. Puis elle prit son verre de vin et en avala d'un trait le contenu. Gabriel comprit qu'il n'avait pas la moindre chance de passer la nuit avec elle.

De retour dans sa chambre, un âpre dialogue intérieur s'engagea. Il devait bien accepter l'évidence : il ne voulait ni retourner à Londres ni épouser Patricia. Il n'en éprouvait aucun sentiment de honte, car sa conscience récusait toute responsabilité dans la souffrance qu'il risquait de causer à sa fiancée. Le Gabriel primitif prenait le dessus, refusant de suivre une autre loi que celle de ses sentiments, et cette certitude lui offrait la façon la plus voluptueuse et sereine de jouir de la compagnie d'Helena tout en respectant son mystère. La jeune femme semblait soudain dessiner devant lui la perspective d'une vie nouvelle. Il ne pouvait que se sentir conquis par cet être qui le perçait à jour comme si la seule magie de sa présence l'éclairait de l'intérieur. D'un autre côté, il trouvait absurde que cette attirance pour une femme avec qui rien ne s'était passé suffise à battre en brèche un engagement aussi sérieux que le sien. Sans doute était-elle le révélateur qui faisait remonter à la surface des vérités plus profondes : jamais il n'avait eu envie de se marier avec Patricia ; il avait simplement mis ses pas dans les siens pour sortir du désarroi qui l'avait saisi lorsque Ada l'avait quitté ; il désirait plus que tout échapper à sa prison dorée londonienne, à l'atmosphère pesante de vanité autocomplaisante qui émanait de Patricia comme les vapeurs d'un réchaud ; sa fiancée était un élément du tribut qu'il payait à la déesse offensée de la respectabilité depuis ce qui s'était passé à Édimbourg, et que Cordelia ne lui avait jamais pardonné ; la présence d'Helena avait radicalement modifié son angle de vision, comme si son esprit, brisant le cocon des idées reçues, avait fini par voir la lumière, tel le ver à soie prenant son envol pour sa nouvelle et aventureuse vie de papillon.

Le voyage avait également joué un rôle essentiel. Tout le monde est sensible aux changements de décor, et Gabriel l'était peut-être plus que d'autres. Chaque fois qu'il quittait Londres, il revenait transformé, régi par d'autres rythmes et protocoles, baignant dans une lumière plus nette et plus diaphane, et lorsque, les yeux encore emplis d'autres paysages, laissant derrière lui le songe dans lequel les souvenirs heureux éclipsent les autres, il retrouvait son appartement de Londres et allait aussitôt de pièce en pièce pour relever les stores, contempler les murs et les meubles qui retrouvaient forme et couleur, une partie de son être demeurait loin en arrière, ses pupilles se divisaient en paysages symétriques opposés par leur sommet, et il ressentait le besoin de faire le bilan de son passé, de découvrir le motif, la cause, l'impulsion, le point de départ et le point d'arrivée, le pourquoi et le comment, afin de se voir et de se comprendre de nouveau lui-même.

Le Gabriel revenu des îles serait toujours Gabriel, ou plutôt l'image de Gabriel au terme de ce séjour dont il ne resterait qu'un souvenir : deux yeux noirs dans lesquels il espérait avoir laissé une trace de sa présence, une autre vision désolée. Il avait besoin que ces fragments de lui-même, épars et distants les uns des autres, se rassemblent. Il voulait croire qu'il rentrerait à Londres – car il fallait qu'il rentre à Londres – en demeurant conscient que, lorsqu'il connaîtrait enfin l'épilogue de l'histoire de Cordelia, il la méditerait à tête reposée, la replacerait pour son propre rachat dans l'histoire de sa propre vie, et qu'alors seulement il déciderait s'il valait la peine de provoquer l'esclandre que serait la rupture de ses fiançailles.

Lorsqu'il aurait rendez-vous avec lui-même une fois achevé ce voyage entre lumière et ombre, qu'il ait retrouvé Cordelia ou qu'il l'ait perdue à jamais – mais il désespérait le plus souvent de la revoir vivante –, sa propre voix et ce silence de tant d'années s'accorderaient enfin, abattraient les portes restées si longtemps murées, reconstruiraient cette enfance perdue depuis sa séparation d'avec Cordelia.

Contrairement à ce que Gabriel avait imaginé, l'homme encore jeune qui les attendait à la réception le lendemain matin était blond, grand, sportif, les yeux entre vert et noisette. N'était sa peau d'un brun mat qui n'avait rien de nordique, on aurait pu le prendre pour un Allemand. Il lui écrasa presque la main et embrassa Helena sur les deux joues. Gabriel avait beau savoir que la pratique était courante en Espagne, il n'en fut pas moins irrité. L'homme s'assit dans un des fauteuils du hall, croisant les jambes d'une façon qui se voulait à la fois virile et décontractée, comme s'il ne savait que faire de ses attributs de mâle dominant. Son attitude dénotait cependant une sorte de dédain aristocratique, une écorce d'arrogance qui démentait la simplicité enjouée qu'il affectait. Gabriel ressentit pour lui une vive antipathie, qu'il chercha néanmoins à réprimer. L'homme s'exprimait dans un anglais au moins aussi convenable que celui d'Helena, presque sans accent, ce qui lui fit penser qu'il avait peut-être étudié au Royaume-Uni.

— Donc, vous voulez visiter la villa Winter.

— Pas exactement la maison, plutôt les alentours. Je crois que ma mère habite par là.

— Là-bas ? À Cofete ?

— Je ne sais pas si c'est à Cofete, mais en tout cas dans une maison proche de la villa Winter, comme vous dites.

Il lui raconta l'histoire qu'Helena et lui avaient mise au point et lui montra les photos.

— En effet, c'est bien la villa Winter, et c'est bien la plage qui est juste en dessous. La photo que vous voyez représente, aussi étonnant que cela puisse paraître, un cimetière.

— Cette plage, un cimetière ?

— Absolument. C'est là qu'on enterrait autrefois les gens du coin, avec de simples pierres en guise de plaque et une grossière croix de bois. Quand quelqu'un mourait à Cofete, on l'inhumait sans cérémonie, sur la plage, et c'était un membre de la famille qui officiait. À cette époque, il était assez compliqué d'aller à Cofete comme d'ailleurs d'en repartir, car il faut traverser le massif montagneux qui fait le tour de la presqu'île, et le chemin est difficile. C'étaient donc la famille et les voisins qui veillaient le corps, qui le transportaient au cimetière et qui l'enterraient en prononçant quelques prières. Le plus instruit se plaçait devant et récitait la liturgie. Les autres lui donnaient la réplique. Ensuite, on mettait des pierres sur la tombe et une croix de bois avec le nom du défunt, et c'était tout.

— Et le curé ? Il n'y avait pas de curé ? demanda Helena.

— Non, pas de curé. Cofete, comme vous allez voir, est un tout petit village, très isolé.

— Les habitants n'avaient aucun contact avec le reste de l'île ?

— À peine. C'était une communauté agricole, qui vivait en autarcie. De temps en temps seulement, quelqu'un avait besoin d'aller à Pájara, la localité la plus proche, à dos d'âne, quand il y avait des affaires importantes à régler. Vous verrez, une fois sur place, que c'est un chemin d'où il est facile de tomber, même aujourd'hui, alors qu'on a tracé une piste qui a, par endroits, presque l'air d'une route. Vous imaginez donc le danger quand c'était à peine plus qu'un sentier de chèvres. À cette occasion, donc, celui qui avait à faire le voyage donnait les noms de ceux qui étaient morts depuis la dernière fois, et on les consignait sur le registre. Mais comme peu de gens savent que ce morceau de plage est en réalité un cimetière, c'est devenu un lieu d'excursion et même de camping sauvage. La plupart des pierres ont disparu depuis longtemps, quand les habitants s'en sont servis pour construire leurs maisons… – Il continua d'examiner les photos, puis s'arrêta sur l'une d'elles. – Et cette tour, là, c'est celle de la villa Winter vue du sud-est, si je ne m'abuse. Vous dites que votre mère habite Cofete ?

— À vrai dire, je ne suis pas sûr. La dernière fois que je lui ai parlé, elle m'a dit qu'elle vivait ici, à Fuerteventura, et avec sa dernière lettre elle m'a envoyé ces photos. Elle n'a ni téléphone mobile ni messagerie électronique, elle veut que je lui écrive à une boîte postale. En vérité, je ne sais pas trop où elle habite.

— Voyez, monsieur… Comment vous appelez-vous ?

— Sinnott. Gabriel Sinnott.

— Je peux t'appeler Gabriel ?

— Bien sûr.

— Tu vois, Gabriel, la villa Winter est une maison complètement isolée, dans une zone inhabitée. Le village de Cofete est à deux ou trois kilomètres, mais presque personne n'y vit à l'année, ce sont des maisons de vacances, d'anciennes maisons de Majoreros, c'est comme ça qu'on appelle les habitants de l'île, généralement restaurées dans l'intention d'y venir le week-end. La zone est inconstructible car elle est dans un parc naturel, on a seulement le droit d'aménager les bâtiments existants. Il est possible que ta mère y loue une maison, j'ai entendu parler d'Allemands qui ont habité ici. Mais ces photos n'ont pas l'air d'avoir été prises depuis Cofete. Tu vois celle-là ? On voit ta mère, c'est bien ta mère, non ? Il y a ta mère… on la voit dans une chaise longue, et on voit très nettement la tour de la maison. De Cofete même, on ne peut pas la voir. Et cette photo, celle de la fenêtre, tu vois ? La mer paraît très proche, et je crois que si elle avait été prise depuis une maison de Cofete, elle n'aurait pas l'air si proche… Je suis vraiment très étonné, parce qu'on dirait que la maison est presque voisine de la villa Winter, et je peux t'assurer, je peux vous assurer, qu'il n'y a pas d'autre maison là-bas.

— Tu es sûr ?

— Sûr, non, mais presque. Je ne sais pas si je t'ai dit, mais ma tante a écrit un livre sur l'histoire de la péninsule de Jandía, et je crois pouvoir dire, sans fausse modestie, qu'elle est sans doute l'une des personnes qui, sur l'île, connaissent le mieux toute cette partie. Et sais-tu qui l'a aidée à écrire ce livre ?

— Toi.

Gabriel commençait à détester cordialement l'arrogance de ce Virgilio, qui continuait à scruter attentivement les photos sans faire attention à lui.

— Une autre chose qui m'étonne, c'est le grand nombre de photos qui représentent la villa Winter, prises à différents moments de la journée. Dis-moi, ta mère s'intéresse à l'histoire ?

— Ma foi, oui… Je dirais que oui, dit Gabriel en repensant à Cordelia.

— Et à la Seconde Guerre mondiale ? Aux nazis ?

— Beaucoup, répondit aussitôt Helena, prenant Gabriel de vitesse.

Gabriel n'avait pas saisi tout de suite la raison de l'empressement d'Helena, mais il se souvint soudain de ce que leur avait dit Rayco : Heidi, dans sa jeunesse, avait appartenu à un groupuscule néonazi, et faisait l'objet d'un mandat d'arrêt en Allemagne pour propagation de l'idéologie nationale-socialiste.

— Vous savez peut-être, si quelqu'un vous en a parlé, qu'il se dit que Gustav Winter, qui a fait construire la maison, faisait de l'espionnage pour le compte du régime nazi. On a cru pendant des années que c'était une légende, mais un historien local, don Juan Pedro Martín Luzardo, a publié un livre assez documenté sur la question. Ces dernières années, beaucoup de *tour operators* allemands ont organisé des excursions autour de la maison, ou plutôt des ruines de la maison, en exploitant l'espèce de curiosité malsaine dont elle fait l'objet. Mon hypothèse, c'est que ta mère a pu venir à Jandía pour faire du camping et voir la maison, mais ça ne veut pas dire qu'elle habite par là.

— Et la photo dans la chaise longue ?

— Je ne sais pas, elle a pu apporter la chaise longue avec ses affaires de camping…

— Et la photo de la chambre avec la fenêtre ?

— À vrai dire, je ne sais pas non plus. Tu vois, la zone est déserte, et il y a quelques bâtisses plus anciennes dans les environs, d'anciennes maisons de Majoreros. Je sais que l'une d'elles au moins est habitable, qu'elle a été retapée, même si je doute fortement qu'elle ait l'eau courante et l'électricité. À moins qu'elle ne soit alimentée par un groupe électrogène et par une citerne, comme la villa Winter. Ta mère s'est peut-être installée dans une de ces maisons, ou bien elle campe dedans, comme ces touristes qui font du camping sauvage à l'emplacement du cimetière…

— Mais Cordelia a parlé d'une maison, d'un refuge, dit Helena.

— Le fait est qu'il n'y a pas beaucoup de maisons par là-bas, et s'il y avait une touriste anglaise qui y habitait, je le saurais, ou je devrais le savoir.

— Ma mère est allemande, mentit Gabriel. Elle vit avec une amie, une Allemande aussi.

— Deux dames allemandes ? Ça ne me dit rien non plus. Il y a des Allemands qui louent quelquefois à Cofete, mais pas aux alentours de la villa Winter… Enfin, je ne crois pas. Le mieux serait sans doute que nous allions voir sur place. Nous devrions y être en une demi-heure, peut-être un peu plus. En route, si vous voulez, je pourrai vous raconter l'histoire de la villa Winter, vous verrez, c'est très intéressant. Prenez de bonnes chaussures et un pull, car il peut faire froid. Vous avez le temps de monter chercher vos affaires, je vous attends ici.

Comme si le désir qu'il éprouvait s'était diffusé par ondes concentriques à l'intérieur du véhicule de Virgilio, Gabriel eut, pendant tout le trajet, pleine conscience de son corps et de son attirance pour Helena : les battements accélérés de son cœur, le sang qui circulait impétueusement dans ses veines, l'expansion et la contraction de ses poumons qui s'emplissaient de son parfum. Le passager en haute mer, si conscient qu'il soit du bruit des machines et de la vitesse du navire, sait que la navigation est l'affaire de l'équipage et qu'il n'a pas à s'en soucier, mais Gabriel, plutôt que d'un passager, se sentait l'âme d'un capitaine indolent, paressant dans sa cabine quand il aurait dû être à la barre pour décider de la direction à prendre : retourner vers Patricia ou lui tourner le dos ?

Pour l'heure, il était sur un nuage de béatitude, toute opposition avait disparu entre le passé, qu'il soit avec ou sans Cordelia, avec ou sans Ada, et l'avenir, qu'il soit avec ou sans Patricia. Bercé par le ronflement du moteur et l'étrange sensation de vivre hors des articulations du temps, il écouta le récit de Virgilio comme dans un songe.

7

L'HISTOIRE DE LA VILLA WINTER

— Ce que je vais vous raconter ressemble à un roman, mais c'est une histoire vraie. C'est l'histoire d'une presqu'île qui s'est entièrement dépeuplée, d'un Éden qui est devenu un désert…

Cofete est un village, ou plutôt un hameau, qui n'a jamais dépassé les vingt-cinq maisons. Ses habitants ont vécu de l'agriculture et de l'élevage pendant des siècles, quasiment sans payer d'impôt de métayage. Le village est situé dans la péninsule de Jandía, dans un endroit très difficile d'accès, où les gens vivaient très isolés, presque sans relations avec les autres habitants de l'île. C'est l'un des plus beaux endroits de Fuerteventura, et l'un des rares, peut-être même le seul, où il n'y ait pas, malgré l'aridité des sols, de risque de sécheresse. En outre, les montagnes qui l'entourent font écran à la chaleur, de sorte que, même en plein été, il y a de la fraîcheur et des températures relativement agréables.

Au début de l'histoire, Cofete était une vallée magnifique, fertile, avec des sources, des cultures. Imaginez le plus grand domaine agricole de toutes les Canaries, une presqu'île entière, dans un endroit à peine peuplé, à l'écart du progrès et de toute trace de civilisation. On ne pouvait s'y rendre, ou en repartir, qu'à dos d'âne ou de chameau, les seules montures utilisées par les habitants d'alors, étant donné que les chevaux coûtent cher à entretenir et sont difficiles à acclimater dans une région aussi aride et aussi montagneuse. Les gens de Cofete vivaient cependant très bien, car toute la presqu'île avait très longtemps dépendu des seigneurs de Lanzarote et non de ceux de Fuerteventura, de sorte que les métayers y étaient beaucoup plus libres que dans le reste de l'île. La plupart ne savaient probablement même pas à qui appartenait leur terre, ni à qui bénéficiait la part de la récolte qui revenait au propriétaire, car celui-ci ne venait jamais les voir : il avait un administrateur pour ses biens situés aux Canaries, qui avait lui-même un représentant à Jandía.

Le dénommé Virgilio s'exprimait dans un anglais parfait, sur un ton professoral, voire docte, modulant sa voix avec élégance, comme s'il se trouvait devant des élèves. Helena paraissait suspendue à ses lèvres. Gabriel était vert de jalousie. Il avait toujours été, en vérité, quelqu'un de jaloux, mais il ne voulait surtout pas se l'avouer et encore moins l'avouer à quiconque, et préférait le refuge illusoire de sa retenue toute britannique.

— Jusqu'à ce qu'en 1937, poursuivit Virgilio, un ingénieur allemand, Gustav Winter, s'intéresse à l'endroit et propose au marquis de Lanzarote et comte de Santa Coloma, propriétaire de la presqu'île, de la lui louer à des conditions très intéressantes. Personne n'a compris, à l'époque, pour quelle raison un Allemand voulait louer des terres situées au fin fond de cette île oubliée de Dieu. Il faut se souvenir, en effet, que

Fuerteventura n'était pas du tout, à l'époque, une destination touristique, mais une île par laquelle ne passaient que de rares voyageurs. Une île très peu peuplée, sèche, dure, pauvre…

— Un peu comme aujourd'hui, non ? demanda Gabriel sur un ton neutre qui ne dissimulait cependant qu'à moitié l'insolence de sa remarque.

— En bien pire, répondit Virgilio d'un ton tout aussi neutre et sans se montrer vexé le moins du monde. Pour te donner une idée, ici, à Fuerteventura, à Tefia plus précisément, il y a eu du temps de Franco un camp de concentration qui n'avait même pas de clôture ni de grillage. Comme c'était au milieu du désert, où un prisonnier aurait-il pu s'enfuir ? Bref, comme je vous le disais, l'intérêt soudain manifesté pour la presqu'île par cet Allemand a intrigué beaucoup de gens, et plus encore le fait qu'il ait immédiatement fait construire une route. On a retrouvé beaucoup d'échanges de lettres entres les maires, le gouverneur, les différentes autorités, mais l'activisme de Winter n'avait pas seulement alerté le gouvernement central à Madrid. Sa présence aux Canaries avait également mis la puce à l'oreille à l'Amirauté britannique, qui soupçonnait ce Herr Winter d'être un agent du Reich, et la villa qu'il faisait construire d'être en réalité une base militaire allemande, pouvant servir aussi bien au ravitaillement de navires ou de sous-marins qu'à des activités d'espionnage.

— Herr Winter, Reich… Comme tu prononces bien l'allemand ! dit Helena, qui semblait savourer ces mots comme s'il s'agissait du nom d'un dessert exotique.

— Je suis ravi qu'une aussi belle femme soit si intéressée par ce que je raconte, ça ne m'arrive pas souvent.

Helena sourit, d'un sourire radieux comme cette matinée ensoleillée, et Gabriel se sentit à nouveau piqué par les démons de la jalousie.

— Mais continue, je t'en prie, je ne voulais pas t'interrompre.

— Où en étais-je ?

— Aux Anglais et à leurs soupçons à propos de Herr Winter.

— Oui, donc, l'Amirauté s'inquiétait vivement de voir Jandía devenir une escale privilégiée pour les sous-marins allemands. Il faut se rappeler que la presqu'île revêt une très grande importance géographique et stratégique, elle est un point de passage obligé sur la route de l'Afrique, et on a en outre, depuis Barlovento, une vue exceptionnelle, qui permet d'apercevoir de loin n'importe quel bateau voyageant d'un continent à l'autre. N'oubliez pas qu'à cette époque les Canaries étaient menacées d'une invasion anglo-américaine, et que des navires de la Kriegsmarine accostaient souvent dans les ports canariens, ainsi que pourra vous le confirmer tout autochtone âgé de plus de quatre-vingts ans. Venaient régulièrement aussi des navires de commerce ou de passagers de la Woermann Linie, dont l'agence, à Puerto de la Luz, était de notoriété publique un nid d'espions.

Durant la Seconde comme la Première Guerre mondiale, le passage de navires de guerre et de sous-marins allemands par les Canaries a été constant : ils faisaient escale aussi bien à La Palma ou à La Gomera qu'à Tenerife, à la Grande Canarie ou à Fuerteventura. S'agissant des ports de la Grande Canarie et de Tenerife, il existe des documents attestant le ravitaillement de sous-marins nazis pendant la Seconde Guerre mondiale, ainsi que de « navires nourrices ». À la Grande Canarie, les Allemands disposaient d'une villa à Tafira pour le repos des équipages, et d'une station de radio sur le pic de Bandama. En d'autres termes, Franco a mis l'archipel à la disposition de l'Allemagne nazie, même si l'Espagne, en théorie, restait neutre.

— En théorie ? Que veux-tu dire par là ? demanda Helena, visiblement captivée par le récit, à moins que ce ne soit, comme le redoutait Gabriel, par celui qui le racontait.

— Neutre en théorie, oui, mais c'était moins vrai en pratique. Car, à compter de la fin de la guerre civile et de la victoire définitive de la faction franquiste, l'État national-catholique a apporté au Troisième Reich un soutien actif, et l'appareil franquiste a mis ses pas dans ceux de l'appareil hitlérien. Franco a bel et bien sa part de responsabilité dans le fait que la guerre ait duré, de par ses relations commerciales intenses avec l'Allemagne et par l'appui qu'il a fourni aux nazis, malgré le statut théorique d'État non belligérant de l'Espagne. C'est un fait bien connu de tous les historiens, surtout britanniques, qui ont écrit sur le sujet.

— Tu as étudié là-bas, non ? risqua Gabriel qui cherchait à jauger le rival potentiel.

— Pas exactement. J'ai été lecteur à Oxford, avec une bourse de recherches… Comment le sais-tu ? C'est ma tante qui te l'a dit ?

— À cause de la qualité de ton anglais, et de ton accent. Moi aussi, j'ai été à Oxford.

— Qu'est-ce que tu étudiais ?

— J'ai fait un MBA.

— Ah…

Gabriel crut deviner dans la réaction de Virgilio un certain dédain, reflétant le sentiment partagé par les étudiants en lettres ou en sciences humaines qu'étudier l'économie était trahir l'esprit humaniste de l'institution.

— Je suis flatté que tu l'aies remarqué. Au début, j'avais l'ambition de faire une carrière universitaire, mais j'ai changé d'avis. J'écrirai peut-être un livre, mais pas un ouvrage universitaire, plutôt un livre de vulgarisation, pour le grand public. Ou bien un roman…

— Et pourquoi as-tu renoncé ? Tu m'as pourtant l'air calé, je dirais même érudit. Tu ferais un formidable professeur, ou un grand chercheur, dit Helena, dont le compliment dut être aussi doux aux oreilles de Virgilio qu'il était douloureux à celles de Gabriel.

— Je te remercie, mais cela me paraît exagéré. De toute façon, je ne me vois pas enseigner dans une université. Ce que je veux, c'est vivre ici, au moins pour le moment. Je verrai plus tard, mais pour l'instant je n'envisage pas de partir.

— Je ne suis pas surprise… C'est un endroit dont on tombe facilement amoureux. Car tu n'es pas canarien, n'est-ce pas ? Tu n'as pas l'accent.

Gabriel était de plus en plus inquiet : il voulait croire que ce n'était pas, de la part d'Helena, un jeu de séduction, mais il n'en était pas moins dévoré de jalousie, une jalousie qui lui faisait guetter chacun de ses gestes et de ses paroles.

— Ma famille est d'ici. J'ai longtemps vécu à Madrid, puis je suis revenu. C'est une longue histoire, je te la raconterai un autre jour.

— Volontiers. Mais continue, je t'en prie. Tout ce que tu nous dis sur la collaboration entre l'État espagnol et le Troisième Reich est très intéressant.

— Donc, pour prendre un exemple, en 1938 a été signé un pacte de coopération entre la Gestapo et le service de renseignements de l'armée espagnole, qui stipulait que des experts de la SS et de la Gestapo apporteraient leur expertise à la lutte contre le communisme en Espagne. En d'autres termes, les nazis ont formé les policiers espagnols aux techniques de fichage, d'internement, d'interrogatoire, de torture, etc.

— Mais c'est ignoble !

— Je ne te le fais pas dire, Helena. Bien souvent, les Allemands ont même mis directement la main à la pâte, tandis que des policiers espagnols sont allés suivre un entraînement en Allemagne. Et, pendant la guerre, l'Espagne a également mis au service de son allié allemand une partie de ses réseaux commerciaux en Amérique du Sud. Sans oublier que, comme vous le savez probablement, près de cinquante mille soldats espagnols ont combattu dans les rangs de l'armée nazie.

— Oui, bien sûr, la División Azul, mais je ne savais pas qu'ils avaient été si nombreux, dit Helena.

— Je croyais que tu disais que l'Espagne était restée neutre, objecta Gabriel.

— Neutre sur le papier, c'est tout. Hitler avait des milliers d'agents en Espagne, des dizaines de milliers selon les Alliés, présents dans presque tous les secteurs clés du pays : l'armée, la police, la presse, la radio, les ports… et les services secrets, naturellement. Les écoles d'officiers avaient des instructeurs allemands, et la Gestapo conseillait la police espagnole. Iberia achetait des avions allemands. La radio nationale avait même une chaîne qui émettait entièrement en allemand… En d'autres termes, l'Espagne a été le seul pays officiellement neutre à soutenir militairement l'Allemagne nazie dans la guerre. Neutre, mais seulement sur le papier, j'insiste. En 1943, du fait de multiples pressions britanniques, Franco a bien été obligé de retirer du front de l'Est la División Azul, mais il ne l'a pas fait par désaccord idéologique, encore moins parce qu'il cessait de soutenir le régime nazi. Il l'a fait parce qu'il n'était pas idiot. Il sentait bien que les Allemands allaient perdre la guerre, de sorte qu'il a commencé à faire des clins d'œil aux Alliés pour assurer la survie du fascisme espagnol. Mais l'armée a continué de collaborer avec la Wehrmacht à des actions de sabotage contre des objectifs britanniques. Et, durant toute la guerre, c'est l'Espagne qui s'est chargée de transférer les biens nazis vers des pays tiers.

Donc, pour résumer les choses, lorsque, en 1937, le probable agent allemand Gustav Winter loue la presqu'île de Jandía, le gouvernement central – celui de Burgos, celui des factieux, pas le gouvernement légitime de la République – travaille main dans la main, comme on dit, avec le régime nazi. Puis, quatre ans plus tard, alors que le fascisme semble avoir triomphé en Europe, une société anonyme intitulée Les Pâturages de Jandía rachète carrément la presqu'île, en principe pour y développer l'agriculture. Et qui était l'administrateur de cette société ?

— Gustav Winter.

Helena avait répondu instantanément, marquant ainsi son intérêt pour l'histoire ou, comme le soupçonnait avec amertume Gabriel, pour son narrateur.

— Gagné. Herr Winter, propriétaire *de facto* de la presqu'île, donc, de 1937 à 1962. Il est pour le moins étrange qu'un simple particulier, dans une période aussi troublée, ait investi autant d'argent dans une zone géographique aussi reculée, et d'un accès aussi difficile. Force est d'en conclure qu'il disposait en Espagne même de contacts au niveau le plus élevé, aussi bien avec les autorités de l'État qu'avec les représentants du Reich, sans quoi il n'aurait pas réussi à faire un montage juridico-financier si complexe.

Mais, durant toute la Seconde Guerre mondiale, ce M. Gustav Winter, propriétaire de la presqu'île de Jandía, ne fait rien pour développer l'agriculture locale. Il n'entreprend aucun des travaux qui auraient été susceptibles d'en faire la prospère exploitation qu'il avait promis de constituer. Les anciens habitants sont aujourd'hui morts pour la plupart, mais tous disaient que Winter dormait souvent sur la plage, où l'on voyait, la nuit, d'étranges lumières. N'oubliez pas qu'il n'y avait pas d'électricité à l'époque et que les habitants vivaient à Cofete, au village, qui n'est pas tout près de la plage. L'idée de construire face à la mer est très récente. Dans les villages du littoral, on construit loin du rivage, à l'abri de la marée, ce qui évite aussi que le sel apporté par les embruns n'attaque les murs des maisons. Personne, donc, ne se promenait la nuit sur la plage, dans le froid et l'obscurité. Cofete, vous allez voir, n'est qu'un regroupement de quelques maisons à l'écart du rivage. Quand nous serons sur place, vous verrez sans doute la plage passablement déserte, mais à cette époque elle l'était encore plus. Sans lumière électrique, il était absolument impossible, la nuit, depuis Cofete, de suivre ce qui s'y passait, les mouvements qui s'y déroulaient. Mais les lumières, en revanche, étaient bien visibles.

— Il est donc possible que les Anglais aient eu raison, et que des navires et des sous-marins soient venus jusque-là ?

— À vrai dire, je n'en sais rien. Je crois que la houle et le courant font que cette plage n'est pas des plus commodes pour accoster, mais c'est mon opinion personnelle. Je n'oserais pas m'aventurer plus loin... Et maintenant, arrive l'année 1945. La guerre est finie, le Reich est vaincu, ses dirigeants soit morts, soit arrêtés, soit en fuite. Pour Gustav Winter, paradoxalement, c'est la chance de sa vie. Jusqu'alors, en tout cas si l'on en croit la légende, il n'avait été qu'un homme de paille. Les actes de vente s'étaient faits, certes, au nom d'une personne physique nommée Gustav Winter, mais il n'agissait très probablement que comme prête-nom. Or, en 1945, étant donné que personne n'est plus là pour revendiquer la propriété de la presqu'île, l'ingénieur devient le véritable maître et seigneur de Jandía. Et c'est cette même année qu'il prend, sitôt la guerre finie, une série de décisions aux motivations des plus mystérieuses.

— Mystérieuses comme ces lumières que l'on voyait sur la plage ? demanda Helena.

— Je vois que tu as saisi l'esprit de l'histoire.

Virgilio l'avait gratifiée du sourire satisfait de l'homme sûr de son charme, et elle lui en rendit un autre, lumineux et ouvert, qui blessa Gabriel au plus profond de son orgueil. L'éclat qu'il voyait dans les yeux d'Helena lui causait une souffrance qu'il ne connaissait que trop, qu'il croyait avoir à jamais vaincue mais qui renaissait ici, aux Canaries, comme un grain longtemps enfoui que le soleil fait mûrir.

— En premier lieu, chère mademoiselle – oh, comme Gabriel détestait ce *mademoiselle* ! –, Winter décide d'isoler la péninsule du reste de l'île. Vous verrez, peu avant d'arriver, un très ancien mur en pierre sèche, une authentique relique archéologique qui remonte aux tout premiers occupants de Fuerteventura, et qui servait peut-être à délimiter les deux anciens royaumes de l'île : Jandía et Maxorata. Le « mur de Jandía », comme on l'appelle ici. Eh bien, Winter a fait ériger, parallèlement à ce mur, une clôture, veillée jour et nuit par des sentinelles, afin que personne ne puisse venir ou s'en aller sans qu'il le sache.

Gabriel trouvait Virgilio d'une érudition si pédante, si vaniteuse, si grandiloquente qu'il ne comprenait pas la fascination que semblait lui témoigner Helena. Ou plutôt il ne la comprenait que trop bien.

— Mais cela n'avait pas grand sens, non ? Puisque tu nous dis que l'accès à Jandía était si difficile que même le curé ne s'y aventurait pas pour les enterrements…

La conversation se déroulait presque entièrement entre Virgilio et Helena. Gabriel restait en marge, blessé dans son orgueil, mais également curieux et intrigué à son corps défendant, tant Virgilio était passé maître dans l'art de séduire par la parole, à l'instar des sirènes qui charment de leur chant les marins malgré tous les efforts qu'ils déploient pour leur résister.

— C'est justement ce qui rend si extravagante cette décision de clôturer la presqu'île. Le motif invoqué par la famille Winter à l'époque était qu'elle projetait de se lancer dans l'élevage de moutons karakul, et voulait éviter à la fois qu'ils soient volés et qu'ils se mélangent avec d'autres races ovines. Or, s'il est établi que Winter a bien acheté un troupeau de moutons karakul, il ne semble pas qu'il les ait exploités commercialement ni qu'il en ait tiré un bénéfice. L'achat apparaît plutôt comme un prétexte pour justifier la pose de la clôture. Il reste étrange, voire suspect, que le gouvernement central ne l'en ait pas empêché. Il n'était pas plus facile que maintenant d'isoler ainsi un morceau de littoral, car il fallait préalablement s'assurer que les terres n'étaient grevées d'aucune servitude de passage.

— C'est-à-dire ?

— Aucune personne privée ne peut interdire à autrui l'accès au rivage. Il n'existe donc pas, légalement parlant, de plages privées. Aussi Winter a-t-il recouru à un subterfuge légal. Il a fait valoir que les terres avaient été enregistrées comme pâturages antérieurement à la loi sur l'eau de 1866, et n'étaient donc pas soumises à une servitude de passage.

Décidément, pensa Gabriel, cet homme prenait plaisir à accabler son auditoire de faits et de dates qu'il puisait tout droit dans sa mémoire encyclopédique. C'était à se demander à quoi il passait ses soirées. À lire sans discontinuer ? À séduire dans des bars des femmes comme Helena, en les emprisonnant dans les rets de sa cuistrerie comme une araignée dans sa toile ? Tandis que Gabriel s'interrogeait à son sujet, Virgilio poursuivait son récit truffé de faits et de dates.

— Or, il apparaît que, premièrement, le fait que la propriété de la presqu'île de Jandía ait été enregistrée antérieurement à la loi de 1866 ne suffisait pas à l'exempter de cette servitude. En second lieu, et c'est le plus important, cet enregistrement n'a été fait, après vérifications, qu'en 1875, c'est-à-dire neuf ans après la promulgation de la loi. Ce qui veut dire, et je veux que vous l'ayez bien en tête, que c'est le gouvernement lui-même qui a aidé Winter, par ce tour de passe-passe, à enclore et isoler totalement la presqu'île. Une fois parvenu à ses fins, l'Allemand a donc pu lancer une série de travaux d'un genre très particulier.

Il a tout d'abord entrepris la construction d'une jetée. Puis d'une clinique, dont l'équipement n'avait rien à envier aux hôpitaux de la capitale. Puis, à l'extrémité sud de la presqu'île, d'une piste d'atterrissage. Elle a été démolie depuis, et vous n'en verrez même pas de ruines, mais ses dimensions étaient réellement impressionnantes : huit cents mètres de long sur soixante-quinze mètres de large, un véritable aéroport.

Enfin, comme si tout cela ne suffisait pas, il a fait édifier la villa Winter, celle que l'on voit sur les photos de ta mère. Comme vous verrez, elle est construite loin du village, à l'écart, sur un terrain depuis lequel on peut voir parfaitement les deux plages, et dotée, fait étrange, d'une tour de guet. La famille Winter parlait, par euphémisme, de sa *villa* de Cofete, et assurait qu'il s'agissait d'une simple maison de vacances. Mais quel sens cela peut-il avoir de construire une maison de vacances au milieu de nulle part, dans une zone isolée du reste de l'île et du monde en général, dont l'accès était encore plus malaisé à l'époque qu'il ne l'est aujourd'hui ?

— Peut-être était-ce justement ce qu'il cherchait, l'isolement, la tranquillité..., suggéra Helena. Moi-même, j'habite un endroit très à l'écart, et j'ai fait exprès de louer une maison là, pour ne pas avoir de constructions ni de gens à proximité.

— Il recherchait en effet l'isolement, c'est plus que certain, et il y est parvenu par une méthode particulièrement expéditive, et cruelle qui plus est. Dès qu'il a eu la pleine propriété des terres, il s'est comporté comme un authentique seigneur féodal, imposant à ses métayers des clauses particulièrement léonines, ce qui a poussé beaucoup d'entre eux à partir. En 1949, il impose même un règlement d'une rare absurdité, interdisant de semer dans la presqu'île, alors même qu'il était censé avoir acquis cette dernière pour en faire un domaine agricole. N'est-ce pas pour le moins étrange ?

— Quelle absurdité, en effet… Il voulait chasser la population ?

— C'est l'impression que cela donne. Vous comprenez bien que les métayers, si les semailles étaient interdites, ne pouvaient plus subsister. Winter a d'ailleurs facilité leur exode. Il a acheté des terres à Morro Jable, de l'autre côté du Mur, et a attribué là-bas une parcelle à chacun de ceux qui acceptaient de quitter Jandía. Pas moins de soixante-quatorze mille mètres carrés, rien que pour les bâtiments d'habitation.

Force est de reconnaître au passage qu'il a fait, à Morro Jable, œuvre socialement utile. Il a fourni les terrains et les fonds pour la construction d'une route, a fait bâtir une église et une école, s'est occupé de recruter un maître, a créé une cantine où sa femme veillait sur l'alimentation et la santé de plus de quarante enfants de métayers, a fourni également un terrain pour le dispensaire, un autre pour la lutte canarienne, pour le parc de jeux, pour le centre culturel, pour la maison du médecin… Bref, il a fait de Morro Jable un endroit très accueillant, où sont allés s'installer, fort logiquement, tous les anciens habitants de Cofete.

Mais si l'on fait le rapprochement entre la clôture, la jetée, la clinique, la piste d'atterrissage, la tour de guet, l'expulsion des populations locales, etc., quelle est la première comparaison qui vous vient à l'esprit ?

— Guantánamo, s'écria Helena.

— Absolument. Cela ressemble aux travaux de construction d'une base militaire. Mais réussir à isoler la presqu'île du reste du monde était une chose, empêcher les gens de parler en était une autre. C'est ainsi que le chef de la zone aérienne des Canaries, confronté à l'impossibilité de contrôler les décollages et atterrissages à Cofete, a fini par interdire l'usage de la piste, ce qui donne à penser que les autorités étaient parfaitement au courant de son existence, d'autant que Winter, selon les récits des habitants, organisait des réceptions à la villa, auxquelles étaient invités de hauts responsables du gouvernement militaire. J'ajoute que la route d'accès avait été construite par des prisonniers politiques espagnols, des homosexuels internés en camp de concentration.

— Il y avait des camps de concentration en Espagne ?

— Je vous ai dit tout à l'heure qu'il y en avait eu un à Fuerteventura même, à Tefia. On y envoyait notamment les homosexuels. Sur ce point, comme sur beaucoup d'autres, Hitler et Franco partageaient les mêmes valeurs. Et ce sont ces prisonniers que les autorités ont mis à la disposition de Winter pour que la construction de la route ne lui coûte rien. Comme vous voyez, l'Allemand était très en cour, mais pas suffisamment pour que le pouvoir sacrifie ses relations avec les Alliés en tolérant l'existence d'une piste d'atterrissage échappant à tout contrôle dans une zone aussi stratégique.

— Il y a quelque chose, dans cette histoire, qui ne colle pas, dit Gabriel, qui s'était enfin décidé à réagir à l'entreprise de séduction de Virgilio, en dépit du vif intérêt qu'il éprouvait malgré lui pour son propos. Tu nous dis que Winter a entrepris la construction de cette base militaire secrète *après* la fin de la Seconde Guerre mondiale, mais quel sens cela avait-il, puisque la guerre, justement, était terminée ? Est-ce qu'il voulait bâtir son propre empire, ou quelque chose de ce genre ?

— C'est bien la question. Avez-vous entendu parler du Kameradenwerk ?

— On dirait le nom d'un groupe de musique techno allemande, comme Kraftwerk.

Gabriel se repentit presque immédiatement de sa plaisanterie vaseuse, par laquelle il avait maladroitement voulu attirer l'attention d'Helena, et qui était tombée à plat.

— Non, moi, ça ne me dit rien…, dit Helena. Ou bien si, attends… J'en ai entendu parler, à propos des Canaries, en plus. Je ne saurais pas dire exactement ce que c'est, mais ça a à voir avec les nazis… Avec les nazis qui se sont installés dans les îles après la guerre.

— Des nazis se sont installés aux Canaries après la guerre ?

Gabriel était surpris qu'Helena semble au courant de faits historiques dont lui-même n'avait jamais entendu parler. Après tout, se dit-il, peut-être avait-elle un intérêt de longue date pour le sujet, et la prestance de Virgilio n'aurait que peu à voir avec le fait qu'elle buvait littéralement ses paroles. Mais, si tel était le cas, c'était bien plus grave, car elle allait se découvrir des centres d'intérêt communs avec lui. Une faible voix résonna alors en lui, qui lui dit : en quoi cela te concerne-t-il ? Ne vis-tu pas avec une femme avec laquelle tu es fiancée, et ne dois-tu pas bientôt rentrer à Londres, où tu oublieras Helena en dépit de tout l'intérêt que tu as pour elle en ce moment ?

La voix grave d'Helena le tira de ses réflexions.

— Tu ne le savais pas ? Il y en a eu énormément. Les gens d'ici racontent tout un tas d'histoires là-dessus. Des tas de livres ont été écrits. Et la presse locale y consacre régulièrement des articles.

— Absolument, Helena a raison. Le Kameradenwerk était une organisation clandestine d'aide aux criminels de guerre nazis réfugiés en Espagne après la guerre. La plus puissante de l'avis de beaucoup, même si l'on ne sait pas au juste quelle est la part de mythe et quelle est la part de réalité. Et il semble justement qu'elle ait été fondée en 1950, l'année même où Winter a entrepris de dépeupler Cofete.

— Je crois en avoir entendu parler… N'est-ce pas l'organisation qui a aidé Eichmann ? demanda Gabriel qui croyait soudain se souvenir d'avoir lu un article sur le sujet.

— Qui était cet Eichmann ? demanda Helena.

— Un lieutenant-colonel SS, un des principaux responsables de l'Holocauste, lui expliqua Virgilio. Il s'est réfugié après la guerre en Argentine sous un faux nom. Les Israéliens ont fini par l'identifier, un commando du Mossad l'a enlevé dans la banlieue de Buenos Aires et l'a mis dans un avion pour Israël où il a été jugé pour crimes contre l'humanité.

— On dirait le scénario d'un film de Spielberg…

— La réalité dépasse toujours la fiction, chère mademoiselle. – L'insistance de Virgilio à afficher sa complicité avec Helena donna envie à Gabriel de voir ce mâle dominant couvert de goudron et de plumes. – Oui, le Kameradenwerk a aidé Eichmann ainsi que d'innombrables autres criminels nazis, et a également pris part à plusieurs campagnes de propagande nazie et négationniste en Amérique latine, en Allemagne et en Autriche dans les années cinquante.

Gabriel se rappela que Heidi faisait justement l'objet d'un mandat d'arrêt en Allemagne pour propagande nationale-socialiste, et cette pensée lui fit oublier brièvement ses fantasmes vengeurs.

— Dans les années cinquante, époque de plus forte activité du Kameradenwerk, des centaines de milliers de nazis se sont réfugiés en Espagne grâce aux excellentes relations nouées pendant la guerre entre les services secrets respectifs des deux pays, et en suivant les itinéraires secrets concoctés au cours des derniers mois du conflit, parmi lesquels, peut-être, un itinéraire mis au point par Winter lui-même…

En 1945, alors que la guerre était presque terminée, le MI6, le service de contre-espionnage britannique, a entrepris des démarches auprès du gouvernement espagnol pour mettre un frein aux activités des membres des services secrets allemands dans le pays et, surtout, pour prévenir la constitution d'une organisation susceptible de reprendre la lutte à partir de l'Espagne. Et les Britanniques n'étaient pas seuls à avoir conscience du péril. Les Américains comme les Français savaient très bien que l'Espagne risquait de devenir, dès le lendemain de la guerre, une plaque tournante des transferts d'argent nazi, et que les hautes sphères du régime hitlérien étaient déjà en train de s'organiser en ce sens pour le cas, de plus en plus probable, où la guerre serait perdue.

Et c'est bien ce qui s'est passé : au moins vingt mille nazis allemands se sont réfugiés en Espagne après la guerre. Ils y ont vécu libres, heureux, riches, soutenus et protégés par la Phalange ainsi que, dans une certaine mesure, par le Haut État-Major.

— Vingt mille nazis ? Vingt mille ? s'écria Helena.

— Peut-être plus. Les chiffres varient selon les sources. Beaucoup ont simplement utilisé notre pays comme une passerelle vers l'Amérique du Sud, mais d'autres sont restés et sont toujours là. Il est impossible de dire combien, mais il circule des milliers d'histoires sur d'anciens nazis retirés dans des villages touristiques, des stations balnéaires où les Allemands, les Scandinaves et les Anglais viennent passer leur retraite. La plupart sont arrivés dans les années cinquante et soixante, quand le cours de la peseta était très bas et transformait comme par magie leurs pensions plus ou moins modestes en revenus de nabab. Pour un ancien nazi, c'était l'endroit idéal où passer inaperçu au milieu de ses compatriotes venus chercher le soleil. Même si l'on sait qu'il y en a aussi en Catalogne et à Madrid, les histoires qui circulent concernent surtout la côte sud, du côté de Málaga, de Cadix, aux Baléares et…

— Et aux Canaries.

— Gagné, Gabriel. Aux Canaries. Dans tous ces villages où l'on trouve des pubs anglais et des bars à bière avec une carte en allemand, et où beaucoup d'étrangers vivent depuis des années sans parler un mot d'espagnol. Car certains de ces paisibles retraités à la mine affable sont en réalité d'anciens nazis qui ont changé leur nom. Dans presque n'importe quel village guachinche des Canaries, tôt ou tard, si tu abordes le sujet, il y aura quelqu'un pour te raconter l'histoire d'un petit vieux qui avait chez lui une boîte où il conservait précieusement sa photo en uniforme de général, son revolver et sa croix de fer.

La présence de tous ces anciens nazis n'a jamais préoccupé outre mesure la police franquiste, ni même la police de l'Espagne démocratique. On savait qu'ils étaient là et qui ils étaient, mais ils étaient trop vieux pour mener des activités susceptibles de compromettre la sécurité de l'État. En outre, personne en Allemagne ne les a jamais réclamés, à de très rares exceptions près. L'Espagne a donc été, après guerre, une sorte de paradis pour ceux qui voulaient éditer des livres et des revues en contournant les lois interdisant la propagande nazie. Certains cas ont défrayé la chronique, mais pour un nazi extradé, il y en a eu des milliers qui ont continué de vivre paisiblement chez nous. Deux cent mille en tout selon l'ambassadeur soviétique à l'ONU et selon les calculs des Israéliens. Au moins cent mille selon d'autres.

— Mais c'est énorme ! ponctua de nouveau Helena, qui ne perdait pas une miette des paroles de Virgilio.

— C'est un chiffre très élevé, c'est vrai. Mais il ne faut pas oublier que le régime franquiste n'a jamais été aussi neutre qu'il le prétendait, et que durant la guerre beaucoup d'officiers allemands ont placé leur butin de guerre chez nous, avec l'idée de venir s'y réfugier si l'Allemagne perdait la guerre. La débâcle nazie a provoqué un véritable afflux de réfugiés dans la péninsule Ibérique, et ce d'autant plus que, sous le Troisième Reich, les entreprises allemandes avaient créé d'importants réseaux de succursales en territoire espagnol. On estime le montant cumulé des investissements, à la fin de la guerre, entre un et deux milliards de pesetas…

— C'est colossal ! s'exclama Helena médusée, et Gabriel aurait été jusqu'à renoncer à son appartement londonien pour qu'elle le regarde avec la même fascination.

— Absolument, chère mademoiselle… – Toujours ce *mademoiselle* que Gabriel ne pouvait pas supporter… – Et encore faut-il ajouter le poids des holdings, dans les assurances, les banques, l'industrie chimique, les mines, la construction navale, etc.

S'il n'y avait pas eu les camps de concentration, il est probable que le nazisme en tant que philosophie et qu'idéal politique n'aurait pas fait l'objet d'une telle réprobation, et les nazis se disaient que, s'ils perdaient la guerre, ils pourraient se réfugier en Espagne sans même avoir à changer de nom, comme des généraux vaincus dans une guerre ordinaire. Ils n'imaginaient même pas qu'on pourrait les juger pour crimes de guerre.

Beaucoup sont venus en Espagne parce que c'est là qu'ils avaient placé leur argent, et la plupart d'entre eux se sont acheté une nouvelle identité, dans une période où diplomates et fonctionnaires franquistes faisaient commerce de documents falsifiés – une activité des plus lucratives, fort bienvenue dans un pays appauvri par la guerre civile et où les trafics illégaux étaient monnaie courante. C'est ainsi que beaucoup d'Allemands ont pris la nationalité espagnole, mais d'autres n'ont même pas changé de nom, certains que personne ne demanderait jamais leur extradition. Le ministre des Affaires étrangères trouvait en effet toujours un argument opportun pour s'y opposer. Puis, à la suite de quelques timides demandes formulées par les Alliés, le gouvernement s'est résolu à en livrer quelques-uns, mais au compte-gouttes. Et lorsque, en 1955, les Alliés ont présenté aux autorités franquistes une liste de dignitaires nazis et de collaborateurs dont ils demandaient l'extradition, Franco leur a opposé une fin de non-recevoir, et l'aide accordée à ces réfugiés politiques d'un genre particulier a même été accrue. Cette liste noire, qui faisait partie d'un document déclassifié des archives du ministère des Affaires étrangères, a été publiée voici quelques années par le quotidien *El País*. Et qui, je vous le donne en mille, figurait dessus ?

— Gustav Winter !

Une fois de plus, Helena s'était empressée de répondre, comme une élève appliquée qui veut se faire bien voir du professeur.

— Évidemment. Et, tout aussi évidemment, l'État franquiste ne l'a pas extradé, ni lui ni les autres.

L'Espagne a été le pays d'Europe qui a accueilli le plus de hiérarques, de dirigeants, d'assassins et de bourreaux nazis, de plus ou moins haut niveau. À aucun moment les phalangistes n'ont renoncé à les faire venir, à les aider, à leur accorder la carte de résident permanent. Pour rejeter les demandes d'extradition, les autorités trouvaient toujours cette excuse que tel ou tel ex-responsable nazi apportait une contribution précieuse à la prospérité du pays du fait de ses compétences professionnelles ou de sa position-clé dans telle ou telle entreprise allemande implantée en Espagne. C'est ainsi que Merck, AEG, IG Farben ou Sofindus sont devenues de véritables repaires d'anciens nazis. Sofindus, qui avait dix-sept filiales en Espagne, semble même les avoir créées à seule fin. Beaucoup d'anciens de la Gestapo, par ailleurs, y compris des personnages qui avaient été très en vue, ont été admis dans la Légion espagnole, au point que l'Amirauté britannique a émis de nombreuses protestations auprès de Franco. Son gouvernement a répondu par une note expliquant que, compte tenu du caractère particulier des missions demandées aux membres de la Légion, il n'était pas possible de se montrer trop exigeant quant au passé des candidats.

— Quel cynisme ! Mais comment est-ce possible ?

— Tu vas comprendre, Helena, je vais t'expliquer. En 1940, le gouvernement de Madrid a créé la Fondation pour les réfugiés étrangers indigents, dont l'objectif, théorique et statutaire, était de porter secours aux étrangers venus en Espagne pour chercher « du travail, l'asile politique ou la possibilité de quitter le pays ». La référence aux « étrangers » était un euphémisme, car les seuls bénéficiaires, dans les faits, ont été des Allemands.

Au total, on ne sait pas avec certitude combien de nazis sont venus se réfugier dans l'Espagne de Franco.

Étant donné le goût du secret entretenu par le régime, on ne peut, aujourd'hui encore, que faire des conjectures. L'ancien ministre et sénateur socialiste Enrique Múgica Herzog, actuel défenseur du peuple après avoir présidé la commission d'enquête sur les transactions d'or provenant du Troisième Reich pendant la Seconde Guerre mondiale, évalue leur nombre à quarante mille environ, mais je vous ai dit tout à l'heure que certains l'estiment à cent mille, voire deux cent mille.

— En tout cas, un nombre très élevé, insista Helena, visiblement toujours captivée.

— Oui. Cela dit, indépendamment de leur nombre, il est établi qu'ils étaient les bienvenus sous Franco et qu'aucun n'a été expulsé.

— Ce que je ne comprends pas, c'est pourquoi les Alliés n'ont pas exercé davantage de pressions sur Franco, pourquoi ils ne l'ont pas menacé de représailles.

Gabriel, gagné lui aussi par la force de l'exposé de Virgilio, avait décidé de laisser momentanément de côté l'antipathie viscérale que ressentait une partie de lui-même, pour donner libre cours à l'autre partie, qui avait envie, elle, de dialoguer avec cet interlocuteur peu banal, d'en savoir plus sur lui, voire, aussi étrange et paradoxal que cela paraisse, de devenir son ami.

— En raison des impératifs politiques et stratégiques de la guerre froide. Personne n'avait envie d'entrer en conflit ouvert avec les autorités espagnoles, compte tenu de la situation géopolitique privilégiée de la péninsule Ibérique, poste avancé de l'Europe vers l'Amérique du Sud comme vers l'Afrique. Si l'on ajoute aux sympathies de Franco pour le nazisme le fait que les Alliés aient fait semblant de ne rien voir, il n'y a rien d'étonnant à ce que le Kameradenwerk ait mené l'essentiel de ses activités à partir de l'Espagne.

Bref, vous aurez compris, malgré ces digressions, qu'il n'y a pas de preuves entièrement concluantes que

Gustav Winter ait bien été membre du Kameradenwerk ou d'une association similaire, mais que la chose est hautement vraisemblable. Il s'agit d'un homme qui construit une base militaire secrète dans une péninsule reculée offrant un lieu idéal de refuge et de ravitaillement à n'importe quel navire, sous-marin ou même voyageur en route pour l'Amérique du Sud ou pour l'Afrique ; d'un homme auquel un gouvernement fasciste apporte son soutien au point de falsifier des documents notariés pour exempter de servitude de passage un domaine de près de quatre cents kilomètres carrés… Cela fait tout de même beaucoup.

Mais, si nous suivons cette hypothèse, une chose était de donner asile à d'anciens chefs nazis, autre chose était de laisser se développer une base militaire dont l'existence, à partir de 1950, a commencé à devenir un secret de polichinelle, en particulier pour les Alliés dont les hélicoptères et les avions l'avaient parfaitement localisée. Winter a donc été prié de raser la piste d'atterrissage et de renoncer à la construction de la jetée. La zone est restée abandonnée, mais elle aurait pu continuer de servir de zone de ravitaillement, ou de refuge, même temporaire, par exemple pour d'anciens nazis en attente de faux passeports et de transfert vers des destinations plus lointaines.

Il faut par ailleurs savoir que Jandía bénéficie de quatre sources d'eau douce et d'un système très élaboré de canalisations et d'irrigation qui remonte sans doute à plusieurs siècles. Winter a renforcé ce système avec de l'acier allemand, et les vestiges en sont encore visibles aujourd'hui. La villa disposait même d'une citerne et d'un générateur qui lui permettaient de satisfaire ses besoins en eau et en électricité.

— De sorte que Cofete était une retraite idyllique…

— Absolument, Helena. Rappelez-vous que tous les habitants étaient partis après que Winter les avait condamnés à crever de faim en leur interdisant de semer. La presqu'île est traversée en son milieu par un massif montagneux qui protège Cofete des alizés, d'où son climat privilégié. Comme le terrain est en pente, les cultures étaient en terrasses. À l'époque où Cofete était un verger, certaines terrasses étaient vieilles de plusieurs centaines d'années, leurs murets de pierre servant à la fois à séparer les parcelles cultivées et à éviter la déperdition d'eau. Lorsqu'il n'y a plus eu personne pour remettre en place les pierres déplacées par la pluie ou les vents, les murets se sont éboulés, les terrasses sont devenues des pierriers et les cultures ont disparu, donnant au verger qu'était jadis Cofete l'aspect inculte qu'il a aujourd'hui.

— Cofete est devenue à ce point désertique ?

— Pas exactement, vous le verrez tout à l'heure. J'en arrive justement à la fin de l'histoire. En 1962, époque où les activités du Kameradenwerk s'étaient considérablement réduites car tous les anciens nazis d'importance étaient soit morts, soit confortablement installés en Espagne ou en Amérique du Sud, Winter a revendu les terres, tout en conservant la propriété de la maison. Chose étrange, il a fait obstruer les caves avant de partir, si bien qu'il est impossible de dire s'il existait vraiment des tunnels débouchant sous la mer, comme le prétendaient à l'époque beaucoup de gens qui avaient travaillé à la villa comme domestiques. La légende veut qu'ils aient été destinés à permettre le passage de sous-marins, mais cela paraît peu probable, car le relief accidenté ne permet pas de creuser un tunnel assez large, sans même parler des courants marins. J'incline à penser que les tunnels existaient, sans quoi je ne vois pas pourquoi on aurait pris la peine de murer les caves, mais je crois qu'ils avaient plutôt été conçus afin de faciliter une fuite rapide en cas de besoin. Mais, bien sûr, ce ne sont que des suppositions…

Vous verrez quand nous serons arrivés que, dans ce paysage de solitude absolue, quand on se trouve face à cette immense villa qui domine la plage, il est impossible de ne pas remarquer son caractère insolite, et de ne pas se demander ce que peut bien faire ici ce qui, à l'évidence, n'est pas et ne peut pas être, tant par ses dimensions que par son aspect et sa structure, une maison de vacances familiale, comme le prétendaient la veuve et les enfants de Gustav Winter. Ce dernier a disparu voici plus de trente ans, après avoir occupé pendant plus de trente ans la zone la moins habitée de tout l'archipel. Son secret, s'il existe, reste encore à découvrir, et les habitants de Jandía continuent de croire à l'existence de ces tunnels qui reliaient à la mer, dit-on, les caves de la villa Winter. Que son constructeur ait été ou non un espion au service de Hitler, sa légende reste vivante. Et je crois que, lorsque nous serons sur place et que vous pourrez juger par vous-mêmes, vous comprendrez pourquoi…

La voiture avançait, ronronnant comme un animal domestique paisible et bien nourri, indifférente à la jalousie de Gabriel et à ses peurs infantiles. La voix intérieure de ce dernier lui intima l'ordre de retrouver son calme et sa contenance, de contrôler son expression et ses gestes, de refermer les vannes de son angoisse pour éviter le débordement de quelque émotion inopportune. Il s'était construit année après année un refuge à la mesure de ses besoins, une coquille fragile cependant, qui risquait de se craqueler à tout moment, telle celle de l'escargot sous le filet d'urine d'un enfant, mais qui n'appartenait qu'à lui, et où il pouvait se replier dès qu'il se sentait vulnérable. Il retint sa respiration et s'obligea à se concentrer sur le paysage.

8

JANDÍA

Car le paysage était là, qui l'arrachait à ses peurs et l'attirait vers lui, ce décor somptueux et changeant qu'ils traversaient. Lorsqu'ils quittèrent l'hôtel, il ressemblait encore à celui de Tenerife. La végétation déployait toute sa vigueur luxuriante, les arbustes étaient toutes branches dehors comme pour une étreinte, les hibiscus pointaient, presque obscènes, vers le ciel d'un bleu immobile. Mais à mesure qu'ils roulaient, ce cadre exubérant faisait place à une terre pauvre, plate, saumâtre, dont l'ocre terne semblait exprimer les souffrances qu'elle infligeait à qui aurait prétendu vivre d'elle. Il y avait toutefois une étrange beauté dans ces sols desséchés que l'automne enveloppait de la douceur jaune clair de son soleil.

Et soudain, une plaine pierreuse, qui attendait comme un personnage de théâtre avant d'entrer en scène, solennelle et sereine, calme et mouvementée à la fois. Car, sous une apparente immuabilité, les contours se modifiaient au moindre souffle de vent. Le ciel était blanc, sans un nuage, le soleil déferlait comme de la lave, un vent couleur rouille s'élevait en fines colonnes le long de la route. D'étranges roches sédimentaires, volcaniques ou sous-marines, lunaires, plutoniennes accentuaient encore la sensation d'irréalité. Le relief de l'île rappelait celui d'Ada ou d'Helena, réticent et tendre en même temps, avec une échine suavement arrondie et des ravins creusés par le temps, prenant parfois la forme de tables, de couteaux, de bosses isolées. Les seuls arbres étaient des palmiers et des tamariniers. Des plantes souffreteuses semblaient se cacher dans le sable, d'autres recouvraient les pierres d'un tapis multicolore.

Plus tard apparurent la mer, les plages, les champs de dunes blanches face à l'eau turquoise. Le genre de paysage qu'on ne connaît que par les rêves, les films et les brochures d'agences de voyages. Le vent avait été le principal architecte de ce décor spectaculaire, charriant patiemment le sable si fin du rivage, aux eaux cristallines d'une transparence inégalable, pour constituer l'époustouflante cordillère de dunes. Ce même vent qui fouettait impérieusement les vitres du tout-terrain, faisant éclater contre elles les particules de sable.

Ils traversèrent Morro Jable, enclave touristique et urbanisée, puis empruntèrent une piste non asphaltée, aux lacets vertigineux, où le véhicule fit de telles embardées que Gabriel et Helena se cognèrent plus d'une fois la tête contre le toit. La piste était, de surcroît, bien plus étroite qu'une route normale, et des 4X4 roulant en sens contraire surgissaient de temps à autre. Gabriel craignit à plusieurs reprises qu'ils ne manquent un virage et se précipitent dans la mer, mais il se disait qu'au moins il mourrait heureux, et serait dispensé de la pénible mission d'expliquer à la famille de Patricia pourquoi il pensait renoncer à un mariage auquel étaient attendus plus de cent invités.

— Ne vous inquiétez pas. La route n'est pas dangereuse, mais elle est longue et nous avons encore deux bons kilomètres de montée en lacet.

Une fois arrivé en haut, Virgilio s'arrêta pour leur faire admirer le point de vue.

— Nous sommes à deux cent vingt mètres au-dessus de la mer, juste sur la ligne de crête, avant la redescente vers Barlovento.

Du belvédère, on voyait des montagnes noires et, à leur pied, comme un jupon, un liséré de sable très blanc, léché par des eaux d'un bleu qui devenait de plus en plus sombre à mesure qu'on regardait vers le large. Gabriel fut à la fois saisi d'effroi devant ces parois nues et verticales qui tombaient à pic, et subjugué par l'immensité silencieuse de ce paysage où terre, mer et ciel semblaient coalisés pour le triomphe de la beauté. La vue était grandiose, le vent redoutable. Ils entamèrent la redescente : mêmes lacets vertigineux, même peur de la chute, jusqu'à ce que la route cesse de tourner, et que la terre devienne subitement rouge. Une gamme d'ocres saupoudrés d'un rouge intense avec, çà et là, quelques arbustes.

— Si vous voulez, nous pouvons passer par Risco del Moro. Je conseille toujours cet itinéraire, même s'il fait faire un détour. Il y a à Cofete un *guachinche* où l'on sert un excellent poisson. Pour une fois, je n'irai pas là-bas uniquement pour des raisons gastronomiques… Ce n'est pas vraiment un village, il y a juste une vingtaine de maisons, dont cet établissement qui fonctionne à l'énergie solaire et à l'eau de source, puisque l'endroit n'est desservi par aucun réseau public. Comme ça, nous pourrons demander s'ils connaissent un couple d'Allemandes qui aurait loué une maison dans le village. Comme il n'y a qu'une vingtaine de maisons en tout, si c'est le cas, on nous le confirmera.

Les maisons de Cofete étaient des maisons au sens où on l'entend sur l'île, non dans celui auquel s'attendait Gabriel. Il s'agissait de petites constructions rectangulaires en pierre, blanchies à la chaux, et qui ne comportaient pas plus d'une pièce ou deux.

Ils arrivèrent au restaurant qui, en effet, était équipé d'un groupe électrogène et d'une immense citerne qui paraissait surveiller l'entrée. Virgilio parla au serveur, et Gabriel, cette fois, ne put même pas saisir un seul mot de leur conversation.

— De quoi parlent-ils ? demanda-t-il à Helena.

— Virgilio a commandé du poisson. Maintenant, il demande si deux touristes allemandes ont loué une maison dans le coin. Le serveur passe en revue tous les Allemands qui sont venus dernièrement. Il y en a eu quelques-uns, mais surtout des groupes, et toujours mixtes. Il ne se souvient pas d'avoir vu deux femmes seules. Pour tout te dire, moi non plus je ne comprends pas grand-chose, le serveur a un accent très particulier. Les Canariens en général, pas seulement à Fuerteventura, parlent tout de même assez distinctement, mais j'ai l'impression qu'ici, à Cofete, ils ont une façon de parler un peu différente…

Le garçon apporta trois bières et un plateau de poisson frais, accompagné de *gofio*, cette sorte de farine de céréales grillée, typique des Canaries, avec laquelle Gabriel commençait à se familiariser. Il mangea tout ce qui était dans son assiette, sans avoir vraiment faim, anxieux qu'il était de partir le plus tôt possible à la recherche de la maison.

— Si vous voulez, dit Virgilio, nous pouvons faire un tour jusqu'à la plage et revenir chercher la jeep. Nous serons en cinq minutes dans la zone qui est sur les photos.

Lorsqu'ils eurent quitté le restaurant, Virgilio reprit son ton professoral.

— Comme vous pouvez le voir, c'est une sorte d'amphithéâtre naturel, en pierre basaltique. Construit par l'érosion marine, patiemment, pendant des millions d'années. Il y a presque huit cents mètres de dénivelé entre les sommets les plus élevés et le pied de la montagne, en bordure de la mer.

Sous leurs yeux s'étendait une plage de sable blond, mouchetée de morceaux de bois amenés là par les vagues, et protégée de la vue des curieux par la chaîne montagneuse du massif de Jandía. Elle faisait l'effet d'un vaste territoire vierge, sans nageurs dans l'eau, ni serviettes sur le sable, ni buvette pour touristes, ni tour de guet pour les secours. Une de ces plages de carte postale comme Gabriel en avait souvent vu en photo mais jamais pour de vrai. L'impression était complètement différente, abrupte, presque mystique. Du blanc et du bleu à perte de vue. Le bleu de la mer comme celui du ciel étaient très sombres, très intenses. La même couleur que les yeux de Cordelia. Un présage, peut-être.

— Comment se fait-il qu'une aussi belle plage soit déserte ? Comment se fait-il que personne n'ait construit, pas même une buvette ? demanda-t-il.

— C'est une plage très trompeuse. Tu vois ce sable si blanc, cette eau si bleue, et tu te dis que la mer est calme, mais non… Si le sable est aussi blanc, c'est parce qu'il est d'origine organique, il provient de coquillages marins, d'où cette beauté extraordinaire. Mais la plage de Cofete est une plage qu'on se contente de regarder, sans s'y baigner, car elle est extrêmement dangereuse : mettre un pied dans l'eau revient à mettre un pied dans la tombe… La houle est très forte, et le courant t'entraîne dès que l'eau t'arrive aux genoux. Un peu plus loin, vous ne le voyez pas d'ici mais je vais vous le montrer, il y a un rocher qu'on appelle le rocher des Sept Femmes, justement parce que sept jeunes filles s'y sont noyées.

Gabriel serait resté des heures sur la plage, se rassasiant le regard de blanc et de bleu, et chassant de son cerveau Cordelia et Ada, Patricia et Helena, mais il savait que le temps était compté. Dès que le soleil serait couché, ils ne pourraient plus continuer à chercher. Il suivit Virgilio et Helena qui remontaient dans la jeep. Ils roulèrent le long de la mer sur quelques kilomètres, puis Virgilio arrêta le véhicule tout au bord de la plage, presque dans le sable.

— Vous voyez ? demanda-t-il en montrant un énorme rocher qui s'élevait dans la mer. C'est l'îlot dont je vous parlais. Le rocher des Sept Femmes. Il sépare les plages de Jandía et de Barlovento. Et maintenant, regardez par là, vous voyez la villa ? C'est celle des photos.

L'édifice était sur un escarpement rocheux dominant la plage. Il avait un aspect inquiétant, rappelant vaguement ces maisons aux tours pointues qu'on voit dans les films d'horreur. Mais son architecture n'avait rien de gothique, loin de là. C'était une maison blanche aux tuiles orange, dans le même style colonial que tant d'édifices que Gabriel avait vus à Tenerife. Ce qui la rendait sinistre, c'était le fait qu'elle se dresse, immense et solitaire, au milieu de ce paysage noir, et, surtout, qu'elle semble plongée dans l'obscurité, car le sommet de la montagne était surmonté de nuages dont l'ombre s'abattait sur elle. À mesure que la jeep s'approchait d'elle, elle paraissait de plus en plus immense.

— Je connais le gardien. Il a un gros chien, mais il n'y a pas de raison d'avoir peur. J'espère qu'il vous laissera voir un peu l'intérieur. On la montre à des touristes allemands, mais elle est en grande partie fermée. Elle est en ruine, de surcroît, et il y a des parties difficiles d'accès, mais aussi des zones dangereuses.

— On ne dirait pas du tout une maison de vacances, plutôt un château, observa Helena.

— Oui, il y a beaucoup d'éléments étranges. Je vous les montre dès maintenant. Regardez bien la tour. Vous ne trouvez pas qu'on dirait une tour de guet ? Elle n'est accessible que depuis les étages supérieurs, nous ne pourrons donc pas y monter. Quand j'ai pu y aller, il y a des années, avec un chercheur allemand, ce qui l'a le plus étonné, c'est d'y trouver, tout en haut, les restes d'une énorme boîte de fusibles. Et quand je dis énorme, je veux vraiment dire énorme. Ce qui donne à penser qu'il y avait là une machine qui consommait beaucoup d'électricité.

— Tu veux dire que la tour était un phare ?

— Ce ne sont que des hypothèses, mais oui, c'est l'impression que ça donne. Maintenant, regardez la terrasse, et ensuite regardez en bas à gauche. Vous voyez ces petites fenêtres, dont une est murée ? Eh bien, il y a là, derrière, un long couloir qui dessert un tas de petites pièces, toutes carrelées de blanc, sans fenêtres, et trop petites pour être des chambres.

— Un laboratoire ? Un hôpital ?

— Ce sont encore des hypothèses. Je peux ajouter que la cuisine est assez spacieuse pour y préparer des repas pour toute une armée, et que, comme je vous l'ai déjà dit, les caves ont été murées. Mais quand on marche dans le patio, ça sonne souvent creux, on peut donc imaginer qu'elles étaient très vastes, peut-être même, comme on en a émis l'idée, que la maison a été construite sur une grotte.

— Fascinant…

— Oui, il y a beaucoup de légendes, de théories et d'élucubrations en tout genre. Il est évident que ça ne pouvait pas être une maison de vacances. Rien n'a été prouvé, mais qui voudrait venir passer l'été ici ? La plage est dangereuse, la zone est déserte, il n'y a rien à faire dans le coin, à part chasser la perdrix et se promener sur la plage… sans s'y baigner. Les enfants Winter, qui ont hérité de l'immense fortune de leur père, menacent de poursuites tous ceux qui font publiquement des conjectures sur les desseins dans lesquels la villa a été construite. Maintenant, si vous voulez bien, nous pouvons entrer, et j'en profiterai pour demander au gardien s'il n'aurait pas vu deux Allemandes susceptibles d'habiter dans les parages…

À cet instant, un énorme chien s'approcha d'eux en trottinant et en aboyant comme un possédé. Derrière lui arriva un vieillard édenté qui saisit le chien par le collet et salua Virgilio de la tête. Virgilio sortit une cigarette, l'offrit au vieillard et ils commencèrent à parler. Au bout de dix minutes de conversation, Virgilio traduisit.

— Je lui ai demandé s'il avait entendu parler d'une maison dans les environs, d'une vieille maison majorera qui ne serait pas à Cofete même, mais près d'ici. Il m'a dit qu'il y en avait deux. L'une est visible d'ici, vous la voyez ? Il me dit qu'il connaît les propriétaires, ils habitent à Morro Jable, et il est sûr qu'il n'y a personne en ce moment parce qu'il passe par là tous les jours en promenant le chien. L'autre, selon ses indications, se trouve justement vers l'îlot, et si c'est vrai, il est fort probable qu'une photo de la villa Winter prise de là aurait exactement la même perspective que les photos de ta mère. Il dit que la maison est alimentée en eau par la même citerne que la villa.

— Mais moi, je ne vois pas de maison.

— Tu peux ne pas la voir. Si c'est une maison majorera, elle n'est pas haute et peut être cachée par les terrasses. Rappelle-toi que la villa ne nous est pas apparue tout de suite, alors même qu'elle est très grande. Du fait de tous les dénivelés qu'elle comporte, cette zone est très propice aux illusions d'optique. Le mieux est que nous avancions jusque-là, mais peut-être voulez-vous d'abord jeter un coup d'œil à l'intérieur de la villa ? Le gardien sera ravi de nous la montrer moyennant un pourboire.

On y accédait par une lourde porte en bois, gravée d'un W gothique, qui lui donnait l'aspect d'un château hanté plutôt que d'une maison canarienne. La décadence de cette demeure endormie se remarquait dès l'entrée. Des poules couraient sur les dalles brisées par les mauvaises herbes qui s'étaient frayé un passage à travers les jointures, et la chaux des murs était tout écaillée. Ils traversèrent une très vaste salle, avec une cheminée, où avaient pu avoir lieu, se dit Gabriel, aussi bien des bals que des réunions d'officiers, puis ils traversèrent de grandes pièces vides, débouchant enfin sur une immense terrasse d'où l'on avait une vue grandiose. Il comprit pourquoi tant de gens avaient pensé que la villa avait servi de poste d'observation, lorsqu'il constata que l'on pouvait y embrasser du regard les deux plages et repérer ainsi tout bateau qui tenterait d'y accoster ou passerait simplement en vue, et même toute personne approchant par la terre ferme. On ne voyait toujours pas, en revanche, la maison dont avait parlé le gardien, à moins que, comme le supposait Virgilio, ses murs de pierre sèche ne soient dissimulés derrière les terrasses.

À son côté, le profil grec d'Helena se détachait sur fond bleu, et il se sentit tremblant de désir. Il ressemblait, pensa-t-il, à un insecte étourdi à force de se heurter à la dureté implacable du verre, car à aucun moment Helena n'avait laissé entendre qu'elle était dans les mêmes dispositions. Toutes ses pensées, il le savait, étaient pour Cordelia, dont elle devait se demander si elle se trouvait là, dans la maison invisible au bout de la plage, ou bien au fond de la mer, dévorée par les poissons. Virgilio se chargea de le ramener à la raison et à la réalité.

— Je propose que nous essayions de trouver la maison, car je commence, je l'avoue, à être piqué par la curiosité. Je n'avais encore jamais entendu parler d'une maison *majorera* dans ce secteur. Le mieux est que nous laissions la jeep ici et que nous montions par les terrasses. Le gardien dit que c'est à moins d'un kilomètre, et je suppose que vous n'escomptiez pas marcher davantage... La maison a été restaurée, elle n'est pas habitée à l'année, mais il lui semble bien que quelqu'un l'utilise comme maison de vacances. Il est possible que ta mère l'ait louée.

— Une maison de vacances ? Ici ? Quelqu'un passerait ses vacances ici ? J'ai peine à le croire.

— Vous savez... les rares maisons construites par ici remontent à l'époque où Jandía était encore habitée. Depuis, la zone a été déclarée parc naturel et il est interdit d'y construire, sauf en restaurant d'anciennes maisons majoreras. Comme je vous ai dit, Jandía a été abandonnée, mais, à partir des années quatre-vingt, quand le boom du tourisme a atteint Fuerteventura, certains descendants des anciens habitants ont pu faire valoir leurs droits sur les maisons et les ont restaurées. Certaines sont à louer, mais comme il n'y a ni électricité ni eau courante et qu'en outre l'endroit est difficile d'accès, ce sont surtout les gens de Morro Jable qui viennent de temps en temps passer quelques jours dans ce qui a été la maison de leur grand-père ou arrière-grand-père. Il est possible, je n'en sais rien, que ta mère ait loué une de ces maisons. Dans ce cas, elle a peut-être l'eau courante mais sûrement pas l'électricité, aucune n'a de groupe électrogène.

— Tu sais, ma mère est une ascète, un pur esprit. En fait, la raison pour laquelle elle est venue ici, c'est justement qu'elle voulait faire une retraite... Une retraite spirituelle.

— Pour ça, elle ne pouvait pas trouver de meilleur endroit, c'est certain. À condition qu'elle soit prête à s'éclairer à la bougie ou à la lampe à huile et à se nourrir de poisson et de perdrix, ou qu'elle ait apporté une grande provision de boîtes de conserve. Je ne dis pas que c'est impossible, mais je ne connais pas beaucoup de gens capables de vivre dans un tel isolement, à l'écart de tout. Cela dit, j'ai entendu parler d'un Allemand qui a vécu des mois dans une grotte non loin d'ici, donc rien de ce que tu me dis sur ta mère ne me surprend. Après tout, si des gens, il y a soixante-dix ans, ont pu vivre ici sans électricité ni eau courante, je ne vois pas pourquoi ce serait impossible aujourd'hui.

Le paysage s'affaissait et se redressait tour à tour dans les plis et replis du massif. À mesure qu'ils grimpaient de terrasse en terrasse, les nuages et les ombres se dissipaient, un soleil éclatant apparut, et la terre but de nouveau la lumière par la béante ouverture bleue. Plaquée contre la montagne, la villa Winter avait été construite de façon à être presque toujours dans l'ombre : une raison de plus pour penser qu'elle n'était pas destinée à accueillir des vacanciers, et le contraste saisissant avec la luminosité de la plage accentuait son aspect lugubre.

Ils continuèrent leur montée à travers les terrasses éboulées, au milieu du silence, de la solitude, du néant. La terre noircie par les pierres regorgeait d'un gris de plomb et d'un bleu d'argent, avec, çà et là, des taches rouille et des éclaboussures d'un jaune floral. D'un côté la mer, de l'autre la montagne. La lumière du soleil semblait, dans ce paysage tellurique et désolé, la proclamation du feu volé à des dieux contemplant, depuis ce ciel extatique, les pauvres mortels qui luttaient contre la fatigue et la nature, en quête de l'impossible.

Et soudain, parfaitement camouflée dans le paysage, elle apparut.

— La maison.

Helena n'avait pas crié, simplement annoncé sa présence avec solennité, telle une sibylle psalmodiant une prophétie.

— Incroyable… On dirait une apparition.

— C'est parce qu'elle est en pierre sèche, vous voyez ? Construite sans mortier, en empilant et en emboîtant les pierres tout en veillant à l'équilibre de l'ensemble. On procède de la même façon pour les terrasses. C'est pour cela qu'elle est aussi peu visible et que nous l'avons confondue de loin avec des vestiges de terrasse. Mais je crois qu'en outre elle a une partie creusée dans la terre, et qu'elle dépasse donc très peu du sol, un mètre quatre-vingt-dix au maximum. Tant qu'on ne se trouve pas juste devant, on la voit à peine.

Il ne semblait y avoir âme qui vive. La porte était fermée, la pierre drapée de silence.

— Il n'y a personne, confirma Virgilio. Mais elle est habitée. Je veux dire qu'elle n'est pas abandonnée comme la villa Winter. Il y vient souvent des gens. Regardez la porte : c'est une porte solide, robuste, avec une serrure moderne, ce n'est sûrement pas la porte d'origine. Et la maison est entretenue. Les murs sont en bon état. Quelqu'un s'occupe de remettre en place les pierres qui menacent de tomber à cause de l'érosion. Il est possible que ta mère l'ait louée. Il est possible qu'elle vive là et qu'elle soit sortie se promener.

— Il faudrait regarder par les fenêtres, proposa Helena.

— Oui, faisons le tour, approuva Gabriel.

La maison était petite et n'avait pas plus de deux pièces.

— La vitre de cette fenêtre est en verre résistant, coûteux, observa Virgilio. Il est évident qu'on a fait des travaux de restauration. Et qu'on y a consacré beaucoup d'argent. Regardez l'intérieur.

On pouvait voir un lit à deux places, fait au cordeau, les draps parfaitement pliés. Une table de nuit, des livres. Derrière la maison, un petit patio avec une vasque en pierre sur laquelle traînait un reste de savon.

— Je crois vraiment qu'il y a quelqu'un qui vit ici. Ce savon a été utilisé récemment. S'il était là depuis longtemps, les pluies l'auraient fait fondre. Et quand on a une maison ici et qu'on y vient seulement certains week-ends, on ferme les volets dans les périodes où on n'est pas là. Sinon, la nuit, le vent risque de casser les vitres. Il y a donc quelqu'un qui habite ici. Mais qui doit être sorti en ce moment.

— Ma mère a un 4X4, un Land Rover. Si elle est allée faire un tour, elle va sans doute rentrer avant la nuit. Nous devrions attendre ici pour voir si elle revient.

— Tu veux attendre jusqu'à la tombée de la nuit ? Il n'y a pas de lumière. À la villa, le gardien s'éclaire à la bougie et à la lampe à huile. La nuit est complètement noire et il fait froid. Très froid.

— Mais il faut absolument que je sache si ma mère est là. C'est très très important pour moi, tu comprends.

— Dans ce cas, si tu veux, tu peux retourner à Puerto del Rosario, louer un Land Rover, prendre des couvertures, des vivres, des lampes… et revenir monter la garde devant la maison.

— Ça me paraît une bonne idée, déclara solennellement Helena.

— À quelle heure le soleil se couche-t-il ? demanda Gabriel.

— Je ne sais pas au juste, probablement entre sept et huit heures.

— Et quelle heure est-il ?

— Quatre heures.

— Je te propose une chose, dit Helena en s'adressant à Virgilio avec l'autorité du désespoir. Tu vas au restaurant de Cofete acheter de la nourriture, des sandwiches. Nous t'attendons ici, pour le cas où sa mère se manifesterait. Tu reviens et, s'il n'y a rien de nouveau, on dîne tous les trois en contemplant cette vue exceptionnelle. Et si, à huit heures, il n'y a toujours personne, on lève le camp. Et tu auras le double de ce qui était convenu.

— Helena, est-ce que je peux te parler un moment seul à seule ? dit Gabriel en la prenant délicatement par le bras pour l'emmener près de la vasque.

— Tu es folle ? Et si Heidi et Ulrike arrivent ? Dès qu'elles te verront, elles vont s'en aller en courant et remonter dans leur Land Rover. Peut-être même sont-elles armées, tu n'as pas pensé à cette possibilité ? N'oublie pas qu'Ulrike t'a vue quand tu es allée essayer de voir Heidi, elle t'a parlé, elle peut te reconnaître…

— Mais nous n'allons pas attendre ici. Nous resterons dissimulés derrière une terrasse. Tu as vu comme il est facile, dans ce paysage, de se camoufler. Si Ulrike et Heidi montrent le bout de leur nez, nous appelons immédiatement la police. Et si c'est Cordelia… Elle me parlera, j'en suis sûre. Et à toi aussi. Tu es son frère.

— Je suis son frère, mais elle ne m'a pas vu depuis près de dix ans.

— Raison de plus. Je connais Cordelia. – Une note d'anxiété, proche du désespoir, affleurait dans sa voix ; elle parlait de façon essoufflée, comme si elle venait de parcourir une longue distance. – Elle ne refuserait pas de nous parler, j'en suis sûre. Et même si c'était le cas, je saurais au moins qu'elle est vivante. Et si jamais elle s'enfuit… Eh bien, nous préviendrons aussi la police. N'oublie pas que nous sommes sur une île. Pour partir, à part l'avion, il n'y a que le ferry. Elles seraient très vite retrouvées, tu le sais bien. Tu as entendu Rayco. Même Interpol est à leur recherche.

Gabriel perçut plus intensément que jamais, sous le calme apparent d'Helena, sa résolution en acier trempé.

— D'accord, tu as raison.

Ils allèrent retrouver Virgilio, qui fumait tranquillement une cigarette en regardant la ligne d'horizon.

— C'est décidé. Nous restons. Nous te paierons pour le temps supplémentaire, bien entendu.

— Nous étions seulement convenus que je vous emmènerais jusqu'à Cofete et que je vous aiderais à trouver la maison. Voilà, nous l'avons trouvée.

— Je te dis que nous te paierons plus.

Gabriel était de plus en plus tendu, et la réplique arrogante du guide n'était pas pour améliorer son humeur.

— Écoute, j'ai le droit de savoir dans quels draps je me mets, fit valoir Virgilio avec un calme olympien.

— Que veux-tu dire ?

— Cette femme que vous recherchez n'est pas ta mère, n'est-ce pas ?

Gabriel en avait assez de mentir.

— En effet.

— Les photos me disaient quelque chose, et pendant le trajet je me suis rappelé quoi. Toutes les télévisions ont parlé de cette histoire de suicide collectif à Tenerife. Et elles ont montré la photo d'une femme, la chef de cette secte, qui ressemble beaucoup à celle que tu présentes… que tu présentais comme ta mère. Qui êtes-vous donc ? Des détectives privés ?

Il y eut un silence. Gabriel et Helena échangèrent un regard.

— Non, nous sommes des proches d'une des disparues, avoua Helena. Lui, son frère, moi sa meilleure amie. Et c'est elle, Cordelia, qui avait gardé ces photos chez elle. Elle nous avait dit que Heidi parlait de la maison qu'on voit dessus comme de son refuge, de sa cachette.

— Et pourquoi n'avez-vous pas prévenu la police ?

Nouveau silence.

— Nous avons essayé, mais ils nous ont à peine écoutés, mentit Gabriel.

— Mais cette femme est dangereuse, non ? Elle pourrait être armée.

— Nous resterons cachés dans les terrasses. Si nous la voyons arriver, nous préviendrons la police.

Virgilio garda le silence un long moment. Il regardait la mer.

— D'accord. Je vais aller au restaurant chercher des sandwiches. Je vous donne mon numéro de mobile. Si cette femme vient, surtout, appelez. Après avoir prévenu la police, bien sûr. Je devrais mettre moins de quarante minutes aller et retour. À mon retour, je monterai la garde avec vous, mais seulement jusqu'à la tombée de la nuit. – Il se tut à nouveau puis, après une pause, il marmonna comme pour lui-même : – Je dois être devenu fou.

— Gabriel. Je suis très, très angoissée. Vraiment angoissée, tu comprends ?

— Parfaitement. Mais il est aussi possible que personne ne vienne. Ou bien quelqu'un qui n'est pas le quelqu'un que nous attendons.

— Non, c'est Heidi. Heidi vit ici. Ne me demande pas comment je le sais. Je le sais, c'est tout. Je le sens. Mais surtout, s'il te plaît, n'attends pas de moi que je fasse la conversation. Je suis trop angoissée. Je veux seulement regarder la mer et… je ne sais pas, prier, sans doute. Prier pour que tout se passe bien.

— Tu es croyante ?

— Plus ou moins. En ce moment, j'ai envie de l'être. J'ai besoin de l'être.

Ils grimpèrent jusqu'à trouver une terrasse d'où ils puissent voir la maison sans être vus. Les éboulis et la déclivité du terrain les aideraient à passer inaperçus.

Il n'était pas si simple de trouver un endroit pour s'asseoir, car le sol était jonché de pierres tranchantes. Gabriel dégagea une petite surface sur laquelle Helena et lui s'installèrent. Elle regardait fixement la maison, les lèvres serrées.

Toutes sortes de pensées se bousculaient dans l'esprit de Gabriel, se transformant en tourbillons semblables à ceux que formait, à ses pieds, la brise qui faisait virevolter en rafales intermittentes la poussière dorée du soleil. Tout partait en tous sens, à l'imitation des éléments sur ce coin de terre perdu que le vent faisait danser à sa guise. Il fixa le bleu de la mer comme si c'était le seul point de repère alentour, l'unique objet de ses spéculations. L'histoire de Cordelia avait pris des proportions si écrasantes que des événements plus lointains, dont certains lui avaient paru, moins d'une semaine plus tôt, de la plus haute importance, perdaient toute consistance, au point de s'évaporer complètement. L'image de Patricia s'était estompée dans une perspective lointaine où un homme de son apparence figurait, comme au fond d'un tableau, aux côtés d'une femme blonde et mince. Les années qu'il avait vécues avec elle étaient devenues diffuses. Dire qu'il avait si longtemps imaginé sa vie future auprès de cette femme, à l'abri de son affection patiente et pesante qui apaiserait sa souffrance et rendrait moins obsédantes, moins tangibles, moins réelles même, les images qui le tourmentaient depuis tant d'années, depuis Édimbourg, depuis la chute… Il s'était fiancé à Patricia parce qu'il avait cru que, protégé de lui-même par l'éclat d'une maturité plus accusée, d'une confiance en soi plus ostensible, d'une situation plus en vue, il parviendrait à oublier le passé. Il avait tenté, des années durant, d'échapper au destin en recourant à la discipline et au renoncement comme moyens d'évasion. Mais le destin comme le passé lui avaient fixé rendez-vous aux Canaries. Malgré l'épuisement, malgré le bouillonnement superficiel de ses pensées, un signal d'alarme ne cessait de lui rappeler la possible arrivée de Heidi, peut-être accompagnée, qui sait, de Cordelia. Il fut saisi par le pressentiment que sa vie était sur le point de connaître un bouleversement tellurique, comme si la montagne sous laquelle il était assis allait se détacher. Il sentit que son corps s'apprêtait à se fragmenter en infimes particules, ou sa tête à éclater sous l'effet de la tension. Le sang continuait cependant de battre dans ses veines, il pouvait sentir son pouls et ses tempes, il était toujours là, dans l'expectative mais vivant. Et si toute cette angoisse était vaine ? Sa peur était de celles qui vous font approcher le danger au plus près, au lieu de susciter le désir de l'éprouver complètement pour mieux l'oublier ensuite. Cette peur qui était suspendue au-dessus de sa tête depuis la mort de ses parents, et qui lui avait fait trahir l'amour de sa sœur. Peut-être Heidi ne viendrait-elle jamais, peut-être la maison était-elle tout simplement celle de l'arrière-petit-fils d'un paysan majorero qui venait chaque week-end, peut-être ne reverrait-il jamais Cordelia et ne garderait-il d'elle que le souvenir de ses yeux bleus comme l'océan et la dette qu'il avait envers elle ?

Au bout d'une heure, ils virent une jeep rouler sur la plage. Helena se mit à trembler de tout son corps. Gabriel, pour la seconde fois de la journée, lui prit le bras. La première remontait à une heure seulement, quand il l'avait entraînée vers la vasque pour lui parler en privé. Il se trouvait ridicule d'avoir de telles pensées à un moment aussi crucial. Puis une silhouette sortit du véhicule.

— Helena, calme-toi, je t'en supplie. Regarde plutôt qui vient.

Virgilio montait vers eux, un sac à l'épaule. Gabriel se dit qu'il ne les verrait sans doute pas, et cria pour l'avertir de leur position exacte.

— Je ne vous vois toujours pas. Je suppose que personne n'est venu, n'est-ce pas ?

— Personne. Regarde en haut. Je suis debout et j'agite les bras.

— Ah, je te vois, maintenant. J'arrive. Tu sais ce que je me disais tout à l'heure ? Que j'étais en train de faire une bêtise.

Lorsqu'il les eut rejoints, il ouvrit son sac et en sortit deux couvertures qu'il étendit l'une sur l'autre. Tous trois s'assirent sur ce matelas bienvenu. Puis il sortit de l'eau et des sandwiches. Helena, qui l'avait seulement gratifié d'un salut laconique, refusa la nourriture et continua de braquer son regard anxieux sur la plage, attentive comme un oiseau de proie. Gabriel mordilla dans son sandwich à la manière d'un rongeur, pour calmer son angoisse plutôt que sa faim. Virgilio dévora le sien avec appétit, et Gabriel fut de moins en moins certain que Heidi vienne.

— Je vais appeler Rayco, annonça Helena, rompant le silence de l'après-midi.

— Pour lui dire quoi ?

— Pour le prévenir. Au cas où quelqu'un viendrait, je veux qu'il soit au courant. Si j'appelle simplement la police, ils ne m'écouteront peut-être même pas.

Elle composa le numéro. Il y eut une longue conversation en espagnol, entrecoupée de silences.

— Qu'est-ce que tu lui as dit ? demanda Gabriel quand elle eut raccroché.

— Que je l'appelais pour lui dire quelque chose d'important, que je croyais savoir où se trouve Heidi… à Fuerteventura. Que j'avais fouillé… enfin, que nous avions fouillé la chambre de Cordelia et que j'avais une piste. Je lui ai raconté plus ou moins toute l'histoire et je lui ai dit qu'il fallait qu'il se tienne prêt, mais que la piste était peut-être fausse. Je lui ai dit aussi qu'il appelle la police de Fuerteventura, à tout hasard. Mais je ne lui ai pas révélé où nous étions exactement. Si Cordelia est avec Heidi, je le rappellerai pour lui dire que finalement c'était une fausse piste.

— Je ne comprends pas… Pourquoi l'as-tu appelé ? Pourquoi voulais-tu le prévenir ?

— Tu ne sais pas comment les choses fonctionnent à Tenerife… Ou comment elles peuvent ne pas fonctionner. Je vais te donner un exemple. Il y a quelques années, un groupe de randonneurs qui était parti en excursion au Monte del Agua s'est trompé de chemin et s'est retrouvé dans une grotte. Ils avaient un mobile et ont appelé les secours. L'opératrice a perdu un temps fou à leur poser des questions stupides qui n'avaient aucun intérêt, après quoi elle a décidé d'en référer à son supérieur. Le supérieur a transmis l'appel aux pompiers. Le pompier qui les a pris au téléphone a perdu de nouveau un temps précieux à poser d'autres questions inutiles, alors que celui qui appelait essayait d'expliquer que ses camarades étaient en train de perdre conscience, que certains commençaient même à s'asphyxier par manque d'oxygène… Bref, il y a eu une mauvaise coordination et les secours ont tardé à venir. Ils sont arrivés trop tard et six personnes sont mortes. Je ne veux pas qu'il arrive la même chose, tu comprends ? Ici, on n'est pas au Royaume-Uni, les choses vont parfois très lentement.

— Moi, je n'aime pas le Royaume-Uni, je préfère le rythme canarien. – Au moment même où il prononçait ces mots, Gabriel se rendit compte à quel point ils étaient déplacés. Sa nervosité l'avait trahi. – Mais je te comprends.

Les minutes passèrent, puis les heures, tandis que le soleil se réverbérait sur les pierres des terrasses, estompant les couleurs, et que le paysage somnolait, indifférent aux angoisses du trio. Les sentiments de Gabriel alternaient entre peur et confiance en soi retrouvée, son système nerveux se tendait et se relâchait tour à tour, en un rythme syncopé, qui le laissait épuisé dans la poussière desséchée de l'attente. Ses pensées se précipitaient dans le plus grand désordre, sans rien qui les relie ou les structure : elle viendra, elle ne viendra pas, elle viendra avec Ulrike, elle viendra avec Cordelia, Cordelia ne voudra pas me parler, les yeux bleus de Cordelia, un bleu sombre évocateur d'abysses insondées, comme ce bleu du ciel dont nous comprenons en le regardant qu'il n'existe pas, qu'il n'est pas la grande toile tendue qu'il prétend être, qu'il n'est que de l'air et du vide, le reflet de l'immensité de l'univers, immobile et silencieux, que ce qu'il a d'effrayant n'est pas son calme impérial, mais son mouvement sous-jacent, tout ce qu'il contient sans le montrer, et que nous ne faisons qu'imaginer et craindre.

Soudain, un Land Rover roula le long de la plage et se gara non loin de celui de Virgilio, que les deux femmes adultes qui sortirent du véhicule durent prendre pour celui d'un *tour operator* allemand. On distinguait mal leurs traits. « Mon royaume pour des jumelles », pensa Gabriel. C'étaient deux femmes blondes et minces. Heidi et Ulrike, ou bien Heidi et Cordelia. Gabriel vit les tremblements d'Helena redoubler. Les deux femmes montaient vers la maison. Si l'une d'elles était Cordelia, se demanda Gabriel, la reconnaîtrait-il seulement ? Avait-elle changé de chevelure ? De corpulence ? La dernière fois qu'il était revenu voir sa tante à Édimbourg, il avait été arrêté dans la rue par une femme brune, grosse, peu séduisante, et n'avait pas reconnu, avant qu'elle se présente, celle qui avait été sa première petite amie. La nouvelle Vicky n'avait rien à voir avec la jeune fille douce et mince qui lui plaisait tant autrefois. Aussi n'excluait-il pas que la nouvelle Cordelia ait la même ressemblance avec l'ancienne que la Vicky de trente ans avec celle de dix-sept, c'est-à-dire aucune. Sur les photos, elle était bien plus mince que lorsqu'il l'avait vue pour la dernière fois, mais les photos, bien souvent, ne correspondent pas à la réalité. Les deux femmes continuaient leur ascension, et leurs silhouettes se faisaient de moins en moins floues. Très vite, Gabriel sut qu'aucune des deux n'était Cordelia. Toutes deux étaient souples, athlétiques, mais quelque chose dans leur démarche, leur rythme, leur allure lui faisait penser qu'elles étaient plus âgées. C'est alors qu'Helena lui saisit la main, avec une force telle qu'elle lui fit mal. Elle était bouche bée, le visage congestionné, les yeux au bord des larmes. Elle lui tendit son téléphone et lui dit d'une voix mourante :

— Vite, appuie sur la touche « bis ». Le dernier numéro appelé est celui de Rayco. Je préfère que ce soit toi, mes mains tremblent trop.

Gabriel s'exécuta et lui rendit l'appareil. Avec son peu d'espagnol, il devina qu'elle tentait d'indiquer à Rayco où ils se trouvaient, et il se demanda si la police localiserait si facilement une maison qu'eux-mêmes avaient eu du mal à repérer. Peut-être se serviraient-ils du GPS pour savoir exactement d'où téléphonait

Helena, mais c'était quelque chose qu'il avait vu dans des films au scénario trop ingénieux pour être vraisemblable, et l'histoire des randonneurs qu'avait racontée Helena le confortait dans cette opinion. Il se souvint alors qu'il avait les photos de la maison sur son iPhone.

— Donne-moi le numéro de Rayco et dis-lui que je lui envoie toutes les photos. Ça l'aidera à localiser la maison.

— Bonne idée. Tiens, voilà le numéro, dit-elle en le lui montrant sur l'écran de son téléphone.

Gabriel envoya les photos. Celles de la plage, des deux femmes, de la maison, de la montagne. Cette tâche mécanique lui évitait de trop penser.

— Maintenant, il ne nous reste plus qu'à attendre.

Entre-temps, les deux femmes étaient entrées dans la maison. Gabriel était maintenant certain que Cordelia, quand bien même les ans l'auraient changée, ne pouvait être aucune des deux. Mais, à sa grande surprise, l'une lui parut – Heidi, supposa-t-il – extraordinairement séduisante, même à cette distance, et il comprit alors la raison de cet étrange ascendant qu'elle exerçait sur tant de gens. Puis, soudain, il comprit aussi que tous ses espoirs étaient anéantis, que la présence de ces deux femmes dont aucune n'était Cordelia signifiait que sa sœur, selon toute probabilité ou presque, s'était noyée, et que c'était pour cela qu'Helena, à côté de lui, pleurait en silence. Quatre choses, avait-il appris, ne reviennent jamais en arrière : le temps passé, la pierre lancée, le mot prononcé, l'occasion manquée. Comme il avait été stupide, et même plus que cela, de ne pas chercher, au cours de ces dix ans, à renouer avec sa sœur ! Et comme la vie qui continuait, indifférente, lui était odieuse ! Ce ciel bleu suspendu au-dessus de lui, cette terre ocre et chaude qui battait sous ses pieds, ces nuages qui se déplaçaient, insouciants. Cordelia n'était plus, le ciel et la terre en étaient dépeuplés, tout avait soudain perdu sens. La douleur redoubla, faisant revenir à sa mémoire des images à jamais révolues, ses yeux bleus, ses cheveux blonds, sa jupe écossaise, son regard blessé, qui bombardaient son cerveau avec l'intensité de décharges électriques. Il avait espéré un miracle, un prodige, mais il n'y avait plus rien à attendre, la partie était définitivement perdue. Après dix années d'espoirs maladroits et obstinés, qui lui faisaient guetter en vain un coup de téléphone ou chercher dans la boîte une lettre jamais écrite ; après dix années passées à chercher son visage à chaque fois qu'il retournait à Édimbourg, alors qu'elle-même n'y revenait jamais en dehors des vacances ; après dix années passées à suivre dans la rue des femmes qui lui ressemblaient, la tête en avant, le regard décidé, le pas élastique et ferme ; après dix années passées à tourner la tête, au café ou dans l'autobus, dès qu'il entendait une voix féminine grave et posée comme celle de Cordelia, presque dépouillée d'accent écossais, car elle avait toujours aspiré à la distinction jusque dans la façon de parler ; après dix années pendant lesquelles sa sœur absente était néanmoins restée à son côté, comme les arômes persistants des flacons vides ou des tiroirs restés longtemps fermés ; après dix années pendant lesquelles il avait toujours cru qu'il la reverrait, que ni la distance ni la brouille n'étaient des obstacles insurmontables ; après dix années passées à attendre comme un chien fidèle ; après dix années passées à se heurter partout à son absence, là où ils avaient été ensemble comme là où il avait été sans elle, et où il retournait désormais seul mais toujours, pourtant, accompagné de sa présence ; après dix années qu'il avait passées empli du vide qu'elle laissait dans sa conscience ; après dix années passées à voir en elle le port lointain où il finirait par accoster ; après ces dix années, donc, il se rendit compte à cet instant précis qu'il n'y avait plus rien à espérer, qu'il n'y aurait pas de retrouvailles à célébrer ; l'intensité de la lumière et le vide des souvenirs firent exploser son cerveau, et il ne prononça plus un mot. Ils restèrent tous trois immobiles, à attendre.

Ce fut Virgilio qui, au bout d'un moment, rompit le silence.

— Je crois qu'un hélicoptère arrive.

— Où ça ?

— Là-bas.

— Je ne vois rien.

— C'est un hélicoptère, j'en suis sûr. L'unité de secours de Fuerteventura est très efficace, car il peut se passer beaucoup de choses dans une journée. Des surfeurs emportés vers la pleine mer, qui ne peuvent plus revenir et qu'on doit aller chercher en hélicoptère… Ça arrive tout le temps. Je me souviens aussi qu'ils ont recueilli près d'une centaine d'immigrants au pied d'une falaise contre laquelle s'étaient brisées les deux *pateras* sur lesquelles ils étaient entassés. Cette fois-là, je crois qu'il a fallu une grue aérienne en plus de l'hélicoptère… Oui, c'est ça, j'en suis sûr… C'est l'hélicoptère de la Guardia Civil. Ça ne peut pas être autre chose.

9

LES PRIÈRES EXAUCÉES

Lorsqu'ils arrivèrent à l'hôtel dans le véhicule de la Guardia Civil, Helena était si fatiguée qu'elle s'était endormie sur son épaule. Gabriel dut la secouer pour qu'elle se réveille. Elle semblait ne se souvenir de rien, et demanda d'une voix vacillante, brisée, où ils se trouvaient. Voyant qu'elle était sur le point de s'évanouir, il la prit par la taille, demanda au réceptionniste les clés de leurs deux chambres et l'accompagna jusqu'à la sienne, car il ne pouvait la laisser seule dans cet état. Ses yeux dilatés, humides, inertes, incrédules n'arrivaient pas à le regarder en face, sa respiration était plaintive et saccadée comme celle d'un petit animal pris au piège. Elle se jeta sur le lit et s'effondra à plat ventre. Il décida de dormir à son côté. Il ne la toucherait pas, il avait simplement peur, si elle restait seule, qu'elle ne commette une bêtise. Pourquoi pas se jeter depuis la terrasse. La chambre était à un étage élevé.

Comme dans un rêve, il revoyait tout. L'hélicoptère, les jeeps, les lumières, les uniformes, les deux femmes et leur étrange passivité, la façon dont elles s'étaient laissé emmener, presque avec élégance, comme si toute cette histoire ne les concernait pas. Les dépositions au commissariat. L'interprète. Les larmes d'Helena. Les questions, encore les questions.

Helena s'était mise à pleurer, étreignant son oreiller, et ses sanglots lui arrachaient le cœur. Gabriel la prit dans ses bras. Elle lui parut toute menue, toute fragile. Ce fut elle qui chercha ses lèvres. Puis leurs mains, leurs doigts, leurs jambes, leurs bras, leurs langues se mêlèrent avec une fébrilité sauvage. Elle caressait son corps du bout des doigts, comme si elle cherchait à le circonscrire, à tracer sa limite avec le monde environnant. Il réprimait de toutes ses forces la souffrance qui était la sienne, pour qu'elle ne l'engloutisse pas au moment où il allait faire l'expérience vertigineuse du bonheur.

Il trouvait incroyable que, même parvenu à ce degré extrême d'angoisse et de désespoir, le corps soit encore en état de répondre au désir. Et, tandis qu'il caressait les soyeuses boucles châtains d'Helena et s'ouvrait du bout de l'index le passage vers son sexe humide et tiède qui l'appelait, il comprit pourquoi elle avait eu envie de lui à cet instant précis et pas avant, pourquoi elle se servait de lui pour survivre jusqu'au lendemain, dans l'espoir d'un miracle toujours possible, et aussi pourquoi il consentait à ce qu'elle se serve de lui : parce qu'il existe un degré de souffrance où les notions logiques perdent leur sens, et où seules comptent la façon dont on réussira à franchir ce mur hérissé de tessons qui s'appelle nuit, l'étrange et puissante alchimie grâce à laquelle le sang continue de battre dans les veines, les poumons d'inspirer et d'expirer, et tant mieux si cette magie s'incarne dans un corps ami. Gabriel était conscient que cette situation le dépassait et le transcendait, que la certitude de la disparition de Cordelia avait fait s'écrouler digues et murailles, qu'Helena et lui étaient comme deux naufragés s'accrochant désespérément l'un à l'autre.

Lorsque deux hérissons se frôlent, ils se blessent mutuellement de leurs piquants. Aussi s'évitent-ils pour se protéger de cette douleur, et finissent-ils par souffrir de solitude. Le hérisson ne veut pas s'approcher des autres à cause de la souffrance qu'ils pourraient lui causer, mais il souffre aussi de rester seul. Quoi qu'il fasse, il est condamné à souffrir.

Il se réveilla sans savoir au juste quand le sommeil avait finalement eu raison de ses sens. La lumière filtrait timidement à travers les rideaux pour se dissoudre dans la pièce, lumière d'un jour concret, daté, différent des précédents et des suivants. Une lumière pâle, bleutée, affable et douce comme le silence qui négociait une trêve, depuis des heures, avec la respiration lente qu'il entendait à côté de lui. Il prit conscience de la lumière, de ce bruit à nul autre pareil, de la brise caractéristique qui berçait les rideaux et nourrissait de sel marin son imagination, de leurs deux corps qui reposaient inertes comme ceux de deux guerriers vaincus. Des corps qui s'étaient affrontés avec leurs armes primitives (baisers, morsures, étreintes, caresses) avant de se rendre au petit matin, dans un soupir. Le lit s'était métamorphosé en une nef qui les emmenait toutes voiles dehors vers un avenir inconnu. La plénitude du temps était si éclatante qu'elle en était presque tangible. Helena se réveilla. Helena regarda Gabriel, les yeux grands ouverts. Il retrouva la mémoire immédiate, encore fraîche, de ce qui s'était passé entre eux et qu'il avait encore peine à croire, tant cela lui paraissait inconcevable, prodigieux. Mais la crainte persistait, enfouie en lui, que tous les souvenirs ne soient qu'illusion, mirage, délire.

Ils s'étreignirent et restèrent un moment sans parler, serrés l'un contre l'autre comme deux enfants apeurés.

D'autres lumières entrèrent, roses, jaunes, orangées, signifiant son congé à la nuit.

Le bruit strident d'un mobile rompit le silence. C'était Patricia, encore et toujours. Gabriel déconnecta son téléphone.

Il n'avait rien fait pour séduire Helena. C'était elle qui, pour des raisons qui lui étaient propres, lui avait fait l'amour. Ils avaient chacun leur histoire, secrète et tragique, leurs besoins incompris, leur manière d'affronter la tragédie, de travailler dans l'ombre à sa propre survie. Comme dans toute relation humaine – pour autant qu'il s'en souvienne –, il y avait eu dans la leur plus de ruse que de négociation. Elle se leva du lit, le frôla d'un regard indifférent, se dirigea d'un pas de reine vers la salle de bains et referma la porte derrière elle. Gabriel entendit l'eau de la douche couler longuement. Lorsqu'elle sortit enfin, muette et lointaine, drapée dans une serviette, l'absence de maquillage soulignant encore son port altier, elle resta enfoncée dans son silence, sans autre désir que l'indifférence, naufragée en pleine mer à des miles de lui, et à quelques pas seulement.

Elle s'habilla lentement, comme si rien n'avait eu lieu, puis se tourna vers lui et annonça :

— Je descends me promener sur la plage. J'ai besoin de rester seule un moment… Je pense que tu peux le comprendre. Je serai de retour dans une heure ou quelque chose comme ça. Si tu veux, on s'appelle après.

« Ne devrions-nous pas parler de ce qui s'est passé cette nuit ? » se demanda Gabriel, mais il s'abstint de poser la question.

— Très bien. Appelle-moi quand tu seras rentrée. Je crois que je vais descendre pour petit-déjeuner.

Lorsqu'elle fut sortie, il se dirigea vers sa propre chambre, où le lit non défait lui rappela ce qui s'était passé et qu'il avait tant de mal à croire. Mais ce cadre serein et ordonné, cette chambre d'hôtel impersonnelle où le temps était comme suspendu, desséché sous l'effet d'un sortilège, le rassurèrent. Cet espace lui appartenait, sans Helena pour le faire douter, sans une armée d'ombres en déroute pour l'envahir. Il y était seul et en sûreté.

10

RETOUR À PUNTA TENO

Tout était en suspens, immobile, calme, silencieux. L'étendue du ciel était vide, sans un nuage pour obscurcir cet écran d'une blancheur adamantine qui semblait recouvrir Punta Teno. En suspens, la mer étale, seule et tranquille, sans écueil ni péril. « Elle est calme en surface, l'avait averti Helena, mais d'un calme trompeur : en profondeur, elle est agitée de courants, tout comme toi. » En suspens aussi, la clameur sans nom qui semblait jaillir de la terre ou de quelque autre dimension lointaine.

Tout était en suspens, l'air, le temps, la décision.

Curieusement, la mort avérée de Cordelia, la certitude de cette fin si longtemps redoutée, avait rendu à Gabriel une paix intérieure presque oubliée. Après tant de jours passés dans la crainte et l'espoir, après tant de joies éphémères et d'emballements trompeurs comme ceux des derniers jours, d'angoisses masquées par la découverte fervente de nouveaux paysages, le malheur confirmé lui paraissait clément et confortable.

Lorsque Helena se présenta à l'herboristerie, prête à reprendre son travail, ses patrons se montrèrent des plus accommodants. Rayco les avait mis au courant des événements, et elle était pour eux, comme pour l'île tout entière, l'héroïne locale, qui avait mis la police sur la piste de la Méchante Allemande. Aussi, quand elle leur expliqua qu'elle était physiquement et psychiquement épuisée, insistèrent-ils d'eux-mêmes pour qu'elle prenne quelques jours de repos supplémentaires. C'était la morte saison, sa présence n'était pas indispensable. Elle revint à la maison et l'annonça à Gabriel, qui décida de passer deux coups de téléphone, l'un à son bureau et l'autre à la compagnie aérienne, pour reporter son retour. Il éluda le troisième, celui qu'il devait à Patricia, et préféra lui écrire sur son iPhone un mail aussi argumenté qu'astucieux, où il disait la vérité – il avait besoin de réfléchir au changement ou à l'inflexion que représentait dans sa vie la perte définitive de Cordelia – tout en cachant l'essentiel : il voulait rester avec Helena. Puis il entra dans une longue parenthèse au cours de laquelle il ne demanda à aucun moment à Helena si elle souhaitait qu'il reste pour toujours, de peur qu'elle ne lui dise que non. Le temps s'était arrêté à un moment non identifié, au milieu de ces jours dont il n'aurait su dire le nombre – un ? deux ? une semaine ? –, et glissait sur eux, lisse et inanimé, sans altérer leur surface ni avancer vraiment, comme s'il les dispensait tous deux, Helena et lui, de chercher à le comprendre tel que le comprenait le commun des mortels, car c'était pour eux seuls qu'il était devenu cette magnitude fuyante et liquide, cette pure vibration, comme si, dans leur isolement à Punta Teno, ils étaient expulsés non seulement de lui mais encore de la Vie qui continuait de s'écouler ailleurs, sans les inclure ni leur imaginer un avenir.

Gabriel laissait son iPhone éteint la plupart du temps pour échapper aux appels de Patricia, mais il avait besoin de le rallumer parfois, pour lire les messages qu'on lui envoyait de son bureau et y répondre. Il devrait rentrer un jour, mais cela n'avait rien d'urgent. Ses associés pouvaient se débrouiller sans lui, il avait une assistante d'une remarquable efficacité ; quant au mariage, il le considérait comme remis *sine die*.

Il eut la surprise de trouver dans sa messagerie un texto en provenance d'un numéro espagnol, canarien. Écrit dans un anglais impeccable, il était ainsi libellé : « Bonjour, je suis Virgilio, votre guide à Jandía. Je souhaite prendre de vos nouvelles. Peux-tu, si cela ne te dérange pas, m'appeler à ce numéro ? Cordialement. »

Gabriel l'appela séance tenante. À sa grande surprise, il se découvrait impatient de revoir cet homme qui lui avait inspiré une telle antipathie lors de leur précédente, et première, rencontre. Ils devisèrent aimablement, Gabriel lui expliquant qu'il n'était pas encore reparti pour Londres, qu'il était resté se reposer à Punta Teno, qu'Helena allait bien...

— Vous êtes encore à Tenerife ? Je suis à Puerto pour quelques jours, j'ai diverses affaires à régler ici. Si vous voulez, je serais ravi de vous voir.

— Volontiers. Je vais demander à Helena.

Mais Helena ne souhaitait pas voir Virgilio, qui lui rappelait, ainsi que Puerto même, trop de souvenirs, disait-elle. Elle insista néanmoins auprès de Gabriel pour qu'il aille le voir, puisqu'il en avait envie. Elle lui prêterait la voiture. « J'ai envie d'être seule. Cela me fera du bien. Et à toi aussi, sans doute. »

Gabriel rappela donc Virgilio. Ils se donnèrent rendez-vous le lendemain à l'hôtel Botánico. Celui où Helena avait travaillé à son arrivée dans l'île. « L'un des meilleurs de Tenerife », souligna-t-elle. Il se dit que Cordelia aurait adoré la coïncidence.

11

LA MAISON BARTH

Virgilio, comme convenu, l'attendait au bar de l'hôtel.

Il avait l'air très fatigué, avec une pâleur et des cernes qui suggéraient qu'il venait de passer une nuit blanche, mais il avait malgré tout l'œil vif et clair. Il donnait à Gabriel l'impression de ne pas le regarder vraiment, de laisser seulement son visage se réfléchir dans ses pupilles comme à la surface de l'eau. Gabriel se disait que, compte tenu des liens qu'avait créés leur expédition à Cofete, ils pouvaient se parler sans préambules ni circonlocutions, comme s'ils possédaient tous deux une clé, un code secret leur permettant de se comprendre à demi-mot, tels de vieux amis, sans la méfiance et la crainte qu'il avait ressenties de prime abord devant ce possible rival si séducteur. Sa peur de perdre Helena aurait dû se dissiper depuis qu'ils avaient fait l'amour, mais elle n'avait fait en réalité que redoubler, car si, avant cette étreinte inespérée, il s'était résigné à l'idée qu'elle ne serait jamais à lui, la perspective de perdre ce qu'il avait eu et n'aurait peut-être plus lui était devenue particulièrement douloureuse.

— Alors, comment ça va ? s'enquit Virgilio. Je t'ai appelé plusieurs fois, mais je tombais à chaque fois sur la messagerie. C'est pour ça que j'ai préféré t'envoyer un texto. Tout s'est passé si vite une fois que l'hélicoptère est arrivé…

— Je l'ai déconnecté. Je veux dire, le téléphone.

— J'avais compris.

— Ma foi, ça va, merci. Un peu désemparé tout de même. Et déprimé.

— Tu veux boire quelque chose ? Une bière ?

— Un whisky.

— À cette heure-ci ?

— Oui, à cette heure-ci. Si ça ne te choque pas. Que veux-tu, c'est ce que nous autres, Écossais, buvons au petit déjeuner…

— Ça me choque si peu que je vais même t'accompagner. Garçon, deux whiskies, s'il vous plaît.

Il y avait des années que Gabriel n'avait plus bu de whisky. Cela remontait aux premiers temps de son installation à Londres, quand il fréquentait des clubs et des bars où l'on buvait sec, partait travailler le matin avec la gueule de bois et avait l'impression de se trouver, à la suite d'un pari stupide, sur une piste de cirque ou un ring de boxe, ou dans un décor de film noir. Londres était une ville frénétique, vertigineuse, délirante, droguée. Et cruelle. Mais, un jour, il avait décidé qu'il ne voulait plus boire. Cette bonne résolution avait marqué le début d'une période de grande solitude. Une année de merde, de promenades le samedi matin dans Hyde Park, à croiser avec envie des couples roucoulants, à errer sans but ou à marcher à grands pas décidés dans les rues étroites et obscures du centre où grouillait pourtant une foule affairée. La ville était trop grande, trop imprévisible. Parfois, il entrait dans des librairies, caressait du bout des doigts des livres qu'il ne lirait jamais, et lorsqu'il en sortait, accablé par le vide qu'il ressentait, il était incapable de faire un pas et s'immobilisait au premier coin de rue, pensant à sa vie gâchée, mais aussi, il ne pouvait s'en empêcher, à Cordelia. C'est à cette époque qu'il avait rencontré Ada. Et troqué son addiction à l'alcool pour une addiction à l'angoisse.

— Pour tout te dire, je croyais, jusqu'à ce que nous retrouvions Heidi, qu'il y avait encore une possibilité de retrouver Cordelia vivante, qu'elle était peut-être avec elle…

— Mais pourquoi ? Qu'est-ce qui te faisait penser qu'elle pouvait être avec Heidi ?

— Il y avait des papiers, des lettres, des photos… Helena se disait que, comme Cordelia était devenue très proche de Heidi, celle-ci ne l'avait peut-être pas laissée se suicider avec les autres. Mais elle se trompait. Cordelia est morte. C'est une idée à laquelle il faut que nous nous fassions.

— Oui… Je comprends. Ça doit être très dur.

— Ça l'est…

— Gabriel, il y a quelque chose qu'il faut que je te dise. Tu sais, Fuerteventura est une toute petite île. Nous sommes à peine plus de cent mille habitants. Presque cinq fois moins qu'à Édimbourg, non ?

— Oui… Sans doute.

— Tu imagines bien qu'ici tout le monde se connaît. Ma famille, en particulier, est connue de beaucoup de gens. Ma tante travaille pour les archives historiques et son mari a présidé le conseil de l'île. Bref, je suis assez connu à Puerto del Rosario.

— C'est Puerto del Rosario, ici ?

— Non, ici c'est Puerto de la Cruz. Puerto del Rosario est le chef-lieu de Fuerteventura. J'y suis bien connu, y compris de la police. Quand on travaille comme guide, on est parfois mêlé à de drôles d'histoires. L'an dernier, par exemple, j'ai travaillé pour un couple de riches Brésiliens qui m'ont payé littéralement une fortune pour un circuit de cinq jours, ce qu'on appelle un *jeep safari*... Et un jour, on a retrouvé la femme à moitié inconsciente dans sa chambre d'hôtel : elle s'était fait agresser. Au début, elle disait que c'étaient des inconnus, mais sa version ne tenait pas debout, il y avait trop de contradictions... J'ai donc dû dire la vérité, à savoir que je soupçonnais le mari, car elle avait eu le temps de me dire qu'elle voulait divorcer et qu'il avait organisé ce voyage pour la reconquérir... Passons. Si je te raconte ça, c'est pour que tu comprennes pourquoi j'ai de si bonnes relations avec la police...

— C'est toi qui les as appelés, c'est ça que tu veux me dire ? Quand tu es parti chercher les sandwiches ?

— Tu as deviné.

— Et c'est pour ça que tu étais si sûr, quand nous avons entendu le bruit de l'hélicoptère, que c'était la Guardia Civil...

— Oui.

— Et si les deux Allemandes n'étaient pas venues ? Si ç'avait été une fausse piste ?

— Tu sais, quand je les ai appelés, ils n'ont pas paru étonnés. Depuis que le portrait de Heidi Meyer avait été diffusé dans la presse et à la télé, ils avaient reçu des appels de gens qui assuraient l'avoir vue sur le ferry pour Fuerteventura. Au début, ils n'ont pas pris la piste trop au sérieux, mais ils ont changé d'avis quand ils ont reçu mon coup de téléphone. À l'évidence, ils étaient convaincus qu'elles n'avaient pas quitté les Canaries.

— Et pourquoi étaient-elles dans cette maison ? Elle appartenait à Heidi ?

— Il semble que oui, mais en fait ce n'est pas très clair. Comme je vous ai expliqué l'autre jour, on ne peut plus construire dans la presqu'île de Jandía car elle est classée parc naturel. Les seuls qui ont eu le droit de construire sont ceux dont les parents ou les grands-parents vivaient à Cofete et qui ont pu produire un titre de propriété ou assimilé. Et encore s'agissait-il de restaurer d'anciennes maisons majoreras. Et seulement à partir des années quatre-vingt. La maison de l'Allemande était suffisamment à l'écart pour que personne ou presque ne se pose la question de savoir à qui elle appartenait au juste. Quand Heidi venait, elle restait très discrète, elle arrivait avec suffisamment de vivres dans son Land Rover pour ne pas avoir besoin de passer au *guachinche* de Cofete, et personne ne faisait attention à elle, puisqu'il ne vient que des clients de *tour operators*, des campeurs et des gens qui veulent visiter la villa. Et ce que j'ai découvert, c'est que la maison n'appartenait pas à une famille majorera mais à Gustav Winter.

Le serveur apporta cérémonieusement deux grands verres contenant un liquide d'une chaude couleur ambrée, ainsi que l'addition. Sans même regarder le montant, Virgilio posa sa carte dessus et, d'un geste nonchalant de la main, fit comprendre à Gabriel qu'il était son invité.

— Gustav Winter ? Le nazi qui a fait construire la villa ?

— La villa Winter, oui, absolument. Je vous ai dit que Winter, en 1962, avait vendu la presqu'île, à l'exception de la parcelle sur laquelle est bâtie la villa. Or, cette parcelle inclut également l'autre maison, celle qu'occupait Heidi. Elle affirme, paraît-il, que la maison lui appartient, que son père l'a rachetée à Winter et qu'elle détient le certificat de propriété. Elle ne l'avait évidemment pas sur elle au moment de son arrestation, mais les avocats des héritiers Winter disent qu'il ne peut s'agir que d'un faux. Une histoire bien embrouillée, comme tu vois.

— Et pendant toutes ces années, personne n'avait remarqué cette Allemande ? Personne ne la connaissait ? C'est tout de même bizarre…

— Tu as bien vu toi-même que la maison est parfaitement dissimulée par les terrasses, construite avec la même pierre sèche. En plus, elle est située à un endroit où quasiment personne ne passe et elle est toute petite, il y a en tout et pour tout deux pièces et un patio, vous avez pu le constater comme moi. Ce qui est possible, mais nous n'avons pas pu le vérifier, c'est qu'elle ne soit, en quelque sorte, que la partie émergée de l'iceberg. Tu te souviens sans doute que je t'ai dit que Winter, avant de quitter la villa, avait fait murer les caves ? On ne saura jamais si ces caves étaient reliées ou non à des tunnels qui auraient débouché sous la mer, mais ce qui est certain, c'est que la maison de Heidi possède un sous-sol, elle aussi. Durant des années, on a pu y entreposer des armes : c'est la cachette idéale dans la mesure où personne ne soupçonnerait jamais son existence.

— Des armes ? Que veux-tu dire ? demanda Gabriel en avalant une bonne gorgée de whisky car il commençait à se sentir mal à l'aise.

— Tu sais, comme tout le monde maintenant, que la dénommée Heidi a été arrêtée il y a plusieurs années en Allemagne parce qu'elle faisait partie d'un groupuscule néonazi qui imprimait et diffusait des brochures négationnistes. Elle a été libérée sous caution, mais elle a réussi à quitter l'Allemagne la veille même du procès, à gagner les Canaries et à obtenir un nouveau passeport sous une fausse identité. Je vous ai dit que ces trafics de faux passeports étaient courants dans les années cinquante et soixante en Espagne, mais cette femme qui semble s'être fait faire plusieurs passeports à des noms différents est vraiment un cas à part.

Virgilio s'arrêta pour boire à son tour une gorgée, marquant à dessein une pause dans son récit, et Gabriel trouva, une fois de plus, qu'il ne pouvait décidément pas s'empêcher, même dans une conversation informelle, de parler sur un ton professoral.

— Je t'ai aussi dit, tu t'en souviens sans doute, que le Kameradenwerk était une association d'entraide pour anciens nazis. En l'occurrence, ils n'ont pas aidé un ancien nazi à proprement parler, mais la fille d'un ancien nazi du nom de Rudolf Barth. Car Heidi ne s'appelle pas du tout Heidi, son nom véritable est Isolde Barth.

— Isolde ? Quelle horreur !

— Quoi de mieux, pour un nazi convaincu, que de donner à sa fille un prénom wagnérien ?

— Comment as-tu dit qu'il s'appelait ?

— Barth, Rudolf Barth.

— Désolé, mais ça ne me dit rien.

— C'est pourtant un nom relativement connu. Des historiens en tout cas. Il semble qu'il ait fait restaurer cette ancienne maison de métayer avec l'intention d'en faire un lieu où se réfugier en cas de besoin. Et il est vrai que, pour quelqu'un qui a besoin de disparaître de la circulation, Cofete est l'endroit idéal. On peut très facilement y vivre en autarcie. Il y a l'eau potable grâce à la citerne et aux nombreuses sources des alentours, le climat est très favorable, on trouve du poisson et des crustacés tant qu'on en veut. La nuit, on peut faire du feu en brûlant des *aulagas*.

— Qu'est-ce que c'est que des *aulagas* ?

— Des arbustes qui ne poussent que dans des endroits secs et rocheux, et qui brûlent très facilement parce qu'ils ont très peu de feuilles vertes. Et puis, pour peu qu'on ait un fusil, il y a du gibier en abondance, des lapins, des perdrix. Je suppose que Barth, qui s'était réfugié aux Canaries sous un faux nom, a restauré la maison pour son propre usage et que le Kameradenwerk s'en est servi pendant des années pour cacher des nazis en fuite vers l'Amérique du Sud ou vers l'Afrique, le temps d'attendre que leurs faux papiers soient prêts.

— Et cette supposition a-t-elle une chance d'être confirmée un jour ?

Gabriel avait la sensation, après une nouvelle gorgée de whisky, que la réalité se diluait jusqu'à n'être plus qu'un récit.

— Je l'ignore. Pour le moment, ce que je sais, c'est que Heidi a entretenu la maison durant des années avec la même idée en tête. Celle de pouvoir s'y réfugier plusieurs mois en cas de problème. Comme il y a beaucoup de touristes allemands qui viennent en excursion à Cofete en Land Rover, personne ne ferait attention à elles. Et le reste du temps, qui risquait de les voir dans cet endroit dépeuplé ? Il devait y avoir dans le sous-sol assez de boîtes de conserve pour soutenir un siège. Ensuite, une fois la tempête médiatique calmée et la surveillance des aéroports revenue à la normale, Ulrike et elle auraient fui ensemble en Amérique du Sud. C'est du moins ce que pense la police, étant donné qu'elles n'ont pas ouvert la bouche.

— Redis-moi comment s'appelait son père, déjà ?

— Rudolf Barth.

— Quel genre de nazi était-ce exactement ? Une froide mécanique du genre d'Eichmann ? Est-ce qu'il était sur la *top list* du Mossad ?

— À défaut d'être l'un des plus connus, il a été l'un des plus influents. C'était l'un des grands initiés de la Société de Thulé, un groupe ésotérique lié à la loge occultiste Germanenorden.

— J'avoue que je commence à m'y perdre un peu. Mon allemand est limité, et mes connaissances historiques ne le sont pas moins…

— Oui, pardonne-moi, je suis comme un professeur, quand je suis lancé, je ne peux plus m'arrêter, et il arrive que les gens soient perdus. Tu sais peut-être que tous les hauts responsables du Reich, ceux qui étaient au sommet du pouvoir, appartenaient à des sociétés secrètes ou occultistes. Rudolf Barth ne faisait pas exception. Il était membre actif de l'Ahnenerbe. Comme je te vois froncer les sourcils, je t'explique ce que c'est. L'Ahnenerbe, ou Société pour la recherche et l'enseignement sur l'héritage ancestral, était un institut qui s'occupait d'archéologie, d'ethnographie et d'anthropologie, qui a notamment monté des expéditions au Tibet et en Asie centrale. Ainsi qu'aux Canaries, certaines pour étudier les pyramides de Huimar, d'autres, et c'est ce qui nous intéresse, à… Fuerteventura.

— À Fuerteventura ? Mais quel rapport entre Fuerteventura et l'occultisme ou l'héritage aryen ?

— Un rapport très étroit, contrairement aux apparences. Fuerteventura est peut-être l'une des îles les plus anciennes au monde, et en tout cas la plus ancienne de l'archipel, c'est pourquoi on l'appelle aussi l'île Mère. Certains y ont observé, en outre, de nombreux phénomènes paranormaux. Je ne sais pas si tu as entendu parler, par exemple, de la lumière de Mafasca…

— Jamais.

— Eh bien… il s'agit, comme son nom l'indique, d'un phénomène lumineux, connu dans l'île depuis des siècles. Une lumière qui apparaît subitement aux randonneurs sur les sentiers de Fuerteventura, et qui disparaît tout aussi subitement. Je crois même qu'il y a des équipes de reporters qui ont réussi à la filmer…

— Et qu'est-ce que c'est censé être ? Un ovni ? Des esprits ?

— On ne sait pas. Une présence surnaturelle, dit-on généralement. Certains pensent que c'est l'esprit d'un mort dont la tombe est restée sans croix parce que des randonneurs qui avaient pris froid l'ont brûlée pour se réchauffer… Des légendes locales, quoi… Les esprits et les apparitions sont une très vieille tradition de l'île. Il y a ainsi une maison, à Tacande, où l'on entend des bruits étranges, des sortes de roucoulements, sans même parler de la montagne sacrée de Tindaya. Tu n'en as jamais entendu parler non plus ?

— Non, dit Gabriel qui continuait d'extraire lentement, à petites gorgées, la pellicule de whisky autour des glaçons.

— Une montagne spectaculaire qui s'élève de toute sa hauteur au beau milieu d'une plaine et qui ressemble, de loin, à une pyramide. Un grand temple naturel en forme de cône dressé vers le ciel. Les Égyptiens ont construit leurs pyramides pour représenter le lien entre la Terre et le firmament, l'*axis mundi* qui relie le monde des divinités au monde des humains. C'est une idée qu'ils ont empruntée aux Mésopotamiens qui, eux, n'ont pas construit de pyramides mais des ziggourats, qui visaient à établir une communication, une union mystique, entre la Terre-Mère et le dieu Soleil.

— En d'autres termes, ce que tu veux me dire, c'est que nous sommes sur une île magique… Et que c'est pour ça que Heidi venait y faire retraite. Je veux dire Isolde, ou je ne sais quel nom encore.

— Oui. J'ai le soupçon que son père était obnubilé par Fuerteventura. Je t'ai déjà dit que les hiérarques nazis étaient obsédés par l'occultisme et l'ésotérisme. Figure-toi que, si l'on en croit les Mémoires d'Albert Speer, Hitler est entré en guerre quelques jours après une aurore boréale, parce qu'il était fou d'astrologie et qu'il y avait vu un signe.

— Sérieusement ?

— C'est dans les Mémoires d'Albert Speer, il n'y a pas de source plus fiable. Le soir du 21 août 1939, une aurore boréale d'une intensité exceptionnelle a recouvert d'une lumière rouge, pendant plus d'une heure, le fameux mont Untersberg, à Berchtesgaden. Le ciel était tout rouge, tous les grands dignitaires qui contemplaient le spectacle depuis la terrasse du Berghof avaient les mains et le visage rougis par le reflet des rayons solaires, et le Führer a fait cette observation à l'un de ses aides de camp : « On dirait un bain de sang, c'est le signe que la guerre ne pourra pas être évitée. » Comme, le surlendemain, Staline a ratifié le pacte de non-agression germano-soviétique, il y a vu la confirmation que les astres étaient avec lui, et il a envahi la Pologne huit jours après.

— Pardonne-moi, mais j'ai du mal à croire qu'on décide d'entrer en guerre uniquement parce qu'on a vu un signe dans le ciel…

— C'est pourtant ce qui s'est passé. Les gens qui ont connu Hitler dans sa jeunesse ont confirmé qu'il avait toujours été fasciné par l'ésotérisme, l'occultisme, l'hypnose, les religions orientales, l'astrologie…

— Comme ma sœur Cordelia… Tu es en train de me dire que Cordelia a commencé par lire Blake et a fini néonazie ?

— Je ne dis pas tout à fait cela, mais il faudrait, si tu me permets, que je t'explique d'autres choses encore.

— Une autre histoire comme celle de la villa Winter ?

— Quelque chose d'approchant, si tu veux bien.

— Je suis tout ouïe. Ce sera un plaisir. À vrai dire, je n'ai pas grand-chose d'autre à faire ce matin.

— Parfait. Il va être encore question de Hitler. Braunau-am-Inn, sa ville natale, en Autriche comme tu sais sans doute, était un repaire de spirites et de voyants. Toute l'Allemagne du Sud, la Suisse, l'Autriche constituaient d'ailleurs un foyer de l'occultisme, et c'est précisément dans ce contexte que Jung a élaboré la théorie de l'inconscient collectif. Il pensait que les médiums étaient capables d'entrer en contact avec cet inconscient. Mais je m'égare, comme d'habitude.

— J'avoue que ton érudition est stupéfiante.

— Je lis beaucoup, trop sans doute, mais cette histoire de secte dirigée par la fille de Barth en personne, qui essayait de maintenir en vie la société secrète dont son père était un membre éminent, me fascine particulièrement. On croirait un roman.

— Mais cette société secrète, c'était une société nazie ?

— Vois-tu, Hitler avait pensé devenir prêtre, c'est du moins ce qu'il prétendait : en fait, il avait été simplement enfant de chœur. En réalité, il n'était pas catholique. C'était un ésotériste néopaïen. Un aryosophiste, pour être plus précis.

— Je m'y perds une nouvelle fois. Qu'est-ce que c'est que l'aryosophisme ?

— L'aryosophisme est un mouvement, je ne dirais pas culturel, mais plutôt… Comment le définir ? Disons qu'il s'agit d'un système idéologique. Il a été théorisé par un autre Autrichien, Guido von List, dont l'idéologie puisait directement aux sources de l'occultisme qui a connu une résurgence dans toute l'Allemagne à la fin du dix-neuvième siècle et au début du vingtième, sous l'influence du romantisme allemand et du paganisme germanique. Il va sans dire que l'aryosophisme était une compilation de toutes les sagesses traditionnelles des peuples aryens. Je ne sais pas comment t'expliquer… C'est comme si tu mettais dans un mixeur la franc-maçonnerie, la théosophie, Wagner, les sagas nordiques, les légendes germaniques, qui sont d'ailleurs en grande partie une invention littéraire du mouvement romantique allemand, les Rose-Croix, le gnosticisme… Sans oublier, bien sûr, le végétarisme, car Hitler était végétarien de stricte obédience. En deux mots, c'est comme si tu brassais toutes les doctrines ésotériques ou spirituelles qui ont existé en Europe et qu'à partir de ça tu fabriquais ta propre théologie. Je ne sais pas si théologie est le mot adéquat, car List ne croyait pas en une divinité à proprement parler, mais dans le destin universel d'une race, la race aryenne, et d'un peuple, le peuple germanique. C'est-à-dire qu'il croyait que les individus devaient se fondre dans de grandes collectivités luttant pour le bien commun. Le franquisme reposait sur la même idée : un destin censément universel. Toujours est-il que l'aryosophisme a constitué la base idéologique des thèses nazies.

— Mais est-ce que Hitler lui-même croyait vraiment à cette idéologie, cette religion, cette secte, peu importe le nom qu'on lui donne ?

— Hitler était aryosophiste mais n'a jamais appartenu, autant que je sache, à la Société de Thulé. Y ont appartenu, en revanche, Himmler, Rudolf Hess, Alfred Rosenberg, le ministre des Territoires de l'Est, ou Hans Frank, le gouverneur général de la Pologne… Tous ont été exécutés à Nuremberg.

— Pas Hess.

— C'est vrai. Il est mort en prison.

— C'est un honneur pour moi que de te prendre en défaut, car je vois que tu es une encyclopédie ambulante.

— Je t'ai dit que je lisais beaucoup. J'ai été… disons malade pendant plusieurs années, et c'était une façon de m'occuper. En plus, c'est un sujet qui m'intéresse tout spécialement…

— Mais le père de Heidi…

— D'Isolde.

— Le père d'Isolde, c'était quelqu'un de dangereux ?

— C'était l'un des grands maîtres de la Société de Thulé, à laquelle Hitler n'a pas appartenu, mais dont les postulats et l'esthétique ont inspiré pour une bonne part la doctrine nazie.

— Mais… la secte de Heidi, je veux dire d'Isolde, s'appelait Thule Solaris !

— C'est maintenant que tu t'en aperçois ? Pourquoi crois-tu que je te raconte tout ça ? Isolde est fille de nazi, et elle a poursuivi l'œuvre de son père, qui était l'un des grands initiés et théoriciens de l'aryosophisme. Veux-tu que je pousse plus loin mes explications ?

— Ça fait un bon moment que je suis perdu, mais j'aime la façon dont du parles… Je ne dis pas ça avec ironie, j'aime vraiment t'écouter parler. Essaie de m'expliquer comme tu pourras.

— Bien… Hitler se disait catholique pour des motifs politiques, et a réussi à entraîner derrière lui à la fois des catholiques et des protestants. Mais il a été initié par Dietrich Eckart, membre éminent de la Société de Thulé, à qui il a d'ailleurs dédié *Mein Kampf*. Et il n'y avait pas que Hider : Himmler, Hess, Rosenberg, presque tous les grands chefs nationaux-socialistes se sont inspirés, pour définir les principes doctrinaux et organisationnels du parti nazi, des enseignements qu'ils avaient reçus des confréries ésotériques auxquelles ils étaient liés. L'idée du Reich de mille ans, par exemple, est empruntée à l'ésotérisme aryosophiste, dont l'emblème était justement le svastika.

— Le svastika était donc le symbole de la Société de Thulé…

— Non, c'est un symbole universel, mais dont l'aryosophisme a fait son emblème. De la même façon que l'équerre et le compas sont des symboles maçonniques, ou la croix un symbole chrétien. En d'autres termes, les nazis ont pris un symbole ancien, la croix gammée, et se le sont approprié, tout comme les chrétiens s'étaient approprié celui de la croix ansée. Non pas parce que Jésus est mort sur la croix, car Jésus, s'il a existé, est probablement mort sur un pieu ou un poteau dressé à la verticale, mais parce que la croix ansée, dans l'Égypte ancienne, était un symbole de fertilité et de vie, qui était lui-même issu de symboles plus anciens. On a retrouvé dans le monde entier divers objets datant de périodes bien antérieures à l'ère chrétienne, et qui étaient marqués de croix aux dessins variés. La croix, au demeurant, n'était pas un symbole en usage dans le christianisme primitif. Le premier symbole adopté par les chrétiens a été, dès le deuxième siècle, le poisson, et le Christ, au troisième siècle, est représenté sur les premiers tombeaux sculptés sous les traits du Bon Pasteur. La croix n'est devenue l'emblème et le symbole suprême du christianisme qu'au cinquième siècle.

— Mais comment sais-tu tout cela ?

— J'ai étudié la philosophie, et plus particulièrement la théologie.

— La théologie ? Tu voulais devenir prêtre ?

— Quelque chose comme ça.

— Quelque chose comme ça ? Tu veux dire que tu as été au séminaire, ou peut-être dans une secte ?

— Écoute, je te raconterai un autre jour, c'est une plus longue histoire encore que celle de la villa Winter, et nous sommes en train de parler de tout autre chose…

Gabriel comprit, dans un éclair fulgurant, qu'il avait touché un point sensible.

— Si je t'ai parlé de la croix, c'est pour que tu voies bien que, dans les deux cas, le schéma est analogue, reprit Virgilio d'un ton sérieux, de nouveau professoral, comme s'il voulait enterrer sous ses paroles le sujet de toute évidence embarrassant qui avait surgi à l'improviste. Dans les deux cas, il s'agit d'adopter un symbole universel et d'en faire sa propriété exclusive. Aujourd'hui, pour n'importe qui, une croix latine est un symbole chrétien, et une croix gammée un symbole nazi. Mais voilà que je me laisse encore aller à des digressions.

— Tes digressions ne me dérangent pas. Je te l'ai dit, j'aime bien t'écouter parler. Je me sens comme si j'assistais à une conférence… À cette différence près que je suis l'auditoire à moi tout seul.

Le propos confus de Virgilio était pour Gabriel comme une berceuse, qui l'aidait à oublier, mais il se garda de le lui dire.

— Mais je suis seul à parler.

— En ce cas, c'est un grand honneur que tu me fais que de donner une conférence à mon usage exclusif, et sans me faire payer. J'en suis d'autant plus ravi que ce que tu me racontes me passionne, en plus de me changer les idées.

— Te changer les idées ? Mais de quoi ?

— Tu le sais bien… La sœur que j'ai perdue. En plus, j'ai des problèmes personnels chez moi, en Angleterre. Ma vie en ce moment n'est que chaos et désolation. Peut-être le fait de m'apercevoir que l'existence en général n'est que chaos et désolation m'aidera-t-il à relativiser mes propres problèmes ? Je ne sais pas. J'aime t'écouter, même si je ne sais pas où tu veux en venir… – Gabriel voyait à travers la vitre le ciel canarien, un ciel difficile à définir, non par manque mais par excès de lumière, et le soleil était comme une bouteille de whisky qui se serait vidée dans l'azur. – Saurons-nous jamais pourquoi Cordelia s'est laissé circonvenir par cette Isolde, Heidi ou autre ? Sauras-tu m'expliquer si, oui ou non, ma sœur était une néonazie ?

— Non, je ne crois pas qu'elle l'ait été au sens où on l'entend généralement. Je crois qu'elle s'est trouvée sous l'emprise d'une personnalité en même temps que d'une idéologie mythique qui remonte très loin dans le temps.

— Qui remonte à quand, au juste ?

— Qu'est-ce que tu veux ? Que je te fasse toute une conférence sur la société à laquelle appartenait ta sœur ? J'aurais peur de t'ennuyer.

— Tu ne m'ennuies pas le moins du monde. Je veux que tu continues à m'expliquer, je veux comprendre, j'ai besoin de comprendre.

— Eh bien, ce que je veux t'expliquer, c'est qu'Isolde n'est pas à proprement parler une nazie. Elle était plutôt la grande prêtresse d'un ordre mystique et la propagatrice d'un syncrétisme qui emprunte à des traditions très diverses. Le svastika, par exemple, qui est dans notre inconscient collectif un symbole de haine et de destruction, est en réalité un symbole très ancien qui représente la lumière solaire en rotation. Même les officiers de votre armée, je veux dire de l'armée britannique, l'utilisaient, et l'emblème de l'escadrille La Fayette, pendant la Première Guerre mondiale, représentait la tête d'un Indien sioux ornée d'un panache de plumes dans lequel apparaissait un svastika. L'origine de ce symbole se perd dans la nuit des temps, c'est peut-être même le plus ancien qui ait été inventé par l'homme. On en trouve sur des gravures rupestres de l'âge du bronze, sur des céramiques peintes, et comme représentation du pouvoir chez les Égyptiens. Pour les bouddhistes, c'est une amulette, un talisman, et les aryosophistes, qui se sont abreuvés à toutes ces sources, l'identifient notamment à la croix de Fylfot et au marteau de Thor des vieilles légendes germaniques. Mais, pour eux, c'était plus qu'un symbole : ils croyaient vraiment qu'un jour un svastika luisant avait tourné autour de la Terre, sous les yeux des peuples du monde entier.

— Un ovni en forme de svastika, en quelque sorte ? Heidi parlait d'un ovni qui viendrait délivrer ses adeptes avant la fin du monde…

— Je ne sais pas… Tu sais, les svastikas les plus anciens ont été retrouvés dans des vestiges archéologiques de civilisations qui étaient contemporaines les unes des autres, mais qui n'ont pas pu avoir de contact entre elles. Ils étaient en usage, par exemple, chez les Incas. Le svastika est une vraie énigme, un symbole plurimillénaire qui n'est pas le fruit de l'imagination spontanée d'un artiste ni de la transmission directe d'une civilisation à une autre. Les penseurs ésotéristes pensent qu'il trouve son origine dans quelque chose qui est apparu dans le ciel, quelque chose que des civilisations très éloignées les unes des autres ont donc pu observer chacune de leur côté. Ce serait donc un symbole venu de l'extérieur, qui ne se serait pas transmis par échange interculturel, tu comprends ? D'où cette idée des aryosophistes selon laquelle il ne *représente* pas un pouvoir supérieur, mais qu'il le *décrit*. Que ceux qui peignaient des svastikas peignaient quelque chose qu'ils avaient vu. Un ovni ? Pourquoi pas ? C'est peut-être à cela que pensait l'Allemande, c'est même très probable. La croix gammée originelle venant chercher les esprits des adeptes après leur suicide…

— Et les nazis en ont fait leur symbole…, dit Gabriel en hochant la tête pour signifier qu'il avait bien compris le propos de Virgilio, mais son mouvement pendulaire dénotait au contraire la perplexité qu'engendre toute conversation portant sur des sujets si touffus qu'ils en deviennent nébuleux.

— Absolument. Le nazisme n'est pas un simple mouvement politique mais un système idéologico-mystique très complexe, dont le parti national-socialiste était le bras politique et la Société de Thulé le bras idéologique.

— Si je comprends bien, la Société de Thulé était une société aryosophiste au même titre que la Royal Society était à l'origine un club maçonnique…

— En quelque sorte… Les mythes, les symboles et l'idéologie du national-socialisme avaient déjà été popularisés à partir de la fin du dix-neuvième siècle par différents penseurs occultistes, plus ou moins tarés ou illuminés, et dont les idées se sont cristallisées au sein de la Société de Thulé, ou Ordre de Thulé, société secrète bien antérieure au parti national-socialiste. En d'autres termes, tous les thulistes n'étaient pas nazis ni inversement, mais un grand nombre de chefs nazis l'étaient. Himmler, par exemple, était un thuliste fanatique. Pour te donner une idée, il voulait faire de la SS l'institution aryosophiste par excellence, constituée d'individus qui soient non seulement de pure souche aryenne mais encore initiés en bonne et due forme. Il a institué des rites dont la finalité était de créer entre l'ordre et l'adepte des liens indissolubles. Ainsi, les SS se mariaient et baptisaient leurs enfants lors de cérémonies aryosophistes destinées à supplanter les sacrements chrétiens. Et il a fait la même chose pour les fêtes religieuses, qu'il remplaçait par des célébrations païennes. Au lieu de fêter Noël, par exemple, les SS banquetaient autour de flambées qui évoquaient les rites tribaux germaniques du solstice d'hiver. Ce que je veux que tu comprennes, c'est que Himmler considérait la SS non comme un simple corps d'élite, mais comme un ordre de chevalerie à l'image des Teutoniques, qu'il appelait d'ailleurs l'Ordre noir. Et il a intrigué pour que le Führer désigne Rudolf Hess comme son successeur, pour la raison la plus absurde que tu puisses imaginer.

— À vrai dire, je n'en imagine aucune. Parce qu'il était de pure souche aryenne ?

— Ça, ça allait de soi. Non : il a choisi Hess à cause des runes.

— Pour une fois, tu ne me prends pas au dépourvu : je sais ce que sont les runes. C'est une méthode de divination avec des pierres, non ? Ma sœur Cordelia en avait, qu'elle conservait dans un petit sac, et Helena m'a dit que, quand elle a commencé à fréquenter Thulé, c'était devenu une obsession, elle les avait toujours sur elle.

— Mais oui, nous parlons bien de la même chose. L'alphabet runique est un ancien alphabet scandinave, où chaque lettre, ou rune, a sa signification propre en plus de correspondre à un son, et peut être gravée sur une pierre. Si bien qu'on peut, par un simple lancer, pratiquer la divination de la même façon, si tu veux, qu'en tirant les cartes, sauf que, naturellement, c'est avec des pierres. Le fondateur de la Société de Thulé, le baron von Sebottendorf, était obsédé par les runes. Je présume que ça explique ce tropisme de ta sœur.

— Mais je croyais que le fondateur de l'ordre était ce List dont tu parlais ?

— Non, List est l'inventeur du mot aryosophisme, mais l'ordre lui-même a été fondé par Sebottendorf. Et, pour lui, la rune la plus sacrée était Hagal. La lettre Hagal, qui correspond à notre H, se trouverait présente, selon les aryosophistes, dans la forme hexagonale, dans la fleur de lys en héraldique et même dans la pyramide de Chéops – car les aryosophistes se considéraient comme les descendants d'une civilisation aryenne primigène qui aurait survécu sous différentes cultures. Ils croyaient en une légende selon laquelle les anciens guerriers germaniques gravaient des signes runiques sacrés sur le fourreau de leurs glaives. Et c'est à ces guerriers, gardiens ancestraux de la patrie nordique, que Himmler identifiait les SS.

— Mais que vient faire Hess là-dedans ? Il était versé dans la lecture des runes ? Tu ne vas pas me dire qu'il décidait des actions ou des mouvements de troupes au vu d'un lancer de pierres…

— Non. Mais je t'ai dit que, pour les thulistes, la rune la plus sacrée, celle qui indique le sort le plus favorable, était Hagal, symbole de la destruction purificatrice.

— Je ne vois toujours pas le rapport avec Hess.

— Je t'ai dit que Hagal correspond à la lettre H.

— Je ne vois toujours pas… Ne me dis pas qu'il a choisi Hess parce que son nom commençait par H.

— Si, justement. Il voulait constituer une sorte de trinité avec des noms en H : Hitler, Himmler, Hess. Le dogme de la sainte Trinité trouve son origine dans des triades sacrées d'anciens cultes mystiques et païens. Et Himmler a pensé que cette triade placée sous le signe de Hagal apporterait à l'Europe la grande destruction purificatrice qui amènerait le Reich de mille ans.

— C'est l'absurde porté à sa puissance la plus extrême, une puissance destructrice…

— Je t'ai parlé tout à l'heure de la montagne de Tindaya, cette montagne sacrée qui évoque une pyramide, non ? Eh bien, sur son sommet, il y a des inscriptions rupestres, qu'on appelle des pétroglyphes, et il me semble que la première fois que Barth est venu à Fuerteventura, c'était pour les étudier. Selon les anthropologues nazis, les pétroglyphes de Fuerteventura ne se différenciaient en rien de ceux de Rhénanie ou de Westphalie, et les inscriptions qu'ils portent sont souvent très proches des signes runiques, parfois même plus que proches. Je crois que c'est ce qui explique que Heidi avait justement son refuge ici, à Fuerteventura. Elle perpétuait l'obsession paternelle.

— Et Cordelia ? Ma sœur aurait donc sacrifié sa vie pour la fille d'un dément qui ajoutait foi à de telles sornettes ? Et le mot est faible ! Ce seraient des sornettes si elles étaient inoffensives, mais il s'agit d'un véritable délire de psychopathe. Et ma sœur est venue se fourrer là-dedans ? Mais elle était donc devenue complètement folle ?

La nausée, ou l'ébriété, empêchait Gabriel de poursuivre, car il ne voulait ni vomir ni pleurer. Il aurait voulu ensevelir le nom de Cordelia dans l'oubli plutôt que d'accepter l'idée qu'elle ait été capable d'une telle folie, plutôt que d'associer son nom à la démence et à la douleur.

— Ta sœur a été une victime, une victime parmi d'autres. Tu sais, il existe un préjugé répandu selon lequel les personnes qui se laissent enrôler dans ces groupes sectaires sont crédules, ou mentalement affaiblies, voire retardées, mais la vérité, c'est que cela peut arriver pratiquement à n'importe qui. Cela aurait pu nous arriver, à toi ou à moi, à des moments de notre vie, des moments de solitude, de désespoir, de souffrance, ou de simple frustration.

— Non, pas moi. Toi, je ne sais pas. Mais moi, jamais.

— Ne sois pas si affirmatif. Tout le monde peut ressentir soudain un besoin spirituel ou traverser une crise d'identité. Sans parler des moments particulièrement critiques : lorsqu'on a perdu un être cher, ou qu'on a été quitté, ou qu'on est gravement malade, loin de chez soi, désorienté…

— Je crains que tu n'aies décrit exactement la situation de ma sœur quand elle a rejoint Thule Solaris : elle était loin de chez elle, désorientée, et elle avait perdu un être cher.

— Écoute, Gabriel, plus qu'une question de profil ou de personnalité, le fait de rejoindre une secte est lié aux circonstances, au moment. Ensuite, il y a des techniques de lavage de cerveau que tu sous-estimes, je crois, et dans lesquelles cette femme, Isolde, devait exceller.

Mais Virgilio dut s'apercevoir qu'il ne convaincrait ni ne consolerait Gabriel, car il s'arrêta.

— Je suis désolé, c'est tout ce que je peux te dire. Je suis désolé, vraiment.

— Je te remercie, dit Gabriel d'une voix blanche qui tentait de réprimer un sanglot.

Mais il n'était pas homme à pleurer, et il vida d'un trait son verre pour se le confirmer. Il aurait voulu extirper de son être, comme une tumeur, le souvenir de Cordelia, mais la mémoire demeurait, en dépit de la douleur, son ultime privilège.

— J'ai été très heureux de parler avec toi, vraiment. C'était tout à fait passionnant. Mais je ne me sens pas bien, j'ai mal à la tête et je crois que je devrais songer à rentrer à Punta Teno. Il est tard. Je suis venu avec la voiture d'Helena et je ne veux pas conduire fatigué.

— Je comprends. Écoute, je suis encore là pour quelques jours, le temps de régler quelques affaires de famille. Des démarches à faire pour mon oncle : il habite Madrid, mais il a une maison ici, qu'il louait à des Allemands.

— Comme toutes les maisons.

— Ma foi, oui. La plupart des plus belles maisons de Puerto sont louées à des Allemands. Comme ses locataires repartent, c'est le moment de faire des travaux, et ça n'aurait pas de sens qu'il se déplace depuis Madrid pour parler aux maçons, je lui ai donc dit que je m'en occupais. Si tu as besoin de quelque chose, tu as mon numéro.

Il y eut un silence de quelques secondes, le temps suffisant pour que Gabriel reprenne ses esprits, retrouve sa voix, sa motricité, se redresse. Il tendit la main à Virgilio, qui la lui serra énergiquement.

— Merci infiniment. Je retiens l'idée.

12

JOURNÉES ENTRE PARENTHÈSES

Tandis qu'il rentrait à Punta Teno après cette longue conversation avec Virgilio, Gabriel se sentit envahi par une étrange sensation, non plus de paix intérieure, mais d'indifférence. Il se sentait libéré, comme s'il avait rompu un sortilège. Peut-être venait-il seulement de comprendre la futilité de l'existence, la vanité de l'action humaine. Et la stupidité risible de l'orgueil, de la peur ou de la honte qui l'avait tenu éloigné pendant dix ans de cette sœur qu'il ne reverrait jamais. La mort remettait tout en perspective, le tenant à égale – et longue – distance de la tristesse que lui causait la mort de Cordelia et de la joie qu'auraient dû lui apporter ses nuits avec Helena. Cette atonie mortifère, cette aspiration profonde à se changer en pierre étaient-elles le simple effet de la fatigue ou une armure que son esprit avait fabriquée pour le protéger contre la douleur de la perte ?

Une vie nouvelle se présentait, se déployait devant lui comme une pièce de toile brillante. Une vie de plaisirs langoureux et de rêves tentateurs. Les pensées liées à sa vie antérieure, et à jamais révolue, se dissolvaient dans une obscurité moelleuse et apaisée. Il y aurait place, peut-être, dans cette nouvelle vie, pour Helena, mais non pas, c'était désormais certain, pour Patricia.

Ni, cela allait de soi, pour Cordelia. Ni pour la peur ni pour la culpabilité. Ni pour l'angoisse des événements susceptibles de se produire – ou non. Il se contenterait de vivre, de profiter de l'existence autant que possible, sans expier les fautes d'autrui, sans espérer ce qu'il ne pouvait obtenir. Au lieu de se rebeller contre un destin sans logique ni sens, il se retrancherait, s'abriterait derrière ses constructions, sans les craindre. S'il acceptait que la réalité ne soit rien de plus qu'une succession de faits reliés entre eux, il lui serait plus aisé de l'accepter. Pourquoi se rebeller contre le mal ou contre la mort, vouloir leur trouver un sens, au lieu de prendre simplement acte de leur existence ? Pourquoi l'être fini et contingent qu'il était persistait-il dans sa quête de l'infini et de la postérité ? Pourquoi fallait-il chercher des raisons et des réponses ? Il avait perdu Cordelia et n'avait pas à chercher d'autres raisons. De même, il ne devait pas se laisser obnubiler par la conquête d'Helena. Dans un monde en perpétuel changement, la quête de la permanence était dénuée de sens.

Il avait décidé de rester à Punta Teno cinq jours de plus. Puis de rentrer à Londres, de parler à Patricia, de mettre les choses au clair avec elle. Et même, peut-être, de quitter son travail. Comme Cordelia avant lui, il pouvait vivre sur son héritage, surtout maintenant que la part de sa sœur lui revenait aussi. Pourquoi avait-il travaillé autant durant toutes ces années ? Pour s'offrir une voiture plus luxueuse, un plus grand appartement, des costumes de Savile Row, des plaisirs artificiels dont il n'avait même pas le loisir de profiter ? Il laisserait même l'appartement à Patricia si elle voulait. L'argent servait au moins à cela : à acheter la sérénité.

Telles étaient, parmi d'autres, les pensées qu'il retournait dans sa tête lorsqu'il arriva à Punta Teno.

Helena n'évoquait jamais ses sentiments pour lui, ne faisait pas de projets auxquels il serait partie prenante. Mais ne lui demandait pas non plus quand il s'en irait. Elle semblait flotter dans une bulle transparente au-dessus du monde, d'où elle puisse suivre le cours des choses sans y être mêlée. Elle était là, impassible, comme le rocher de Punta Teno, comme une déesse, comme si elle ne se sentait pas la force, dans sa somnolence languide sous les caresses du soleil, de contenir les sentiments et les assiduités de Gabriel, d'enrayer d'une façon ou d'une autre cette déraison. Elle ne faisait rien non plus pour les encourager, elle le laissait nager vers elle sans résister ni protester, sans venir non plus à sa rencontre. Gabriel était amoureux. Il avait cette certitude et n'avait que celle-là, il ne savait pas le moins du monde où le mènerait ce sentiment, qui était né le jour même où elle était venue le chercher à l'aéroport, et n'avait cessé, depuis, de se renforcer sournoisement, d'une façon dont il n'avait lui-même pas eu conscience. Ce qui avait été, à l'origine, une vague espérance, était devenu un fait, un point d'ancrage inébranlable, d'où Gabriel avait sauté dans le vide pour atteindre l'inatteignable, soudain transformé en trophée par l'étrange alchimie des îles.

Gabriel flottait lui aussi, sans voix, dans les eaux de Punta Teno, dans cet univers récemment découvert, une terre et une eau qui n'étaient celles de personne, où il ne savait ni ne pouvait imaginer quel territoire conquérir, des chemins dans lesquels s'engouffrer jusqu'à se trouver face à un précipice ou un défilé. Journées superbes, qui surpassaient n'importe quel rêve. Journées sublimes, où il constatait, émerveillé, qu'il n'avait jamais été aussi heureux. Heureuse d'un bonheur que le souvenir de Cordelia rendait certes incomplet, intermittent, angoissant. D'un bonheur toujours menacé, car dès les tout débuts de son amour, dans la chambre d'hôtel de Fuerteventura, peut-être même depuis cet instant où Helena, à l'aéroport, l'avait embrassé et où il avait senti cet élancement soudain au cœur, s'était mêlée l'angoisse de découvrir qu'il n'était pas aimé de retour. Tôt ou tard Helena devrait décider que faire de cette vie où Cordelia n'était plus présente ; lui, il devrait rentrer à Londres et ne serait plus pour elle qu'un souvenir doux-amer, une figure lointaine, et il appréhendait cette séparation qu'il devinait inéluctable, épée de Damoclès suspendue au-dessus de son bonheur, qui oblitérait sa joie, sa passion même, construisant un labyrinthe de sentiments d'une intensité encore inconnue. Il connaissait parfois, quand devenait aveuglante la béance de l'abîme qui les séparait, des moments où la ferveur de son désir, la nostalgie qu'il avait d'elle malgré sa présence, l'approche de leur inévitable éloignement toujours repoussé le précipitaient dans un gouffre sans fond. Il était assailli par l'amour et la haine, la joie et la peur, la reconnaissance et le dépit, et débordé par la véhémence de cette passion dont il avait pressenti depuis longtemps la progression souterraine, mais qui avait éclaté soudain au grand jour en laissant désarmées sa volonté et sa raison. Il errait la nuit, jusqu'au matin, dans des villes glaciales qui lui étaient inconnues, parcourant des labyrinthes, s'engageant dans des ruelles sans issue, traversant des carrefours déserts, sans un passant, sans une affiche. Dans ces songes, il cherchait tantôt Helena et tantôt Cordelia, mais il était toujours seul. Il ne l'était plus lorsqu'il se réveillait, mais son cœur l'était, comme dans son rêve.

Leur vie était facile, sans histoires. Peut-être avaient-ils trouvé ce paradis perdu des gravures de Blake à la recherche duquel Cordelia était partie auprès de Heidi, alors qu'elle l'avait, ici, dans sa maison ? La nuit, il restait longtemps éveillé, observant Helena sans la toucher, tâchant en vain de calmer sa respiration agitée, et tentant de percevoir dans la pénombre, sur ce visage faiblement éclairé par les rayons de la lune, une explication, une clé que jamais il ne trouvait. Ils se levaient à l'aube, sans réveil ni montre, se promenaient jusqu'à la mer, dont l'eau parcourait un spectre de couleurs allant du jaune pâle au rouge foncé, et se baignaient longuement. Puis ils prenaient leur petit déjeuner. Ils faisaient plus tard une nouvelle promenade, accompagnés par le turquoise luminescent de la mer, qui semblait, en plein midi, une émeraude liquide. Ils ne regardaient jamais la télévision ni de films. Il y avait bien un appareil dans la maison, mais cela n'était pas dans les habitudes d'Helena, et il avait décidé de s'y adapter. À la tombée du jour, la mer passait d'un vert clair et mousseux à un gris de plomb. Ils se parlaient très peu. Ils n'en avaient pas besoin. Passer le temps ensemble leur suffisait. Helena avait l'air triste, perdue, méditative. Elle pleurait souvent, en silence, sans juger nécessaire d'expliquer pourquoi. Même ainsi, il trouvait merveilleux d'être avec elle. Il ne s'imaginait avec personne d'autre, car personne d'autre ne pourrait partager sa douleur. La nuit, la mer était d'un bleu sombre, presque noir, étrangement fluorescent sous le brasillement de la lune, et ils s'endormaient en écoutant le clapotis des vagues.

Ce matin-là, ils s'étaient levés tard et le bain s'était prolongé presque jusqu'au déjeuner. Gabriel s'était abandonné à l'étreinte de la mer, laissé lécher le dos, le ventre, les jambes, les avant-bras, le souffle coupé de froid et de plaisir. Ils rentraient fatigués et heureux, en maillot de bain et sandales, la serviette sur l'épaule, quand ils aperçurent, étonnés, une jeep garée devant la maison. Gabriel reconnut de loin le véhicule et, du même coup, la silhouette de l'homme appuyé sur le capot. C'était Virgilio. Gabriel était content de le voir, mais il n'était pas certain qu'Helena le soit aussi, et fut donc rassuré lorsqu'elle lui adressa un large, quoique timide, sourire de bienvenue.

— Comment nous as-tu retrouvés ?

— C'est vrai que c'était très compliqué : les maisons sont si nombreuses à Punta Teno… Mais pour un guide expérimenté comme moi, c'était presque un jeu. Je peux entrer ?

— Oui, bien sûr. Entre. – Gabriel voyait Helena indécise, acquiesçant d'un geste ambigu de la main, peut-être légèrement apeurée ou méfiante. – Que veux-tu boire ?

— Un verre d'eau. Je suis en train de me déshydrater, ça fait un moment que je vous attendais.

— Tu ne préfères pas une bière ? proposa poliment Helena.

— Si tu en as…

— Mais bien sûr. Asseyez-vous sous le porche, tous les deux. Je reviens.

Gabriel et Virgilio s'assirent. Helena revint peu après avec trois bières.

— C'est vraiment un site exceptionnel. Comment avez-vous réussi à ce qu'on vous laisse construire ici ? dit Virgilio pour plaisanter.

— La maison existe depuis des siècles, expliqua Helena. C'est une maison de métayer restaurée. Nous en louons une partie, l'autre est occupée par les propriétaires.

— C'est merveilleux. Même si je ne vous avais pas trouvés, je n'aurais pas regretté ma visite.

— Pourquoi n'as-tu pas appelé avant ?

— Parce que je voulais vous inviter à déjeuner, et je me suis dit que vous ne pourriez pas me dire non en face.

Helena sourit. Elle n'avait guère souri ces derniers jours, et ce sourire convainquit Gabriel d'accepter l'invitation.

— Mais… pourquoi veux-tu nous inviter à déjeuner ? demanda-t-elle.

— Je pourrais répondre parce que je vous aime bien, ou parce que nous avons partagé ensemble des choses très fortes. L'une et l'autre réponse seraient sincères, mais pas entièrement, car elles cacheraient la vraie raison. Qui, naturellement, n'exclut pas les deux autres. Il faut que tu saches, Gabriel, qu'après notre conversation au bar de l'hôtel, l'autre jour, je n'ai pas pu dormir. Je repensais sans cesse à quelque chose que tu m'avais dit : tu disais que tu n'arrivais pas à comprendre comment ta sœur avait pu adhérer à une secte. Et que tu avais *besoin* de comprendre. Alors, en tournant et retournant dans mon lit, dans la solitude de ma chambre, je me suis dit qu'il existait peut-être un ordre caché des choses, un plan divin que nous serions incapables de comprendre…

— C'est curieux, c'est exactement ce que pensait Cordelia, dit Helena.

— Oui, c'est normal, c'est ce que pense une personne qui a des angoisses métaphysiques, comme ton amie. Peut-être les hasards ne sont-ils que des hasards, mais peut-être sont-ils plus que cela et, à y repenser, c'est une bien étrange coïncidence qui vous a conduits jusqu'à Heidi.

— Pourquoi cela ?

— Parce que c'était, statistiquement parlant, tout à fait improbable. Si vous étiez croyants, vous diriez que c'est un miracle.

— Que veux-tu nous dire par là ?

— Que je suis en mesure de t'expliquer comment ta sœur en est venue à faire partie de cette secte, comment cette femme a mis le grappin sur elle, comment elle lui a lavé le cerveau, comment elle a annihilé sa volonté…

— Tu as connu Cordelia ? C'est ça que tu veux nous dire ?

— Non. Je veux vous dire que j'ai fait partie d'une secte, moi aussi. – Puis, après un silence que ni Gabriel ni Helena n'osèrent rompre, il ajouta : – Et maintenant, voulez-vous venir déjeuner avec moi, pour que je vous raconte ?

13

VIRGILIO

— Comme vous l'avez peut-être deviné, je suis un garçon de bonne famille. Mon père est décédé quand j'avais cinq ans. D'un cancer. Je suis fils unique. Ma mère était, elle est toujours, une femme très belle mais très timide, discrète, sérieuse, silencieuse. Mon père a été son premier amour. Ils se sont connus très jeunes, leurs familles étaient amies… Je veux dire par là qu'elle n'a pas eu à le séduire, d'ailleurs elle n'aurait pas su comment s'y prendre. C'est quelqu'un d'extrêmement réservé, qui s'angoisse à la simple perspective de devoir élever la voix. Je me rappelle, par exemple, qu'au marché, si un commerçant la volait en lui rendant la monnaie, elle ne disait rien, elle se contentait de ne plus acheter chez lui. Ce n'était pas une mère à collier de perles et manteau de fourrure, mais une mère en tablier devant ses casseroles ou sa boîte à couture, qui lisait des histoires et prenait la température, qui câlinait et faisait les gros yeux, une mère qui aurait voulu plus d'enfants. Quand elle a été veuve, elle a gardé les quelques amies qu'elle avait depuis toujours, mais elle ne s'en est pas fait de nouvelles. Toute sa vie tournait autour de moi. Elle se levait, me préparait mon petit déjeuner, m'habillait, m'emmenait à l'école, rentrait à la maison, ressortait faire les courses, préparait le déjeuner, s'occupait de la maison, allait me chercher à l'école, me faisait faire mes devoirs, préparait le dîner, dînait avec moi, me donnait le bain, me mettait au lit, me lisait une histoire, et puis elle se couchait. Oui, j'étais vraiment toute sa vie. Et moi, naturellement, je l'adorais, pour moi c'était la meilleure maman du monde. Nous étions tellement proches que je sentais mon sang battre dans ses veines. Si je vous raconte tout ça, c'est parce que je crois qu'une partie des raisons qui ont fait de moi une proie si facile tient au fait que j'ai été un enfant surprotégé – même si, comme je l'ai dit l'autre jour à Gabriel, ça peut arriver à n'importe qui. Il est exact que les gens qui ont souffert de carences affectives ou qui ont des aptitudes sociales limitées sont plus vulnérables, mais il n'y a pas de profil unique, sauf sur un point : la secte s'intéresse à toi parce qu'à ses yeux tu as de la valeur. La Firme, par exemple, s'intéressait avant tout à ceux qui avaient de l'argent ou bien des parents aisés dont ils hériteraient un jour, et ils recouraient à tous les stratagèmes possibles pour les recruter, pour faire d'eux des disciples dévoués corps et âme à l'institution, une institution qui choisirait pour eux l'endroit où ils habiteraient, qui les enverrait au besoin à l'étranger, mais toujours en résidence dans un centre de la secte. On disait que, pour devenir disciple, il fallait être soit intellectuel, soit fortuné, et j'étais les deux. Ceux qui étaient jugés moins prometteurs, du fait de leur position sociale modeste, ou de leur éducation moins poussée, ou même de leur physique ingrat, se voyaient plutôt proposer un statut de membres agrégés, qui vivaient en dehors des centres mais toujours dans le célibat, ou bien de membres coopérateurs : ils avaient le droit de se marier et d'avoir des enfants, mais devaient reverser dix pour cent de leurs revenus à la Firme. Ta sœur, à ce que j'ai compris, était à la fois intelligente et fortunée…

— Et vulnérable.

— Et belle, non ?

— Très belle.

— C'est un aspect qu'on mentionne rarement mais dont je me suis rendu compte au fil du temps. Pratiquement aucun des disciples d'honneur de la Firme n'était laid, et s'il y en avait tout de même quelques-uns, très rares à vrai dire, c'était parce qu'on les avait recrutés pour leur fortune, et ils n'étaient guère mis en avant. La beauté physique comptait beaucoup, surtout pour cette vitrine de la Firme que sont les disciples d'honneur. Il y a longtemps que j'ai renoncé à toute fausse modestie, et je sais très bien qu'à cet âge-là j'étais l'archétype du beau garçon, blond, grand, sportif… Au collège où j'allais, l'instruction religieuse était faite de façon ennuyeuse, et si décevante. On nous parlait beaucoup de tendre la main à nos frères démunis, mais jamais on ne nous les a présentés, ces fameux frères démunis. On ne nous enseignait guère non plus la doctrine. J'ai toujours été le meilleur élève de ma classe, et le mérite en revient pour l'essentiel, non pas à moi, à mon cerveau, mais à ma mère, qui jour après jour, pendant toute ma scolarité, s'est assise à côté de moi pour m'aider à faire mes devoirs, en apprenant avec moi à mesure que j'apprenais. Donc, je pourrais dire que j'ai été un enfant heureux, ou du moins que je croyais l'être.

Les problèmes sont venus à l'adolescence. Mes camarades se sont mis à se moquer de moi quand ma mère venait me chercher au collège. J'avais honte, mais d'un autre côté je n'osais pas me rebeller contre elle de peur de lui faire de la peine. Mes excellentes notes, qui jusqu'alors avaient été un motif d'orgueil, ont d'un seul coup fait de moi la cible des ricanements, des insultes ; les autres garçons me regardaient de travers, pour eux j'étais infréquentable. Jusqu'alors j'avais eu des amis, ou j'avais cru en avoir, mais lorsque les bandes de copains ont commencé à se former à l'adolescence, je me suis senti exclu. Je n'étais pas invité à leurs fêtes, à leurs sorties, aucun ne me téléphonait le week-end, et les vacances scolaires étaient pour moi un supplice, tellement j'étais seul.

Je me rappelle en particulier qu'un 31 décembre, quand j'avais quinze ans, je me suis senti vraiment très mal. Je n'avais personne avec qui passer la soirée. Je suis resté enfermé dans ma chambre, à imaginer les fêtes auxquelles je n'étais pas invité, les filles qui flirtaient avec d'autres, les rires que je ne partageais pas.

Peu après, ma mère a rencontré un autre homme, bon catholique comme elle, ils s'étaient d'ailleurs connus par la paroisse. Pour moi, le coup a été terrible. J'étais terriblement jaloux, et en même temps je me sentais très coupable d'être jaloux. À seize ans, je suis tombé amoureux d'une fille. Elle me ressemblait beaucoup, très studieuse, très solitaire. Très douce. Nous semblions faits l'un pour l'autre. Au bout de quelque temps, elle m'a quitté pour un autre. Je suppose que c'est arrivé à tout le monde, mais ce double abandon, celui de ma mère et celui de ma première petite amie, m'a profondément marqué, et je me dis parfois qu'il a déterminé, d'une certaine façon, ce qui m'est arrivé plus tard.

En résumé, j'étais un garçon de bonne famille, très bon élève, sérieux, tourmenté, sans défaut physique visible. Une proie idéale selon les critères de la Firme – mais ça, je ne le savais pas. L'important, ce dont je veux que vous soyez conscients, surtout toi, Gabriel, c'est que les gens qui rejoignent ces groupes sectaires ne sont pas tous, loin de là, des gens à problèmes, ni des gens fragiles, ou idiots, ou à moitié fous. Tu crois que Madonna est idiote ? Que Tom Cruise, John Travolta sont idiots ? La Firme, au demeurant, se défend d'être une secte, comme l'Église de scientologie, ou comme ce mouvement religieux bizarre qui s'est constitué autour des interprétations hétérodoxes de la kabbale par le rabbin Berg, mais il ne fait aucun doute que c'en est une. Même si, vue de l'extérieur, elle a l'air d'une organisation catholique un peu particulière, certes, mais traditionnelle, et qui a pignon sur rue. L'important, je le répète, ce que je veux que vous ayez bien en tête, c'est que n'importe qui, absolument n'importe qui, est susceptible, un jour, de se laisser séduire. Avec cette nuance, s'agissant de la Firme, que si tu te distingues, par ta beauté, ton intelligence, ou ta fortune, si tu as quelque chose à leur offrir, ils feront tout ce qu'il faut pour t'avoir, ils déploieront des stratégies de séduction dont même l'amoureux le plus fou n'aurait pas idée, et une fois que tu es à l'intérieur, les techniques de lavage de cerveau et de programmation mentale sont très efficaces, croyez-moi. Je veux que tu comprennes, Gabriel, je t'en conjure, que ta sœur n'était ni folle ni stupide. Je ne l'ai pas connue, mais j'imagine que c'était quelqu'un de très intelligent, quelqu'un de bien, qui a simplement eu le malheur de se trouver au mauvais endroit au mauvais moment. C'est-à-dire de se trouver à portée de vue de la secte au moment où elle-même était le plus vulnérable. C'est tout. Tu comprends ?

— Je crois que oui.

— C'est la même chose qui m'est arrivée : je me suis trouvé au mauvais endroit, au plus mauvais moment qui soit, avec les angoisses et la vulnérabilité propres à l'adolescence. Je m'étais lié d'amitié avec un autre garçon de ma classe, aussi sérieux que moi mais moins timide. Un jour, il m'a demandé si je voulais l'accompagner à un foyer de jeunes gens catholiques, où un prêtre qu'il avait déjà entendu plusieurs fois devait faire une conférence qui s'annonçait passionnante. J'avais moi-même été élevé dans la religion catholique, par une mère pratiquante, et, dans l'état d'abattement où je me trouvais depuis que ma petite amie m'avait quitté, j'ai vu dans cette sortie un dérivatif bienvenu.

Je me considérais comme un garçon très mûr pour mon âge intellectuellement, et je crois que c'était vrai. J'étais déjà, vous vous en doutez, un grand lecteur. Or, les disciples de la Firme ont assez souvent un quotient intellectuel élevé. C'est un critère de sélection, surtout pour les hommes. Du moins pour ce qui est de l'intelligence rationnelle, l'intelligence émotionnelle est quelque chose de différent. Et moi, bien entendu, c'est de cette intelligence-là que je manquais, alors que tout le monde dans mon entourage me considérait comme un surdoué. Comme tous les enfants surprotégés, j'étais excessivement timide, et la fille qui m'avait quitté devait me reprocher mon manque d'estime de moi, qui me handicapait terriblement dans mes relations avec les autres.

Donc, je suis allé à la conférence, et à la sortie un garçon qui vivait dans ce foyer s'est approché de moi pour me demander si ça m'avait plu. Je lui ai dit que oui, et il m'a demandé mon numéro de téléphone pour me tenir au courant des prochaines activités. Dès la semaine suivante, il m'a appelé pour me convier à une méditation qui avait lieu tous les vendredis, et j'ai commencé à y assister régulièrement. Il ne s'était pas passé quatre semaines quand se sont ajoutées à cela des retraites chaque troisième samedi du mois, qui consistaient en une conférence, deux méditations et une confession.

— Oui, avec Cordelia ça a commencé de la même façon. Avant d'aller vivre là-bas, elle assistait à des séances de méditation... Au moins trois fois par semaine.

— Je t'explique comment les choses se passaient, car il est très probable que le système qu'a connu Cordelia était similaire. Pour les méditations, nous entrions dans une pièce sombre, éclairée par une simple lampe posée sur une table recouverte d'un tissu de velours foncé, pour que nous puissions bien voir le prêtre qui, revêtu d'une soutane, nous lisait un passage de l'Évangile sur lequel, ensuite, il réfléchissait devant nous à haute voix. Il y avait aussi des bougies allumées à côté du tabernacle, de telle sorte qu'il semblait en émaner une lumière céleste. Cette atmosphère lourde, mystérieuse, passablement lugubre ne devait rien au hasard. Tout, ainsi que je l'ai appris plus tard, était réglé dans les moindres détails, les dimensions de la table, de la lampe, la couleur et la texture du tissu, de façon à produire un effet quasi hypnotique. Et toutes les exhortations du prêtre étaient formulées à la deuxième personne du singulier : *tu* es appelé à faire de grandes choses, *tu* peux être un saint si tu fais ce que Dieu te demande, *tu* ne peux pas être comme le jeune homme riche de l'Évangile qui s'est montré lâche quand Jésus lui a dit de le suivre... Par-dessus le marché, nous étions trop nombreux dans cet espace confiné, sans fenêtres ou aux fenêtres fermées, et où on brûlait de l'encens au moment de la bénédiction. Outre la dimension magique que prenaient les lieux, on était toujours à moitié écœuré par le manque d'oxygène qui peut provoquer, comme vous savez, une sorte d'état de demi-transe. C'était un truc qui fonctionnait bien. Et qui a donc fonctionné sur l'adolescent impressionnable que j'étais.

— Oui, ma sœur aussi était très impressionnable, mais je ne sais pas... J'ai du mal à croire qu'elle aurait succombé à un truc aussi grossier.

— Attends, ce n'est que le début. Il n'y a pas que les méditations. En général, il y a aussi quelqu'un qui use de tous ses talents de séduction pour faire du prosélytisme...

— Heidi ?

— Sans doute, ou quelqu'un qu'elle désigne. Dans mon cas, il s'agissait d'un jeune prêtre, au charisme éclatant, un formidable orateur qui émaillait son propos d'exemples tirés d'histoires qui lui étaient arrivées personnellement, ce qui ajoutait encore à son prestige. Plus tard, quand je suis devenu disciple, je me suis rendu compte que la plupart de ces anecdotes étaient inventées de toutes pièces, car presque tous les prêtres racontaient les mêmes, à de légères variantes près. Celle, par exemple, de la jeune fille qu'il avait réussi à persuader de ne pas avorter, avant d'user de la même force de persuasion pour convaincre le père de l'enfant de l'épouser, je l'ai entendu raconter par au moins vingt prêtres différents...

À la fin de chaque méditation, je restais pour discuter avec lui. Il m'offrait une vision positive, militante, énergique, virile même, de la foi, qu'il me présentait comme un dépassement de soi, une ascèse, une façon d'échapper à la médiocrité, de ne pas être de ces tièdes que Dieu vomit. Il me parlait avec beaucoup de douceur, de compréhension, ses conseils étaient toujours positifs, encourageants, il me disait que j'étais quelqu'un de valeur, et j'étais flatté de cette importance qu'il attachait à ma personne. Chaque fois que je sortais de nos conversations, je me sentais heureux, transformé. D'une certaine façon, j'étais amoureux de lui, d'un amour platonique, fait d'admiration, et d'un autre côté il était aussi le père que je n'avais pas eu.

— C'est quelque chose de semblable qu'a vécu Cordelia avec Heidi, dit Helena. Elle était subjuguée, mais je crois qu'elle voyait aussi en elle une figure maternelle.

— Oui, très probablement. C'est une relation de séduction, entre d'une part un mentor, une personne d'expérience, et d'autre part un individu à qui il inspire un curieux mélange de sentiments filiaux et amoureux. Moi aussi, j'ai été subjugué par ce prêtre. On n'est jamais recruté par le groupe, toujours par une personne qui fait partie du groupe. Un séducteur, ou une séductrice quand il s'agit de recruter des femmes. Bref, indépendamment de la nature de mes sentiments pour cet homme, j'ai développé une très forte dépendance vis-à-vis de lui, qui s'est traduite par un engagement de plus en plus actif dans les différentes activités que proposait la Firme : méditations, retraites, conférences, cercles de réflexion, groupes de prière, discussions…

Un jour, ce prêtre m'a demandé si je m'étais posé la question de savoir pourquoi Dieu avait choisi de me mettre en relation avec la Firme et avec lui. Il m'a proposé de devenir disciple, étant donné que tous les signes étaient là qui montraient, affirmait-il, que telle était la volonté de Dieu. Si j'acceptais d'être, comme il disait, un chrétien engagé dans le monde, je devais être prêt à faire vœu de pauvreté, d'obéissance et de chasteté, à quitter la maison de ma mère car Jésus-Christ, lui aussi, avait quitté sa mère dont il était le fils unique, à renoncer à me marier et à avoir des enfants, pour vivre en communauté avec d'autres disciples. Je lui ai répondu que je ne me sentais pas capable d'un tel renoncement, que je craignais d'être indigne de la mission qui m'était proposée. Et il m'a assuré que cette crainte était justement le signe qui attestait de ma vocation, même si je ne la voyais pas. Mais lui, bien sûr, la voyait !

Ma mère a dû remarquer quelque chose quand je suis rentré à la maison après cette conversation, car j'étais tout pâle, j'avais l'air troublé et je suis allé directement me coucher. Elle est venue dans ma chambre et m'a demandé de but en blanc si quelqu'un avait abordé avec moi la question de la vocation. Je n'ai pas osé, je ne sais pas pourquoi, lui dire la vérité. Mais j'ai décidé d'en parler dès le lendemain avec mon directeur spirituel. À ma grande surprise, il m'a demandé de ne surtout rien dire à ma mère, qui, a-t-il insisté, n'était pas à même de comprendre. Il m'a cité le cas de Jésus qui, lorsqu'il s'était rendu au Temple à douze ans, avait dû mentir à sa mère et à saint Joseph parce qu'ils n'auraient pas su comprendre le sens de sa mission. Insinuait-il que Jésus était un menteur et que je devais suivre son exemple ? Je crains que oui, même s'il ne l'a pas dit textuellement. L'Être suprême comme exemple à suivre du mensonge et de l'occultation. Extraordinaire, non ? Mentir par omission pour cacher l'évidence. Je suis presque certain que Cordelia aussi s'est vu conseiller de ne rien dire à personne de ses intentions.

— Moi aussi, j'en suis sûre, renchérit Helena. Elle ne me parlait presque jamais des sujets dont elle discutait là-bas, et très vite, d'ailleurs, elle a cessé de vouloir que je l'accompagne. Les rares fois où j'ai émis l'idée, elle m'en a même dissuadée.

— C'est très caractéristique… Donc, au fil de nos conversations successives, le prêtre m'a donné toutes sortes d'arguments qui tendaient à prouver que j'avais bien la vocation. C'était pour lui une évidence, et rester aveugle à l'appel du Seigneur aurait été une immense trahison, comme une gifle donnée au Père miséricordieux qui me voulait auprès de Lui. J'étais un homme

– car il me qualifiait d'homme bien que je sois encore presque un enfant – exceptionnel, d'une grande intelligence, avec de grandes dispositions spirituelles, un dévouement et un esprit de sacrifice au-dessus de la moyenne, il s'en était rendu compte tout de suite… Une offensive éclair savamment calculée. Jour après jour, le même leitmotiv, comme une goutte d'eau qui tombe du plafond jusqu'à former une stalactite. J'étais jeune, très jeune, j'étais seul, et il était très persuasif. Finalement, après plusieurs semaines de cette pression intense, j'ai dit à mon directeur de conscience que oui, j'acceptais de devenir disciple. Et j'ai écrit une courte lettre, qu'il m'a dictée, où je sollicitais mon admission, et que j'ai laissée sur sa table pour qu'il la transmette à ses supérieurs. Telle était la procédure.

Je dois avouer que j'avais tout de même été un peu choqué qu'on me dise, quelques jours avant le rendez-vous au cours duquel j'ai écrit cette lettre, qu'il me faudrait produire un certificat médical. Quel rapport y avait-il entre mon état de santé et le fait d'appartenir ou non à la Firme ? L'important n'était-il pas d'avoir la vocation ? J'ai passé une visite médicale, évidemment chez un médecin de la Firme et accompagné de mon directeur spirituel, qui a insisté encore une fois pour que je n'en dise rien à ma mère. Il fallait que je reste discret : « Ta mère ne comprendrait pas, alors pourquoi lui donner des motifs de préoccupation ? C'est une simple formalité. »

Je n'ai découvert que plus tard la raison de cette « simple formalité ». La Firme ne souhaitait pas, tout simplement, s'encombrer de jeunes gens qui, bien qu'apparemment en bonne santé, pourraient par la suite se révéler atteints d'une maladie invalidante, car ils deviendraient pour elle un fardeau encombrant. La Firme voulait des jeunes gens bien portants, qu'elle puisse presser comme des citrons le plus longtemps possible. C'est pourquoi, je le répète, n'importe qui peut devenir une proie, n'importe qui.

J'ai beaucoup réfléchi, je vous assure, aux raisons qui m'ont fait accepter une telle folie – de faire, par exemple, vœu de chasteté alors que mon intention était de me marier un jour et d'avoir des enfants. Et c'est près de vingt ans plus tard, après en avoir longuement parlé avec divers thérapeutes et avec d'autres anciens disciples, que j'ai trouvé plusieurs explications qui pourront peut-être t'aider, Gabriel, à comprendre pourquoi Cordelia est allée rejoindre Heidi.

— Nous ne demandons que cela.

Helena semblait boire, une fois de plus, les paroles de Virgilio.

— Tout d'abord j'avais peur de tomber une nouvelle fois amoureux de quelqu'un qui aurait pu, au bout d'un certain temps, me quitter. La peur d'être rejeté, de souffrir, de me sentir vulnérable. « Ne plus servir un maître qui soit de ce monde » : j'avais souvent entendu cette phrase lors de méditations. Je me suis engagé en sachant que, certes, je n'aurais jamais plus de relation amoureuse avec une fille, mais aussi que je ne connaîtrais plus le chagrin d'être quitté. En second lieu, j'ai écrit cette lettre par vanité, parce qu'on avait fait en sorte que je me sente exceptionnel, l'un des rares élus parmi d'innombrables appelés. Et en troisième, quatrième, cinquième, sixième lieu… parce que j'avais besoin d'un refuge, parce que j'étais lâche et idéaliste à la fois, parce que je voulais suivre un chemin de vie bien tracé, parce que je n'avais pas de père à qui me confier. Parce que j'étais jeune et impressionnable. Parce que je n'avais ni amis ni fiancée…

— Mais Cordelia n'était pas jeune comme toi, et elle avait des amis.

— Et puis, surtout, il y avait cette raison ultime, fondamentale : je me suis engagé parce que je n'avais pas la moindre idée de ce à quoi je m'engageais, parce que je ne connaissais finalement ni la Firme ni ses méthodes, parce qu'on m'avait séduit et trompé.

— Oui, je crois qu'elle ne savait pas non plus tout cela. Quand elle parlait de Heidi et de sa maison, c'était comme si elle parlait d'une déesse et du jardin d'Éden. Je crois encore moins qu'elle ait été au courant de ce projet de suicide collectif. Mais ce que je ne comprends pas, c'est comment elle a pu se laisser conduire au sacrifice. En résumé, je comprends qu'elle se soit laissé séduire au point d'aller vivre là-bas, mais pas qu'elle ne soit pas partie quand il en était encore temps.

— Je crois que tu devrais écouter mon histoire, elle t'aidera à comprendre qu'une fois que tu fais partie d'un groupe de ce genre, tu es dans un processus de désintégration, tu subis une sorte de reprogrammation, un véritable lavage de cerveau. Tout cela, ne l'oublie pas, au nom d'un Être suprême, Dieu le Père dans mon cas, étant donné que j'étais catholique fervent. Dès l'instant où tu fais partie de la Firme, où tu es entré chez eux, il n'y a plus moyen de ressortir, car ils t'affirment que ce serait trahir Dieu comme Judas a trahi le Christ, et tu en es toi-même persuadé à force de te l'entendre rabâcher.

Il s'agit d'un processus lent et progressif, je vais donc vous le raconter en prenant mon temps, mais, avant tout, je veux vous dire une chose : les méthodes qu'emploient les sectes se ressemblent toutes. Certaines sont plus extrêmes, et peuvent aller jusqu'à la violence physique ou l'abus sexuel sur mineurs, d'autres le sont moins, mais, dans leur essence, ce sont des méthodes similaires, qui sont d'ailleurs en vigueur depuis des siècles dans les ordres religieux occidentaux ou dans les religions orientales. Et auxquelles ont aussi recouru, à plus grande échelle, les régimes totalitaires. Je me rappelle, quand j'ai réussi à quitter la Firme, quelqu'un m'a demandé : « Mais si cette organisation est si dangereuse, comment se fait-il qu'elle arrive à recruter tant d'adeptes ? » Et j'ai répondu : « Et le nazisme, comment a-t-il fait ? Et le stalinisme ? » En définitive, il s'agit toujours de soumettre la masse des individus à la volonté d'un chef, et c'est pourquoi le fonctionnement, quelle que soit l'échelle, est toujours semblable. Mais le mieux est que je vous explique concrètement.

La lettre que j'ai écrite était bien, même si ce n'était pas, dans le sens où l'entendaient ceux qui me l'ont dit, une simple formalité. Je ne le savais pas, mais j'étais accepté par avance, étant donné que c'était la Firme elle-même qui, dès le début, avait décidé de me recruter, et qui a déployé tous ces subterfuges pour y parvenir. Une fois ma lettre entre leurs mains, ils avaient déjà gagné. Le fait même que je croie avoir agi librement garantissait ma soumission et mon endoctrinement. Ils avaient fait de moi mon propre gardien, pour que je ne sois pas tenté de fuir dès que je serais saisi par les premiers doutes. « Nous sommes ici par notre propre volonté », nous répétaient-ils en toute occasion. Ils te faisaient croire que tu étais entré librement, et te sentir le dernier des traîtres si tu songeais à t'en aller. Il n'y a rien de mieux que cette corruption de la conscience pour te garder prisonnier.

Le plus difficile a été d'annoncer à ma mère que j'allais quitter la maison. Elle s'est mise à pleurer comme un saule, mais mon directeur spirituel m'avait prévenu qu'il fallait que je tienne bon, et je me suis montré inflexible comme on m'avait préparé à l'être. On m'avait dit, par exemple, que si elle éclatait en sanglots, je devais y voir une ruse du diable pour mettre à l'épreuve ma vocation. Pour me prouver à moi-même que j'étais pur, que j'étais fort, il fallait que je surmonte mon amour filial… Ils n'arrêtaient pas, lors des méditations, de nous rappeler comment Jésus avait su dépasser toute sensiblerie pour accomplir sa mission, en interprétant les Évangiles dans le sens des intérêts de la Firme, et peu importait que cette interprétation fasse fi de tous les principes chrétiens. « On fait ce qu'on doit faire, sans états d'âme, souviens-toi que Jésus-Christ lui-même, fils unique, a quitté sa mère veuve. » J'ai donc accepté l'idée que le Christ était un exemple d'indifférence aux autres, ce qui est pour le moins surprenant pour qui lit les Évangiles sans parti pris…

— Oui, Cordelia aussi était d'une étrange froideur lorsqu'elle m'a annoncé qu'elle partait. Ça ne lui ressemblait pas.

— Elle avait sans doute reçu un entraînement pour cela, le même que moi. On nous faisait croire que nous faisions partie d'une élite, que nous étions les élus, que notre tâche était la plus difficile, notre vocation la plus exigeante. Il était tacitement entendu, par ailleurs, que seuls les plus intelligents, ceux dont le talent pouvait être utile à la Firme, étaient admis à devenir disciples. On te poussait à te sentir différent des autres. Tu n'as pas remarqué quelque chose de semblable chez Cordelia ?

— Oui, elle aussi se sentait singulière, élue. Elle était persuadée qu'on l'avait remarquée pour ses talents, pour sa spiritualité.

— Et pour son argent, ne sois pas dupe. La Firme décide de tout à ta place, dans bien des cas elle décide même des études que tu vas faire. Mon directeur spirituel, par exemple, m'a vivement invité à aller étudier la philosophie dans l'université où lui-même enseignait, en province, assez loin de Madrid. J'irais vivre là-bas, et je logerais dans un centre de la Firme. Ce détail a son importance, car une fois qu'ils t'ont recruté, une de leurs premières préoccupations est de t'éloigner de ta famille, surtout si, comme la mienne, elle n'est pas sympathisante de l'organisation.

— Oui, je suppose que Heidi a dû tout faire pour éloigner Cordelia de moi.

— Et de toi aussi, probablement, dit Virgilio en regardant Gabriel.

— Cela faisait des années qu'on ne se parlait plus.

— Le fait de ne pas pouvoir compter sur ses proches la rendait sans doute plus vulnérable. Et plus attractive pour Heidi, car cela en faisait une proie plus facile, et rendait aussi plus facile l'accès à son argent...

— Donc, tu es allé habiter dans un centre de la Firme ?

— Oui, bien sûr. Et j'ai dû quitter Madrid. Ce qui m'a étonné, c'est que ma mère, une fois passé le premier choc, a accepté ma décision, car à l'époque cette université était considérée comme une université élitiste. L'inscription coûtait trois cent mille pesetas, à quoi il fallait ajouter les frais de pension, qui étaient astronomiques... Je pense qu'elle a été éblouie par le prestige de l'établissement.

Ma vie là-bas a dû ressembler beaucoup à celle de ta sœur dans la maison de Heidi : prière en commun, temps de silence, obéissance aveugle, une vie minutieusement réglée, contrôlée, restreinte. Comme dans n'importe quelle communauté recluse. Dans le centre où j'étais, sur quinze pensionnaires, plus de la moitié souffraient de troubles psychiques et prenaient des comprimés à tous les repas, y compris le petit déjeuner. C'étaient des garçons tristes et taciturnes, que j'entendais souvent pleurer dans la solitude de leur chambre. En revanche, sitôt qu'un nouveau arrivait au centre, sans doute recruté d'une façon analogue à celle dont j'avais été approché moi-même, ils l'accueillaient avec un grand sourire, ils avaient l'air comme transfigurés. Sans doute le nouveau venu ne le remarquait-il pas, mais nous voyions bien, nous qui vivions avec eux, l'effort qu'ils faisaient sur eux-mêmes pour cela. Et nous nous disions que Dieu leur avait envoyé la maladie pour qu'ils se purifient, mais qu'en fait ils étaient des êtres faibles, indignes de la Firme.

Le centre comportait deux corps de bâtiment, respectivement destinés aux hommes et aux femmes. Pour ouvrir ou fermer la porte de communication située au rez-de-chaussée, il fallait deux clés, que conservaient le directeur de l'un et la directrice de l'autre, si bien que l'opération nécessitait que les deux soient présents simultanément. Comme, en outre, seule l'aile des hommes avait une porte ouvrant sur la rue, le résultat était que les femmes, en cas d'incendie, n'auraient jamais pu sortir et seraient mortes brûlées vives. Sans doute auraient-elles été déclarées saintes et martyres…

Mais il y avait bien d'autres clés et serrures, car beaucoup de choses, au centre, étaient sous bonne garde, à commencer par les valises des pensionnaires, le poste de télévision, la connexion à Internet, encore rudimentaire à l'époque, sans oublier les clés des véhicules dont de rares privilégiés, pour des raisons liées à leur travail, avaient de temps à autre la disposition, à condition cependant d'indiquer à chaque fois, bien entendu, où ils allaient et pour quel motif.

Au rez-de-chaussée se trouvaient un oratoire, une salle de séjour, plusieurs petites salles et des bureaux. Pouvaient y accéder les enseignants ainsi que les participants aux conférences, aux discussions ou aux méditations. Un escalier menait à l'étage, où seuls les disciples pouvaient accéder. Les étudiants dormaient soit dans des chambres individuelles, soit dans des chambres triples situées au bout du couloir. On m'avait expliqué pourquoi : « Non, il n'y a pas de chambres doubles. Imagine ce qui pourrait se passer… » Le fait que je n'aie pas compris sur le moment ce qui était insinué par là en dit long sur ma jeunesse et sur mon innocence.

Il faut maintenant que je vous dise un mot de la fonction des femmes au sein du centre. Nous formions, nous disait-on régulièrement, une famille nombreuse et pauvre. Mais nous avions beau avoir fait vœu de pauvreté, nous avions des servantes à notre disposition, des auxiliaires comme on les appelait, avec qui nous n'échangions jamais un mot. Si nous avions besoin, à table, qu'elles nous apportent de l'eau, ou du pain, ou du sel, il fallait que nous nous adressions au directeur, qui faisait alors tinter sa clochette, et elles s'empressaient de nous servir. Nous n'avions même pas le droit de les regarder en face : cela nous était expressément interdit. Nous les appelions les auxiliaires, toujours au pluriel, car il nous était impossible de les désigner individuellement : nous ne connaissions même pas leurs noms. Quand un verre, par exemple, tombait par terre ou qu'il y avait un incident quelconque, on nous disait : « Ne nettoyez pas, ne vous dérangez pas, les auxiliaires vont s'en charger, elles sont là pour ça ! »

Ces auxiliaires, donc, qui consacraient leur vie à faire le ménage, la lessive, la cuisine, la vaisselle pour nous, n'avaient évidemment aucun contrat et ne cotisaient pas à la sécurité sociale. Elles étaient là par dévouement à Dieu, c'est-à-dire à la Firme. Elles avaient été choisies de la même façon que nous, sur la base de leur statut social, avec des arguments similaires mais adaptés à leur condition modeste. Elles étaient censées avoir reçu de Dieu la vocation de se faire domestiques : quelque chose d'impensable pour un individu normalement constitué. Nous ne levions pas le petit doigt, elles se chargeaient de tout, car la Firme considère qu'un disciple de sexe masculin n'a pas de temps à perdre en tâches domestiques, tandis que la femme est née pour servir, car elle est coupable d'avoir entraîné l'homme dans le péché. Ève, la pomme, la tentation, le péché, la chute… Cette stricte séparation des rôles entre mâles et femelles est une constante des sectes comme des systèmes totalitaires, car contrôler le sexe, c'est contrôler le cerveau.

Nous ne les voyions ni ne les entendions pratiquement pas, mais nous sentions leur présence. On aurait dit que des fées étaient entrées comme par enchantement dans nos chambres, et avaient tout nettoyé et rangé d'un coup de baguette magique. Elles passaient entre neuf heures et midi, et pendant ce temps-là il nous était strictement interdit d'accéder à nos chambres.

Comment faisaient-elles pour nous donner cette impression de féerie ? Y avait-il un dédale de couloirs, d'escaliers et de passages secrets pour qu'elles parviennent à sillonner le bâtiment sans être vues ni aperçues ? Je les imaginais qui passaient, chargées de seaux, de balais et de chiffons, par les trous de souris des murs de façon à être certaines de ne pas croiser notre chemin. Je n'ai jamais trouvé d'autre explication. Cette ségrégation sociale est très courante dans les groupements sectaires : on recherche les riches pour leur argent, les pauvres pour leur travail. Je crois que c'était aussi un peu comme ça chez Heidi. Il semble que les gens fortunés, comme ta sœur, étaient considérés comme élèves et payaient leur écot, tandis que ceux qui ne pouvaient pas payer se retrouvaient à faire le ménage ou le jardin.

— Je ne sais pas, répondit Helena. À vrai dire, quand je suis allée là-bas, on ne m'a pas laissée visiter l'intérieur, mais j'ai vu beaucoup de gens en train de ratisser. Et je peux confirmer que Cordelia a fait de nombreux virements, de très nombreux virements, sur les comptes de Heidi.

— Une autre chose que vous ne savez pas, ajouta Gabriel, c'est que Cordelia avait fait un testament en faveur de Heidi.

— Quoi ? s'exclama Helena.

— Richard m'a appelé pour m'en informer, mais je voulais attendre pour te le dire. De toute façon, compte tenu de ce qui s'est passé, il sera facile de faire casser le testament : il y a un soupçon plus que raisonnable qu'il a été écrit sous la contrainte.

— C'est bien ça : les riches apportent leur argent, les pauvres fournissent leurs bras. Ce qui me fait dire que ça se passait comme ça aussi chez Heidi, c'est qu'il n'y avait personne de l'extérieur qui venait travailler. Il fallait bien que quelqu'un s'occupe des tâches ménagères, non ? Je vois mal Heidi faire la cuisine ou la lessive…

— C'est probable, tous les groupes sectaires suivent plus ou moins les mêmes schémas. Et c'est encore plus vrai pour les techniques visant à s'assurer la soumission et l'obéissance aveugle des adeptes : ils contrôlent leur quotidien, ils contrôlent leur accès à l'information, ils contrôlent leurs pensées, ils contrôlent leurs émotions. Il faut toujours avoir ça en tête, car c'est ce qui permet de comprendre comment Heidi a réussi à se faire obéir jusqu'à la mort, littéralement.

Ça commence, donc, par le contrôle du quotidien. Toutes les sectes, absolument toutes, contrôlent la façon dont leurs fidèles s'habillent, la nourriture qu'ils consomment, le moment où ils dorment, le travail, les rituels, jusqu'aux moindres actes. C'est la même chose dans les régimes totalitaires : plus un système est verrouillé, plus il intervient dans la vie privée des dominés.

Dans mon cas, du jour au lendemain ma vie est devenue réglée comme du papier à musique. À toute heure du jour, tous les jours de la semaine, du mois, de l'année, j'avais quelque chose de précis à faire. Pas un instant de relâche, tout était prévu : les heures des repas, les heures où était fait le ménage dans les chambres, les heures auxquelles on pouvait donner son linge à laver, linge qui réapparaissait trois jours plus tard exactement, propre et repassé, sur ton lit, comme par magie. Pas moyen de trouver un recoin où se dissimuler ne serait-ce qu'un instant pour respirer, pour échapper à ce rythme implacable, au joug étouffant, nauséabond, de la routine.

Chaque matin nous nous levions à six heures et demie et prenions une douche froide, car l'eau froide, n'est-ce pas, trempe le caractère. À sept heures, méditation soit silencieuse, soit sous la conduite d'un prêtre. À sept heures et demie, messe dans la chapelle du centre, dont l'aspect était peu conforme au vœu de pauvreté que nous étions censés avoir fait : le sol et les murs en marbre, le plafond en bois doré, les bancs et les prie-Dieu en bois noble capitonné de cuir, les calices en or et les reliquaires resplendissants, l'anhydride carbonique dégagé par les fidèles agglutinés, le fait de devoir être à jeun, tout était fait pour nous donner le tournis. Puis, à huit heures, petit déjeuner, après quoi j'allais à l'université.

— Au moins tu pouvais sortir, contrairement à Cordelia.

— N'oublie pas que c'était une université contrôlée par la Firme, avec des professeurs de la Firme. En première année de philosophie, sur vingt étudiants, il y avait six disciples. Ce n'est pas un hasard si mon directeur spirituel avait insisté pour que je m'y inscrive. Ceux qui étaient disciples avaient interdiction de parler aux étudiantes, et non seulement nous respections cette interdiction, mais chacun veillait à ce que les autres la respectent. Le matin, j'avais mes cours, et l'après-midi, après le déjeuner suivi du cercle de réflexion, nous récitions le rosaire, puis je me rendais au centre de recherches en histoire moderne et contemporaine de l'université, où l'on m'avait confié des tâches de secrétariat. J'émargeais au registre des employés, mais tout ce que je gagnais était reversé directement au centre, conformément au document que l'on m'avait fait signer, à côté du paraphe d'autres disciples que je ne connaissais pas. Vers sept heures, je revenais au centre, qui se trouvait tout près de l'université, si bien que je n'avais pas de problèmes de transport. Il me restait à faire quinze minutes de lecture spirituelle, trois minutes de lecture de l'Évangile, puis une demi-heure de prière. Le dîner était servi à neuf heures et demie. Nous avions l'obligation, tout comme au déjeuner, de manger toute la nourriture qui était dans notre assiette, qu'elle nous plaise ou non. À dix heures, discussion avec le directeur, puis examen de conscience individuel à l'oratoire, après quoi nous regagnions nos chambres pour l'extinction des feux. Toutes les journées suivaient ce même déroulement. Sauf le samedi : au lieu d'aller à l'université, nous faisions ce qu'on appelait notre travail d'apostolat. Dans mon cas, il s'agissait de me rendre à un club pour jeunes gens où la Firme organisait des conférences, méditations et autres, afin de tenter de premières manœuvres d'approche auprès de garçons de quatorze ou quinze ans qui, espérait-on, viendraient participer à certaines activités du centre, puis, plus tard, qui sait, écriraient la même lettre de candidature que je m'étais laissé dicter. Il était évidemment essentiel d'avoir bonne apparence et de faire bonne impression, et cela m'était d'autant plus pénible que j'étais conscient de ne pas venir voir ces adolescents en ami, mais dans le dessein unique et inavoué de contribuer, au nom de l'amour de Dieu, à ce que certains d'entre eux ressentent, un jour, la fameuse vocation. Certains dimanches, nous avions un peu de temps libre dont je profitais pour réviser mes cours, et le soir, si jamais il n'y avait pas de projection d'une émission-souvenir sur le père fondateur de la Firme, j'avais devant moi encore quelques heures pour rattraper ce que je n'avais pas eu le temps de faire durant la semaine pour mes études. Mais, comme tous les autres soirs, nous devions nous coucher à dix heures et demie. Commençait alors ce qu'on appelait le temps de silence.

Le temps de silence était en vigueur entre l'heure du coucher et le lendemain matin après la messe, tous les jours de l'année sans exception. Cela signifiait qu'il ne fallait parler avec personne, sous aucun prétexte, sauf pour une question de vie ou de mort. Durant les vacances de Noël ou de Pâques, nous faisions des retraites au cours desquelles nous devions garder le silence toute une semaine, dans une maison perdue au milieu de la campagne, où nous allions également l'été pour une session de cours de vingt-cinq jours. En cinq ans, je n'ai jamais eu de vacances en famille, et je ne suis jamais non plus allé à la plage avec des amis.

Ce que je veux absolument que vous compreniez, c'est que je n'avais pas une minute libre pour moi, pas une seule, pas même pour rêvasser sur le lit en regardant le plafond. Au cours des cinq années que j'ai passées là-bas, pas une seule nuit je n'ai dormi plus de six heures, ou même moins encore, car, une fois par semaine, nous devions dormir à même le sol. C'est-à-dire que j'ai vécu cinq ans dans un état d'épuisement physique et mental, dans lequel il m'était très difficile, voire impossible, non seulement de me rebeller contre les méthodes de la Firme, mais simplement de les remettre en cause.

Et puis, bien entendu, ils contrôlaient la façon dont tu t'habillais. Un vêtement uniformisé t'oblige à te sentir partie d'un tout, t'empêche de te rappeler que tu es un individu, de penser par toi-même, indépendamment du groupe. C'est pour cela qu'il y a des uniformes à l'école et à l'armée, des habits dans les ordres religieux et que Mao imposait un certain modèle de vareuse. À la Firme, une femme ne pouvait pas, encore récemment, porter de pantalon, et un homme ne peut porter ni jeans ni chaussures de sport dans la chapelle. Un disciple doit s'habiller dans un style vestimentaire strictement codifié : pantalon à pinces, chemise unie ou à rayures, mocassins en hiver et chaussures de bateau en été, sans oublier l'inévitable blazer bleu marine. Et toujours des vêtements de marque en dépit du très théorique vœu de pauvreté, au nom de l'image de la Firme. Surtout, tu devais porter les vêtements qu'on t'imposait, que tu les trouves ou non à ton goût. Il y a même eu une période où nous avions tous la même eau de Cologne, de la marque Atkinsons. Pourquoi ? Parce que c'était celle qu'affectionnait le père fondateur de la Firme. Et si tu avais besoin, par exemple, de chaussures, il fallait demander l'argent nécessaire au secrétariat, et ensuite aller les acheter en te faisant obligatoirement accompagner d'un autre disciple, si possible plus âgé, ou même d'un responsable du centre, qui choisissait à ta place. Il existait par ailleurs, à l'intérieur du centre, une sorte de dépôt où l'on conservait un stock d'objets et de vêtements divers, ainsi que les cadeaux envoyés aux disciples par les familles, car il était interdit aux fidèles de recevoir comme d'offrir le moindre cadeau, même symbolique.

— C'est vrai que Cordelia a changé radicalement de façon de s'habiller à partir du moment où elle s'est mise à aller voir Heidi. Elle a renoncé à ses tee-shirts et à ses minijupes pour des chemises amples, toujours foncées, qui faisaient un peu uniforme. Je ne lui ai jamais demandé où elle achetait ces trucs horribles…

— Je suppose qu'on les leur fournissait, comme à nous. Outre notre tenue, ils nous dictaient la façon dont on devait se tenir. Il ne fallait pas croiser les bras ni les jambes, ni mettre les bras derrière la tête, ni rester dans une position qui ne soit pas droite, ni manger une orange sans couteau ni fourchette, ni rire à gorge déployée… En très peu de temps, c'est toute ta façon d'être, ton style, tout ce qui te rend différent des autres, qui disparaît. Nous avions tous le même style de vêtements ou presque, la même coupe de cheveux, nous nous tenions de la même façon, le même regard inexpressif sous l'effet de la fatigue… On aurait presque pu nous confondre.

— Oui, comme les Hare Krishna dans les aéroports, j'ai du mal à les distinguer les uns des autres…, dit Gabriel.

— Exactement. À tel point que, depuis que j'ai quitté la Firme, je ne garde plus jamais les jambes droites quand je suis assis, je les croise toujours, c'est devenu une manie.

— Je l'ai remarqué la première fois que je t'ai vu. Tu étais assis dans le hall de l'hôtel, les jambes croisées, tu donnais l'impression de quelqu'un de très sûr de lui, dit Helena.

— Je crois que c'est justement pour ça que la Firme nous interdisait cette posture : elle ne voulait pas que nous nous sentions sûrs de nous. Quant aux vêtements, je n'avais pas d'argent pour en acheter. Je vous ai dit tout à l'heure que ma mère avait à payer mes frais de pension en plus de l'inscription à l'université, et que je ne touchais pas un centime de mon salaire. Les questions d'argent étaient très compliquées au centre, chacun devait inscrire ses rentrées et ses dépenses du mois sur un formulaire. Chaque année, l'intendant faisait le total et l'adressait à la direction, qui pouvait ainsi savoir quels étaient les disciples les plus rentables pour la Firme et ceux qui l'étaient moins. Et je peux vous certifier que celui qui ne l'était pas du tout, on le poussait vers la porte. Moi, c'était différent, car j'étais appelé à hériter. Ils fondaient donc de grands espoirs sur moi. Je devais me trouver, à la mort de ma mère, à la tête d'un capital non négligeable. Mais j'y reviendrai tout à l'heure.

Dès mon arrivée au centre, on m'a montré comment remplir le formulaire. J'étais censé gagner, si j'en croyais ma fiche de paie, soixante mille pesetas d'alors, mais je n'en voyais jamais la couleur, puisque l'argent était viré directement au centre. On me rétrocédait mille pesetas chaque semaine pour les menues dépenses : tickets d'autobus, articles d'hygiène, un café de temps à autre… Mais il fallait que je note et que je justifie la moindre dépense. Vous imaginez ma honte quand j'allais m'acheter une brosse à dents et que je devais réclamer un reçu…

En plus, la caisse n'était ouverte qu'à certaines heures dans la semaine, aussi bien pour les dépenses ordinaires que pour les dépenses exceptionnelles. Il y avait, là encore, un système de double clé, l'une conservée par l'intendant et l'autre par le directeur, dans des endroits connus d'eux seuls : pour le moindre mouvement de fonds, il fallait toujours qu'ils soient là pour les deux.

— Je suppose que c'était moins pour empêcher les vols que les fugues, non ?

— Tu as sans doute raison, mais je crois que c'était aussi pour que tu te sentes contrôlé en permanence, pour que tu te sentes un enfant aux mains des adultes. Il fallait demander de l'argent pour acheter des chaussures, pour aller chez le dentiste… mais jamais pour des livres. Toutes ces dépenses, dites occasionnelles, devaient faire l'objet d'une demande préalable, soumise à l'aval du directeur. S'il acceptait, l'intendant t'allouait une somme, dont tu devais justifier l'emploi, objet par objet, en restituant le reliquat. Le contrôle de l'argent était exhaustif, on notait jusqu'au dernier centime et il fallait que la dépense ait été approuvée à l'avance.

Mais le pire, c'était le contrôle exercé par les pairs. Chacun était incité, en effet, à se faire le gardien des autres. Pour critiquer un camarade, lui infliger ce qu'on appelait la correction fraternelle, il fallait d'abord saisir le directeur puis, s'il déclarait la critique fondée, prendre à part le présumé coupable, hors de la présence de quiconque. Celui-ci n'avait le droit ni de se défendre ni de répliquer, seulement celui de se taire et de dire merci. La mesquinerie poussait comme le chiendent à l'intérieur d'une forteresse dont nous érigions nous-mêmes les murailles. De quoi alimenter le ressentiment, la rancœur, l'envie, la délation…

— La paranoïa.

— Absolument. Quoi que tu fasses, tu t'exposais à une correction fraternelle, y compris pour des peccadilles : « Tu es arrivé en retard à la prière ce matin », « Tu as piqué du nez à la messe et tu as manqué de sobriété au repas », « Tu as ri pendant le temps de silence », « Tu as croisé les jambes pendant la méditation »… Le tout avec un sourire invariablement pincé, de plus en plus glacial à mesure que passaient les secondes, un sourire de justicier sans bienveillance. Ils réussissaient ainsi à ce que tu te sentes non seulement indigne de ta mission, mais surveillé en permanence. Le procédé est classique : diviser pour régner. Sais-tu seulement qu'à l'époque du nazisme il existait, dans la Pologne occupée, une police juive ? C'étaient les Juifs eux-mêmes qui devaient accompagner la Gestapo pour lui dire où étaient les autres Juifs, sous la promesse qu'en échange ils auraient la vie sauve et leurs familles aussi.

— C'est vrai ?

— Malheureusement.

— Et je suppose que la promesse n'était jamais tenue ?

— Bien sûr que non. Il y aura toujours des délateurs, il y aura toujours une volonté de pousser les individus à se contrôler les uns les autres, pour que chacun se sente surveillé et qu'il soit ainsi très difficile de nouer des alliances contre le pouvoir établi. À la Firme, tu devais demander l'autorisation pour la moindre chose : acheter un parapluie, te faire couper les cheveux, infliger une correction fraternelle… Tout était interdit, tu ne pouvais pas monter dans la même voiture qu'une femme, tu ne pouvais pas être témoin de mariage ni parrain, tu ne pouvais pas fêter l'anniversaire de tes proches, tu ne pouvais pas demander aux étudiantes qui suivaient le même cours que toi de te passer leurs notes, tu ne pouvais pas passer d'appels téléphoniques de longue durée, tu ne pouvais pas manquer une conférence même si tu étais malade, tu ne pouvais pas rester au lit si la fièvre n'était pas très élevée, tu ne pouvais pas laisser de nourriture dans ton assiette, tu ne pouvais pas dormir sans pyjama, tu ne pouvais pas marcher pieds nus, tu ne pouvais pas porter de short, tu ne pouvais pas aller à la messe sans veste ni cravate et sans t'être rasé, tu ne pouvais pas faire la sieste l'après-midi, tu ne pouvais pas avoir sommeil le soir, tu ne pouvais pas lire tel ou tel livre, tu ne pouvais pas choisir les intentions de prière, tu ne pouvais pas, tu ne pouvais pas, tu ne pouvais pas… Inexorablement, à force de te sentir coupable tu finissais par douter de toi-même. C'était une formidable mécanique de dépendance psychologique, affective et spirituelle, et un jour tu en venais à accepter de faire n'importe quoi parce qu'on te le demandait. Porter le cilice, par exemple.

— Le cilice ?

— Oui, le cilice.

— Ça existe vraiment ? J'ai toujours pensé que c'était une de ces légendes que les gens colportent pour discréditer les catholiques ultras…

— Un jour, alors que j'étais là depuis trois mois, mon directeur spirituel m'a demandé : « Où en es-tu avec la mortification du corps ? » Je lui ai répondu que je ne comprenais pas ce qu'il voulait dire. Il m'a alors tendu un cilice et m'a montré comment le porter. Je l'ai mis le soir même et retiré au bout de vingt minutes, pensant que plusieurs mois passeraient avant qu'il aborde de nouveau le sujet. Mais il m'en a reparlé quelques jours après seulement. Une discussion s'en est suivie, au cours de laquelle je lui ai demandé à quoi servaient toutes ces pratiques de mortification, et il m'a répondu que chaque minute de douleur physique évitait des heures de purgatoire, avant d'ajouter, voyant que je n'étais pas convaincu, que j'avais donné ma vie à Dieu et à la Firme et que je n'avais pas à discuter ni à chercher pourquoi. J'ai donc porté le cilice pendant deux heures chaque jour.

— Mais pourquoi ? Pourquoi obéissais-tu ?

— Parce que j'étais épuisé, perdu, dépendant. Mais aujourd'hui, j'ai compris à quoi sert le cilice : c'est un instrument supplémentaire de contrôle des corps, qui vise à s'assurer de ta soumission, à t'humilier au point que tu perdes toute estime de toi et que tu trouves normal que les autres te fassent tout subir.

Plus tard, au bout d'un peu plus d'une année au centre, mon directeur spirituel m'a proposé une autre forme de mortification, qui s'appelle la discipline. C'est un fouet en cuir dont les lanières s'achèvent par des pointes. C'était réservé au samedi. Le principe est le suivant : tu te mets dans ta salle de bains, tu te déshabilles et tu te flagelles à genoux le temps de dire un Salve Regina…

— Je crois que je vais vomir, tellement c'est répugnant…

— Moi-même, j'ai encore honte en le racontant, et d'ailleurs, crois-moi, je ne le raconte presque à personne. Mais ces mortifications n'étaient pas l'aspect le plus humiliant.

Certaines humiliations n'étaient pas physiques mais tout aussi avilissantes. Par exemple, je souffrais, moi qui avais toujours été un grand lecteur, de ne pas pouvoir choisir mes lectures. Les livres étaient gardés sous clé, et le directeur décidait lesquels tu pouvais lire ou non. Il existait un Index des livres interdits, une tradition de l'Inquisition que Paul VI a abolie. Mais la Firme n'a pas voulu suivre les instructions du pape, jugé responsable de la perte d'influence de l'Église à la suite du concile Vatican II, et elle a conservé l'Index à l'intérieur de sa propre organisation, en appliquant même des critères plus sévères encore. La paranoïa des censeurs était telle que, même pour lire *Mafalda*, il fallait la permission du directeur. Pourquoi un tel contrôle ? Parce que l'information est le combustible qui permet au cerveau de raisonner correctement. Nous devions donc, pour lire n'importe quoi, journal ou périodique, demander l'autorisation. Un de mes camarades du centre, l'un des rares à faire médecine, était ainsi empêché de lire une grande partie des livres qui étaient au programme, et disait qu'il en était réduit à prier le Saint-Esprit pour que celui-ci fasse descendre la connaissance sur sa tête… Le pauvre garçon a commencé, en troisième année, à souffrir de troubles nerveux, il avait des tics, les yeux qui clignaient tout seuls, la bouche qui tremblait, et nous devions faire semblant de ne pas nous en apercevoir. Nous n'avions même pas le droit non plus de regarder la télévision sans qu'il y ait un disciple plus âgé avec nous, mais, à vrai dire, nous ne la regardions pratiquement jamais, tout simplement faute de temps.

Toutes les sectes, tous les régimes totalitaires essaient d'empêcher les individus d'accéder librement à l'information, de lire, d'écrire sur certains sujets. L'homme est esclave, et ignorant de son état qui plus est, lorsqu'il ne connaît le monde qu'à travers le prisme qu'on lui impose. C'est pour cela qu'autrefois, dans le sud des États-Unis, la loi interdisait d'apprendre à lire aux esclaves. Et c'est pour la même raison que, dans beaucoup de cultures, les femmes n'ont pas le droit d'écrire, et que, dans une grande partie du monde, leurs familles ne veulent pas que les filles aillent à l'école, car elles sont destinées à être les servantes et les esclaves de leurs maris. Sous le régime nazi, sous le franquisme, sous le stalinisme, dans la Chine de Mao, sous toutes les dictatures, les périodiques et les livres sont soumis à une censure stricte, et on brûle ou détruit ceux qui sont considérés comme dangereux. Posséder un livre interdit peut te coûter ta liberté, justement parce qu'il te l'offre, parce qu'il t'ouvre une fenêtre sur le monde. Et c'est pour cela qu'au centre, c'était le directeur qui décidait ce que tu avais le droit ou non de lire. On te permettait seulement de lire les Évangiles, les livres édités par la Firme et les commentaires faits par des membres de la Firme sur les livres nécessaires à tes études, mais si tu voulais lire ces livres eux-mêmes parce que ton professeur l'exigeait pour l'examen, il fallait demander la permission, et tu te voyais le plus souvent opposer un non catégorique. Quant aux journaux, nous n'avions droit qu'à *ABC*, et encore, un *ABC* expurgé des nouvelles ou des publicités que le directeur jugeait condamnables ou préjudiciables. Et, bien sûr, il n'était pas question d'avoir la radio ou une chaîne hi-fi dans nos chambres…

Nous ne lisions donc pas ce que lisaient les gens du dehors… et réciproquement. Les publications de la Firme, les écrits internes comme on les appelait, étaient strictement réservés aux disciples et ne devaient en aucun cas tomber sous des regards extérieurs. Chaque soir, les exemplaires étaient recomptés scrupuleusement et rangés en lieu sûr, dans une pièce fermée à clé. S'il en manquait un seul, c'était le branle-bas de combat, personne ne pouvait aller se coucher avant qu'il soit retrouvé ! Je pouvais lire dans les yeux du directeur du centre la peur panique qu'il soit tombé dans des mains impies.

— Personne n'avait donc le droit de lire les textes émanant de l'organisation ?

— Non. Ni les constitutions, ni les règlements, ni les lettres du père fondateur, ni rien de ce genre. Certains documents n'étaient d'ailleurs accessibles qu'aux disciples les plus hauts en grade, et étaient conservés sous bonne garde dans le bureau du directeur lui-même. La Firme contrôle l'information dans les deux sens. Et, contrôlant l'information, elle contrôle la pensée.

— Mais c'est impossible, la pensée est le refuge ultime de la liberté. Personne ne peut se mettre dans ta tête, personne ne peut penser à ta place.

— Mais si, c'est possible, et la preuve, c'est qu'ils y parviennent. Tu te retrouvais comme sous l'effet d'un sortilège, comme un aveugle qui se contente de tâtonner en silence contre les murs au lieu de rechercher la lumière qu'on lui a volée. Tu étais tout simplement devenu incapable de penser à autre chose qu'aux activités de la Firme. Méditation, messe, chapelet, prières en latin, lecture spirituelle, examen de conscience, confession, correction fraternelle, conférence sur telle ou telle vertu théologale… Une fois par mois, on t'emmenait loin de la ville pour une journée de retraite, et l'été pour une session de cours de plusieurs semaines. Il n'y avait jamais de temps libre, jamais. Quand nous étions dans le car ou en train de faire une marche, on nous invitait à réciter ensemble un chapelet, ou d'autres prières, pour que nous ayons l'esprit occupé. Il ne nous restait donc pas de temps pour réfléchir, encore moins pour discuter entre nous. Cela nous était d'ailleurs sévèrement défendu, nous n'avions le droit de discuter qu'avec quelqu'un qui nous était désigné à cet effet, et avec qui nous n'avions généralement que peu ou pas d'affinité. Tu ne pouvais jamais dire *je*, seulement *nous*.

On nous donnait ce qu'on appelait des feuilles de règles, qui comportaient trente et une colonnes verticales, une pour chaque jour du mois, chacune divisée en lignes horizontales, afin d'y noter la façon dont nous avions observé, ou non, chacune des règles, des prières, des mortifications qui s'impose normalement à tout disciple. Dès que tu sautais une seule prière et que tu voyais la case vide, tu te sentais vide toi aussi, comme le lit d'une rivière à sec, et terriblement coupable : tu avais manqué à tes devoirs envers la Firme, une sorte de péché mortel. Je comprends aujourd'hui, en y repensant, à quel point c'était idiot, mais à l'époque, croyez-moi, j'étais entièrement dévoué à la cause, hypnotisé par elle.

Outre cette feuille de règles qu'il fallait remplir, il y avait aussi le journal du centre, rédigé par un disciple qui changeait régulièrement. Quand la charge m'en a été confiée, j'ai très vite appris à écrire ce qu'on attendait que j'écrive, et à dissimuler une part importante de la vérité… Jamais je n'ai parlé de mes doutes, de mes angoisses, ni de celles que je voyais chez les autres, de la peur de n'être plus qu'un corps vide, une coquille d'escargot… Seulement de mon ardent dévouement à la cause, de celui de mes camarades, de la joie que nous éprouvions à faire partie de la Firme. Une joie malsaine et vénéneuse, qui n'avait rien à voir avec la joie si pure des enfants.

J'ai donc menti sciemment, mais en sachant que je ne trompais personne. Ni mon directeur spirituel ni moi-même. Ce que j'écrivais n'avait pas d'importance. La seule chose qui comptait, c'était que les textes soient bien gardés dans les archives et disent ce qu'ils devaient dire. Ils étaient lus par le directeur du centre, naturellement, mais aussi par ses supérieurs, aux différents échelons. Quand j'achevais un cahier, je ne pouvais pas le garder pour moi. Il était immédiatement archivé, et on m'en donnait un autre, vierge.

— Rayco nous a dit que Heidi obligeait ses disciples à tenir un journal.

— Cela ne m'étonne pas du tout. C'est une pratique habituelle.

— Mais il nous a dit aussi qu'un des adeptes avait tenu deux journaux, l'un destiné à Heidi, l'autre où il notait ses vraies pensées, et qu'il cachait dans son oreiller. Les policiers l'ont retrouvé, et cela les a beaucoup aidés à reconstituer les derniers jours avant le suicide rituel.

— J'ai pensé plusieurs fois à tenir un autre journal, mais je n'avais pas d'endroit où le cacher. Et puis le journal n'était qu'un instrument de contrôle parmi d'autres. Il y avait aussi, par exemple, la confession. Un jour, le directeur du centre m'a convoqué parce que, sur mon temps libre du dimanche, j'étais allé à une foire du livre et j'avais feuilleté des livres interdits par la Firme, comme *Le Capital* de Marx. Il m'a dit que ce que j'avais fait était très grave. Je suis resté sans voix, car la seule personne à qui j'en avais parlé était le prêtre qui me confessait. Je lui ai donc posé la question lors de la confession suivante, et il m'a confirmé tranquillement qu'il avait tout raconté au directeur. J'étais scandalisé qu'il ait trahi le secret de la confession, mais il m'a répondu qu'il ne l'avait pas trahi, et il m'a expliqué pourquoi. Comme vous vous en doutez, on n'avait le droit de se confesser qu'au prêtre que la Firme vous avait désigné comme confesseur, jamais à quelqu'un d'autre. Et la confession proprement dite était relativement brève : tu recevais presque tout de suite l'absolution, après quoi le prêtre continuait à te poser des questions. Or, pour la Firme, ce que tu répondais à ce moment-là n'était pas couvert par le secret de la confession, ce que, bien entendu, j'ignorais avant qu'on me l'explique. En d'autres termes, tout ce que j'avais révélé pendant trois ans à mon confesseur en me croyant protégé par le secret de la confession, toutes mes angoisses les plus intimes, les plus profondes, avaient été répétées.

C'est à partir de ce moment-là que j'ai appris à mentir systématiquement. Pas pendant la confession, mais pendant la conversation censément libre qui suivait. Je ne disais rien sur mes doutes, je ne disais pas que ma mère me manquait, je ne parlais pas des mensonges que je consignais dans le journal. Je disais seulement ce qu'ils voulaient entendre : que je me repentais de ne pas m'être mortifié en m'abstenant de prendre un dessert, ou de n'avoir pas été plus aimable avec un de mes camarades, des choses dérisoires, infantiles, qui bourdonnaient dans le vide comme une mouche contre une vitre. J'avais conscience, en mentant, de commettre un acte héroïque, le seul qui me permettait de sauver mon intégrité. Le mensonge a été comme un tunnel que je creusais pour que la vérité puisse sortir au grand jour.

Quant à mon confesseur et au directeur du centre, ils n'ont même plus pris la peine de sauver les apparences. Si je m'avisais, par exemple, d'avouer que ma mère me manquait, je savais que, dans les jours suivants, j'aurais droit à une leçon du directeur sur les différences entre la vraie famille, c'est-à-dire la Firme, et celle qui n'était qu'une famille de sang, une famille biologique.

Le prêtre me demandait souvent si j'avais des pensées impures, lesquelles et envers qui. Si j'avais des désirs sexuels, si je me masturbais, comment, à quelle fréquence, à quoi je pensais en le faisant, combien de temps je mettais à parvenir à la jouissance. Les questions étaient si précises que je soupçonne qu'il retirait de mes réponses un plaisir pervers. Au début, je répondais que je ne pensais jamais au sexe. Et c'était la stricte vérité. J'étais tellement fatigué que j'avais perdu toute libido. Mais comme il ne me croyait pas, j'ai dû m'inventer des fantasmes, mais très édulcorés. Je lui jurais tout de même que je ne me masturbais pas, que j'avais simplement des rêves érotiques et des pollutions nocturnes. J'avais honte de lui raconter des choses aussi intimes, surtout en sachant qu'il allait les répéter, mais beaucoup de mes camarades étaient plus naïfs et lui confiaient tout.

— Oui, moi aussi il m'est arrivé quelque chose de semblable quand j'étais petite. J'allais à une école de bonnes sœurs et le confesseur nous posait des questions de ce genre. Le pire, c'est que je ne voyais même pas où il voulait en venir. Il me disait : « Est-ce que tu te touches ? » et je lui répondais : « Je ne sais pas, quelquefois, sous la douche, avec le gant de toilette… », mais c'était parce que je ne comprenais même pas ce qu'il me demandait. Je suppose qu'il a dû penser que je me masturbais sous la douche… J'avais onze ans !

Gabriel tenta en vain d'écarter de son esprit l'image d'Helena se masturbant sous la douche.

— Oui, c'est toute la difficulté de la confession. Quand le confesseur est une gourde, ça peut devenir un supplice.

— Mais tu te confesses toujours ?

— Quelquefois. En quittant la Firme, j'ai traversé, c'est normal, une grave crise spirituelle, mais je reste croyant. Je vais à la messe, je me confesse, oui. Pas avec des prêtres de la Firme, évidemment. Mais je vous en parlerai tout à l'heure, je ne veux pas perdre le fil de mon récit.

Je vous ai raconté le contrôle des faits et gestes, le contrôle de l'information, de la pensée. Il reste le quatrième contrôle, qui est peut-être le plus efficace : le contrôle des émotions. Toutes les sectes tentent de manipuler et de brider les émotions de leurs adeptes. En d'autres termes, elles veulent canaliser leurs sentiments vers le chef et vers lui seul. La Firme est possessive comme une fiancée jalouse, et elle y met toute son énergie, jusqu'à l'obsession.

On ne nous laissait pas, par exemple, conserver de photos de famille, encore moins en avoir dans notre chambre. En revanche, il y avait partout dans le centre des portraits du père fondateur. Et de son père, de sa mère, de sa sœur...

— De sa famille à lui ?

— Oui, tandis que nous, nous ne pouvions pas garder de photos de ce qu'ils appelaient notre famille de sang, sous prétexte que notre vraie famille était la Firme ! Et on nous empêchait d'être trop souvent en contact avec elle. Toutes les lettres que nous recevions étaient ouvertes, c'était la règle, et lues par le directeur, qui ne nous les donnait qu'après. Je n'ai appris que bien plus tard que cette pratique était expressément interdite par le droit canon, outre le fait qu'elle est réprimée, bien entendu, par le code pénal. Quant à celles que nous écrivions, elles étaient soumises à censure préalable. Le téléphone, lui, était installé dans des lieux très fréquentés, comme la salle de séjour, où il y avait toujours quelqu'un qui pourrait raconter au directeur ce qu'il avait entendu. De toute façon, on ne te laissait téléphoner qu'une fois par semaine, pour une durée limitée. L'appareil était verrouillé, il fallait demander qu'on te le débloque pour pouvoir appeler. Et quand les familles appelaient, elles s'entendaient répondre que nous étions trop occupés pour leur parler, de sorte qu'elles finissaient par se faire une raison et cessaient purement et simplement d'appeler. J'ai plusieurs fois essayé de joindre ma famille un dimanche, depuis une cabine téléphonique en ville, mais comme je devais absolument justifier la moindre peseta dépensée et que les communications étaient très chères, je ne pouvais presque pas parler.

On ne nous laissait pas non plus nous faire d'amis parmi les autres pensionnaires. Au tout début, j'avais développé une certaine affinité, je dis bien affinité, pas amitié, avec un disciple. Un jour, il est parti pour une retraite, et quand il est revenu, je lui ai donné l'accolade. J'ai reçu une correction fraternelle dès le lendemain : « Ici, on ne se donne pas l'accolade. » Point à la ligne. Et il n'était évidemment pas question non plus de s'embrasser ou de se tenir par la main. Tout témoignage d'affection était proscrit.

Quelques jours après, le directeur m'a convoqué et m'a cité une phrase de notre père fondateur qu'il aimait répéter : « Déprends-toi des créatures humaines jusqu'à te dépouiller d'elles. » Cette maxime sibylline était destinée à me faire comprendre que je devais cesser d'avoir une relation privilégiée avec cet ami. Jusqu'alors, nous allions ensemble à la faculté et en revenions ensemble. Mais le directeur m'a expliqué que Dieu exigeait que nous renoncions à tout, et ce *tout* incluait nos amis, y compris lorsqu'ils sont nos frères au sein de la Firme. Il a ajouté qu'il ne pouvait en aucun cas y avoir, entre disciples, ce qu'il qualifiait d'amitiés privilégiées, car les confidences étaient réservées à la confession. Nous avons donc continué à aller ensemble à la faculté, mais toujours accompagnés d'un autre disciple ou, lorsque ce n'était pas possible, en évitant de nous parler, comme si nous ne nous connaissions pas, étant donné que nous avions accepté, par notre vœu d'obéissance, de renoncer aux liens amicaux. J'étais évidemment abattu, mais en même temps je demandais pardon à Dieu de lui avoir déplu en lui refusant si longtemps le sacrifice de cette amitié.

J'étais depuis trois ans au centre quand le mari de ma mère, je devrais dire mon beau-père mais je l'appelle toujours mon oncle, est tombé assez sérieusement malade. Pour aller le voir à l'hôpital à Madrid, il fallait que je demande la permission. Elle m'a été refusée. C'est seulement lorsque son état s'est aggravé qu'on a consenti à ce que je fasse un voyage éclair. Je n'ai même pas eu le droit de dormir chez ma mère, il a fallu que ce soit dans un centre de la Firme dans la capitale. Je suis revenu par un après-midi maussade, et il me semblait que les nuages dessinaient dans le ciel des cartes de pays improbables où je ne pouvais même pas rêver aller un jour. J'ai sonné à la porte, j'ai salué le gardien, j'ai monté l'escalier avec une boule dans la gorge, et je suis tombé nez à nez avec le sous-directeur, qui s'est mis à me chapitrer parce que j'étais en retard de dix minutes pour le dîner.

— Quel fils de pute !

— Gabriel, ne sois pas grossier.

— Gabriel a raison, c'était un fils de pute. C'est cet incident qui m'a ouvert les yeux. Désormais, je voulais partir. J'en ressentais confusément l'envie depuis le début, mais j'avais toujours manqué du courage nécessaire. J'avais eu une enfance surprotégée, j'avais été élevé dans le respect des figures d'autorité. Et puis mon groupe était uniquement composé d'excellents étudiants, certains suivaient deux cursus parallèlement, avec de très bonnes notes dans les deux, et ils ne songeaient pas du tout à partir. J'avais donc tendance à penser que c'était moi qui avais tort, pas la Firme.

Il est très difficile de comprendre, pour quelqu'un qui n'a jamais connu ce genre de situation, pourquoi il est si dur de partir, même quand on n'est pas enfermé à clé, quand on pourrait, théoriquement, ouvrir la porte et s'en aller comme ça. De la même façon, beaucoup de gens ont du mal à comprendre pourquoi tant de femmes battues ne portent jamais plainte et subissent en silence leur calvaire jusqu'au jour où leur mari finit par les tuer. Les gens qui sont dans les sectes ne se rebellent pas parce que personne autour d'eux ne dit rien, parce que personne autour d'eux ne peut parler. Celui qui le fait se sent isolé, et pense donc qu'il a tort.

Et puis j'étais physiquement épuisé, je me sentais comme un mineur incarcéré après un éboulement, qui a perdu sa lampe et ne pense qu'à économiser l'air, à bouger le moins possible, pour survivre. Au début, nous étions censés dormir six heures par nuit, mais, étant donné qu'on attendait de nous les meilleures notes possibles, nous étions un certain nombre à travailler parallèlement à nos études – sans parler des méditations, des conférences, des discussions auxquelles je me devais d'être assidu dans le cadre de ces fameuses activités d'apostolat où j'étais censé faire des manœuvres d'approche auprès de futurs disciples potentiels. Le résultat, c'est qu'à l'approche des examens nous passions toutes nos soirées à réviser, non sans avoir demandé, bien entendu, l'autorisation au préalable, et toujours sous la surveillance d'un disciple plus âgé. Il faut que vous compreniez bien qu'à force d'enchaîner, pendant des années, des journées de seize heures ou même de vingt heures, sept jours par semaine, douze mois sur douze, on est dans un tel brouillard qu'on peut difficilement avoir une pensée logique.

Et quand on n'arrive pas à penser, quand on ne fait que survivre au jour le jour, on ne songe pas à se rebeller, seulement à dormir. On reste là, à tourner en rond comme un pantin désarticulé, sans autre but et sans autre envie que de continuer à tourner. On se sent incroyablement perdu, et on n'a pas le fil qui permet de sortir du labyrinthe. Je flottais comme dans une nuit sans fin, comme si le cours du temps se confondait avec les ténèbres, et je n'aspirais qu'à une chose : que la journée se termine, pour me reposer au moins un peu.

Une autre raison qui me faisait rester, c'était que je n'avais nulle part où aller. Où retourner, quand on a quitté la maison comme un chat vagabond, comme un oiseau fuyant de branche en branche. Je savais très bien qu'on ne revient pas en arrière et que je ne serais jamais plus celui que j'avais été. J'étais comme un sillon vide ou une rivière asséchée, j'étais rongé par la nostalgie des lieux de mon enfance et des affections perdues à jamais, tout en sachant que rien ne serait comme dans mes souvenirs, car la nostalgie n'est qu'un mensonge. Tous les groupes sectaires vous font rompre, progressivement, avec votre passé. On ne voit plus sa famille, ses amis, dans bien des cas on n'a plus de relations avec le monde extérieur. J'avais ma mère au téléphone une fois par semaine au maximum, pour quelques minutes à peine, une conversation très sommaire, qui en plus était écoutée. Nous nous écrivions quelquefois aussi, mais des lettres insignifiantes, impersonnelles…

— Ça ne m'étonne pas. Je n'ai plus eu de nouvelles de Cordelia, plus un appel, depuis le moment où elle est partie.

— Sois sûre qu'il y a eu des pressions pour qu'elle coupe les ponts avec toi. Il y en a toujours. Et quand tu n'as plus ni famille ni amis, ton univers se restreint au groupe. Une fois que tu as pris l'habitude de vivre dans un milieu confiné où tout le monde pense de la même manière, ton champ de vision se réduit, ta capacité d'échange s'atrophie. Je songeais souvent à partir, mais pour aller où ? Pour faire quoi ? Qui m'aurait accueilli ? Je n'avais pas d'amis, je ne savais rien faire dans une maison, je ne connaissais pas d'autre environnement que la Firme, je m'estimais incapable de survivre sans son appui, dans un monde inconnu et hostile… Et puis j'avais fini par me laisser convaincre que le déserteur ne pouvait pas être heureux, qu'il était forcément accablé par le fardeau moral de la trahison…

Je m'étais engagé très jeune envers la Firme, je ne pouvais pas l'abandonner comme ça. Ma mère m'avait toujours dit que « les gens de bien ne renient pas leurs engagements ». J'étais rongé par un sentiment de culpabilité, et je savais aussi qu'à bien des égards je n'étais pas un adulte, que toute ma vie était réglée par des choix qui m'étaient extérieurs, qu'il n'y avait pas eu une seule minute de ma vie où j'avais agi en sujet autonome. J'avais assumé cet enfermement comme étant ma destinée irrévocable, sans rêver ni de trousseaux de clés ni de plans d'évasion, en m'efforçant simplement d'oublier le plus possible qu'au-dehors, au-delà des murs de ma prison, il y avait la vie, la joie, l'amour, le plaisir.

Mais la fièvre ne baissait pas. Je me suis mis à commettre d'infimes actes de rébellion, qui étaient à mes yeux de grandes prouesses. Car plus mes pas déviaient, plus je me sentais prendre le seul chemin possible. J'ai cessé de porter le cilice, tout en assurant le contraire à mon confesseur, mensonge dont je n'ai su que bien plus tard qu'il était monnaie courante. Bien que le goûter soit proscrit, je n'hésitais pas à m'acheter, en sortant de la faculté, un palmier au chocolat que je dissimulais dans mon cartable et que je m'empressais d'avaler dans la salle de bains dès que j'étais rentré : pas parce que j'avais faim, mais parce que c'était interdit. D'autres fois, j'allais au Corte Inglés, je sélectionnais quatre ou cinq jeans, j'allais à la cabine et je les essayais successivement, en me regardant longuement dans la glace pour le plaisir de me dire que ce garçon en jeans que je voyais, c'était bien moi.

Mes camarades de faculté avaient fondu comme neige au soleil. En première année, nous étions vingt. En deuxième année, dix. En troisième année, cinq... Cela me donnait de l'assurance, je me disais que j'étais dans les meilleurs, ceux qui étaient restés. Mais la vérité, c'était que même les inscrits en première année étaient de moins en moins nombreux : quand je suis parti, je crois qu'ils n'étaient plus que cinq. La raison est simple : les étudiants avaient l'impression d'étouffer, car la philosophie n'a pas de sens hors de la liberté.

Avec le temps, je me suis mis à vivre deux vies parallèles : ma vie réelle de disciple, et une vie imaginaire, dans laquelle je me voyais libre et heureux, menant une vie de voyages, d'amour, de sensations... Dans mes conversations avec mon directeur spirituel, je commençais à dire ce que je ressentais, à savoir que je n'étais pas fait pour la Firme, que je ne me sentais pas de taille, que je ne voulais pas continuer, et j'avais toujours droit à la même réponse, qui était en substance celle-ci : « Prends garde à toi si tu pars, car tel disciple qui est parti récemment a été renversé moins d'une semaine après par un autobus, tel autre qui s'est marié avec une disciple très jolie s'est retrouvé veuf au bout de peu de temps, tel autre encore a été victime d'un arrêt du cœur alors qu'il achetait *El País* au kiosque, tandis qu'un quatrième a été retrouvé le visage enfoncé dans un bol de soupe et dévoré par les vers, seul dans son appartement où il était mort d'un infarctus huit jours plus tôt. Prends garde, je te le répète, car Dieu ne pardonne pas aux traîtres. »

Une mise en garde qui vous semblera sans doute bien puérile, et qui l'était, mais le fait même que je me sois laissé impressionner en dit long sur mon état d'infantilisation. Mon directeur me disait aussi : « Tu traverses une mauvaise passe, mais ça va s'arranger, beaucoup de gens prient pour toi, pour que tu te ressaisisses. » Et aussi : « La vocation, c'est pour toujours, tu ne seras pas heureux en renonçant. » Et aussi : « Si tu ne sais pas rester fidèle à ta vocation, tu ne sauras pas non plus l'être à un amour terrestre. » Et aussi : « La fidélité de beaucoup dépend de ta fidélité à toi. » Et aussi : « Quitter la Firme ne résoudra pas tes problèmes, tu les emporteras tous avec toi. » Et aussi : « Qui regarde en arrière lorsqu'il tient sa charrue n'entrera pas dans le royaume de Dieu. » Et aussi : « Si tu acceptes qu'on t'aide à lutter, la lumière t'éclairera de nouveau. » Et aussi : « La vocation est le plus grand trésor que t'ait donné Dieu. » Toutes ces maximes, je les ai entendues, répétées à satiété, non seulement dans sa bouche, mais encore au cours de méditations, de discussions, de conférences, de retraites. J'étais pris entre mon désir de partir et la peur d'offenser Dieu. Mais un jour, ce directeur si pontifiant, qui avait toujours sous la main une phrase toute faite, a prononcé une phrase de trop en m'affirmant que le fait même de douter de ma vocation me mettait en état de péché mortel. Qualifier de péché mortel un acte auquel aucun des dix commandements ne fait la moindre allusion, et que le catéchisme de l'Église catholique n'a jamais considéré comme tel, était un abus de pouvoir, et je le lui ai laissé entendre. Le protagoniste de ma vie imaginaire s'était manifesté. L'agneau soumis avait décidé de sortir du troupeau.

À compter de ce jour, on m'a désigné un ange gardien, un disciple qui, le dimanche, me suivait partout et sortait avec moi si je décidais de sortir. J'ai dû renoncer aux essayages de jeans au Corte Inglés. J'étais en terrain miné, mais il ne servait à rien que je redouble de prudence, que je me montre évasif ou feigne l'indifférence, ou que je mente pour dissimuler mes fautes, car je finissais toujours par poser une question de trop ou par donner une réponse inappropriée.

Ma souffrance, la nuit, se transformait en larmes, des larmes amères qui me laissaient fébrile et desséché. Mes camarades, qui m'entendaient sangloter, ne disaient rien car ils devaient respecter le temps de silence, mais j'avais invariablement droit, le lendemain, à une correction fraternelle. Pleurer témoignait d'un « mauvais esprit », d'une « quête égotiste », qui « créait un mauvais climat », voire « faisait souffrir Dieu »…

Ils m'ont emmené voir un psychiatre. J'ai oublié de préciser qu'on ne pouvait pas aller consulter seul, mais seulement accompagné d'un autre disciple, y compris chez le dentiste, l'ophtalmologue ou l'allergologue, et qu'il fallait obligatoirement que ce soit un praticien de la Firme. J'entrais seul dans le cabinet pour la consultation, puis mon accompagnateur me rejoignait pour entendre les conclusions du psychiatre. Il est même arrivé qu'il s'entretienne avec lui en tête à tête… Je lui disais ma volonté de partir, il insistait pour que je reste, et entreprenait de me culpabiliser pour ma dépression qu'il imputait à un manque de générosité, à un conflit personnel. Il m'exhortait à m'engager davantage, à moins penser à moi, et m'a conseillé, à titre thérapeutique, de lire et de méditer les lettres du père fondateur, sans négliger pour autant de me prescrire des somnifères pour la nuit et des anxiolytiques pour la journée. Leur effet était tel qu'il m'arrivait fréquemment de ne pas me rappeler, au réveil, quand ni comment je m'étais couché la veille au soir.

L'armoire à pharmacie, comme tant d'autres choses, était fermée par un système de double clé. Je me souviens qu'un jour où j'étais pris de violentes coliques, il m'a fallu implorer, plié de douleur et pouvant à peine marcher, qu'on aille chercher les clés, et que j'ai subi une terrible réprimande pour avoir enfreint le temps de silence, après quoi il m'a paru s'écouler des heures avant que le directeur examine l'opportunité de m'administrer un simple antidiarrhéique. J'ai compris par la suite, à la faveur du traitement que m'avait prescrit le psychiatre, la raison d'une telle procédure : il y avait dans la pharmacie du centre assez de drogues pour endormir une armée, et presque tous les disciples étaient sous médicaments. C'était d'ailleurs un poste de dépenses considérable. Les médicaments étaient commandés à un établissement dont les propriétaires étaient membres de la Firme, et une livreuse venait chaque semaine. Un disciple était chargé de faire chaque soir le tour des chambres pour remettre à chacun, en main propre, la dose de pilules, de toutes les tailles et de toutes les couleurs, à laquelle il avait droit. Je n'avais jamais compris, jusqu'à ce qu'on me mette moi-même sous traitement, les motifs de cet étrange rituel, et je ne les avais d'ailleurs pas demandés car, au centre, on ne posait pas de questions. On apprenait à surjouer la docilité, à lécher les murs qui vous retenaient prisonnier, à consentir à tout.

Je n'avais pas idée de ce que j'allais devenir. Prendre part aux cercles de discussion était pour moi une vraie torture, je restais donc silencieux. Un jour, un de mes camarades m'a gratifié d'une correction fraternelle : « Je voulais te dire que tu devrais sourire plus, prendre la parole dans les discussions, le silence n'est pas de bon esprit. » J'en suis resté sans voix, car une telle remontrance supposait l'aval du directeur, qui savait parfaitement le calvaire que je subissais et le type de traitement que je suivais.

J'avalais douze comprimés par jour, j'étais déprimé, malade, seul, angoissé, martyrisé, victime en un mot, et incapable de faire le pas en avant qui aurait été nécessaire. Il y avait cinq ans que je ne communiquais plus avec ma famille ni, ce qui était plus grave encore, avec moi-même. J'étais dans un puits sans fond, en proie à la confusion, incapable d'identifier d'où venait le mal qui me perçait l'âme, tout en sentant monter en moi une sensation trouble et nauséabonde qui menaçait de rompre les digues et d'emporter tout sur son passage, en me précipitant au cœur du maelström.

J'aurais pu rester longtemps encore dans cette position sans l'intervention de mon oncle, ou plutôt du mari de ma mère. J'allais avoir vingt-trois ans, et le moment approchait où l'on me demanderait de prononcer mes vœux perpétuels, ce qui supposait que je fasse donation à la Firme de la totalité de mes biens et rédige un testament en faveur d'un membre de la fondation qui gère le patrimoine de la Firme. Celle-ci recourt en effet à des montages juridiques et comptables des plus scabreux pour échapper à l'impôt, en mettant ses possessions au nom des administrateurs de sa fondation, qui sont évidemment des disciples de rang élevé et de toute confiance. L'acte est rédigé par un notaire qui, naturellement, appartient à la Firme et, comme de bien entendu, la famille du donateur n'est jamais prévenue. De fait, la plupart des bâtiments abritant des centres de l'organisation appartenaient antérieurement à des familles fortunées.

Or, mon oncle connaissait des personnes qui avaient fait partie de la Firme et qui en étaient sorties, mais qui y avaient laissé toute leur fortune. Il savait donc qu'il était impossible en pareil cas de récupérer ses biens :

selon les constitutions mêmes de la Firme, les actifs cédés à la fondation ne peuvent être restitués. Il savait aussi, par ces mêmes personnes, mais je crois qu'il s'en doutait de toute façon, que le courrier et le téléphone étaient surveillés, si bien qu'il a eu l'idée extravagante, pour réussir à me rencontrer, de prétendre que ma mère avait été hospitalisée et se trouvait entre la vie et la mort. Il a appelé le centre, a parlé au directeur, et sa prestation a dû être au moins digne d'un Oscar, car celui-ci a consenti à ce que j'aille séance tenante à Madrid pour voir ma mère.

Il ne m'a néanmoins pas permis, cela va de soi, de voyager seul, et un disciple m'a escorté. Mon oncle m'attendait dans le hall de l'hôpital, censément pour m'accompagner jusqu'à la chambre de ma mère. Le disciple a insisté pour venir aussi, mais il a réussi à l'en dissuader. Et quelle n'a pas été ma surprise lorsque j'ai découvert que ma mère était en parfaite santé, et lorsque mon oncle m'a avoué n'avoir pas trouvé d'autre moyen pour que nous puissions avoir une discussion sérieuse ensemble avant toute décision irréversible. Il y avait notamment, dans le patrimoine devant faire l'objet du testament, la maison de mon père, dont j'avais hérité et dont ma mère, qui en conservait l'usufruit, souhaitait que je lui fasse donation afin qu'elle ne passe pas aux mains de la Firme. C'était la maison où j'étais né et où avaient vécu mes parents, elle était chargée de souvenirs familiaux, marqués au fer rouge dans ma mémoire et indélébiles comme des cicatrices. La simple vue de ses murs rappelait à ma mère qu'elle y avait été heureuse avec mon père, que je l'avais été aussi, que nous l'avions été tous les trois, et cette simple raison a emporté ma décision. Je me suis mis à pleurer à chaudes larmes, et soudain je me suis senti étouffer, je ne pouvais plus respirer, mon corps était parcouru de frissons et de sueurs froides, les battements de mon cœur se sont emballés, et une douleur fulgurante dans la poitrine m'a littéralement plié en deux, au point que mon oncle a cru à un infarctus et m'a fait emmener sur un brancard à l'étage des urgences. C'était simplement une crise d'angoisse.

Lorsque j'ai expliqué au médecin que, depuis un mois, je dormais en moyenne quatre heures par nuit, il m'a dit qu'il était essentiel que je me repose. « Pas question que tu retournes au centre, a dit ma mère. Tu vas venir à la maison pour te rétablir, je refuse que tu mettes en jeu ta santé ou ta vie. »

Je lui ai dit : « Mais je ne peux pas faire ça, maman. » Je lui ai dit ce qu'on m'avait expliqué, et que j'avais reçu pour argent comptant, à savoir qu'il fallait une dispense spéciale, qui ne peut être accordée que par le pasteur de la Firme, sur demande manuscrite et motivée adressée audit pasteur, qui a la faculté de l'accepter ou non, sans qu'un délai soit fixé pour la réponse. En outre, si le disciple n'avait pas encore, comme c'était mon cas, prononcé ses vœux perpétuels, il devait attendre au moins jusqu'au 19 mars suivant le jour d'envoi de la lettre et n'était pas libre de partir avant cette date. « Ce n'est pas vrai », m'a alors assuré mon oncle. « Si tu veux, j'appelle à l'instant même un professeur de droit canon qui te le confirmera. » Mon oncle avait un téléphone mobile, ce qui n'était pas si courant à l'époque ; il a passé de nombreux appels, qui ont dû lui coûter une fortune au passage car les tarifs étaient bien plus élevés qu'aujourd'hui, et a fini par tomber sur un jésuite qui a pu m'expliquer que les disciples de la Firme contractaient une convention civile, dont les effets duraient jusqu'à ce qu'une des parties décide de la rompre. Il suffisait pour cela d'une simple notification de ma part, sans qu'il soit nécessaire de solliciter du pasteur une quelconque dispense. La convention serait alors dissoute *ipso facto*.

La Firme, poursuivait le jésuite, s'employait néanmoins à convaincre les disciples qui voulaient la quitter que cette dispense était indispensable, invoquant à cet effet le point 387 des constitutions de l'organisation, ainsi rédigé : « Le plan de sainteté qu'exige de nous le Seigneur repose sur ces trois points : une sainte intransigeance, une *sainte pression* et une sainte effronterie. » C'est ainsi que, mentant avec une effronterie qui n'avait pas grand-chose de saint, ils continuaient de prétendre qu'on ne pouvait s'en aller sans autorisation, ce qui leur permettait d'exercer une pression tout aussi peu sainte durant le laps de temps devant s'écouler entre le dépôt et l'examen de la demande.

Mon oncle a donc appelé le centre pour les informer que je ne rentrais pas. J'étais encore sur le brancard et j'entendais parfaitement les cris de mon directeur, qui exigeait mon retour immédiat avec une véhémence de Gorgone. Mon oncle a répondu très calmement qu'il tenait à sa disposition un certificat médical attestant qu'il était indispensable que je prenne du repos, et qu'il ne croyait pas que je puisse le prendre au centre. Puis il a raccroché. J'ai subitement mieux compris pourquoi ma mère était tombée amoureuse de ce petit homme qui ne payait pas de mine, mais qui semblait avoir un caractère en acier trempé.

Nous sommes allés chez ma mère et je me suis mis immédiatement au lit. Le médecin m'avait injecté un tranquillisant, et j'étais si épuisé que j'ai presque fait le tour du cadran. Je n'ai donc pas entendu les sonneries incessantes du téléphone, qui ont d'ailleurs vite incité mon oncle à laisser celui-ci débranché. Dès le lendemain matin, deux prêtres de la Firme se sont présentés et ont exigé de me parler. Mon oncle leur a répondu que j'étais alité et que le médecin m'avait interdit de recevoir des visites. Il a même réussi à les laisser dehors, usant d'un stratagème très efficace, consistant à dire que son épouse était encore en chemise de nuit et qu'il ne croyait pas approprié que des hommes d'Église la voient dans cette tenue légère. Les deux disciples, qui craignaient davantage encore, ainsi qu'il l'avait supposé, la sensualité féminine que les flammes de l'enfer, sont repartis sans insister. Mon oncle redoutait cependant de nouvelles visites, et a donc décidé de nous emmener, ma mère et moi, dans sa maison de campagne, située à Galapagar. Nous nous sommes arrêtés en route au Corte Inglés pour m'acheter un pyjama et des vêtements de rechange car je n'avais plus rien, toutes mes affaires étant restées au centre. La maison de Galapagar n'avait pas le téléphone, et mon oncle, qui devait rester à Madrid pour son travail, ne venait nous voir que tous les deux jours. Je n'ai donc rien su non plus des appels qu'il continuait de recevoir, aussi bien sur son téléphone mobile qu'à son bureau. Il avait même craint que la Firme ne le fasse suivre et ne découvre mon refuge, mais, grâce à Dieu, il n'en a rien été.

Nous sommes restés environ un mois, le temps pour moi de reprendre poids et confiance. Pendant tout ce temps, ma mère est restée constamment à mes côtés. Nous nous promenions dans la campagne, nous parlions beaucoup, de tout et de rien. De son enfance, de la mienne, de mon père. J'ai appris, grâce à ce séjour, à l'aimer d'un amour serein, qui n'était plus celui d'un enfant dépendant et surprotégé, mais celui d'un adulte admiratif. Elle m'apprenait à cuisiner, et nous regardions un film tous les soirs. Pendant cinq ans, je n'avais plus vu un seul baiser à l'écran, sans même parler des scènes de nu ; aussi, au début, tout me faisait sursauter, mais je me suis habitué peu à peu.

Dès notre retour à Madrid, mon oncle m'a emmené voir un psychologue spécialisé dans les cas comme le mien. C'était un jésuite, et nous avons donc pu parler de religion pendant de longues heures. Il m'a fait accepter l'idée qu'on pouvait renoncer à sa vocation sans renoncer à sa foi, de même qu'on pouvait être croyant et hostile aux méthodes de la Firme. Il m'a cité de nombreux prêtres et théologiens catholiques qui s'étaient opposés à elle. Surtout, il m'a appris à me débarrasser de mes angoisses, de ma culpabilité, à dédramatiser la question des devoirs envers autrui. Il m'a appris que nulle part, et encore moins dans les Évangiles ou la Bible, il n'était écrit qu'on devait tout abandonner pour suivre Dieu, renoncer à sa santé physique ou mentale, à ses biens, à sa famille ou à soi-même. Il m'a aidé à sortir de ma confusion émotionnelle, des reproches incessants dont j'avais tendance à m'accabler, il m'a aidé à trouver mon propre centre et à me situer par rapport à lui... Mais cela ne s'est pas fait du jour au lendemain. Pendant un an, tous les mardis et tous les jeudis, nous avions de longues conversations, et pendant cette même année, tous les jours, j'écrivais. J'avais tenu un journal à la Firme, j'en tenais maintenant un autre. Un journal sincère, celui-là, où je parlais de la colère ennemie du bonheur, des sensations brisées, de la saveur de l'attente, de ma honte de la nudité, des recoins poussiéreux de l'âme que je nettoyais sitôt découverts, de mes lentes avancées sur la pointe des pieds. C'est grâce à ces textes que je peux aujourd'hui tout vous raconter avec une telle précision, une telle sérénité, une telle distance.

Je me suis réinscrit à l'université, cette fois à l'Université autonome de Madrid, pour faire mon doctorat. Le département d'histoire contemporaine y est rattaché à la faculté de philosophie et lettres. J'ai suivi des ateliers et des cours de troisième cycle. J'avais, comme toujours, de très bonnes notes. Mes camarades et mes professeurs me prenaient pour un garçon très timide et, sachant que j'étais licencié en philosophie de la fameuse université de la Firme, ils imaginaient sans doute que j'étais plus ou moins sympathisant. Je soupçonne qu'ils se sont méfiés de moi au début, mais cela n'a pas porté à conséquence. Deux ans plus tard, j'ai rejoint un groupe de recherches sur l'histoire culturelle de la politique. Mais j'avais toujours du mal à nouer des relations avec les gens de mon âge, surtout avec les filles. Je passais mon temps dans les livres. J'emmagasinais des faits en essayant de comprendre, d'établir des liens, je cherchais le code secret, le fil du labyrinthe, je refaisais le chemin en sens inverse à la recherche de l'embranchement exact où j'avais pris une mauvaise direction, qui ne menait nulle part. Dans ce retour, les livres me servaient de boussole et de guide.

À vingt-six ans, j'ai eu l'occasion de prendre un poste de lecteur à Oxford. Et savez-vous ce qui m'a décidé à y aller ? C'est de savoir que l'aumônerie catholique d'Oxford s'était opposée à l'implantation à Londres de la Firme, et que l'aumônier avait même envoyé aux étudiants un appel à la vigilance vis-à-vis d'éventuelles actions de prosélytisme, se déclarant en outre disponible pour en parler avec tout étudiant qui le souhaiterait. Pendant l'année que j'ai passée là-bas, j'ai noué d'étroites relations avec lui ainsi qu'avec beaucoup de professeurs catholiques, et j'ai découvert une conception de la religion à laquelle le psychologue jésuite m'avait déjà initié : moins artificielle, moins autoritaire, plus simple, plus authentique. Avec assez d'honnêteté pour ne pas souffrir inutilement ni faire souffrir autrui. Ma foi tenait bon, malgré les vents de doute qui semblaient sur le point de la mettre à bas.

Puis je suis rentré en Espagne. Vingt-sept ans. Excellent CV. Doctorat avec félicitations du jury. Trois langues (la seule chose dont je dois remercier l'université de la Firme est d'y avoir appris l'allemand). Et pourtant, je sentais que je serais incapable de m'épanouir dans le monde réel, en dehors de l'endogamie confortable du système universitaire. J'avais du mal à parler aux femmes, j'étais toujours extraordinairement timide, arrogant, formaliste, je n'avais pas d'amis de mon âge, je n'avais jamais été ivre…

— Pardonne-moi de te demander ça, et tu n'es évidemment pas obligé de répondre, mais est-ce que tu avais eu des relations ? Je veux dire des relations amoureuses.

— Non, jamais. J'étais toujours vierge, si c'est ce que tu veux dire.

— Mais… pourquoi ? Tu es un bel homme, et j'imagine que tu devais être aussi un très beau garçon…, dit Helena.

Gabriel, cinq jours plus tôt, se serait hérissé en entendant un tel propos. Mais plus maintenant.

— Cela va te paraître bizarre, mais figure-toi que là-bas, à Oxford, il y avait beaucoup d'étudiants chinois, pakistanais, indiens, tous convaincus qu'il faut arriver vierge au mariage, ou en tout cas le faire croire… Je ne me distinguais donc pas beaucoup d'eux sur ce plan-là. Tu serais surpris de savoir le pourcentage d'étudiants qui sont encore vierges. Dans l'Espagne des années cinquante non plus, ma situation n'aurait surpris personne. Quand j'ai suivi ma thérapie avec ce psychologue, il m'a expliqué que la plupart des disciples qui quittent la Firme s'empressent de chercher l'âme sœur et que le résultat est désastreux, sauf pour ceux qui rencontrent quelqu'un qui est dans la même situation, et qui peut les comprendre. C'est une organisation où l'on entre très jeune, à quinze ans à peine, et on y vit comme en hibernation, sous cloche, hors du monde. Quand j'en suis parti, à vingt-trois ans, mon expérience sentimentale était celle d'un préadolescent, et j'avais très peur des femmes, que je ne connaissais quasiment pas. Vous savez peut-être ce qu'on recommande aux alcooliques en désintoxication : de ne pas entamer une nouvelle relation avant d'avoir tenu au moins un an sans boire une goutte d'alcool. Il faut vraiment avoir appris à rester seul et avoir reconquis l'estime de soi avant de se lancer dans une relation, sans quoi le risque est très grand d'y reporter son ancienne dépendance, et ça vaut aussi bien pour la dépendance à l'alcool qu'à la Firme ou à la drogue ou à quoi que ce soit.

C'est quelque chose que j'ai très bien accepté, et de toute façon rencontrer des femmes n'était pas facile. Elles étaient nombreuses en cours de troisième cycle, ou dans les groupes de recherche, il y en avait même plus que d'hommes, mais elles étaient toutes mariées ou en couple. Et puis, à vrai dire, à Oxford, j'étais surtout en bibliothèque et je sortais très peu. En bon catholique que j'étais toujours, je cherchais une femme à épouser, je ne voulais pas d'une simple aventure sexuelle, mais d'un autre côté j'avais une peur panique du mariage, de me tromper dans ma décision et de finir attaché pour toute la vie à quelqu'un qui ne me conviendrait pas, comme ça m'était arrivé, d'une certaine façon, avec la Firme. Je suis sorti avec une étudiante, une Coréenne, catholique comme moi. Je ne sais pas si tu sais, mais la Corée du Sud est le troisième pays catholique d'Asie, elle a récemment battu le record de conversions annuelles au catholicisme. Et, comme cela arrive chez les nouveaux convertis, ils appliquent le catholicisme dans sa version la plus stricte. Cette fille était vierge et entendait le rester jusqu'au mariage. Je disais que je respectais son choix, mais c'était une façon de me mentir à moi-même. J'avais trouvé l'excuse parfaite sous laquelle camoufler ma peur de la sexualité. Ou plutôt du fiasco, de ne pas savoir m'y prendre. Je pourrais donc dire que j'ai eu une petite amie, mais ce serait mentir. C'était simplement une amitié platonique. Je n'étais d'ailleurs pas amoureux d'elle, et cela n'aurait pas pu durer longtemps. Je sais que c'est difficile à comprendre, mais quand on est resté si longtemps chaste, le sexe n'est pas quelque chose qui vous manque, je ne sais pas pourquoi, mais le besoin, d'une certaine façon, s'estompe. « Si tu renonces un mois au sexe, le sexe renoncera trois mois à toi », disent certains. Je pense qu'après toutes ces années où j'ai été quasiment séquestré par la Firme, ces années où j'ai été programmé pour voir dans les femmes des êtres dangereux, il n'y avait aucune chance que je sois capable de les aborder avec naturel. C'est ma propre couardise qui m'a poussé à me replier sur moi-même, à me protéger derrière les livres.

Je suis rentré à Madrid, comme je vous l'ai dit, complètement déboussolé, je me cognais comme un papillon contre la vitre de ma propre peur qui m'empêchait d'affronter le monde. La recherche ne me faisait plus envie ; elle avait correspondu à une période de ma vie, mais elle ne convenait pas à mon caractère. J'étais décidé à chercher un travail, mais j'ai finalement préféré commencer par prendre un peu de repos. Pour la première fois depuis ma rencontre avec la Firme, je ne me sentais plus obligé de m'occuper, j'étais capable de rester seul avec moi-même, sans travail, sans livres, sans rosaires, sans oraisons jaculatoires, sans horaires à tenir ni obligations à remplir, sans rien faire d'autre que savourer le plaisir d'exister. J'ai décidé de m'accorder quelques mois avant de me mettre à chercher sérieusement du travail, pour me donner la chance de rattraper le temps perdu et de faire les choses que je n'avais pas faites durant toutes ces années. Le matin, j'allais voir une des nombreuses expositions gratuites qu'il y avait en ville, et l'après-midi j'allais au cinéma. J'ai pris un abonnement à la

Cinémathèque nationale, et je voyais couramment deux ou trois films à la suite. Vous n'imaginez pas comme j'étais émerveillé de pouvoir regarder des scènes de sexe sans me sentir honteux ni coupable. Je n'allais pas dans les bars, parce que je n'avais jamais été buveur ni fumeur, et que je ne m'y sentais pas à l'aise. Mais j'allais souvent au café, dans un de ces vieux cafés avec des tables en marbre – il n'en reste plus beaucoup maintenant, peut-être quelques-uns dans le quartier des Écrivains –, je m'achetais quatre journaux, oui, quatre, et je les lisais tous les quatre, ravi d'y scruter la plus microscopique nouvelle, et même la rubrique nécrologique, je vous assure, tellement j'étais avide d'informations après toutes ces années où je n'avais le droit que de lire, et encore de temps en temps, *ABC* dans une version expurgée. Et c'est là, dans un café, qu'un jour je l'ai rencontrée.

— Qui ?

— Elle. La femme qui finit toujours par apparaître dans ce genre d'histoire. Je la connaissais, en fait. Je l'avais rencontrée dans mon groupe de recherches, et elle m'avait plu. Elle était déjà en couple, mais il m'avait semblé observer une nuance amicale dans son sourire, dans sa façon de le laisser durer quelques secondes de plus que nécessaire, de me regarder comme si elle me distinguait du reste du groupe. Elle était seule, à une table voisine, lisant elle aussi un journal. Elle sortait de chez le médecin, une consultation de routine, et avait décidé de prendre un café. Je l'ai reconnue tout de suite, mais c'est elle qui est venue me saluer, j'étais encore trop timide et je ne sais pas si j'aurais osé me lever et franchir la distance qui me séparait d'elle. Elle s'est montrée vraiment charmante, elle m'a demandé ce que je devenais, ce genre de choses, puis elle a marqué son numéro de téléphone sur une serviette en papier et m'a dit qu'il fallait qu'on se revoie. Elle n'a pas eu besoin de m'expliquer qu'elle n'était plus avec son petit ami. C'était une évidence.

J'ai laissé passer une semaine entière avant de l'appeler, oui, sept jours. Mais chacun de ces sept jours, je m'imaginais en train de composer le numéro, je réfléchissais à ce que je lui dirais, avec l'espoir que le temps m'accompagne en douceur vers le moment où j'aurais enfin le courage de l'appeler. Et lorsque je me suis résolu à l'appeler, je bégayais, je vous assure. Tout à mon angoisse, j'ai composé en tremblant les neuf chiffres, et c'est une chance qu'elle n'ait pas pu me voir rougir, même si je suis sûr qu'elle a perçu la nervosité dans ma voix. Mon cœur n'avait jamais battu aussi fort, un rythme accéléré et statique à la fois, mes jambes flageoleaient comme jamais, ma voix me faisait lamentablement défaut. J'étais encore si timide, si fragile, si vulnérable.

— Mais… tu n'avais connu personne après avoir quitté la Firme ?

— Seulement l'étudiante coréenne, grâce à qui j'avais une relative expérience, très relative, des préliminaires, mais je ne savais rien du sexe proprement dit. Et donc, quand j'ai revu cette jeune femme, ce fut une expérience… ébouriffante. J'étais comme fou. Je suppose que je vivais avec retard ce que je n'avais pas vécu à l'adolescence, toute l'innocence et l'intensité du premier amour, toute sa douleur aussi. Une densité d'émotions et de sentiments comme je n'en avais jamais éprouvé auparavant, la certitude soudaine et absolue de connaître enfin l'amour, l'abandon, quelque chose qui coupe le souffle, qui donne des frissons, qui fait rire et pleurer, comme un bois sombre et plein de dangers mais aussi de parfums suaves et avenants, vers le centre duquel une force mystérieuse m'attirait. Je n'avais d'autre choix que m'enfoncer en lui tout en sachant que je ne retrouverais sans doute jamais le chemin de la sortie. Je crois qu'elle m'aimait, peut-être même d'un amour plus profond et paisible que le mien, mais qui ne pouvait, justement, s'accorder avec son intensité. Car, du jour où je l'ai ainsi connue, je n'ai plus eu d'autre pensée que Luisa, que mon amour pour Luisa, je pensais à elle de façon obsessionnelle, tous les jours et à toute heure du jour, je rêvais d'elle toutes les nuits, et les événements du monde ne mobilisaient mon attention que dans la mesure où je pouvais les mettre en relation avec elle. Je ne savais pas m'intéresser à d'autres nouvelles, à d'autres livres, à d'autres chansons, ni à d'autres films que ceux qui étaient susceptibles de l'intéresser elle, ou de me faire penser à elle. C'était comme si j'apprenais à travers Luisa un code ignoré jusqu'alors, une nouvelle façon d'appréhender le monde. Oui, l'amour, c'était cela : une nouvelle façon de percevoir le monde.

— C'est exactement comme cela que je le ressens aussi, dit Gabriel.

Helena le regarda en écarquillant les yeux, sans un mot.

— Mais voilà, poursuivit Virgilio, je ne savais pas comment l'exprimer. À la Firme, l'un des actes d'amour les plus enseignés était la récitation inlassable d'oraisons jaculatoires à la Vierge Marie. Une méthode de contrôle des esprits comme une autre. Et moi, insensé que j'étais, j'ai fait de Luisa la destinataire de mes cantiques d'amour. J'étais capable de lui dire que je l'aimais soixante-dix fois en deux heures. Tu n'attends pas de la Vierge qu'elle te réponde, mais de ta fiancée, si. Et elle ne supportait pas mes enfantillages. Ni mes scènes de jalousie. Car j'étais jaloux, très jaloux. J'étais devenu l'homme le plus jaloux de Madrid. Mon appréhension et mon inexpérience étaient telles que j'en suis venu à la suivre à la sortie de son travail, à lire les messages sur son mobile, à m'introduire dans sa messagerie. Et le message le plus innocent prenait à mes yeux le caractère d'une déclaration, me plongeant dans un état de fureur noire et silencieuse. Je ne vous raconterai pas toute l'histoire car ce serait trop long, mais elle peut se résumer d'une phrase très simple : elle n'a pas duré parce qu'elle ne pouvait pas durer, parce que mes années à la Firme m'avaient infantilisé sur le plan émotionnel. Et quand elle a finalement eu le courage de me dire qu'elle ne voulait plus rester avec moi, elle m'a enfoncé. Ou plutôt, je me suis enfoncé, je me suis enfoncé tout seul. Ce n'était pas sa faute à elle. Et, de nouveau, mon oncle, le mari de ma mère, a été mon salut. C'est lui qui a suggéré que nous passions quinze jours de vacances ici, avec ma mère, tous les trois.

— Mais… j'avais compris que tu étais le neveu de Chayo.

— En réalité c'est une cousine de mon oncle. Lui est né ici, à Tenerife, mais il est allé faire ses études à Madrid et il y est resté. Ma tante est tombée amoureuse de quelqu'un de Fuerteventura, à moins qu'elle ne soit tombée d'abord amoureuse de l'île et ensuite de ce quelqu'un, je ne sais pas… Toujours est-il que nous sommes venus ici en vacances et que Chayo, quand elle m'a vu si perdu et désorienté, m'a proposé une chambre chez elle pour que je reste plus longtemps si j'en avais envie. J'ai accepté, en pensant que je resterais un mois, et finalement je suis resté presque trois ans.

— Cela fait trois ans que tu es là ?

— Eh oui. Je vais assez souvent à Madrid. Juste au moment où je suis arrivé, ma tante préparait un livre sur Cofete, un livre édité par le conseil provincial, et moi, qui avais l'expérience de la recherche, je lui ai servi en quelque sorte d'assistant, et elle m'en a toujours été très reconnaissante. Je n'avais rien de mieux à faire, et ça m'amusait d'autant plus que j'ai tout de suite, comme elle, été fasciné par le sujet. Ensuite, grâce au fait que je parlais allemand, quelqu'un m'a proposé de travailler comme guide. Je n'avais pas besoin d'argent, mais celui qui me le proposait ne le savait pas, il s'imaginait que j'étais venu pour fuir quelque chose. C'est une île où beaucoup de gens viennent pour fuir quelque chose, une population flottante, des gens qui restent un mois, six mois, un an, des Italiens, des Allemands, des Scandinaves… Un jour ils s'en vont comme ils étaient venus, une fois qu'ils sont fatigués de faire du surf, ou qu'ils ont épuisé leurs économies, ou qu'ils en ont assez de vivre dans une île. Je n'avais pas besoin d'argent, je vous l'ai dit, mais je voulais m'occuper. C'est comme ça que j'ai commencé à travailler comme guide, surtout pour des clients allemands. Je fais ça de temps en temps, mais je n'en vis pas. Ce que je fais surtout, c'est du surf, lire, écrire. J'écris beaucoup. Et j'attends.

— Tu attends ?

— Oui. J'attends le jour où j'aurai fini mon roman et, qui sait, où je le publierai. J'attends le jour où je me trouverai à plus de quarante ans, seul, sans métier reconnu, sans fiancée, et où cela me sera égal. J'attends le jour où je tomberai amoureux de nouveau. J'attends le jour où j'aurai envie de rentrer. J'attends. C'est ici, sur cette île, que j'ai appris la valeur du calme, de l'attente. Après avoir vécu des années soumis aux exigences d'un dieu tyrannique et capricieux, après avoir réussi à fuir ce projet fou de perfection, après avoir si souvent douté, à ma sortie, de l'existence même de Dieu, je l'ai trouvé ici, sur cette île. Dans le silence. Il est impossible de traverser cette île du nord au sud sans rencontrer Dieu quelque part. Dans les sables blancs d'El Cotillo, dans les sables noirs de la plage d'Ugán, dans le miracle des cultures au milieu du désert, quand tu prends soudain la route et que de la plaine surgit Tindaya dans son immensité, dans le silence absolu des nuits, dans les kilomètres de plages solitaires et dorées… Tout ce qu'auraient dû me provoquer les calices d'or et les reliquaires resplendissants, les vapeurs d'encens et les marbres baroques, tout est ici. Dieu est ici, et il ne me demande rien en échange du fait de se montrer à moi tel qu'il est, sans marbres, ni bois nobles, ni ornements. Dieu est ici dans toute sa simplicité et sa magnificence. Dieu est ici même pour qui ne le cherche pas et se trouve soudain face à lui, comme cela m'est arrivé. La perfection ne consiste pas à suivre scrupuleusement des règles préétablies. En voyant Fuerteventura tu comprends qu'elle est là, dehors, et non dans tes prières. Au cours de ces trois ans je n'ai rien demandé à Dieu. Ici, je me sens simplement entre ses mains.

14

GABRIEL PREND UNE DÉCISION

Au fond de la valise de Gabriel se trouvait un pull noir qu'il n'avait pas mis de tout le voyage. C'était un pull en cachemire que Patricia lui empruntait parfois. Il lui arrivait au-dessus du genou, comme une robe, et quand elle le mettait avec des leggings et des ballerines, on aurait dit une sorte d'Audrey Hepburn blonde. Elle le lavait elle-même à la main dans le lavabo, avec un savon spécial pour tissus délicats, et le faisait sécher entre deux serviettes, étendu sur le lit de la chambre d'amis, tant elle affectionnait ce vêtement, cadeau d'anniversaire pour Gabriel qu'elle portait finalement plus que lui. Ce soir-là, il faisait froid, Helena dormait, et il était sorti contempler l'incroyable spectacle du ciel étoilé se reflétant sur la surface plane de la mer à Punta Teno. Il sentait la présence de Patricia. Ou plutôt il la respirait. Le pull avait conservé l'arôme pénétrant de son coûteux parfum, une note exotique de bois tropical qu'il avait trouvée, au début, irrésistiblement sensuelle. Mais, dans cette nuit canarienne, l'odeur du pull lui évoquait celle, dense et hypnogène, d'un champ de pavots.

Sa fiancée lui avait fait dès l'abord l'impression d'une jeune femme paisible et affectueuse, et il avait cédé à toutes ses exigences les unes après les autres, parce qu'on ne lui avait jamais appris qu'on puisse agir autrement, et parce qu'elle lui parlait avec une extrême douceur, sans jamais perdre son calme. Elle pleurait parfois, mais des larmes qui restaient discrètes, comme une bruine légère. Elle ne criait jamais. Sa voix avait une modulation qui suggérait l'intimité, la confidence, mais était aussi, d'une certaine façon, dominatrice, suggérant des réponses prévisibles, machinales.

Jusqu'à son séjour à Tenerife, Gabriel n'avait jamais pris le temps d'y réfléchir. Et maintenant, si loin de Londres, il comprenait. Il percevait les Canaries et Helena comme un tout, une forme illimitée, une voix qui l'appelait puis se cachait pour l'inviter à partir à sa poursuite. Chaque ruelle de Buenavista, chaque vague de Punta Teno, chaque hibiscus, chaque chardon n'était que la courbe supplémentaire d'une spirale autoréférente où il lui était égal de se perdre. Car, de là où il se trouvait, il pouvait se voir lui-même à Londres plus nettement qu'il ne le faisait sur place, perdu entre le brouillard de la ville et celui de ses émotions. Il comprenait enfin, avec la clarté que donnait la distance, que si Patricia l'avait manipulé de cette façon, c'était parce que, comme Virgilio, il lui avait dévoilé des faiblesses dont elle avait su profiter : le doute de soi, le besoin d'être approuvé, la peur panique de sa propre colère comme de celle des autres, le désir de vivre en paix quel qu'en soit le prix… Il comprenait aussi que ces faiblesses étaient nées de la culpabilité irraisonnée qu'il ressentait pour la mort de ses parents, comme s'ils l'avaient abandonné parce qu'il les avait déçus, car il avait toujours cru, enfant, qu'ils ne se seraient pas disputés sinon, et s'ils ne s'étaient pas disputés cette nuit-là, ce qui était arrivé ne serait pas arrivé. Le

Gabriel adulte s'était efforcé d'ensevelir cette croyance, mais elle avait prospéré sous la surface, nourrie par la solitude sans amour qu'il avait connue dans la maison de sa tante Pam et par la peur qu'il avait de ses colères. Ces graines avaient donné une végétation luxuriante dont chaque feuille, chaque nervure était marquée du sceau du désarroi. Pam avait toujours été exigeante et négative : « Dieu emporte les enfants bruyants et paresseux ! » disait-elle, et Gabriel imaginait alors ce Dieu justicier l'emportant comme il avait emporté ses parents, et comme il ne voulait être emporté par personne, encore moins par un dieu colérique et terrifiant, il faisait tout ce que sa tante lui demandait : ainsi serait-il un bon garçon et gagnerait-il son salut. Mais la vérité, c'était que ni Cordelia ni lui ne s'étaient jamais montrés à la hauteur des exigences perfectionnistes de cette femme qui, au fond, n'avait jamais aimé les enfants et n'en avait accepté la charge que par un esprit de responsabilité tout calviniste, et aussi, pourquoi le taire, pour l'argent qu'elle recevait chaque mois au titre de leur entretien. Gabriel l'avait toujours su, et l'avait toujours beaucoup admirée malgré cela, pour son élégance, son intelligence, sa perspicacité, au point de développer un désir compulsif de lui complaire. Pam n'était pas femme à donner sans conditions son affection ou même son approbation, qu'elle accordait ou retirait selon qu'elle jugeait que son neveu avait suivi ou non les normes par elle édictées, et la quête onirique d'affection de ce dernier, sa conviction que la tendresse ne peut qu'être payée de retour avaient érodé sa volonté et enterré sous une couche de crainte sa sensibilité, sa créativité et sa capacité de rébellion. En grandissant, l'amour et l'approbation d'autrui étaient devenus une sorte de drogue dont il avait un besoin maladif, et qu'il était prêt à payer n'importe quel prix. C'était cette drogue qui avait détruit sa relation avec

Cordelia. C'était cette drogue qui l'avait rendu dépendant d'Ada puis de Patricia, et leur avait permis, en braquant un projecteur sur ses faiblesses, de profiter de lui – car la première n'avait jamais voulu voir en lui qu'un jouet sexuel, et l'autre, qui recherchait une bouée de sauvetage et non un amant, ne l'avait jamais respecté.

C'est aussi ce qui rendait la discipline si importante à ses yeux. Jamais il ne sortait du formalisme des convenances et des codes établis. Jamais il ne se départait de son calme, y compris dans les moments de grande tension. Il avait mis au point un mode de relation avec les autres qui consistait à se montrer toujours courtois et à étouffer ses colères, avant qu'elles ne surviennent, sous un masque convenu d'ironie calculée. Il ne s'irritait donc jamais contre Patricia, et lorsqu'elle pleurait, le manipulait, ou encore mentait, il lui donnait raison à seule fin d'éviter le conflit. Persuadé que son objectif de maintien de la paix à tout prix exigeait qu'il sèche par avance les larmes de sa fiancée et sache anticiper ses phases dépressives, il avait vu sa marge d'action se rétrécir jusqu'à ne plus recouvrir que l'épaisseur de la corde raide sur laquelle il marchait. Que de fois, avant ce voyage aux Canaries, il s'était dit : « Je ne peux pas quitter Patricia parce qu'elle me fait pitié », « Je ne peux pas quitter Patricia parce qu'elle ne pourrait pas vivre sans moi », « Le problème n'est pas sa mère, c'est mon incapacité à rester détendu » ! Il n'était pas seul en cause dans le processus, mais il était, après tout, partie prenante de leur couple, et la tolérance qu'il affichait envers les pressions et chantages de Patricia les avait, au bout du compte, légitimés. Il se souvint des paroles du psychologue jésuite qui avait aidé Virgilio : les anciens disciples de la Firme sont pressés de se marier, et c'est là leur grave erreur. Gabriel était pressé lui aussi de se marier, pour ne plus rester seul, pour se sentir aimé, pour se fuir lui-même et fuir ses souvenirs. Il avait erré sans but, mû par la nécessité ou par le destin, et continué d'avancer comme au milieu d'un orage. Il avait pris Patricia pour un havre de paix, et il s'était trompé. Il était plus que probable que sa fascination pour Helena soit davantage une façon de fuir Patricia qu'un sentiment réel. Car il n'aurait pas quitté Patricia s'il n'y avait pas eu une Helena, encore moins, bien sûr, s'il était resté à Londres. Face aux pleurs, aux exigences, aux pressions de sa fiancée, il avait tout tenté : s'excuser (même sans raison), raisonner (même s'il était clair qu'il ne la ferait pas bouger d'un millimètre), modifier des rendez-vous, annuler des plans, reporter des engagements, révoquer des promesses, rompre des liens, négliger des amitiés, abdiquer des aspirations, renoncer à des fantasmes, subir, consentir, se rendre. Jamais il n'avait fixé de limite, ni n'avait refusé quoi que ce soit, ni n'avait eu le courage de partir. Patricia avait ainsi appris jusqu'où elle pouvait aller, rien qu'en observant jusqu'où il lui permettait de le faire. De ce point de vue, la disparition de Cordelia avait été providentielle, comme si ce Destin écrit d'avance, en lequel sa sœur croyait tant, avait tiré les ficelles qui le sauveraient de ce piège assuré.

Les incessantes intrusions de Liz, par exemple. Chaque fois que, cédant aux supplications de Patricia, il acceptait d'emmener cette femme insupportable dîner ou voir une exposition, il se voyait pris au piège. S'il disait qu'il se sentait mal à l'aise avec elle, Patricia le taxait aussitôt d'égoïsme : ce n'était pas parce qu'il n'avait pas de famille qu'il devait l'obliger à faire comme si elle aussi était orpheline. S'il supportait sans rien dire toutes les incongruités impertinentes de sa future belle-mère, il finissait par prendre conscience de sa faiblesse et de sa stupidité. À force d'en reculer les limites, il avait peu à peu perdu le respect de soi-même, mais il ne savait exprimer de front sa colère, et n'était même pas certain d'être en droit de la ressentir. Il redoutait de montrer ses sentiments, et sa relation avec Patricia se bornait de plus en plus à un accord tacite et superficiel de coexistence. Il n'y avait certes jamais de querelles, de cris, de bouderies, mais pas non plus de bonheur ou de passion véritables. Comme si sa présence n'était qu'un leurre, comme si cette vie dans laquelle il avançait sur la pointe des pieds pour ne pas faire de bruit n'était qu'un simulacre grossier de la vraie vie pleine de bruit et de fureur qui se jouait hors de sa cage. Il n'y avait pas entre eux d'intimité, sauf sexuelle et encore n'était-ce pas certain, car Patricia, en comparaison d'Ada ou d'Helena, était empruntée, mécanique, mue par un ressort d'horlogerie plus que par le désir. L'intimité s'était dissipée depuis qu'il avait appris à mesurer chacune de ses paroles pour enterrer les conflits sous la circonspection et le silence. Ne jamais dire que Liz l'irritait, car Patricia le taxerait d'égoïsme et de possessivité, et interpréterait sa réticence comme un refus de l'engagement. Ne pas parler de son enfance, car elle y verrait la preuve de son instabilité affective. Ne pas parler de ses espoirs, de ses rêves, de ses buts, de ses fantasmes, au cas où elle y verrait un désir de s'éloigner d'elle. Ne pas parler de Cordelia. Ne jamais parler de Cordelia, car elle n'aurait pu comprendre la nature de leur relation ni les raisons de leur éloignement. Le silence qui avait entre eux supplanté la confiance était devenu un mode de communication. Ce silence en suspens au-dessus de leurs têtes était chargé de questions, et vide de réponses. Les émotions qui auraient pu s'exprimer par des mots univoques – la peur, la trahison, la déloyauté, le chantage, le harcèlement, la faute – étaient devenues suspectes, et ressemblaient à une collection d'antiquités vermoulues.

À bien y réfléchir, les procédés de la Firme, par lesquels Virgilio avait été appâté et tyrannisé, présentaient des parallélismes surprenants – ou peut-être pas si surprenants – avec sa propre histoire. Virgilio, Cordelia et Gabriel ne manquaient pas de traits communs. Une enfance compliquée, un caractère mal assuré, une indéniable beauté physique – dont Gabriel était conscient sans fausse modestie – et une position sociale enviable, qui faisaient d'eux des proies aussi désirables que vulnérables. Tous trois avaient perdu un être cher : le grand amour de jeunesse de Cordelia n'était plus, Virgilio et Gabriel avaient été quittés par leurs bien-aimées. Tous trois s'étaient laissé prendre par vanité, car on les avait poussés à se sentir particuliers, exceptionnels, élus. Et lorsqu'il y repensait… Oui, combien les déclarations de Patricia étaient enflammées, ses compliments flatteurs, ses attentions touchantes, ses messages romantiques, ses lettres inspirées… Jamais, de sa vie, on ne lui avait témoigné autant d'affection ni de respect, ce qui l'avait naturellement conduit à se considérer lui-même comme un homme supérieur, aux qualités intellectuelles hors du commun, avec un esprit de dévouement et de sacrifice très au-dessus de la moyenne, surtout lorsqu'il était dans les bras de Patricia qui ne cessait de le lui répéter. Tout comme Virgilio, c'est lorsqu'elle lui avait proposé de s'engager pour la vie qu'il s'était mis à douter, à craindre de n'être pas à la hauteur de l'exigence, de ne pas être capable d'oublier les autres femmes ni, tout simplement, ceux des plaisirs de la vie auxquels il ne pouvait l'associer. Elle avait répondu à cela avec les mêmes arguments que le directeur spirituel de Virgilio : le doute était chose normale, il prouvait même la force et la sincérité de ses sentiments, et passer à côté d'un tel amour, qu'on ne rencontre qu'une fois dans sa vie, serait une trahison inexpiable, vis-à-vis d'elle comme de lui et de l'idée même d'amour. Il se rappelait comment, de sa voix soyeuse et caressante aux modulations si parfaitement maîtrisées, elle avait déployé nuit après nuit sa stratégie fondée sur la conviction qu'une citadelle assiégée finit toujours par se rendre.

Il se rappelait aussi comment, peu à peu, elle était parvenue à restreindre le cercle de ses amitiés et ses allées et venues, à contrôler ses faits et gestes, mue par l'amour ou par son reflet inversé, avec une séduction subtile et déterminée, toujours capable de se faire petite et fragile afin qu'il ressente le besoin de la chérir et de la protéger. « Tu veux vraiment sortir aujourd'hui ? Je n'ai pas très envie, et d'un autre côté je ne voudrais pas rester seule... Tu ne voudrais pas qu'on reste plutôt ici tous les deux ? » Il n'avait jamais été particulièrement sociable, et Patricia avait su l'éloigner, progressivement, du peu d'amis qu'il avait. Elle trouvait l'un vulgaire, l'autre radin, le troisième alcoolique, tel autre encore dépourvu de conversation, et elle freinait des quatre fers dès qu'il était question de sorties entre couples. Elle était passée maîtresse dans l'art de le convaincre qu'elle savait mieux que lui ce qui lui convenait, qu'une femme était par nature plus intuitive, plus psychologue, plus perspicace. Plutôt que de dire, par exemple : « Je n'aime pas ton ami Clive » – il n'arrivait à reconstituer vraiment ni la couleur, ni le timbre, ni la nuance de sa voix, enfantine et léthargique, mais il y a des mots qu'on n'oublie pas, à force de les répéter ensuite pour soi –, elle disait : « Clive est un arriviste, il ne s'intéresse à toi que pour tes relations et ton statut social, tout le monde le sait sauf toi, je te le dis dans ton intérêt », et elle l'affirmait avec une autorité telle qu'il pensait : « Elle doit avoir raison, elle a l'air de savoir ce qu'elle dit. » Progressivement, il avait réduit sa vie sociale aux dîners professionnels et aux sorties avec Patricia et sa mère. Il se sentait comme relégué dans la pénombre d'une salle d'attente de gare routière glaciale et silencieuse, et cet état d'atrophie affective semblait devenir une seconde nature. Ses amis, ses anciennes maîtresses, sa sœur n'étaient plus que des silhouettes lointaines, qu'il se rappelait, pour certaines, avoir aimées, sans cependant vouloir prendre de leurs nouvelles ni leur donner des siennes. Sa seule relation suivie et profonde était celle qui le liait à Patricia, le reste n'était que vagues connaissances, fréquentations obligées, échanges de formules de politesse. Partant du principe qu'on ne prend pas part aux conjurations des autres sans se blesser soi-même, il gardait ses distances, restait courtois quoique peu disert, occultait sa souffrance pour préserver sa dignité, et son regard distrait était chargé de condescendance. À force de roueries subtiles et d'humiliations voilées, de harcèlements qui poussaient sa propre lâcheté dans ses derniers retranchements, Patricia avait fini par devenir le meilleur remède contre elle-même, la faux qui portait le coup de grâce à l'amour qu'elle avait fait naître.

C'est après avoir entendu le récit de Virgilio, en qui il avait vu son propre reflet comme dans un miroir déformant, qu'il se prit à penser que, comme lui, il avait été la proie parfaite. Et que, comme lui aussi, il n'avait pas eu le courage de quitter Patricia, de lui dire froidement : « Je ne veux plus t'épouser », au lieu de se contenter de reporter la cérémonie. Il s'était enchaîné à elle sous l'effet de ses scrupules, de ses remords, de sa hantise de l'erreur et de l'échec. Cordelia n'avait pas su se libérer de ses chaînes, mais lui, maintenant, le pouvait, et c'est fort de cette conviction qu'il composa le numéro de Patricia dont il évitait les appels depuis plus d'une semaine. Il savait qu'il la trouverait réveillée.

Un vent chaud se chargeait d'animer mollement les après-midi déclinants, immobiles et silencieux, comme indifférents à la marche du temps. Puis la nuit se présentait, sans prévenir, surprise dans sa propre pénombre. Dans l'obscurité, Gabriel écoutait le cœur d'Helena battre paisiblement, docile comme de l'eau dans une bouilloire.

Une nuit, alors qu'ils étaient au lit, enlacés, somnolents, il entendit un bruit de pas et, à demi endormi, il se souvint que la porte d'entrée n'était jamais fermée, que la maison ne craignait ni les voleurs ni les agresseurs, qu'ils vivaient dans la confiante insouciance du jardin d'Éden. C'est alors qu'il entendit la voix d'Helena, un cri viscéral comme celui d'un animal blessé, et qu'il vit sa silhouette se découper contre la porte. Devant elle, délicate, luminescente, fragile, transparente peut-être, se trouvait Cordelia. Ou son fantôme.

15

D'ENTRE LES MORTS

Toute ma vie, aussi loin qu'il m'en souvienne, j'ai désiré intensément qu'il existe un au-delà, que nous puissions le toucher, qu'il y ait une vie par-delà le monde visible. Car j'aurais pu, ainsi, entrer en contact avec mes parents, et le monde aurait de nouveau eu un sens. Le sens qu'il avait perdu lorsque avait disparu de mon enfance le symbole, petit et immense à la fois, de la sécurité, l'être qui me consolait, m'écoutait, me nourrissait, m'habillait, me racontait des histoires, à qui j'avais souvent désobéi, que j'avais négligé ou repoussé, mais en qui toujours j'avais eu confiance. J'aimais ma mère. J'aimais mon père aussi, sans doute, mais je n'avais pas besoin de lui.

Ma tante Pam, lorsque nous sommes allés vivre chez elle, m'obligeait chaque soir à aller me coucher alors que je n'avais pas sommeil, me disait *bonne nuit, Cordelia*, éteignait la lumière et disparaissait au fond du corridor. Je n'avais même pas la consolation d'entendre le bruit de ses pas, car elle ne portait jamais de talons hauts. Mais cette souffrance que je ressentais devant l'injustice flagrante de devoir me coucher sans qu'on m'embrasse, sans qu'on me caresse, sans qu'on me laisse une petite lumière, sans qu'on me raconte une histoire, se dissolvait comme sucre dans l'eau sitôt que ma mère me rendait visite. Je me concentrais pour la faire venir, je répétais son nom une fois, deux fois, trois fois, mille fois, et à la fin, peu à peu, son image se matérialisait. D'abord diffuse, suave, presque méconnaissable, telle une ombre blanche, puis elle revêtait des contours plus nets, plus tangibles, jusqu'à ce que je l'aie en face de moi, vivante comme avant l'accident. Elle s'asseyait sur le lit et, sans parler, me caressait les cheveux avec une expression de tendresse infinie. Vous allez penser que c'était l'imagination, le délire d'un enfant, mais je persiste à croire, aujourd'hui encore, que l'esprit de ma mère venait me visiter, qu'il venait parce que j'avais besoin d'elle. Ensuite, peu à peu, elle a cessé ses visites et ne m'est plus apparue qu'en rêve, et c'est de cette façon, en rêve, que je continue de la voir souvent. Mon père, moins. Nous n'étions pas aussi unis.

Avec la mort de Martin est revenu ce besoin désespéré de foi, avec un F majuscule. J'avais ardemment besoin d'une preuve que c'était un commencement et non une fin, et que d'une façon ou d'une autre, un jour, nous serions réunis, là où mes parents m'attendaient aussi.

Lorsqu'on nous a signifié qu'il nous fallait quitter la maison de Martin, je me suis mis dans la tête d'y retourner un jour. Avec une patience infinie, en déplaçant quelques pierres et en creusant la chaux des jointures, j'ai aménagé dans le mur du jardin quelques appuis formant une sorte d'échelle discrète, impossible à détecter par une personne non prévenue. Je savais ainsi que, le jour où je voudrais revenir, je pourrais y grimper sans difficulté.

Quand nous sommes parties, j'ai gardé, tu t'en souviens, Helena, un jeu de clés de la maison. Et un jour, après notre installation à Punta Teno, j'ai pris le break et j'y suis retournée. Je savais que les enfants de Martin venaient l'été, à Pâques et certains week-ends, mais qu'ils n'étaient pas là le reste du temps. Le portail, naturellement, était fermé, mais je n'ai eu aucun mal à escalader le mur.

Je ne comptais pas entrer dans la maison, je voulais simplement me promener dans le jardin. Il n'était pas entretenu, la pelouse était morte et seule subsistait la végétation autochtone, ce qui lui donnait un aspect complètement différent. Je n'ai pas dit pire, seulement différent. Je voulais rester là un peu, à méditer, à invoquer l'esprit de Martin en regardant le soleil se coucher sur la mer. Pour moi, il allait de soi que les propriétaires auraient changé les serrures, mais j'avais tout de même apporté les clés, à tout hasard, et je les ai essayées. Elles n'entraient pas, ni celle du portail, ni celle du porche, ni celle de la grille de la piscine. Mais, à ma grande surprise, ils n'avaient pas jugé utile de changer la serrure de la resserre.

Tu te souviens que la resserre communiquait avec la cuisine par une petite fenêtre ? J'ai empilé quelques bûches, je suis montée dessus, j'ai cassé la vitre et j'ai soigneusement enlevé les bouts de verre pour ne pas me faire mal en passant par la fenêtre. Comme je suis très mince, je n'ai eu aucune difficulté à entrer. Voilà. J'étais dans la maison.

Je me suis promenée à l'intérieur, de pièce en pièce. Ils avaient laissé la maison à peu près comme elle était quand nous y habitions. La disposition des meubles était restée la même. Même les livres et les CD de Martin étaient à leur place sur les rayonnages. Comme je ne voulais pas conduire de nuit, je ne suis pas restée plus longtemps. J'ai tout bien remis en place pour que personne ne voie que quelqu'un était venu. Comme j'avais bien nettoyé les bouts de verre, je me disais que les enfants de Martin pouvaient très bien passer un week-end sans s'apercevoir de rien. Il fallait vraiment regarder très attentivement pour voir que la fenêtre n'avait plus de carreau.

Je ne te l'ai jamais dit, mais j'y retournais de temps en temps pour parler avec l'esprit de Martin. J'avais un immense besoin de croire qu'il était quelque part et qu'il m'entendait. J'étais assoiffée d'espoir. Vivre sans une telle illusion aurait été comme s'enfermer dans une pièce minuscule et hermétiquement close : un suicide par asphyxie.

Heidi est celle qui est venue étancher cette soif, elle a été la pluie venue arroser le champ où le grain était semé. Du jour où je l'ai rencontrée, sa personnalité a exercé sur moi une influence extraordinaire. Elle est devenue pour moi l'incarnation visible de cet idéal que je n'avais jamais vu mais que j'avais si longtemps imaginé, et qui m'obsédait depuis tant d'années. Il n'y a qu'à ses côtés que je ressentais une telle plénitude, et lorsqu'elle était loin je pensais à elle à chaque instant. J'avais l'impression d'avoir vu de mes yeux la perfection, et le monde en avait été émerveillé, trop peut-être, car je comprends aujourd'hui que mon adulation n'était qu'un délire, un délire dangereux. Je vivais au milieu d'un nuage d'ouate imbibée d'opium. Chaque fois qu'elle parlait, elle me transportait dans son univers, dans son ciel sidérant. Son éloquence était spontanée, ardente, improvisée. Quand je l'entendais parler, je sentais les flammes de l'amour mystique qui remontaient depuis mon cœur jusqu'à ma tête.

Lorsque s'est achevé le premier cours de méditation auquel j'ai assisté, l'enthousiasme et la foi se lisaient dans tous les regards, et j'ai senti l'onction de Heidi parcourir la pièce tel un flux magnétique, comme s'il passait entre les présents un courant qu'elle aurait généré. Il aurait suffi de toucher quelqu'un pour sentir sur son corps des étincelles d'électricité.

Je me suis vite rendu compte qu'elle éprouvait quelque chose pour moi. Je voyais qu'elle me regardait non pas comme une disciple parmi d'autres, mais comme une personne particulière, spéciale, et de me savoir différente, choisie entre toutes, me rendait plus dépendante encore de son attention, de son regard. Lorsque je voyais mon reflet dans les yeux de Heidi, je voyais une femme différente, touchée par la grâce, promise à un destin grandiose et magique. Elle gratifiait mon ouïe et mon âme de paroles d'espérance et de flatteries, d'offrandes de lumière et de poésie, d'un récit fondateur servant un but noble, plus grand que la vie. Il y avait en Heidi l'assurance d'une vie remplie de tâches sublimes, exigeant autant d'efforts et de sacrifices qu'elles promettaient de récompenses.

Souvent, nous allions ensemble dans une crique déserte, plus au nord. Presque personne ne connaissait cette retraite cachée, où nous nous sentions si bien, à l'abri des regards du groupe. Main dans la main, nous contemplions le crépuscule, et elle me répétait que j'étais un être à part, sa disciple préférée.

J'avais cependant fait un serment, un pacte, que je ne voulais pas rompre. C'est pour cela que, longtemps, j'ai refusé d'aller vivre chez elle. Je ne voulais pas abandonner Helena, même si, peu à peu, son image s'était amenuisée dans mon paysage à mesure que celle de Heidi prenait une dimension plus grande. Heidi, d'ailleurs, n'insistait pas. Nombreux étaient les disciples qui ne vivaient pas sur place, quand bien même ils assistaient chaque jour aux rituels et aux séances de méditation. Je crois, en outre, qu'il existait une autre raison pour laquelle elle n'insistait pas. Ulrike. Cette dernière tolérait ma présence et l'évidente fascination mutuelle que Heidi et moi éprouvions, mais elle n'aurait pas supporté de devoir partager sa place à ses côtés.

Alors que j'étais depuis environ un an sous l'influence de Heidi, un des disciples est mort dans la villa. Un matin, on l'a retrouvé sans vie et personne ne s'est demandé pourquoi. Il peut paraître étonnant que personne n'ait posé de questions, ni suggéré qu'on fasse venir un médecin pour rechercher les causes du décès. Mais c'est ainsi. Ni les volontés ni les idées de Heidi ne se discutaient. Elle nous a déclaré que Willem avait accédé à un état supérieur et que nous devions nous réjouir pour lui. Plus tard, Ulrike a apporté une boisson, une sorte de vin aux épices qui accompagnait certains rituels, et tout le monde a bu et trinqué pour qu'il se réveille dans la félicité de la dimension supérieure. Puis des femmes ont lavé le corps avec des linges imprégnés d'huiles essentielles et l'ont emmené à la salle de méditation où, un par un, nous lui avons fait nos adieux.

À la tombée de la nuit, nous avons fait brûler des bougies et de l'encens tandis qu'un des garçons les plus jeunes s'est mis à jouer de la guitare, et nous avons entonné des cantiques. Les flammes éclairaient le visage de Willem, qui paraissait dormir d'un sommeil paisible. Rassemblés autour de son corps, nous avons rendu grâce aux dons qu'il nous avait faits de son vivant. De temps à autre, quelqu'un apportait une coupe pleine de vin aux épices, que nous nous passions de main en main, buvant à tour de rôle. À mesure que la nuit avançait, quelque chose de solennel, de sacré prenait possession de nous. Nous sommes entrés en transe magique et, plusieurs heures durant, nous avons éprouvé la réalité extratemporelle et extraspatiale de l'âme.

Dès que sont apparues les premières lueurs blanches de l'aube, nous sommes tous montés dans les véhicules qui avaient été préparés à cette fin pendant la nuit, et avons entrepris une excursion. J'étais dans la voiture de tête avec Heidi et Ulrike. Nous sommes arrivés à Punta Teno. Nous nous sommes garés, avons grimpé un long moment. Trois hommes portaient le corps de Willem, enveloppé dans un linceul. Nous avons fini par arriver dans un lieu désert, une falaise très haute depuis laquelle on avait une vue incroyable sur la mer. Quelqu'un agitait un brûle-parfum, et de lourdes vapeurs d'encens se mêlaient à l'air marin, nous obscurcissant le cerveau. Le rythme simple des cantiques, l'étrange monotonie de cette musique pleine d'une complexité savamment répétitive nous plongeaient dans une sorte de transe maladive. J'étais séduite par ce rituel, tant pour son superbe mépris de l'évidence des sens que pour la simplicité primitive de ses éléments. J'avais passé deux nuits sans dormir, et ce vin qui, j'en suis maintenant certaine, devait contenir une espèce de drogue, m'était monté à la tête, laissant ma conscience légère et flottante. Si Heidi m'avait ordonné, à cet instant, de me jeter dans la mer, je l'aurais fait de bon gré, heureuse de plonger vers le vide absolu, un vide qui contenait l'univers, totalité et néant tout à la fois, afin d'accéder à l'immortalité.

Lorsque tout a été terminé, nous avons tous ensemble soulevé le corps de Willem, encore recouvert de son linceul, et nous l'avons jeté à la mer. Je n'ai même pas regardé s'il a flotté ou non. La falaise était abrupte, on ne voyait ni rochers ni plage en contrebas. Le corps a dû tomber à pic dans l'eau, et je présume que le courant l'a emporté vers le large. Je ne sais pas s'il a fini, un jour, par s'échouer sur un rivage. Mais, si c'est le cas, il devait être dans un tel état de décomposition, dévoré par les poissons, que personne n'aurait pu le reconnaître. Je n'ai même pas pensé, sur le moment, que nous faisions quelque chose d'illégal, que nous aurions dû informer les autorités, que quelqu'un aurait dû se mettre en relation avec la famille de Willem pour leur faire part de la nouvelle. À l'époque, je voyais tout à travers les yeux de Heidi. Le plus probable est que Willem, comme tant de ceux qui vivaient dans la villa Meyer, avait rompu tout lien avec sa famille. Ils ne doivent même pas savoir qu'il est mort.

Un an et demi s'était écoulé depuis ma première rencontre avec Heidi quand elle m'a proposé de faire un voyage exceptionnel, en me faisant promettre de ne révéler à personne, en aucun cas, ce que je verrais au cours de ce voyage ni notre destination. Je lui en ai donné ma parole, et nous sommes allées, avec son Land Rover, prendre le ferry de Santa Cruz de Tenerife à Puerto del Rosario. Nous avons traversé toute l'île, pendant ce qui m'a paru être des heures, jusqu'à une ancienne maison de métayer à Cofete. Heidi et Ulrike y allaient ensemble au moins une fois par mois, et Heidi y faisait de longues retraites, pour méditer et écrire. Ulrike était la seule personne du groupe à connaître l'existence de la maison. À part moi, désormais.

Heidi m'a expliqué que son père avait été en quelque sorte l'âme de Thule Solaris, qu'il avait maintenu en vie durant les longues années où l'ordre avait périclité, et qu'il avait initié son fils, le frère aîné de Heidi, afin qu'il lui succède dans sa mission. Mais le frère était mort très jeune, de sorte qu'il avait dû changer ses plans. Heidi n'était pas destinée à être initiée, mais, après la mort de son frère, son père l'a instruite de tous les rites et cérémonies et l'a préparée à poursuivre dans la voie qu'il avait tracée. Elle aurait dû, plus tard, concevoir un héritier pour perpétuer la tradition mais n'avait pu le faire. Elle n'avait pas rencontré, m'a-t-elle dit, le père adéquat. Elle n'était pas attirée par les hommes et, s'il lui était arrivé de coucher avec eux dans l'idée d'être fécondée, cela n'avait jamais réussi. Elle était allée consulter plusieurs médecins, qui n'avaient rien vu dans sa constitution ou dans son appareil reproducteur qui la rende stérile ou infertile, mais il n'empêche que la grossesse tant désirée n'était jamais venue. Et lorsque l'insémination artificielle était apparue, elle était trop âgée pour en bénéficier. Je ne sais pas exactement quel âge peut avoir Heidi, un peu plus de soixante ans je pense, même si, du fait qu'elle se maintient en excellente condition physique grâce à un régime strict et à la pratique de l'exercice et du yoga, elle n'en paraît même pas cinquante. Les nouvelles techniques de procréation assistée sont venues trop tard également pour qu'elle conçoive par ce moyen l'héritier mâle tant attendu. Mais moi, j'étais jeune, intelligente, créative. Et aryenne pure. Car Heidi assurait que je descendais des Vikings du côté écossais et des Guanches du côté canarien. Les premiers habitants de l'île étaient blonds, elle me jurait que son père l'avait démontré de façon irréfutable. J'étais, me disait-elle, « la plus belle de toutes mes disciples femmes, sans doute même la plus belle femme de toute l'île, et dotée d'un cerveau exceptionnel ». Restait simplement à nous marier et à aller ensuite dans une clinique aux États-Unis pour choisir le sperme d'un donneur aryen et intelligent. L'ordre avait trouvé un chemin nouveau, et Heidi mènerait à bien la construction d'un monde nouveau, d'un ordre nouveau, plus en harmonie avec la nature, malgré les forces obscures qu'il fallait abattre pour y parvenir. *Ordnung*. Elle m'envoûtait, m'éblouissait avec ce mot sur lequel s'appuyait tout l'édifice de sa pensée. Je lui ai demandé : « Et Ulrike ? » Elle m'a répondu : « Ulrike devra l'accepter. Elle est trop âgée pour concevoir et elle le sait, et la Société de Thulé a besoin d'un dauphin. »

Je sais que, tel que je te le raconte, ça a exactement l'air de ce que c'était : de la folie. Mais lorsque tu vis environné de fous, la plus grande folie consiste à demeurer sensé. Aveuglée comme je l'étais par Heidi et son sortilège, le cerveau lavé, passé à la centrifugeuse de tous les rituels de la secte, non seulement la proposition m'a paru logique, mais je l'ai prise comme un honneur. Je me suis enthousiasmée pour ce fourmillement de termes nouveaux, de propositions alléchantes, et j'ai prononcé moi-même des mots que je n'avais jamais employés de ma vie, comme engagement, fidélité ou mariage. J'exultais de bonheur. J'ai prononcé un oui tremblant, et j'ai senti dans tout mon être une explosion, une joie qui retombait en étincelles brillantes. J'étais l'Élue.

Dès que nous sommes rentrées à Tenerife, j'ai emménagé dans la villa. Je n'ai rien emporté avec moi, Heidi m'ayant assurée que je n'avais plus besoin des biens de ce monde. J'étais sa favorite, même si Ulrike était toujours son bras droit, de sorte qu'on m'a attribué une chambre individuelle, un geste qui constituait un immense privilège : seules Ulrike et Heidi avaient leur propre chambre. Il était évident, bien que personne ne l'ait formulé explicitement, que je jouissais d'un statut particulier dans la hiérarchie du groupe.

La vie en communauté était ennuyeuse et monotone, tout était réglé comme du papier à musique. Réveil, étude, travail au potager, interprétation des runes, déjeuner au réfectoire, méditation, conférences et commentaires sur l'histoire de Thulé, méditation, discussion dirigée par Heidi, étude de la geste des anciens guerriers germains, étude de la gnose, méditation… Une vie ennuyeuse, des objets d'étude absurdes. Mais pour moi, en revanche, la vie était pleine d'émotions. J'avais droit à un traitement de faveur, je passais beaucoup de temps enfermée dans ma chambre, à méditer les yeux fermés, percevant avec une évidence si aveuglante la dimension supérieure que, lorsque je revenais à moi, j'avais du mal à reconnaître la réalité.

Nous étions convenus que je resterais vivre là quelques mois avant de faire les formalités pour le mariage et le voyage aux États-Unis. Heidi voulait que je sois reconnue et acceptée avant d'annoncer au groupe, si j'ose dire, le changement de gouvernement. Je crois qu'elle voulait surtout que je sois acceptée par Ulrike.

Mais Ulrike était ivre de jalousie, et devait en outre s'infliger le supplice de dissimuler sa rage en public. Elle m'espionnait, surveillait mes faits et gestes, interprétait mes sourires et mes silences. Où que j'aille, j'étais suivie par ses regards acérés comme des lames, ses regards qui me défiaient, qui me giflaient, des regards qui me dévoilaient sa jalousie dans toute sa nudité.

La nuit, je les entendais parfois se disputer, longuement, en allemand. Des colères froides, qui s'exprimaient tout bas, en chuchotant pour que personne n'entende. Je savais que Heidi aurait souhaité se débarrasser d'Ulrike, mais que ce n'était pas possible car elle en savait trop, elle connaissait son refuge secret, son passé, sa vie, elle gérait en outre les comptes de Thulé, les complexes montages financiers et juridiques de l'ordre, et ne se laisserait pas faire si facilement. Dormant dans la chambre voisine et entendant ces disputes qui se répétaient chaque soir, j'étais seule à saisir l'enjeu de cette pomme de discorde, mais je n'étais pas disposée à en partager le secret. Ma présence ne faisait pas l'unanimité au sein du groupe, même si Heidi avait déjà eu des favorites avant. Le schéma était toujours le même : Ulrike était l'administratrice, le bras droit, sa lieutenante ; surgissait de temps à autre une jeune femme à qui Heidi accordait des attentions spéciales et une considération particulière. Quand elle se lassait d'elle, elle la remplaçait par une autre. Mais mon cas était différent.

J'étais la première à qui elle accordait le privilège de disposer d'une chambre contiguë à la sienne, et la première à avoir été invitée à s'asseoir à sa droite au réfectoire. Malgré l'esprit d'harmonie, de concorde et de fraternité censé régner au sein de la communauté, l'envie et la jalousie poussaient comme le chiendent, et beaucoup de femmes disaient du mal de moi, comme d'ailleurs beaucoup d'hommes. Mon nom était sur toutes les lèvres comme un bonbon que l'on suce en savourant le plaisir poisseux de la médisance. Dans la traînée de chuchotements que j'entendais derrière moi, dans une certaine façon de baisser les yeux sur mon passage, je décelais de l'amertume, de la sournoiserie, une inimitié sourde, une insolence déguisée en flagornerie. Je sentais cette atmosphère glacée et savourais le plaisir pervers de me savoir à la fois détestée et crainte. Il y avait dans toute cette haine, je le savais, de l'admiration, car haïr requiert de l'énergie, et celle-ci ne s'exerce que contre quelque chose qui brille. Je me sentais à la fois forte et protégée par Heidi, je n'avais donc rien à craindre, du moins le croyais-je, et ne prenais même pas la peine de mépriser ceux qui me haïssaient. Je me savais investie d'une mission trop noble et trop élevée pour prêter attention à ces êtres qui ne méritaient que la pitié.

Un peu plus d'un mois avait passé depuis mon installation, mais il me semblait que c'étaient des années. Quand on vit recluse, soumise à la routine quotidienne, la vie perd ses contours et paraît bien plus longue. J'ai commencé à me sentir malade. Des nausées, des envies de vomir. Puis des crampes d'estomac qui me pliaient en deux. Puis une diarrhée légère, tolérable. Et soudain, un matin, je me suis réveillée dans des draps tachés d'un liquide brunâtre, en proie à des douleurs qui semblaient me déchirer le ventre, m'ouvrir en deux, croître en moi comme un être vivant qui aurait eu sa propre vie à l'intérieur de la mienne et aurait joué avec mon corps comme un chat avec sa proie. Parfois la souffrance s'apaisait, se repliait, s'éclipsait et je connaissais des moments de paix, mais elle revenait ensuite avec une ardeur redoublée, une cruauté imprévue, faisant des incursions dans mes intestins et me forçant à vomir.

Il n'était naturellement pas question d'appeler un médecin. La médecine occidentale était considérée par le groupe comme une hérésie, une attaque frontale et intrusive contre les énergies primigènes. Heidi m'a imposé les mains, plusieurs femmes m'ont fait des frictions aux huiles essentielles, et l'expéditive Ulrike m'apportait des tisanes qu'elle me faisait boire. Elle versait le breuvage dans ma bouche, patiemment, à la petite cuiller, tout en me regardant d'un air de reproche, comme si je n'étais pas innocente de ce qui m'arrivait. Elle s'enquérait avec prévenance de mon état, mais je devinais dans son regard une lueur de méchanceté, une ironie mal dissimulée, une absence totale de compassion, une joie mauvaise devant mon malheur et ma souffrance. À la fin, elle épongeait le liquide qui ressortait par les commissures de mes lèvres et, la mine sévère, elle quittait la pièce, en remportant la tasse vide, sans un mot, triomphante et satisfaite.

Les jours suivants, la douleur s'est intensifiée et étendue, s'attaquant à de nouvelles régions de mon organisme et progressant avec l'audace d'un explorateur. Je commençais à avoir des fourmis dans les bras et les jambes, à avoir mal au crâne. Je me sentais de plus en plus fatiguée, je passais le plus clair de mon temps dans un état semi-inconscient, un état diffus entre sommeil et veille. J'avais le corps épuisé comme après une longue marche, et le pressentiment que la mort était proche. Mais, soudain, j'ai perçu une énergie qui irradiait depuis le cœur de la maison. Le signal avait beaucoup de force, il était strident, brûlant, il était émis depuis un émetteur qui adressait à mon corps un message de haine et de destruction, dont les ondes se dispersaient avec une implacable uniformité. C'était, je le sentais, une énergie féminine, il était impossible de s'y tromper, comme il est impossible de confondre la joue d'un homme et celle d'une femme. Et c'est alors que j'ai su. Je n'étais pas malade : j'étais empoisonnée. Ulrike, probablement avec la complicité d'une des cuisinières, avait mis quelque chose dans ma nourriture, puis dans les tisanes qu'elle me faisait boire. Une partie de moi me disait que c'était le pur effet de mon imagination, et je tentais de chercher en moi-même la ferveur, la conviction et la foi pour m'en persuader, mais ma volonté ne m'obéissait pas, et laissait mes pensées en proie au soupçon qui m'assaillait. Ma dévotion passée s'est dissipée, ma foi s'est effondrée, la colère a fait irruption. Quelque chose en moi se rebellait et m'envahissait.

Si je meurs, me disais-je, on me jettera à la mer comme Willem avant moi. Personne ne regrettera mon départ, personne ne me pleurera. On ne versera pas de larmes pour moi, pas plus que je n'en ai versé pour lui. Il n'y aura pas d'autopsie, personne ne saura jamais quelle mixture a empoisonné mon organisme. Si, un jour, mon cadavre s'échoue sur une plage, trop de temps aura passé pour qu'il soit possible de déterminer les causes du décès. Nous ne sommes pas à Miami, il n'y a pas d'*Experts*, c'est le crime parfait.

Je savais que je ne devais pas faire part de mes soupçons à Heidi, car elle ne me croirait jamais. En outre, j'avais peur, si elle avait à choisir entre Ulrike et moi, qu'elle ne préfère me sacrifier. Je n'étais qu'un réceptacle potentiel pour la gestation de l'héritier à venir, je n'étais pas irremplaçable. Ulrike, en revanche, l'était, car elles étaient unies par un réseau complexe de secrets et de confidences, tissé durant plus de vingt ans.

Mon esprit et mon corps ont alors compris qu'ils devaient faire l'impossible pour leur salut, et c'est ainsi que, tel le soldat blessé qui se convainc à l'instant ultime de ne pas laisser la mort lui fermer les yeux car le sort de la bataille n'est pas encore joué, j'ai tiré de ma faiblesse une force nouvelle et je me suis rétablie. La discipline a agi en moi comme un courant électrique qui ranime un corps mort. Quelque chose de supérieur semblait me dominer, comme actionné par des fils invisibles. Mon instinct de survie était plus fort que mon organisme, plus fort que ma maladie, plus fort que n'importe quel poison que m'aurait administré Ulrike. Je m'accrochais à la vie comme s'accroche à sa planche le naufragé las de nager contre le courant implacable d'une mort obscure et amère.

Dans l'état où je me trouvais, je ne pouvais même pas songer à m'évader. De la maison à l'entrée du chemin, il y avait plus d'une demi-heure de marche, et il n'était pas question d'y aller en voiture, car Ulrike avait les clés de tous les véhicules. Et quand bien même je réussirais à marcher jusque-là, je ne pourrais franchir le mur, qui était trop haut.

Je savais aussi que Heidi ne laisserait personne de l'extérieur me voir dans cet état, car j'aurais été emmenée à l'hôpital séance tenante et elle aurait encouru des poursuites pour non-assistance à personne en danger.

J'ai donc demandé qu'on la fasse venir. J'ai rassemblé tous mes sortilèges, j'ai choisi les inflexions les plus suaves de ma voix, prononcé les phrases les plus tendres, les mots dont nous usions seulement en privé, seule à seule, j'ai recouru à la douceur, à la minauderie, à l'éloquence, aux caresses. Je lui ai dit que je voulais aller contempler le coucher de soleil à notre crique secrète, que je sentais que j'y trouverais l'énergie nécessaire pour guérir de ma maladie, que je voulais qu'elle me prenne par la main et que nous nous concentrions ensemble sur ma guérison. J'ai dû être une actrice consommée, car elle n'a rien soupçonné.

Tout près de la guérite à l'entrée du chemin, il y avait, il y a toujours, une station-service. Heidi s'est arrêtée pour faire le plein, comme chaque fois qu'elle quittait la villa. Je lui ai dit que j'avais besoin d'eau et que je prenais de l'argent dans son porte-monnaie pour en acheter, et qu'ensuite j'irais aux toilettes. Elle n'a pas remarqué que je prenais tous les billets au lieu d'un seul. Je suis allée aux toilettes, où j'ai vomi une nouvelle fois, puis je suis sortie et me suis approchée, sans qu'Heidi, occupée à faire le plein, me voie, d'une voiture qui s'apprêtait à repartir. J'ai demandé au conducteur s'il pouvait m'emmener. Il a sursauté à la vue de mon corps squelettique, et j'ai eu peur qu'il ne me prenne pour une junkie et refuse. S'il l'avait fait, je crois que je me serais mise à hurler en pleine station-service, et que personne n'aurait pu me forcer à remonter dans la voiture de Heidi. Mais il s'est montré très gentil et il a accepté. Je devais être encore assez séduisante, malgré la maladie, pour émouvoir un quinquagénaire. Le hasard a vraiment bien fait les choses, car la station-service n'est pas tellement fréquentée, et c'est un miracle qu'il y ait eu une voiture à ce moment précis et que son conducteur n'ait pas fait d'histoires pour me prendre. C'est un miracle que j'aie survécu. Je crois que j'ai des ambassadeurs dans l'Invisible, que Martin et ma mère ont intercédé en ma faveur.

En route, j'ai raconté au conducteur ce qui m'était arrivé. Je lui ai dit que j'étais entrée dans une secte.

C'était la première fois, depuis que je connaissais Heidi, que j'appelais les choses par leur nom. Je lui ai expliqué que j'étais malade, que je souffrais de sous-nutrition, que j'avais besoin d'aller aux urgences. Le hasard, ou la providence, était avec moi, ou peut-être Martin et ma mère m'ont-ils aidée depuis l'Obscur, car la sœur de cet homme avait vécu une histoire semblable chez les Enfants de Dieu, de sorte qu'il m'a crue et qu'il a même tout de suite compris de quoi je parlais. Il m'a conduite en moins de dix minutes à l'hôpital universitaire de La Laguna, et je me suis présentée aux urgences. Jamais, jusqu'alors, je ne m'étais autant félicitée de vivre dans un pays où il existe une sécurité sociale et des hôpitaux qui accueillent tout le monde, avec ou sans papiers.

Je suis restée deux jours sous perfusion et sous morphine.

Le troisième jour, un médecin très aimable est entré dans ma chambre et m'a dit que j'avais eu une amibiase aiguë, ce qu'autrefois on appelait dysenterie, et que si je n'avais pas été traitée à l'hôpital, j'en serais probablement morte. Les médecins ont attribué l'origine de la maladie à des conditions d'hygiène défectueuses, mais je savais qu'ils se trompaient. Il régnait dans la villa un ordre méticuleux et glacé, tant pour l'espace que pour le temps. Il y avait un temps, une procédure, un endroit pour chaque chose. Je crois qu'Ulrike et les cuisinières avaient mis des excréments dans ma nourriture. Personne à l'hôpital n'a parlé d'appeler la police, étant donné que l'amibiase est une affection grave mais relativement courante. On m'a laissée sortir, en me demandant de revenir plus tard avec mes papiers pour faire les formalités.

Dans la rue, je me suis sentie une autre femme. J'ai observé la circulation, les gens, avec une parcelle de raison retrouvée, la même avec laquelle j'avais accueilli, toute joyeuse, le retour à la vie. C'était comme respirer de l'air pur, sentir de nouveau la terre sous ses pieds, sortir du chaos douloureux qu'avait été le sortilège de Heidi, et revenir à l'évidence de la logique, à l'ordre et à la consistance du monde visible. J'ai envisagé de revenir à Punta Teno, mais je n'ai pas osé. J'avais peur de Heidi et d'Ulrike. J'ai pensé que ce serait le premier endroit où elles viendraient me chercher. J'étais convaincue, et je le suis toujours, qu'Ulrike avait tenté de m'assassiner, et je craignais... je ne sais pas ce que je craignais, qu'elles me harcèlent, qu'elles me rendent la vie impossible, qu'elles te la rendent impossible à toi aussi, Helena. Mais il y avait quelque chose dont j'avais encore plus peur : que Heidi réussisse à me séduire de nouveau, à me convaincre que toute cette histoire n'était que l'effet de mon imagination, que personne n'avait tenté de m'empoisonner, que j'avais simplement eu une intoxication alimentaire, qu'elles m'attendaient, qu'elles avaient besoin de moi pour concevoir l'héritier, le Guide, qu'elles ne pouvaient pas vivre sans moi. Heidi était très magnétique, elle irradiait une aura spéciale, elle possédait une force de conviction surnaturelle, et j'étais paniquée, effrayée plus que tout au monde par la possibilité bien réelle qu'elle m'attire de nouveau dans son orbite avec ses paroles doucereuses et son regard de serpent, je n'étais pas disposée à l'entendre parler. Mais je n'étais pas disposée non plus à retourner à Punta Teno comme s'il ne s'était rien passé.

J'ai pris la *guagua* jusqu'à Puerto, puis j'ai marché jusqu'à la plage de Los Patos. Je suis allée à la maison de Martin. Je n'avais évidemment pas les clés sur moi, mais il ne m'a pas été difficile d'ouvrir à coups de pied la porte de la remise. Il m'a fallu une demi-heure, alors que dans les films on fait ça d'un seul coup, mais j'ai finalement réussi. Quand la porte a cédé, j'ai pensé que c'était un signe : la maison paraissait me sourire, me souhaiter la bienvenue, m'accueillir comme une mère. Et personne n'avait remplacé le carreau que j'avais cassé la première fois. L'esprit de Martin était avec moi.

Dans l'office, tu te souviens, il y avait de la nourriture pour soutenir un siège. Quand nous habitions là-bas, je m'occupais moi-même du petit potager qui nous fournissait en légumes frais, laitues, pommes de terre, tomates, menthe... Il y avait toujours des pommes de terre et des tomates, les laitues n'avaient pas survécu. Quant aux pâtes, farine, conserves, tous les aliments non périssables, ils étaient toujours dans l'office. J'ai calculé que je pouvais tenir au moins un mois, le temps de décider ce que je ferais ensuite. Si les enfants de Martin étaient venus, j'aurais dû justifier ma présence. Mais ils ne sont jamais venus.

J'ai passé les deux premiers jours à dormir, à reprendre des forces, mais à partir du troisième jour tout est redevenu facile. J'ai trouvé ma vieille bicyclette dans le garage et, même si elle était rouillée, je l'ai graissée avec de l'huile d'olive. Je descendais avec jusqu'à la plage et je me baignais. Je lisais beaucoup, et de temps en temps je regardais un film de la collection de Martin. J'éprouvais soudain une joie d'enfant dont les caprices les plus simples sont satisfaits, heureuse de sentir la vie couler de nouveau dans mes veines. Je me disais que vivre, c'était ça : jouir du plaisir si doux de végéter au soleil, sans responsabilités ni obligations, sans possession ni chantage, sans fautes ni charges, sans menaces ni peurs.

Tu te rappelles qu'il n'y avait pas la télévision dans la maison de Martin, de même que nous ne l'avons jamais eue à Punta Teno. Nous nous étions habitués à vivre sans et nous n'en avions pas besoin. Nous avions un écran, mais seulement pour regarder des films, et nous lisions les nouvelles sur Internet. Chez Martin, la connexion était coupée, ce qui était logique, puisque les nouveaux propriétaires ne venaient pas beaucoup. Je n'avais pas envie non plus d'avoir des nouvelles du monde, je ne voulais rien savoir de ce qui se passait, je n'avais pas la moindre idée de ce que j'allais faire de ma vie. Je pensais reprendre des forces, puis, plus tard, me présenter au consulat, dire qu'on m'avait volé mon passeport, obtenir mon rapatriement, recommencer une nouvelle vie à Londres. J'adorais les Canaries, mais j'avais besoin d'oublier.

Et puis, une nuit, c'était il y a trois jours, j'ai enfin rêvé de nouveau de ma mère. Elle ne me parle presque jamais. Elle me regarde en souriant, c'est tout. Mais cette fois, elle m'a parlé. Elle m'a caressé le visage, les cheveux, et elle m'a dit : « Tout est passé, tout ira bien, maintenant il faut que tu retournes avec Helena. » Et j'ai su que l'heure était venue de rentrer. Je suis descendue à Puerto à bicyclette. J'ai acheté un journal. Il y avait plusieurs pages sur l'arrestation d'Ulrike et de Heidi, avec beaucoup de détails sensationnels. Puis je suis venue à bicyclette jusqu'ici.

16

HELENA

Cher Gabriel,

Ici tout va bien, je crois que Cordelia pourra te le confirmer. J'ai dû faire une foule de déclarations, et il y a eu une période où nous avions les journalistes aux aguets devant la maison toute la journée. Le fait que ta sœur soit outrageusement belle ajoute encore du piment à la chose. De mon point de vue, ces journalistes de la presse à sensation ne sont que des charognards, des hyènes, des chacals, des mouches à merde. Chaque jour, nous nous disions qu'ils allaient finir par forcer la porte, entrer dans la maison, nous taper dessus et emporter les photos, le tout avec la meilleure conscience du monde. Finalement, Cordelia a décidé de s'en aller pour quelque temps à Barcelone. Elle écrit un livre sur son expérience à Thule Solaris. Elle a un agent en Angleterre, et le livre est déjà vendu avant même d'être terminé. Elle m'écrit presque tous les jours, elle a l'air très heureuse. Je suppose qu'elle t'écrit à toi aussi.

Je suppose aussi que tu auras appris par les journaux pour Heidi et Ulrike. Elles vont être jugées pour escroquerie et évasion de capitaux, mais je crois qu'elles disposent de très bons avocats, il n'y aura pas moyen de prouver qu'elles ont incité tous ces gens au suicide. Je ne sais pas ce que cela va donner. Mais passons à quelque chose de plus important, c'est-à-dire à ce que, sans doute, tu souhaites que je t'explique, ce quelque chose dont nous n'avons jamais parlé, cette histoire que nous avons laissée suivre son cours sans intervenir.

Je veux que tu saches que, du premier moment où je t'ai vu, j'ai été plus que troublée par ta ressemblance avec ta sœur, par tous ces traits que vous aviez en commun. Les mêmes yeux vert profond, la même courbe du menton, les mêmes lèvres élégantes, le même nez... C'était comme si Cordelia, ou des éclats de Cordelia, avaient ressurgi dans un corps d'homme. J'étais si heureuse de l'avoir de nouveau près de moi, de sentir de nouveau sa présence, de voir qu'une partie d'elle vivait en toi. Parfois tu hochais la tête, ou tu fronçais les sourcils, ou tu souriais exactement comme elle, et j'étais si émue que j'avais envie de me précipiter pour t'embrasser. Quand j'ai cru qu'elle était morte, je n'ai pas trouvé de meilleure façon de la ressusciter que de coucher avec toi. Je savais que tu en avais envie depuis longtemps, ce sont des choses qu'on sait, des choses qui se voient. Tu ne me quittais pas des yeux. Je t'ai tant de fois surpris à la dérobée, dans l'avion qui nous emmenait à Fuerteventura, en train de me jeter des regards éloquents, que tu as même réussi à me faire honte.

J'ai pensé que tu savais ce qu'il y avait entre Cordelia et moi. Bien sûr, je ne te l'ai pas dit expressément, je ne t'ai pas explicité les détails, mais était-ce bien nécessaire ? N'était-ce pas évident à tes yeux ? Avec ta sœur, j'avais compris tout de suite que, si je voulais la garder à mes côtés, je devais la laisser vivre sa vie, faire ses expériences. Si je me tenais à cette attitude, elle me reviendrait toujours, parce qu'elle avait besoin de moi. J'étais la mère qu'elle avait perdue, je lui offrais cet amour inconditionnel que seule une mère peut donner, sans vouloir la changer ni l'adapter à mon goût, et elle ne se séparerait pas de moi. Martin l'a compris aussi, et il m'a acceptée comme faisant partie du contrat. J'avais des droits supérieurs à ses droits à lui, tout en lui témoignant une loyauté dont il n'avait même pas idée. Et lorsqu'il lui arrivait, à l'occasion, de manquer de respect à Cordelia, c'est à toutes les deux qu'il manquait de respect.

Ce n'était pas quelque chose de purement physique, si c'est ce à quoi tu penses. Il m'était donc facile de la partager, moi qui sur ce plan, celui du pur contact charnel, avais eu avec elle une expérience bien plus intense. Cordelia avait, et a toujours, une sorte de cage psychique dans laquelle elle s'enferme lorsqu'elle se sent menacée. (La cage est toujours là, mais elle n'est plus en métal blindé comme avant.) Elle pouvait en sortir, mais ne laissait personne y entrer. Elle était très irritée dès qu'on tentait d'envahir son intimité profonde, de forcer le cadenas...

Elle ne m'a jamais raconté, par exemple, ce qui s'était passé entre vous, pourquoi vous ne vous étiez plus parlé depuis dix ans, et elle ne m'a jamais parlé non plus de ce premier amour adolescent à Aberdeen. De même qu'elle ne parlait pas de la mort de ses parents, ni de sa tante. Je ne lui ai jamais demandé qu'elle me parle de quelque chose qu'elle ne soit pas disposée à partager. Son silence était sa force. Pour prétendre l'aimer de la seule façon dont elle pouvait être aimée, il fallait surtout ne pas franchir la limite. C'est dans ce sens qu'on peut parler de réserve à son sujet, le plus étrange étant qu'elle était par ailleurs d'une très grande sociabilité, qu'elle avait le don d'attirer les gens à elle comme des mouches, par le miel de son charme et de sa beauté. Mais elle ne leur permettait d'accéder qu'à un certain niveau, jamais au-delà. Cette manière d'être particulière cachait une difficulté à avoir une relation profonde avec les autres. Par peur. Peur de l'intrusion et de l'invasion, peur de la douleur, méfiance radicale envers le monde et envers les gens, et refus absolu de se laisser contrôler ou posséder. La seule personne qui pouvait y parvenir, me disais-je dans mon ingénuité, c'était moi, justement parce que je n'ai jamais tenté de m'arroger aucun droit sur elle. C'était compter sans l'apparition de Heidi, qui s'est montrée bien plus habile car elle a su lui vendre une promesse bien plus attractive. Elle lui offrait la chaleur d'une mère, mais pas d'une mère terrestre : d'une mère universelle, d'une déesse.

Je te l'ai dit tout à l'heure, j'ai couché avec toi quand je l'ai crue morte, dans une tentative désespérée de la ramener à la vie, mais pas seulement pour cela. Gabriel, je ne veux pas que tu penses que je t'ai utilisé. J'aimais et j'aime ta sœur, mais cela ne m'a pas empêchée de t'aimer toi : je dirais même que je t'ai aimé et que je t'aime parce que j'aimais ta sœur, j'ai aimé tout ce qu'il y a d'elle en toi, j'en suis même venue à aimer en toi des qualités qu'elle n'a pas. Je crois que nous autres personnes complexes vivons des histoires complexes et sommes capables d'aimer dans de multiples dimensions. J'ai compris cela de la même manière que Martin l'avait compris. Comme tu vois, les rumeurs avaient une part de réalité, mais ce que nous avons vécu n'avait rien à voir avec l'histoire d'un don juan vieillissant et décadent qui se serait offert deux jouvencelles pour mettre du piment dans sa vie. Nous étions bien trois personnes indépendantes, libres et respectueuses les unes des autres, qui avaient décidé de vivre sous un même toit et de partager un bout de chemin. Le sexe était la chose la moins importante dans notre pacte, l'important était la magie, le point de contact lumineux, l'impossible réunion de l'amitié, du désir et de l'amour. La personnalité de Cordelia nous avait inspiré, de façon singulière et indécise, un mode d'expression de l'amour entièrement nouveau. Nous voyions, nous pensions les choses d'une façon différente.

Quand j'ai reçu la lettre où tu me parlais de la rupture de tes fiançailles, je me suis naturellement doutée que c'était lié à moi. Mais qu'espères-tu, Gabriel ? Revenir aux Canaries pour commencer avec moi une nouvelle vie ? Je n'ai plus avec ta sœur, c'est vrai, la même relation qu'avant. Elle ne pouvait naturellement pas revenir vers moi après ce qui s'était passé avec Heidi, mais le lien qui nous unissait reste vivant. Et je ne m'imagine pas recommencer maintenant une histoire avec son frère. Je ne peux pas. Pas, en tout cas, le genre d'histoire que tu dois souhaiter.

Je suis retournée à Puerto de la Cruz. Pour le moment, je travaille dans un hôtel, mais je pense aller à Barcelone revoir Cordelia, et puis faire des études de traduction et d'interprétariat, pour ne pas rester serveuse toute ma vie. C'est toi qui m'as convaincue. Pour le moment, je crois qu'elle a besoin de rester seule quelque temps. Et moi aussi, j'ai besoin de rester quelque temps sans elle. Mais nous sommes toujours sœurs, nous le serons toujours. Et je serai toujours ton amie si tu sais accepter ce que je peux te donner.

Je t'embrasse,

Helena

17

LE SECRET DE GABRIEL

Ma si chère Cordelia, ma sœur, mon amour, ma Némésis,

Je t'écris enfin la lettre que j'aurais dû t'écrire il y a dix ans. La réponse aux deux lettres que tu m'as envoyées et auxquelles je n'ai jamais répondu. L'explication que tu réclamais, les excuses que je te devais.

Par où commencer, sinon par le commencement ? J'avais quatre ans quand tu es née, et je me souviens encore de l'instant où maman est rentrée de l'hôpital, du bonheur de papa. Et du mien. Tu étais toute petite, et tu sentais bon, comme tous les bébés. Maman me laissait l'aider à s'occuper de toi. Je lui apportais les couches, le talc, toutes ces choses, j'étais tout fier de me sentir utile. Je croyais vraiment qu'elle avait besoin de moi pour te changer, qu'elle n'y serait pas arrivée sans moi. Je t'ai même parfois donné le biberon, sous bonne surveillance, je suppose. Après maman, j'ai été la première personne à qui tu as souri, avant même papa. Maman me le répétait pour que je me sente aimé, que je me sente important, et je me rengorgeais d'orgueil.

Et quand tu es devenue un peu plus grande... quelles images ai-je conservées de toi ? Pendant que maman faisait les courses, je m'agrippais très fort à ta poussette, en pensant qu'ainsi je te protégeais. Quand la poussette est devenue trop petite, je te tenais la main et nous allions regarder le distributeur devant l'épicerie. Dedans, il y avait des boules en plastique, avec des cadeaux à l'intérieur. Pour en avoir une, il fallait mettre une pièce dans la fente. Je te disais le cadeau que j'aurais eu envie de trouver dans la boule si j'avais eu l'argent, et toi, qui savais à peine parler, tu choisissais toujours le même que moi. Quand tu es devenue plus grande, tu nous impressionnais tous beaucoup. À trois ans, tu parlais aussi bien que si tu en avais eu cinq, et tu réussissais des puzzles en bois très compliqués, qu'on m'avait pourtant offerts à moi et pas à toi. Et puis tu étais déjà très grande pour ton âge. Pour ton premier jour d'école, c'est moi qui t'ai expliqué comment tout allait se passer et qui t'ai accompagnée jusqu'à ta classe. La maîtresse t'a dit : « Mais que tu es grande... Tu es sûre que tu n'as que cinq ans ? », et tu lui as répondu : « L'année prochaine, j'en aurai six ! », comme si tu lui apprenais le calcul. Tu as toujours été si bonne élève ! Dès la troisième année, on t'avait demandé si tu voulais bien aider les plus petits à apprendre à lire, tu te souviens ?

Tu étais une enfant calme et patiente. Je te croyais heureuse à l'école. Tu ne l'étais pas. Nous ne l'étions ni l'un ni l'autre. Nous entendions des disputes tous les soirs, sans exception, dans la chambre de nos parents. À voix basse, mais clairement audibles. Nous ne comprenions presque aucun des mots qu'ils employaient, mais nous saisissions le ton, et cela nous faisait imaginer le contenu : la colère, la jalousie, la frustration, les reproches, les menaces. Un soir parmi tant d'autres ils sont sortis pour se rendre à une réception. La fille qui venait nous garder nous a fait dîner et a regardé un moment la télévision avec nous. Au milieu de la nuit, le téléphone a sonné. Je me suis réveillé. J'ai entendu un cri terrible. Je n'ai pas osé descendre. Ensuite, il y a eu ces conversations, ces gens qui sont venus à la maison. Nos parents ne sont jamais revenus.

Je ne sais pas si tante Pam a accepté de nous recueillir uniquement pour l'argent que cela lui procurait. Il était si évident qu'elle n'aimait pas les enfants, toi et moi l'avons tout de suite compris. L'exécuteur testamentaire de nos parents était Richard, et nous ne pouvions pas toucher notre héritage avant d'avoir tous les deux vingt et un ans, comme tu sais. (Pourquoi, Cordelia, pourquoi a-t-il fallu que tu en fasses ton amant ? Était-ce une tentative pour retrouver le père que tu avais perdu en séduisant celui qui avait été son meilleur ami ? J'ai eu un coup au cœur quand je l'ai appris, je n'arrivais pas à comprendre, le seul fait de vous imaginer dans le même lit me donnait la nausée.) Ce que tu ne sais peut-être pas, c'est que tante Pam recevait une certaine somme chaque mois pour notre entretien. Une somme très élevée. Je suis peut-être injuste envers cette pauvre femme, je ne sais pas. Je n'ai plus beaucoup de contacts avec elle depuis que j'ai quitté Aberdeen. Je la vois une ou deux fois par an. Elle habite maintenant avec son amie, tu la connais peut-être, Mlle Hanlan, elle enseignait la littérature dans notre école. Elles sont à la retraite toutes les deux. Je ne sais pas si elles sont amantes ou si elles ont simplement décidé de vivre ensemble pour se tenir compagnie. Tante Pam est trop âgée pour entamer une liaison amoureuse, mais on ne sait jamais.

Un soir, notre tante parlait au téléphone dans le salon. Elle nous croyait endormis tous les deux, mais je suis descendu sur la pointe des pieds et je me suis assis sur la première marche de l'escalier. Elle ne pouvait pas me voir, mais moi, je pouvais l'entendre. Elle parlait de maman. Ce qu'elle disait était pour le moins déplaisant : elle l'accusait d'avoir provoqué l'accident. À la réception à laquelle nos parents étaient allés ce soir-là, elle avait beaucoup bu et s'était disputée avec notre père (tu auras noté que je n'écris pas « papa »). Quand ils sont repartis, elle était visiblement ivre. Et c'est elle qui conduisait. Elle a précipité la voiture depuis un pont et a pris le parapet en face. Ils ont fait une chute d'une trentaine de mètres. Tante Pam disait que le conducteur qui la suivait assurait qu'elle avait donné un coup de volant exprès, que ce n'étaient pas les pneus qui avaient éclaté ni les freins qui avaient lâché. « C'est typique d'Anna, disait-elle, cette femme était folle. Elle s'est suicidée en entraînant mon frère avec elle, et tout ça parce qu'elle avait appris qu'il avait une maîtresse. Mais quand elle l'a épousé, elle savait bien comment il était, tout Édimbourg le savait... »

Te l'avais-je déjà raconté, Cordelia ? Était-ce venu jusqu'à tes oreilles ? Avais-tu entendu parler de cette histoire sordide ? As-tu déjà haï nos parents comme je les ai haïs cette nuit-là ? Et comme j'ai haï tante Pam pour avoir parlé d'eux de cette façon ? Je ne sais pas, Cordelia, je ne sais pas comment tu as ressenti les choses de ton côté. Tout ce que je peux te dire, c'est que j'étais plein de colère et d'amertume. C'est un gros effort pour moi que de me rappeler en détail cette souffrance, il ne m'en reste que l'écho, la trace qu'elle a laissée en moi. Je me rappelle davantage leur absence que leur présence, car le vide qu'ils avaient laissé dans ma vie devenait presque palpable, comme une plaie suppureuse. Je me souviens à peine, aujourd'hui, de nos parents et de leur aspect, que je ne peux reconstruire qu'à partir de photographies. Il m'est impossible de les décrire tels qu'ils étaient réellement, je n'arrive pas à les cadrer avec précision, je les vois flous. Même quand ils vivaient avec nous, je les ai toujours vus agrandis, avec mes yeux d'enfant et, comme tous les enfants, j'ai trop attendu d'eux et j'ai été déçu, comme toujours en pareil cas. Mais la différence, c'est que j'ai été plus déçu que les autres.

Je me souviens que tu venais souvent dormir dans mon lit parce que tu avais peur de l'arbre dont les branches battaient contre ta fenêtre et contre la mienne. Tu avais peur du vent, de la pluie, des bruits. Nous parlions beaucoup, mais je ne me souviens plus de quoi. Je me rappelle parfaitement les images de quand tu avais quatre ans, et pourtant je ne me rappelle pas une seule des paroles que nous échangions alors. Rien. Tu avais onze ans, selon mes calculs, et moi quinze ou seize. Parfois nous jouions aux caresses. Ma paume te caressait les jambes, le ventre, la poitrine, mais sans insister, je traçais des cercles dans ton dos, sur tes bras. Je passais sous tes aisselles sans poils, sans te faire de chatouilles, je remontais vers ton long cou. Puis le bout de mes doigts caressait ton visage, tes lèvres entrouvertes, parcouraient dans les deux sens les sillons de ton oreille, un fascinant labyrinthe de plis et de courbes. Tu te retournais. Tu commençais à te relaxer, à t'assoupir. Je te caressais le dos, fasciné par le dessin de tes muscles, par tes omoplates pointues, par la marque de chaque vertèbre, par les creux symétriques de tes hanches, de part et d'autre de la colonne vertébrale. Puis tu t'endormais et je m'endormais aussi, dans une synchronie fraternelle.

Crois-moi si tu veux, je ne voyais alors dans ce jeu aucune intention sexuelle. Je savais seulement que mes caresses te rassuraient, te relaxaient, t'aidaient à t'endormir sans faire de cauchemars, sans fantômes, sans insomnies, sans fièvre, et j'étais heureux de te les prodiguer. Je suis certain, certain, qu'alors je n'associais pas le sexe avec toi. Le sexe, c'était autre chose. C'étaient des revues où l'on voyait des femmes d'une blondeur improbable, pas une blondeur de blé chaud et doré comme la tienne, mais une blondeur platinée, agressive ; des revues avec des femmes qui exhibaient des globes turgescents là où tu n'avais que de tout petits tétons sur un torse rectiligne ; des revues avec des femmes dont le fessier quasi sphérique n'avait rien à voir avec le creux parfait de tes hanches de vierge ; des revues que les garçons de ma classe se passaient de main en main et qui, à force d'être manipulées, étaient aussi poisseuses que les organes de ceux qui les manipulaient. C'était cela le sexe, pour moi, à quinze ans, mais toi, tu étais tout autre chose. Tu étais la dépositaire de l'affection pure et innocente que je t'offrais, accompagnée de cette confiance qui était pour moi consubstantielle à l'amour.

Te souviens-tu de la moto ? J'avais dix-huit ans, tante Pam me l'avait achetée pour Noël (avec mon argent, celui que je n'avais pas encore hérité, précisons-le). Et toi, qui étais plus grande que toutes les filles de ton âge mais qui n'avais encore ni seins ni hanches (as-tu fini par avoir des seins, Cordelia ?, tu étais encore si jeune quand tu es partie, ils n'avaient pas encore poussé, et quand je t'ai revue à Punta Teno tu étais si maigre, si squelettique qu'on te voyait la clavicule, tu avais le minimum de chair indispensable qui adhérait au corps, tes jambes ne semblaient pas reliées aux hanches mais directement à la taille, pas la moindre trace de courbe, et je me demande si, au cours de ces dix années pendant lesquelles je t'ai perdue, Cordelia, tu as jamais été cette femme aux courbes vertigineuses, cette beauté somptueuse dont Helena m'a parlé), toi, donc, qui n'avais pas le droit, légalement, de conduire cette moto, tu as tenu à faire un tour avec elle dans le centre d'Aberdeen chacun des jours de cet été-là. J'étais derrière, cramponné à toi, touchant ton ventre, tes épaules, respirant l'odeur de ce capiteux parfum d'ambre, celui qui est devenu ton signe de reconnaissance, comme une seconde peau que tu prenais soin d'utiliser bien que tante Pam le déteste, ou peut-être justement pour cette raison. L'ambre mélangé à ta propre odeur, un effluve innocent et doux, chargé d'hormones et de promesses...

Je me souviens de ces promenades avec une nostalgie infinie. Puis est arrivée cette première lettre, à Oxford. Une lettre qui explosait d'angoisse et de colère, d'indignation et d'amertume, qui me reprochait d'avoir décidé d'étudier en Angleterre quand ma propre ville, Aberdeen, s'enorgueillissait d'être une des meilleures et des plus anciennes universités du Royaume-Uni. La lettre d'une fille restée seule dans une maison détestée, auprès d'une femme qu'elle n'aimait pas. La lettre était si insultante, si dure, si délirante... Des pages et des pages d'une écriture compliquée et de mots chargés de venin, qui ne semblaient pas écrites par une enfant de quinze ans mais par une femme de cinquante, tant était grande l'impatience qu'elles contenaient, corrosif l'acide qui débordait entre les lignes. Je me suis mis en colère en la recevant, je n'ai pas répondu.

Je n'ai pas de souvenir de ce Noël. Je sais que j'ai dû revenir à la maison, que j'ai dû le passer avec toi. Mais je sais que tu avais changé depuis que j'étais parti pour Oxford. Tu étais devenue une silhouette sauvage et distante, dédaigneuse et renfermée. Tu t'habillais en noir des pieds à la tête et tu passais des heures enfermée dans ta chambre, à lire, à écouter de la musique et à dessiner des mandalas. Tu dévorais tes ongles, tu ne mangeais d'ailleurs rien d'autre, tu avais en permanence les yeux cerclés d'un léger trait sombre, et tu n'avais que la peau et les os. Tu marchais penchée en avant comme si tu voulais cacher cette poitrine naissante, presque inexistante, ou comme si la vie te pesait tant qu'une force irrépressible te tirait vers le bas, vers quelque abîme invisible pour tous ceux qui, comme moi, ne lisaient pas Shelley et n'écoutaient pas Joy Division. Tu n'avais plus d'amies, tes notes étaient très mauvaises, ta voix avait changé. Tu ne plaisais pas aux mamans, et tu plaisais peut-être trop aux papas, même si aucun ne l'aurait avoué. Tu cultivais ta capacité de te soustraire au monde d'un simple clignement des yeux : quand nous te parlions, tu regardais attentivement, et l'instant d'après tu étais déjà ailleurs. Tu faisais comme si nous n'existions pas, comme si tu avais le pouvoir d'agiter une main invisible qui nous ferait disparaître. Tu semblais agir sous l'influence d'une préoccupation invasive au point de te distancier de toi-même, il te manquait quelque chose pour être là. Tu donnais l'impression de supporter avec un ennui calme une personne – ta carapace, ton déguisement – à laquelle tu devais ressembler, mais que tu oubliais à la première occasion. Tante Pam disait qu'il ne fallait pas être surpris, que c'était un comportement de ton âge ; elle l'attribuait entièrement aux hormones, elle ne se souciait pas de te comprendre, ne te posait pas de questions. Et moi non plus.

Comment ai-je pu être si ignorant, si insensible, si aveugle, si incroyablement insouciant ? Mais sans cette ignorance, sans cette insouciance, comment aurais-je pu avancer, et même survivre ? Il fallait que je me concentre pour continuer mon chemin. Comme le funambule qui marche sur la corde raide, je ne pouvais pas me permettre de regarder en bas ni sur les côtés, de peur de tomber. J'avais besoin de ne pas assumer ni comprendre ce qui se passait, je ne sais si tu peux l'admettre aujourd'hui, je ne sais si tu peux me pardonner.

Quatre ans plus tard, j'ai reçu ta dernière lettre. Et aussitôt, mon propre amour et mon désir, le paradis perdu de bonheur juvénile que j'avais enfermé dans la forteresse de ma mémoire, m'est revenu sous la forme de ton écriture. Tu étais aux Canaries, tu étais restée y vivre. Richard – l'homme avec qui tu étais arrivée dans l'île, mais que tu avais abandonné dans un hôtel de luxe, ainsi que je l'ai appris par la suite – se chargerait de la gestion de ton héritage et de ton patrimoine, tout était arrangé. (Comment a-t-il pu te pardonner ta fuite ? me demandé-je parfois, à moins qu'il ne se soit senti secrètement soulagé que tu le décharges du lourd fardeau d'une jeune fille névrotique et inconstante, d'une histoire qui pouvait avoir son charme mais dont la date de péremption était inscrite sur le couvercle, ou qui était vouée à s'autodétruire comme dans les films d'espionnage ?) Tu ne voulais pas revenir à Aberdeen et tu ne voulais pas me revoir : tu avais besoin de m'oublier, d'oublier l'Écosse, d'oublier la tante Pam, de laisser ton malheur derrière toi. Tu me parlais de notre amour et de mon abandon comme l'aurait fait une amante pleine de dépit.

Car c'est ce que tu étais : une amante pleine de dépit. C'est une histoire restée enfouie très longtemps dans le déni, mais qui fait partie intégrante de moi au même titre que le sang qui coule dans mes veines. Qui aurait pu s'interposer entre nous, si pendant tout ce temps il n'y a eu personne, absolument personne, à qui je puisse raconter ce qui s'était passé ? À quoi cela aurait-il rimé que je ferme les yeux devant la vérité, puisque de toute manière tu étais là, entre mes paupières et mes globes oculaires ?

Vois-tu, Cordelia, j'ai toujours su ce qui s'était passé, et en même temps je ne l'ai pas su. Ton souvenir était présent et gênant, comme un moustique qu'on n'arrive pas à chasser, mais mon manque obstiné de mémoire refusait de me fournir la clé de cet obscur mystère. Je pense que ce qui nous a unis, c'est que notre histoire était impossible. Tu as toujours désiré l'inatteignable, n'est-ce pas ? Peut-être précisément parce que ce qui ne pouvait pas être a été. De cette façon, nous sentions plus d'intensité dans le désir, dans l'amour, dans l'assurance même que la routine et l'habitude n'auraient jamais raison de notre histoire. Te désirer, t'aimer, a été pour moi un suicide émotionnel, une addiction vertigineuse à une étrange et délicieuse drogue humaine à laquelle je me suis accoutumé à petites doses, ainsi qu'à des voyages d'une nature différente, mais que j'ai fini par fuir car je savais qu'ils pouvaient être mortels.

Je sais, bien sûr, que pendant des années nous avons eu ensemble une relation, mais je ne saurais dire quand elle a commencé. La mémoire est imparfaite, l'impression est confuse, tributaire de l'addition et de la soustraction de scènes dictées par des aspirations et des égoïsmes, sans parler des désirs, lacunes et reculs qui transforment toute tentative de remémoration en heures de rêve éveillé. Je me creuse la cervelle pour essayer de me rappeler, et je n'y arrive pas. Je sais que j'avais au moins seize ans, car je me souviens qu'un camarade de classe m'avait dit qu'il était amoureux de toi et que je m'étais senti jaloux, trahi, ivre d'un mélange d'indignation et de mépris pour moi-même, et ma souffrance était d'autant plus aiguë que je ne pouvais me l'avouer. Mon premier réflexe fut de vouloir mettre mon poing dans la figure de cet imbécile, mais je me suis retenu pour quantité de raisons.

Je me souviens aussi qu'un jour tu m'as croisé dans Princess Street, alors que je marchais main dans la main avec Vicky Chase, cette semi-fiancée que j'ai eue, une petite brune, je suis sûr que tu t'en souviens, et je me rappelle ton regard de haine planté sur nous, complètement indifférente aux soupçons que pouvaient éveiller tes sourcils, tes pupilles dilatées et fixes, tout ce qui trahissait tout haut ta passion, ton indignation d'épouse outragée. Je me souviens parfaitement que nous nous sommes embrassés dans le parc qui se trouve derrière le cimetière près de l'université, un matin d'été, le long de la rivière. Il faisait trop chaud, et l'humidité nous enveloppait d'un brouillard invisible, nous avions au-dessus de nos têtes une lumière couleur beurre fondu, et au-dessous de nous, l'herbe, dans laquelle, enlacés, nous nous embrassions. Les moustiques te couvraient le corps de piqûres, mais moi, ils ne me touchaient pas. Et, parmi les fragments de souvenirs qui se précipitent, qui prennent vie et respirent dans un univers béant, il y en a un, surtout, que je vois plus net que tous les autres, qui me poursuit et me harcèle et qui ne s'effacera jamais de moi. Nous regardions la télévision sur le canapé du salon. Tante Pam n'était pas là, elle devait être sortie avec une de ses innombrables amies. Tu portais une jupe courte, rouge et bleu. Je ne sais pas comment tout a commencé. Je me rappelle seulement que tu m'as masturbé, je me souviens du jet de sperme blanc sur les couleurs vives de ta jupe. Tu es sortie en courant jusqu'à l'étage. Je suis presque sûr que c'était la première fois de ta vie que tu voyais une éjaculation. Et je sais que c'était la première fois de ma vie qu'une femme me masturbait.

Mais je ne me souviens de rien de plus, Cordelia. J'ai enseveli les souvenirs dans l'ignorance, dans la lente et quotidienne glaciation du passé. Je sais que c'était une longue histoire, je sais qu'elle est revenue plusieurs fois te hanter, tu me l'as dit toi-même et je le sais, mais je ne me souviens de rien. J'ai vu récemment un film israélien sur un soldat qui rendait visite un par un à tous ses camarades de régiment pour reconstituer l'année durant laquelle il avait combattu au Liban. Le soldat sait qu'il a pris part à cette guerre, mais c'est à peine s'il s'en souvient. Ses amis lui racontent qu'il a assisté aux massacres de Sabra et Chatila, qu'il était présent, ils lui montrent même des photos, mais il ne se souvient de rien. Cordelia, crois-moi quand je te dis que je ne me souviens de rien non plus. En sommes-nous venus à faire l'amour ? Ou bien cette masturbation a-t-elle été le zénith de notre histoire ?

Ta lettre était si ambiguë, Cordelia, que je suis incapable d'y répondre. Pendant ces dix années, lorsque quelqu'un me demandait des nouvelles de ma sœur, jamais je ne disais la vérité, jamais je n'expliquais le pourquoi de ta décision de demeurer injoignable, de ton rejet persistant de moi. Jamais je n'ai dit : « Ma sœur et moi avons eu une histoire d'amour. Elle n'a pas pu supporter que je la quitte, que je quitte Aberdeen, que j'aie honte de notre secret, que je la laisse seule avec une tante insupportable, alors elle est partie aux Canaries et ne m'a jamais plus reparlé. » Je disais : « Ma sœur a toujours été bizarre, non conventionnelle, très bohème, très instable. La mort de nos parents l'a beaucoup affectée. Et puis nous étions trop différents pour nous entendre. Elle est partie il y a dix ans aux Canaries et je n'ai presque pas de nouvelles. Je suppose qu'elle mène une sorte de dolce vita *entre plage et drogue. » Je mentais aux autres, Cordelia, mais le pire est que je me mentais à moi-même. Je mentais dans un rêve si intense que j'ignorais même que je rêvais.*

Beaucoup de souvenirs se sont évanouis, mais ton image, jamais. Au contraire, elle a continué d'exister dans ma mémoire, avec une remarquable netteté de trait et de focus. Tu étais comme une statue dans une niche, hors de l'espace et du temps, étrangère au déroulement de ma vie, entière et indépendante, hors d'atteinte et toujours présente. Je voudrais pouvoir rembobiner la bande et appuyer de nouveau sur play. *Rejouer le coup, revoir ce que j'ai oublié. Je ne me rappelle pas grand-chose de ce que j'étais à l'époque, de mes doutes, de mes désirs avant que je les mette en sûreté dans ce coffre dont la combinaison est tombée dans l'oubli. Je ne doute pas que tu représentais pour moi ce que je ne voulais pas être, ce que je ne voulais pas faire, et je ne doute pas non plus que j'étais amoureux de toi, d'un amour charnel et physique, comme tu l'étais de moi. Je comprends qu'un moment est venu où tu n'as plus voulu me regarder en face, où tu n'as plus voulu passer Noël avec moi, je comprends que tu n'aies eu d'autre solution que de me fuir. Moi non plus, pendant dix ans, je n'ai pas voulu penser à toi. Je sais que, quand tu as découvert l'histoire de notre mère, tu as su immédiatement qui était le père de son fils ou de sa fille, de ce bébé qui n'est jamais né. Nous avions reproduit l'histoire. Notre mère, pour fuir son frère, a voyagé des Canaries à Édimbourg, et toi, pour fuir le tien, tu as voyagé d'Édimbourg aux Canaries, condamnée à répéter une histoire que tu ne connaissais même pas.*

Comment comprendre, alors, que ton appel ait résonné si longtemps dans le vide ? Car, même lorsque je repoussais ton image de toutes mes forces, elle me revenait : peut-être étais-je condamné à toi avant même de naître, inscrit dans une constellation familiale. La délectation avec laquelle mes sens se remémoraient la moiteur de ta peau, ainsi que ton rire au moment où tu les avais satisfaits, me répugnait comme la pire des infamies et des scélératesses. J'étais en proie à un remords lancinant, à un dégoût de moi-même, j'étais tellement au supplice de devoir me mépriser ainsi qu'il ne me restait d'autre salut que l'oubli. Je me suis abandonné à lui avec une passion dévorante, une de ces passions qui vous asservissent, et je l'ai accueilli avec plus de plaisir qu'une maîtresse. Entre toi et moi existait un mot interdit, proscrit, imprononçable, comme tout ce qui avait la moindre relation avec lui. Et ce mot nous a séparés pendant dix ans. Aujourd'hui je l'écris : le sexe.

Mais lorsque je t'ai crue définitivement perdue, je me suis rendu compte que je t'aimais et que je t'avais toujours aimée. Quand je t'ai revue à Punta Teno... Comment oublier ce moment où nous nous sommes revus l'un l'autre, face à face ? J'ai ressenti une émotion d'une rare violence, dont je n'ai pas réussi à reconnaître la vraie nature. Entre le doute et la frayeur, entre l'horreur et la joie, entre le désir de m'enfuir et celui de te serrer dans mes bras. Et toi... Au début, tu ne m'as même pas reconnu, ou tu n'as pas voulu me reconnaître. Tu n'as pas voulu croire que ton ancien amant avait couché avec ton ancienne amante. Mais tu n'as pas dit un mot. Tu as pris acte de cette vision avec un calme minéral, avec ton immuable superbe, avec la tranquillité de quelqu'un qui vient de vivre une histoire trop inouïe pour se laisser surprendre ou troubler par quoi que ce soit. La débauche est un puits sans fond, alimenté par une source inépuisable. Mais tu as toujours montré, depuis ton enfance, cette tendance à l'absolu, cette indifférence aux pires défauts, ce profond mépris pour les conventions et les règles. N'importe qui aurait dit que tu t'attendais à me voir là. Peut-être l'espérais-tu. Peut-être es-tu vraiment capable, après tout, de voir l'avenir et de lire dans les pensées, à moins que tu n'aies tout simplement déduit que, puisque tu étais portée disparue, je ne pouvais que venir à ta recherche ?

Je ne cherche pas l'amour qui a été le nôtre ; je ne cherche pas non plus le pardon, il est déjà trop tard. Je ne cherche pas à reconstruire l'histoire, ni à ce que tu me racontes les détails que je me suis évertué à oublier et que j'ai enterrés dans un endroit obscur d'où je ne peux les exhumer car je ne sais même plus l'emplacement de la cachette. Je cherche une sœur. Je ne te promets pas le bonheur, car le bonheur est un palais sans entrée ni sortie, un lieu sans histoires et sans voyages. Le bonheur est statique, il ne bouge pas. Nous savons tous deux que ce sont les histoires tristes, avec perte, remords et souffrance, qui jalonnent le chemin de la vie et qui nous font avancer. J'ai fini par me libérer, par me débarrasser du mensonge et de la peur. Je ne poursuis ni la chimère ni l'impossible. Il n'y a plus au-dessus de ma tête ni comètes, ni nuages sombres, ni épées suspendues. La vérité, une fois assumée, apaise l'angoisse de vivre dans la peur constante d'être attrapé. Lorsque tout est perdu, tout est gagné. J'ai enfin découvert que l'on peut vivre en assumant le passé, sans orgueil mais sans honte.

Depuis que je suis rentré à Londres, ma vie a changé, a pris une autre dimension, je ne connais pas ses nouvelles limites ni ne sais les fixer. À ma gauche, le passé : un champ de bataille. À ma droite, l'avenir : de la terre à perte de vue, sans routes ni panneaux. Je me suis installé dans un présent vide comme un terrain à bâtir, et j'attends. J'attends dans le calme, j'attends depuis tant d'années qu'il ne me coûte rien d'attendre le temps qu'il te faudra. Je sais que tôt ou tard tu prendras contact avec moi, que tu me rappelleras.

Avec tout mon amour,

Gabriel

POSTFACE ET REMERCIEMENTS

Ce roman est une œuvre de fiction. Pas un essai. C'est pourquoi je ne prétends pas que toutes les données qu'il comporte soient rigoureusement exactes. Il ne s'en fonde pas moins, fût-ce très librement, sur des faits réels, et je crois donc nécessaire d'apporter diverses précisions.

Les maisons qui apparaissent dans le récit existent, mais elles ne sont pas exactement telles que je les décris. Celle de Punta Teno est une vieille maison paysanne restaurée, qui se trouve à l'écart du village, face à la mer. Mais je ne sais pas à qui elle appartient et je ne l'ai jamais visitée. Je sais, en revanche, qu'elle est souvent louée pour des tournages de films publicitaires. J'ai décidé que c'était la maison où vivraient Cordelia et Helena.

Il existe près de Tacoronte, à côté de la plage de Los Patos, plus précisément sur la colline qui sépare les deux plages, une maison réellement spectaculaire, construite sur une falaise, avec une immense piscine et une vue imprenable sur l'océan, qui appartient, m'a-t-on dit, à un milliardaire allemand. J'en ai fait la maison de Martin.

L'ancienne discothèque Addis Abeba se trouve bien dans la vallée de La Esperanza, mais aucune secte, à ma connaissance, ne s'y est installée. Elle était en revanche occupée, lorsque je l'ai visitée, par des individus louches et mal embouchés, qui s'y entraînaient, m'a-t-on dit, au tir. L'un d'eux avait d'ailleurs un pistolet, chose peu courante dans notre pays qui s'est heureusement doté d'une législation très restrictive en matière de port d'armes.

La maison majorera que j'ai située près de la villa Winter ne comporte pas, pour autant que je sache, de sous-sol, n'a pas été restaurée et ne semble pas habitée. Il est extrêmement peu vraisemblable qu'on s'en soit jamais servi pour entreposer des armes.

Quant à la villa Winter, elle existe bien, et il circule à son sujet d'innombrables légendes. J'évoquerai plus longuement son propriétaire.

La secte de Heidi est une secte fictive, où l'on pourra néanmoins reconnaître des éléments empruntés à la réalité. Sont implantées aux Canaries, selon la police nationale espagnole, une quarantaine de sectes dites destructives, qui comptent au total une dizaine de milliers d'adeptes, sur deux cent mille pour toute l'Espagne, appartenant à quelque deux cents sectes répertoriées. Les Canaries sont, parmi les dix-sept communautés autonomes du pays, celle où la présence sectaire est la plus forte. Les spécificités de l'archipel et l'importante population de résidents étrangers aisés font de ce haut lieu traditionnel une Mecque des mouvements religieux sectaires.

Les deux groupes dont je me suis inspirée pour inventer l'histoire de la secte de Heidi sont celui de Heide Fittkau et le Groupe d'action analytique.

Le premier était un groupe « contactiste », implanté à Tenerife et dirigé par la psychologue allemande Heide Fittkau-Garthe. Dans les tout premiers jours de 1998, Interpol a été alerté par la police allemande d'un risque imminent de suicide de masse chez les adeptes d'une secte non identifiée, dont un grand nombre d'adeptes avaient envoyé des lettres d'adieu à leurs familles. Grâce à une analyse fouillée des signalements reçus, la brigade de recherches de la police de Tenerife, dirigée par l'inspecteur en chef Antonio Tur, a pu identifier le groupe et sa dirigeante. Le 8 janvier, la police de Santa Cruz, assistée de policiers venus d'Allemagne, a démantelé l'organisation et saisi, dans un immeuble de deux étages du quartier de La Salud, plus de cinquante mille pages de documents, comprenant une abondante littérature sur le groupe, ses missions, une analyse détaillée de la personnalité de chaque adepte. Heide Fittkau a été arrêtée sous le triple chef d'accusation de tentative d'assassinat, d'incitation à commettre un crime ou un délit, et de constitution d'association illégale. Au moment de l'opération, il y avait dans l'appartement trente et une personnes, dont quatre mineurs. Dix-neuf ont été arrêtées, puis remises en liberté au bout de trois jours. Peu après, le juge d'instruction du tribunal n° 11 de Santa Cruz de Tenerife donnait l'ordre de perquisitionner la propriété de Heide à Arafo. L'affaire a finalement été classée, faute d'indices suffisamment probants pour étayer l'accusation. On affirme que le total des innombrables comptes bancaires de Heide s'élevait à 300 millions de pesetas, somme considérable pour l'époque. Les détails de l'enquête sont couverts par le secret de l'instruction, mais il se dit généralement, à Tenerife, que les membres de la secte projetaient de se suicider collectivement dans le cratère du Teide, et qu'ils croyaient qu'un vaisseau spatial équipé spécialement à cet effet viendrait les recueillir une fois morts pour les emmener sur une autre planète où ils ressusciteraient.

Certains considèrent que le groupe de Heide Fittkau résulte d'une scission du tristement célèbre Ordre du Temple solaire, dont soixante-quatorze membres, au total, ont péri lors des suicides collectifs qui ont eu lieu en Suisse et au Canada les 5 et 6 octobre 1994, ainsi qu'à la frontière franco-suisse le 27 décembre 1995. Les suicidés étaient convaincus, eux aussi, qu'un vaisseau spatial viendrait chercher leurs corps pour les ramener à la vie sur la planète Sirius.

Selon les témoignages de certains ex-membres du groupe, il semble que Heide Fittkau ait assuré à ses disciples que Melanie, l'une des mineures enrôlées par le groupe, donnerait naissance à un nouveau Messie.

Le second groupe ayant servi de modèle à la secte de Heidi est la communauté du Chevreau, connue également sous le nom de Groupe d'action analytique, basée à La Gomera et dirigée par l'artiste « actionniste » autrichien Otto Mühl. Il a fait l'acquisition d'un vaste terrain dans l'île et s'est installé dans une zone très difficile d'accès, près de la crique d'El Cabrito, sur la côte sud de l'île, d'où le nom du groupe. Mühl a également créé une société, Lili Gomera, qui gérait les finances de la communauté. Ladite société a acquis une vieille barcasse de transbordement de la Seconde Guerre mondiale, avec laquelle des membres du groupe allaient de temps à autre à San Sebastián de La Gomera pour y acheter les produits de base nécessaires à la survie sur place. C'est dire si l'endroit est isolé. Toutes les femmes du groupe avaient des relations sexuelles avec Mühl, qui a reconnu lui-même lors du procès ne pas pouvoir dire avec certitude combien, parmi les enfants de la communauté, étaient les siens. Cette communauté, qui à ses débuts se voulait artistique, expérimentale et antibourgeoise, était devenue en quelques années, en plus d'une secte, un véritable conglomérat financier transnational, et les avoirs de son gourou étaient évalués à 200 millions de marks.

En 1991 s'est ouvert à Eisenstadt, en Autriche, un procès contre Mühl pour viols, abus sexuel sur mineurs, abus d'autorité et trafic de stupéfiants. Une des preuves produites à l'audience était le journal d'une des mineures qui vivaient au sein de la communauté, et qui accusait Mühl de l'avoir violée et d'avoir eu des relations sexuelles avec d'autres mineures. Il a été condamné à sept ans de prison. Là où vivait l'ancienne communauté se trouve désormais un complexe hôtelier dédié au tourisme alternatif, géré par d'anciens membres du groupe, et auquel on ne peut toujours accéder qu'en bateau.

Une fois le groupe formellement dissous vers 1991, plusieurs de ses membres ont pris le contrôle de la société Lili Gomera pour s'occuper de la très lucrative gestion du complexe hôtelier. Un épilogue qui en dit long sur le projet initial de la communauté, et où l'on peut néanmoins voir, sous une forme renouvelée, la quête radicale de ce paradis perdu que poursuivait Cordelia. Soit dit au passage à l'intention de Gabriel, le paradis perdu fut d'abord un poème épique de John Milton, composé en 1667, bien avant que William Blake ne l'illustre, en 1808, d'un cycle d'aquarelles resté fameux.

Le récit de l'avortement londonien de la mère d'Aneyma est fondé sur le témoignage personnel d'une habitante de Tenerife à qui j'ai promis l'anonymat, et que je remercie de sa confiance comme du temps qu'elle m'a consacré.

Les développements de Virgilio sur les Canaries pendant la Seconde Guerre mondiale et sur les réalisations de Gustav Winter à Morro Jable et Cofete appellent les précisions suivantes. Ce qu'affirme Virgilio sur la position stratégique de la presqu'île de Jandía, sur la construction de la villa, ou sur la contribution de Winter à l'effort de guerre allemand et à la protection des criminels nazis n'est pas démontré de façon irréfutable, et Virgilio convient d'ailleurs lui-même qu'il s'agit de théories pour le moins spéculatives.

En 1997, le quotidien *El País* a publié une liste noire de cent quatre agents secrets allemands, dressée par les Alliés après la Seconde Guerre mondiale, et sur laquelle figurait le nom de Gustav Winter. Mais, au-delà de ce document, il n'a pas été établi qu'il se soit livré concrètement à des activités de renseignement ou d'espionnage, et il est encore moins démontré qu'il ait été en mesure de construire une base militaire semi-clandestine à Jandía après la fin de la guerre. Sa veuve et ses enfants ont, du reste, opposé des démentis répétés à cette légende, qui continue néanmoins de courir aux Canaries.

Les données sur la villa Winter citées par Virgilio puisent à deux sources. La première est l'ouvrage de Juan Pedro Martín Luzardo, *Orígenes de la propiedad del suelo en la península de Jandía*, publié en 2003 par la municipalité de Pájara. La seconde est le chapitre « Apuntes históricos sobre Cofete », que l'on doit à Rosario Cerdeña Ruiz, dans le recueil *Homenaje a Francisco Navarro Artiles*, publié en 2004 par l'Académie canarienne de la langue. Martín Luzardo est sans doute le Canarien qui a le plus écrit sur Cofete et sur la presqu'île de Jandía, mais ses écrits, qui mêlent légende populaire et faits attestés, ne sont pas irréfutables sur le plan scientifique, quand bien même Virgilio leur accorde grand crédit.

Sur la présence en Espagne de nazis réfugiés après 1945, on consultera avec profit, outre les séries d'articles parus dans les quotidiens *El País* et *La Vanguardia*, les ouvrages *España, refugio nazi* de Carlos Collado Seidel (Temas de Hoy, Madrid, 2005), *La guerra secreta de Franco* de Manuel Ros Agudo (Crítica, Barcelone, 2002) et *La guarida del lobo* de Javier Juárez (Alabar, Barcelone, 2007).

Sur les activités de l'Ahnenerbe en Europe, et en Espagne en particulier, on se reportera au livre de Heather Pringle, *Opération Ahnenerbe : comment Himmler mit la pseudo-science au service de la Solution finale* (Presses de la Cité, 2007) et à ceux de Francisco Gracia Alonso, *Arqueología fantástica al servicio del régimen nazi* (Debate, Barcelone, 2007) et *La arqueología durante el primer franquismo (1939-1956)* (Bellaterra-Arqueología, Barcelone, 2009).

L'Ordre de Thulé a bel et bien existé (peut-être même existe-t-il toujours ?), mais Rudolf Barth est un personnage de fiction, créé à partir de plusieurs figures historiques réelles. Le nom exact de l'ordre était Thüle Gesellschaft, c'est-à-dire Société de Thulé. Il s'agissait à l'origine d'un groupe d'études sur l'antiquité germanique, fondé par un dénommé Adam Alfred Rudolf Glauer, qui se faisait appeler baron Rudolf von Sebottendorf. L'Ordre a été dissous quelques années après la prise du pouvoir par Hitler.

Virgilio exagère sans doute lorsqu'il fait état de la participation de l'armée espagnole au sabotage d'objectifs britanniques. Une telle collaboration est certes avérée en matière de contre-espionnage, mais des actions de sabotage auraient été risquées pour le gouvernement de Franco, car les agents secrets alliés, britanniques en particulier, n'auraient sans doute pas manqué de relever cette violation de son statut de non-belligérance.

Je me dois également de souligner que Franco ne porte qu'une responsabilité très limitée dans le fait que la Seconde Guerre mondiale se soit prolongée. Après son entrevue d'Hendaye avec Hitler en octobre 1940, en effet, il n'a plus été question d'accroître notablement la participation espagnole au conflit. Le projet d'invasion de Gibraltar (Opération Félix) a notamment été abandonné, et l'Espagne a évolué progressivement du statut de non-belligérance à celui de neutralité. Ni la vente à l'Allemagne de minerais comme le tungstène, ni les activités d'espionnage menées au profit du Reich, ni la coopération industrielle entre les deux pays ne peuvent être considérées comme véritablement décisives.

N'en déplaise encore à Virgilio, les Canaries n'étaient pas à proprement parler, pendant la Seconde Guerre mondiale, une étape obligée pour rejoindre l'Afrique ni l'Amérique centrale ou du Sud. Les Alliés privilégiaient les itinéraires passant par l'Atlantique Nord, et le ravitaillement des sous-marins allemands se faisait à partir de navires-nourrices plutôt que de bases permanentes.

Quant au Kameradenwerk, son objet était bien d'aider les anciens SS à trouver refuge dans des pays sûrs, en Amérique du Sud en particulier. Parmi les autres organisations d'aide aux anciens nazis, outre Die Spinne (l'Araignée), qui opérait en Amérique du Sud, et Die Bruderschaft (la Confrérie), la plus connue est le réseau Odessa (Organisation der ehemaligen SS-Angehörigen), dont le président argentin Perón a été un membre actif. Si, en décembre 2002, le gouvernement de Buenos Aires a opposé une fin de non-recevoir au Centre Simon-Wiesenthal qui demandait la publication de cinquante-huit documents d'archives relatifs à la fuite des nazis vers l'Argentine, deux de ces documents ont toutefois été rendus publics en juillet 2003 et, depuis, les pouvoirs publics argentins se montrent coopératifs. On a beaucoup écrit sur le réseau Odessa, et si certains affirment qu'il n'a pas existé en tant que tel, il ne fait aucun doute, en revanche, que des organisations, plus ou moins clandestines, ont aidé d'anciens SS à s'enfuir d'Allemagne, avec la complicité de la CIA et de certains États d'Amérique latine.

S'agissant d'organisations secrètes, il est par nature difficile de déterminer la part de légende et la part de réalité. Il est avéré que se sont installés en Espagne des criminels de guerre allemands ainsi que des collaborateurs comme Léon Degrelle, mais leur nombre, quoi qu'en dise Virgilio, n'a jamais été établi de façon incontestable. La majeure partie de la colonie allemande en Espagne y est venue pendant la guerre civile ou pendant la Seconde Guerre mondiale, voire avant. Un grand nombre, naturellement, étaient en relation avec les représentants du Reich, mais, en 1945, le nombre d'informateurs officiels de l'ambassade d'Allemagne à Madrid était estimé à un peu plus de six cents.

À la fin de la guerre, les Alliés ont présenté au gouvernement espagnol des listes de ressortissants allemands dont ils réclamaient l'extradition. Sur les deux cent cinquante personnes figurant sur ces listes, cent cinq ont été extradées, en plusieurs fois. Il a été procédé par ailleurs, jusqu'en 1947, au rapatriement d'Allemands dont l'extradition n'était pas réclamée. On trouvera des données sur cette question dans le livre, précité, de Carlos Collado Seidel.

L'Ahnenerbe, au sein du parti nazi, ne s'occupait ni d'occultisme ni d'ésotérisme mais d'archéologie, d'ethnographie et d'anthropologie, et l'expédition archéologique aux Canaries n'a jamais eu lieu. Otto Huth avait bien obtenu du directeur Wolfram Sievers d'aller étudier sur place les caractéristiques des anciens aborigènes de l'archipel, qu'il considérait comme une souche pure, non contaminée, de la race nordique, mais l'expédition, projetée pour l'automne 1939, a été reportée *sine die*. L'organisation a néanmoins continué de demander au Commissariat général aux fouilles archéologiques des ouvrages et des documents sur le sujet jusque dans le courant de l'année 1944.

L'ordre de commencer les préparatifs d'invasion de la Pologne a été donné à l'armée allemande le 25 mars 1939. Les opérations auraient dû commencer le 26 août, mais Hitler a décidé de reporter de quelques jours l'exécution du « Plan Blanc » en raison de la garantie donnée à la Pologne par la Grande-Bretagne. L'explication donnée par Virgilio est, quant à elle, du domaine de la légende, une légende de plus parmi celles qui entourent la Seconde Guerre mondiale.

La Jüdische Ghetto-Polizei exerçait son activité à l'intérieur des ghettos dirigés par des conseils locaux ou Judenräte, eux-mêmes soumis à l'autorité de la police et de l'armée allemandes. S'agissant de son rôle en Galicie polonaise, je recommande la lecture des *Disparus* de Daniel Mendelsohn (Flammarion, 2007).

Parmi les autres livres dont je me suis inspirée pour nourrir les propos de Virgilio, figurent la biographie de Hitler par Joachim Fest (Gallimard, 1973) et ses ouvrages *Albert Speer : le confident de Hitler* et *Les Derniers Jours de Hitler* (Perrin, 2001 et 2002), ainsi que les Mémoires d'Albert Speer, *Au cœur du Troisième Reich* (Fayard, 1971).

En ce qui concerne la Firme, je suppose que le lecteur aura pensé spontanément à l'Opus Dei, aux Légionnaires du Christ ou au Chemin néocatéchuménal, institutions de l'Église catholique qui ne sont pas considérées officiellement comme sectes, bien que nombre de sociologues et psychologues soient de cet avis. La Firme du roman est néanmoins tout aussi fictive que la secte de Heidi. Le récit de Virgilio s'inspire de celui de deux personnes, toutes deux de sexe masculin, qui ont préféré conserver l'anonymat, et a bénéficié de la coopération précieuse d'une femme qui a osé se présenter à visage découvert : la journaliste Agustina de los Mozos, responsable du site web Opuslibros, où elle recueille des témoignages d'anciens disciples de l'Opus Dei.

Je me suis également référée aux constitutions et règles des Légionnaires du Christ, telles que reproduites dans *La Confesión* de Jesús Rodríguez (Debate, Barcelone, 2011), qui raconte la peu édifiante histoire du père Marcial Maciel, fondateur de la congrégation. Il est établi que Maciel a eu au moins cinq enfants de trois femmes différentes, qu'il a détourné une part des aumônes et donations reçues afin de léguer à l'une de ses femmes et à sa fille un patrimoine de dix millions d'euros, qu'il a abusé d'au moins dix séminaristes mineurs (des centaines d'autres ont témoigné par la suite avoir été victimes des mêmes faits, y compris deux de ses enfants biologiques). Cette sombre histoire est en vérité très proche de celle d'Otto Mühl : la prétendue œuvre divine est devenue une multinationale, l'une des plus puissantes du Mexique, ainsi que l'a dénoncé le père Santiago Oriol, qui a quitté les Légionnaires du Christ après en avoir été l'un des piliers. Mais Mühl a été condamné de son vivant et incarcéré, contrairement à Maciel dont les crimes étaient pourtant avérés, le pape ayant estimé qu'une « vie de prière et de pénitence » constituait un châtiment suffisant. Il semble que la justice des hommes ne s'applique pas aux ecclésiastiques…

Je tiens cependant à préciser que ces groupes catholiques intégristes ne représentent pas le sentiment de toute la communauté catholique, au sein de laquelle s'expriment aussi des voix hostiles à tout fondamentalisme, comme celles des Jésuites, des théologiens de la libération ou encore de l'aumônerie d'Oxford, chère à Virgilio. Le témoignage de ce dernier sur les méthodes de recrutement de la Firme est le fruit de la lecture de divers articles, dont *La militancia sectaria como un estado de dependencia* de Pedro Cubero,

Juan Francisco Artaloytia et Josep Maria Jansà (Red Iberoamericana por las Libertades Laicas, Mexico, 2001), ainsi que d'autres travaux parmi lesquels ceux du regretté psychologue canarien Eloy Rodríguez Valdés sur les sectes destructives. Sur la persuasion coercitive et les techniques de manipulation mentale, je renvoie le lecteur aux écrits de Margaret Singer, Edgar Schein et Robert Lifton.

Il me faut enfin remercier pour leur inestimable concours les conseils provinciaux de Tenerife et de Fuerteventura, l'hôtel Botánico de Tenerife, le journaliste *tinerfeño* Santiago Díaz Bravo, ainsi que les historiens Rosario Cerdeña Ruiz et Nacho Hernández Díaz, de Fuerteventura, qui m'ont fait visiter pour la première fois la villa Winter et m'ont témoigné cette courtoisie délicieuse que j'ai appris à associer indissolublement, au fil de mes séjours successifs dans l'archipel, au tempérament canarien. Et que j'ai retrouvée chez l'ensemble des collaborateurs de la Tenerife Film Commission qui m'ont aidée à faire mes repérages topographiques pour les différents épisodes du récit. Le professeur Francisco Gracia Alonso, de l'université de Barcelone, a relu attentivement le manuscrit pour en éliminer les trop nombreuses approximations historiques, mais je ne doute pas que les lecteurs canariens en trouveront encore quelques-unes et je leur présente par avance mes plus plates excuses.

Il s'agit bien, j'insiste une nouvelle fois, non pas d'un essai, mais d'une œuvre de fiction, qui doit être lue comme telle. Si ses protagonistes, qui ne sont pas canariens eux-mêmes, sont évidemment susceptibles d'erreurs nombreuses, le livre est écrit de mon propre point de vue, avec un profond amour pour un archipel qui est pour moi un trésor de souvenirs inestimables. Je précise toutefois que le paysage marin que l'on voit sur la couverture de l'édition espagnole n'a rien de canarien et a simplement été choisi pour sa charge symbolique. Enfin, je remercie tous ceux de mes amis qui ont bien voulu lire ce roman au fil de ses versions successives, rédigées au cours de plus de deux années de labeur intensif, pour leurs remarques et suggestions.

MIXTE
Papier issu de
sources responsables
FSC® C003309

10/18, une marque d'Univers Poche,
est un éditeur qui s'engage pour
la préservation de son environnement
et qui utilise du papier fabriqué à partir
de bois provenant de forêts gérées
de manière responsable.

Impression réalisée par

BRODARD & TAUPIN

La Flèche (Sarthe), 72481
Dépôt légal : mai 2013
X05830/01

Imprimé en France